20세기 중국문학의 시대정신

구문규 지음

지은이 구문규(具文奎)

숭실대학교 중어중문학과를 졸업하고, 중국사회과학원(中國社會科學院)에서 박사학위를 받았다. 우송대학교 중국학부 교수와 베이징외국어대학교 솔브릿지경영대학 파견교수를 역임했다. 전공은 현대 중국문학으로, 루쉰의 문학을 비롯해 현대 중국 지식인의 인문정신과 문화 심리로 연구 영역을 확대하고 있다. 저서와 역서로『중국 전각: 리란칭(李嵐淸) 전각 서예 예술전 작품집』(역서, 다락원, 2013년), 『종합시사중국어』(공저, 글로벌콘텐츠 출판그룹, 2012년), 『새로 엮은 옛이야기』(역서, 지만지, 2011년), 『들풀』(역서, 지만지, 2010년), 『한중 고전소설 연구 자료의 새 지평』(공저, 채륜, 2008년), 『중국의 영화문화』(공저, 텐진대학출판사(天津大學出版社), 2003년), 『루쉰 잡문예술의 세계』(역서, 학고방, 2003년) 등이 있다.

20세기 중국문학의 시대정신

© 구문규, 2014

1판 1쇄 인쇄__2014년 02월 15일
1판 1쇄 발행__2014년 02월 28일

지은이__구문규
펴낸이__홍정표
펴낸곳__글로벌콘텐츠
　　　　등록__제25100-2008-24호
　　　　이메일__edit@gcbook.co.kr
공급처__(주)글로벌콘텐츠출판그룹
　　　　대표__홍정표
　　　　편집__노경민 최민지 김현열　**디자인__**김미미　**기획·마케팅__**이용기　**경영지원__**안선영
　　　　주소__서울특별시 강동구 천중로 196 정일빌딩 401호
　　　　전화__02-488-3280　**팩스__**02-488-3281
　　　　홈페이지__http://www.gcbook.co.kr

값 16,000원
ISBN 979-11-85650-02-9 93820

20세기 중국문학의 시대정신

구문규 지음

글로벌콘텐츠

중국이 우리와 정식 수교한 지 곧 스물하고도 두 번째 해를 맞는다. 중국은 이제 우리 삶의 일부를 넘어 삶의 조건이 됐음은 새삼 말할 나위 없고, G2의 하나로 '대국굴기(大國崛起)'한 중국을 모르고는 미래가 없다는 말이 당연지사가 된 지도 이미 오래다. 하지만 유달리 깊고 두터운 문화적 전통을 지닌 중국을 제대로 이해한다는 것은 깊은 통찰력이 요구되는 중국 연구자에게도 항상 풀기 힘든 과제이다.

저자가 처음 중국 땅을 밟아본 것은 한중수교가 갓 이뤄졌던 이듬해인 1993년이었다. 아직 베이징(北京)으로 취항하는 비행기 편이 없어 텐진(天津)으로 가는 배를 타고 꼬박 이틀 만에 처음 발을 내딛었을 때 가슴 설렜던 느낌은 지금까지 기억이 생생하다. 그 후 여러 번의 어학연수와 5년 동안의 유학생활, 그리고 2년간의 파견근무. 청춘의 대다수 일상을 그곳에서 그들의 변화상을 피부로 느끼면서 나름대로 중국에 대한 체계적인 상(像)을 그리려 노력해 온 세월이었다. 하지만 중국과 중국인의 심층을 제대로 파악하고 온전히 가늠해야 하는 문학 전공을 선택한 저자에게 한중수교 때부터 지금까지의 연구는 실로 방랑의 세월이었음을 고백하지 않을 수 없다.

이 책은 기본적으로 지난 20세기 중국의 변화 과정에 있어 지식인들이 어떠한 시대정신으로써 예술적으로 고민하고 반영해냈는지에 주된 관심을 갖고 씌어졌다. 예전부터 지식인은 시대의 흐름을 꿰뚫어보고 언제나 시대정신에 맞는 화두를 던지며 미래의 대안을 적극적으로 모색해 온 주체로서, 자신의 안목과 성찰을 글로써 풀어내려는 욕구가 누구보다 강한 존재이다. 그런 만큼 중국 지식인의 시대정신을 이해한다는 것은 오늘이 있기까지 중국의 시대 흐름을 파악하고, 표면적으로 드러나지 않는 중국인들의 내면적인 의식을 이해하는 유용한 방법이 될 것이다.

먼저 1부에서는 중국의 '민족혼(民族魂)'으로서 '근대 주체 세우기[立人]'라는 시대정신 아래 역사와 사회에 대한 깊이 있는 통찰을 보여준 루쉰(魯迅)의 문학을 살펴봤다. 그의 가장 주요한 글쓰기 양식인 잡문(雜文)과 시대 비판의 유력한 표현방식인 풍자부터 소설 창작의 시작(試作)과 대표작, 마지막 소설집까지 두루 나타난 역사 통찰과 주제의식, 그리고 창작 못지않은 번역 열정이 보여준 시대적 의미 등을 검토해 보았다. 루쉰은 20세기 전반(前半) 시대정신을 대표하는 지성으로, 그를 통해 현실과 이상, 근대와 반(反)근대, 전통과 근대 등의 복잡한 착종 속에 점철됐던 근대 중국의 단면을 엿볼 수 있다.

다음으로 2부에서는 사회주의시기부터 개혁개방 이후까지 지식인이 처해 온 역정과 함께 시대의 진실을 통찰하고 밝혀 온 지식인의 존재 의미를 살펴봤다. '인민이 주체가 된 시대'에 지식인의 역할 발휘를 진지하게 고민하는 가운데 존재 의미를 찾았던 선충원(沈從文)부터 개혁개방 이후 지식인의 입장과 사고를 또 다른 인문정신으로 반영한 한샤오궁(韓少功)의 소설, 그리고 갈수록 주변화되어가는 지식인의 시대적 역할에 대해 '적응'과 '반항'이란 정신으로 방향성을 담론한 리저허우(李澤厚)와 류짜이푸(劉再復)의 대담록까지 검토해 보았다. 저마다 인간다운 삶의 가치를 한시도 잊지 않고 시대적 현실과의 역할 접점을 모색해 온 지식인의 존재 의미를 통해 20세기 후반(後半) 시대정신의 단면을 엿볼 수 있을 것이다.

마지막으로 부록에서는 '도시 공간'이라는 시야를 통해 진일보된 근대 중국 지식인 사회의 분화와 특징을 분석한 쉬지린(許紀霖)의 논문과 근대 중국 시대 사회의 폐단을 비판한 '풍자'의 소설사적 흐름을 검토한 치위쿤(齊裕焜)과 천후이친(陳惠琴)의 저작을 번역해 수록했다. 이들 번역은 중국 지식인 영역의 변천 과정과 20세기에 한 세기 앞선 지식인들의 시대 반영의 문학적 변천 과정을 통해 현대 중국 지식인의 시대정신의 맥락을 유기적으로 파악하는 데 일정 도움이 될 것이라는 생각에 수록했다.

앞서 밝혔듯 이 책은 지난 20세기를 지나오면서 중국을 대표하는 지성들이 시대정신을 문학적으로 담아낸 과정들을 고찰하면서 현대중국에 대한 이해를 돕고자 씌어졌다. 다만 '20세기', '중국문학', '시대정신'이라는 굵직굵직한 주제들을 감당한 연구내용이기 보다는 하나하나의 단면들을 통해 전체 윤곽을 어느 정도나마 파악하고자 고민했던 저자의 결과물이라 하겠다.

큰 제목에 작은 내용[大題小作]을 담은 책을 내니 부끄러움과 두려움이 앞선다. 그럼에도 이번 출판을 계기로 학문적 깊이와 넓이의 한계를 다시 한 번 절감하고, 스스로를 독려하게 된 점에서 학문적 성숙과 발전을 위한 저자로서 출판 의미를 부여해본다. 삼가 동도제현(同道諸賢)들의 질정을 바란다.

끝으로 이 책이 세상에 빛을 볼 수 있도록 흔쾌히 허락해주시고, 정성스럽게 책을 만들어주신 편집부 관계자 분들께 깊이 감사드린다.

2014년 정초에
저자 구문규 삼가 씀

1부 루쉰(魯迅)의 '근대 주체 세우기[立人]' 정신과 풍자

잡문가로서의 루쉰(魯迅)과 그의 풍자 특징

1. 루쉰의 잡문과 풍자

루쉰은 일찍이 「양복의 몰락 洋服的沒落」이란 글에서 중국인의 노예성과 봉건 전제의 잔혹성을 다음과 같이 명료하면서도 날카롭게 지적한 바 있다.

자연이 허리와 목에 유연성을 부여한 것은 곧 허리와 목으로 하여금 굽힐 수 있도록 하기 위함이다. 허리를 굽히고 등을 구부리는 것은 중국에서는 당연한 태도이다. 우리는 운명이 나빠도 순종하지만, 운명이 그런대로 나쁘지 않으면 더욱 운명에 순종한다. 그래서 우리는 인체의 연구에 가장 앞선 민족이며 또 인체를 자연에 부합되게 사용할 줄 아는 민족이다. 목은 가장 가늘기에 참수형이 생겨났고, 구부릴 수 있는 무릎 관절로 인해 굴종이 생겨났으며, 둔부는 두툼하고 급소가 아니기에 태형이 발명됐다.

위 문장의 묘미는 인체의 부위를 풍자적으로 해석해 낸 데 있다. 루쉰은 스스로 자신의 잡문을 두고 "문장은 짧아도 많은 생각을 쥐어짜서 그것을 정예의 일격으로 단련시켜 낸 것이다"[1]라고 했는데, 이렇듯 그는 하나의 집약적인 형상 설명을 통해 자신의 사상내용을 효과적으로 전달했다. 이러한 풍자적인 표현방식은 시종 루쉰 문학의 창작을 꿰뚫고 있다.

루쉰은 "인생의 가치 없는 것들을 찢어서 사람들에게 보여주는"[2] 데 풍자가 가장 효과적인 수단임을 잘 알고 있었고, 이에 일찍부터 풍자에 대한 이론 관점을 세워 자신의 주된 창작원칙으로 삼았다. 루쉰의 잡문은 주지하듯 현시대에 "민감하게 반응하는 신경이자 치고 막는 수족(手足)"[3]으로서 그는 "시사(時事)를 논할 때면 체면도 안 봐주고, 폐해를 비판하는 데 있어서는 항상 유형(類型)을 추출"[4]했다. 그가 잡문에서 "추출"해 낸 유형들은 모두 실제 생활 가운데 갖가지 특징에 근거해 정련(精練)된 형상으로서, 집약적이고 두드러져 독자들에게 특히 강렬한 느낌을 준다. 루쉰의 풍자는 바로 이 같은 형상 특징과 전형화에 기반했는데, 그의 형상에 대한 장악능력은 탁월한 이성적 인식을 나타낼 뿐 아니라, 풍자를 구사하는 데 있어 그 깊이와 예술성을 더해줬다. 잡문은 이렇게 그의 가장 주요한 글쓰기 양식이자 풍자가 가장 집중적이면서도 뚜렷하게 나타나는 글쓰기 방식인 것이다.

이 글에서는 루쉰의 잡문 가운데 보편적으로 나타나는 풍자예술을 연구대상으로 주로 그가 어떻게 풍자에 주목하여 어떠한 관점을 형성했고, 또 어떻게 풍자필봉을 구사해 어떠한 예술 효과를 낳았는지에 대해 살펴보도록 한다.

2. 루쉰의 '풍자론'

풍자는 인간생활 중의 결함이나 모순, 폐해, 불합리 등 소극적인 측면

---

1) 許廣平, 『기쁘고 위안이 되는 기념 欣慰的紀念』 참조.
2) 『뇌봉탑의 붕괴를 다시 논한다 再論雷峰塔的倒掉』, 《魯迅全集》 제1권, 人民文學出版社, 1981년 참조.
3) 『차개정잡문 且介亭雜文』, 「서언 序言」, 《魯迅全集》 제6권 참조.
4) 『위자유서 僞自由書』, 「서언 序言」, 《魯迅全集》 제5권 참조.

과 어두운 측면들을 전문적으로 지적해 내는 예술형태이다. 풍자작가는 예민한 관찰력으로 현실의 불합리한 점이나 부도덕한 처사들을 포착해 교묘하고도 은유적인 언어문자로써 이를 우회적으로 폭로, 비판하여 독자의 주의를 환기시킨다. 마침 아이언 잭(Ian Jack)도 언급했듯 "풍자는 항의하려는 본능에서 생기는 것이며, 예술화된 항의"5)이다. 이렇듯 풍자는 현실의 모순 충돌을 반영해 내는 창작심리임과 동시에 문학의 공리성과 예술성을 강화하는 매우 유력한 수단인 것이다. 그러나 다른 한편으로 풍자는 웃음과 연관된 '웃음의 예술'이다. 풍자작가는 묘사하려는 대상을 황당하고도 우스꽝스럽게 만듦으로써 독자들에게 웃음과 경멸, 분노의 감정을 불러 일으켜 교정과 개선의 목적에 도달하며 아울러 예술 효과도 거둔다. 인류사회는 이미 오래전부터 풍자의 이러한 웃음과 개선의 효과에 주목했는데, 풍자는 문학예술의 주된 표현수법으로써 각종각색의 예술 작품에 보편적으로 나타나며 그 역사도 문학사만큼이나 오래된다.

루쉰은 주지하듯 우리 모두가 공인(公認)하는 풍자예술의 대가(大家)이다. 그는 30여년에 걸친 창작과 학술 생애 동안 풍자에 관한 이론과 창작에서 모두 탁월한 성과를 보여줬다. 루쉰은 초기부터 '입인[立人 사람을 깨우쳐 바로 세우는 일]'과 '성실과 진실을 유지해나갈 것[抱誠守眞]'을 강조해 풍자예술이 '공정한 마음(公心)'으로 인간사회의 온갖 허위와 위선을 한 치 유보 없이 드러내 사람들을 각성케 하는 효과가 있는 것에 주의했다. 루쉰의 풍자예술에 관한 전문적인 논술은 그가 1935년을 전후로 발표했던 「풍자를 논한다 論諷刺」와 「'풍자'란 무엇인가? 甚麼是'諷刺'?」 등의 글에도 있지만, 그보다 훨씬 이른 20년대 중반에 이미 '풍자소설'이란 유형에 관한 서술이 있다. 그는 바로 『중국소설사략 中國小說史略』에서 한 장(章)의 편폭을 할애해 풍자소설의 연변(演變)에 대해 논의하면서 풍자를 정의하는 상당히 명확한 기준을 제시한 바 있다.

---

5) 아서 폴라드, 송낙헌, 『풍자』, 서울대학교출판부, 1979년, 12쪽에서 재인용.

공정성을 견지하면서 당시의 폐단을 지적하였으니, 그 예봉이 지향한 바는 특히 사림(士林)에 있었으며, 그 문장은 개탄하는 가운데 해학이 있고, 완곡하면서도 풍자의 뜻이 많았다[乃秉持公心, 指摘時弊, 機鋒所向, 尤在士林, 其文又慨而能諧, 婉而多諷].

위에서 보듯 루쉰은 『유림외사 儒林外史』의 풍자예술 가치를 깊이 있게 인식했을 뿐 아니라, 이를 통해 풍자소설을 하나의 전문적이고도 계통적인 유형특징으로 확정지었다. 먼저 그는 풍자작가라면 반드시 '공정한 마음[公心]'을 지닌 엄숙한 태도로 '시대의 폐단'을 지적할 것을 강조했다. 루쉰은 작가가 사적인 원한을 품고[私懷怨毒] 남을 비방하는 것에 줄곧 반대했고, 소설을 비방의 도구로 보는 일부 시각에 대해서도 비판했다. 마침 그가 청말 견책소설(譴責小說)의 말류(末流)를 비평하면서 지적했듯이 "그 아래로는 개인적인 적들을 볼썽사납게 헐뜯어 남을 비방하기 위해 쓴 책이나 다를 게 없었고, 또 혹은 그것을 풀어낼 만한 재주도 없이 남을 욕하고자 하는 뜻만을 갖고 있는 것도 있었으니, 이런 것들은 떨어져 나가 '흑막소설(黑幕小說)'이 됐다."6) 이 같은 비평관점에서 보듯 그는 "공정한 마음으로 세태를 풍자[公心諷世]"하는 것을 풍자의 첫 번째 원칙으로 두었던 바, 루쉰의 열정어린 선의와 개선하고자 하는 태도는 풍자의 가장 기본적인 성격을 결정지었던 것이다.

그 다음은 "그 예봉이 지향한 바는 사림에 있다"고 했을 때의 풍자대상에 관한 언급이다. 루쉰은 작가가 "각양각색의 인물들을 등장시켜 그들의 소리와 태도를 함께 그려내어 그 당시의 세상(世相)을 눈앞에 보이듯 묘사했다[皆現身紙上, 聲態並作, 使彼世相, 如在眼前]"고 극찬했다. 풍자작가는 주로 인물을 풍자대상으로 하지만 그 묘사의 대상은 인물의 행위와 관련한 태도이다. 유베날리스(Juvenalis)는 이에 관해 "풍자작가는 사물 자체엔 관심이 없고 사람들의 사물에 대한 태도에 관심이 있다"7)고 언급했는데, 풍자

---

6) 『중국소설사략』, ≪魯迅全集≫ 제9권 참조.

작가는 사물 모두에 관심을 갖지 않고 그 사물 중의 어떤 측면에 대해 매우 민감하다. 루쉰은 구체적인 예를 들어 "양복 입은 청년이 불상 앞에서 절을 하거나 도학자가 화를 내는 것은 흔한 일이면서도 금방 지나쳐 버린다. 그러나 '풍자'는 바로 그 순간을 찍은 사진이다. 엎드린 궁둥이와 찌푸린 눈썹은 다른 사람에게 보이기에 꼴사나울 뿐만 아니라 자신이 보기에도 꼴이 좋지 않다"고 설명했다. 이는 바로 풍자의 힘이 진실에 있으며, 풍자는 우리 삶 속에 이미 습관화되어버려 그리 예사롭게 여기지 않는 비정상적인 현상들을 대상으로, 작가가 포착하여 들추어내고 이를 다시 우스꽝스럽게 만들어 보다 강렬하게 독자들의 주의를 끄는 예술 효과라는 점을 강조한 것이다.

이상의 논의가 내용적인 측면에서의 풍자 특징이라면, "개탄하는 가운데 해학이 있고, 완곡하면서도 풍자의 뜻이 많다"는 언급은 예술 풍격상에서의 풍자 특징을 의미한 것이다. 풍자작가는 해학적인 희극형상(喜劇形象)을 통해 부정적 현실의 삶을 표현한다. 이 때문에 풍자작품에서 묘사하는 각종 추악한 형상들을 우리가 읽다보면 우습기도 하고 황당하기도 하지만, 그들은 다름 아닌 바로 우리 현실 생활의 동반자이거나 혹은 우리 자신 속 어떤 성격의 투영(投影)이다. 그래서 우리는 작품을 감상할 때 풍자대상 중에서 자신의 어떤 단면이나 혹은 공감(共感)하는 다른 한 부분을 발견하게 된다. 이 때문에 우리가 풍자작품을 읽을 때 희비(喜悲)와 애증(愛憎)이 교차되기 마련인데, 이러한 요소들이 서로 어우러져 "개탄하는 가운데 해학이 있는" 예술효과가 창출되는 것이다.8) 루쉰은 『유림외사』의 이 같은 풍격을 극찬했을 뿐 아니라, 고골리의 '눈물을 머금은 웃음'과 모리 오가이(森鷗外)의 '장엄하면서도 해학적이고, 절묘하면서도 깊이 있는' 풍자, 그리고 마크 트웨인의 '유머 가운데 애원(哀怨)을 머금은' 풍자와 피오 바로하의 '해학적이나 음울한' 풍자에 대해서도 칭찬을 아끼지 않았

---

7) 아서 폴라드, 송낙헌, 앞의 책, 29쪽에서 재인용.

8) 오순방, 『淸代長篇諷刺小說硏究』, 北京大學出版社, 1995년, 18~19쪽 참조.

다. 이들 논평에서도 볼 수 있듯 루쉰은 풍자의 본령이 통감(痛感)과 쾌감(快感)의 혼합 ─즉 '웃음 가운데 가시가 있는'─ 에 있다는 점을 깊이 간파한 것이다.9)

　루쉰은 한편으로 '통절(痛切)한 느낌'을 웃음 속에 용해(溶解)시켜 희비극이 결합된 예술풍격으로 만들 것을 강조하면서도, 다른 한편으로는 완곡하고 함축성 있는 풍격도 중시했다. "완곡하면서도 풍자의 뜻이 많다"는 언급이 바로 풍자는 함축적임과 동시에 풍자대상의 추악한 본질이 우스꽝스럽게 표출되어야 한다는 점을 강조한 것이다. 루쉰은 완곡함이야말로 풍자 기교의 성패를 결정짓는 관건이라 여기면서 오경재(吳敬梓)의 "진실로 풍자의 미묘함을 다하는[誠微詞之妙選]" 필법에 찬동했다. 그는 『중국소설의 역사적 변천 中國小說的歷史的變遷』에서도 재차 이러한 관점을 나타내며 "풍자소설의 중요성은 뜻이 미묘하면서도 말은 완곡한 데 있으니 만약 그 언사가 지나치면 문예상의 가치를 잃은 것이다"라고 강조했다. 따라서 루쉰은 청말 견책소설(譴責小說)이 "언사가 노골적이고 필봉은 숨김이 없는" 데에 내내 불만이었기에 풍자소설은 『유림외사』 이후 명맥이 끊겼다고까지 단언한 것이다.

　요컨대 루쉰은 『유림외사』의 풍자예술 가치를 깊이 있게 인식하여 풍자를 전문적이고도 계통적인 예술 특징의 하나로 봤다. 그는 풍자예술이 진실을 생명으로 하고 엄숙함과 객관성을 기조로 하며 완곡함과 해학을 풍격으로 하여, 이들을 의미심장한 예술체계로 승화시켰다. 풍자예술의 이 같은 삼위일체적인 예술 준칙은 물론 『유림외사』의 세속(世俗) 풍자 전통과 다량(多量)의 외국문학 번역 경험을 통해 형성된 것이지만, 보다 직접적으로는 청말 견책소설을 엄격하게 비평한 기반 위에서 세워진 것이다.

---

9) 「논어 일 년 論語一年」, 『남강북조집 南腔北調集』, ≪魯迅全集≫ 제4권.

3. '잡문가'로서의 루쉰

잡문은 의론을 위주로 한 설리문체(說理文體)로 작자는 현시대에 각별한 관심을 갖고 깊이 사고하여, 이를 짧은 편폭 안에 즉각적으로 반응함으로써 독자의 주의를 환기시킨다. 잡문은 설리를 주된 목적으로 하지만 근본적으로 작자의 지식과 경험에서 함양된 사상적·예술적 소양을 바탕으로 한다는 점에서, 이 역시 여느 문학 장르와 마찬가지로 사상내용과 창작예술에 그 성패가 달려있다 하겠다.

그 중 단연 전형이라 불리는 루쉰의 잡문은 "민감하게 반응하는 신경이자 치고 막는 수족(手足)"으로서 시대의 병폐를 날카롭게 지적했을 뿐 아니라, 늘 비판대상의 코와 입, 털이 하나의 전체로 형상화되는 높은 예술 수준을 보여준다. 위다푸(郁達夫)는 일찍이 "루쉰의 문체는 간결하면서도 세련되기가 마치 비수와도 같아 촌철로 살인할 수 있으며, 한 칼에 급소를 찌를 수 있다 …… (또 그의 잡문은) 냉혹한 말이 많아 발산하는 모든 것이 속의 것을 폭로한 깊이 있는 비판이다"10)라고 논평한 바 있는데, 위다푸의 평가에서 보듯 루쉰의 잡문은 그저 표면적인 현상만을 통해서도 능히 사물의 본질을 발견해내고 비슷한 것 같으면서도 다른 피상적 담론 가운데서 능히 정확한 결론을 이끌어내는 데서 그만의 '공력'을 보여 준다. 예를 들면 30년대 떠들썩했던 '과학구국(科學救國)'의 구호 가운데서 그는 다음과 같이 그 허점을 보아냈다.

과학은 중국문화의 부족함을 메우기에는 미흡할 뿐만 아니라 오히려 중국 문화의 심오함을 입증할 따름이다. 풍수는 곧 지리학이며, 문벌은 우생학, 연단술은 화학, 연날리기는 위생학이다. "영점(靈占)"이 과학적이라 함은 그 중 한 예일 뿐이다. …… 더욱이 과학은 중국문화의 심오함을 입증했을 뿐만 아니라 그 위대함에 기여했다. 마작 탁자 위에서는 전등이 양초를 대체했으

---

10) 『산문 2집 散文二集』, 「서문 序」, ≪중국신문학대계 中國新文學大系≫.

며, 또 법회의 단상에서는 카메라의 플래시가 터지며 라마승을 촬영했고 …… 새로운 제도와 새로운 학술과 새로운 사상은 일단 중국에 들어왔다 하면 마치 검은 물감으로 가득한 독에 빠지듯이 이내 시커먼 덩어리로 변하여 자기 잇속을 채우는 도구로 전락하고 만다. 과학은 그 중 한 예일 따름이다.11)

과학을 부패와 시대 역행을 위해 이용하는 추악한 현상에 대한 위와 같은 폭로는 바로 루쉰이 지닌 가장 날카로우면서도 가장 힘 있는 풍자가 바탕이 된 것이다. 그러나 또 한편으로 그는 비판을 하면서 항상 생동하는 형상을 빌어 의론을 전개해 독자들에게 구체적이고 감각적인 인상을 줬을 뿐 아니라 심입천출(深入淺出)의 효과도 함께 거뒀다. 풍자의 힘은 비판 논리의 주도면밀함에도 있지만 무엇보다 구체적인 데 있다. 루쉰은 일찍이 잡문의 창작방법에 관해 "폐해를 비판하는 데 있어 항상 유형을 추출하며"12), "잡문에 쓰인 것은 언제나 코이며 입이며 털이다. 하지만 그것들을 합치면 하나의 형상인 전체가 된다"13)고 설명한 바 있다. 우리는 다시 여기서 한 문장 가운데 여러 가지 유형이 출현한 풍자 형상을 보도록 한다.

오늘날 명인(名人)은 또 다르다. 그는 과거의 빚을 말살하려 새사람이 된다. 보통사람의 방법에 비유한다면 완급이 정말 우편과 전보의 차이라 하겠다. 좀 더디어도 괜찮다면, 한 번 출국하든지, 절 한 채 짓든지, 병 한 번 앓든지, 며칠 등산 다니든지 한다. 좀 빨라야 한다면 회의를 한 번 하든지, 혹은 한숨 자거나, 시 한 수 짓든지 한다. 더 빨라야 한다면, 스스로 자기 뺨을 두 대 때리고 눈물 몇 방울 흘리고선 마찬가지로 다른 사람으로 변할 수 있게 되어 "이전의 나"와는 결코 관계가 없게 된다.14)

---

11) 「딱 맞는 느낌 偶感」, 『화변문학 花邊文學』, ≪魯迅全集≫ 제5권.
12) 「머리말 前記」, 『위자유서 僞自由書』, ≪魯迅全集≫ 제5권.
13) 「후기 後記」, 『준풍월담 準風月談』, ≪魯迅全集≫ 제5권.
14) 「낡은 장부를 들추다 査舊帳」, 『준풍월담 準風月談』, ≪魯迅全集≫ 제5권.

루쉰은 위의 글에서 당시 일부 고위 당국자들의 변화의 '완급'을 여러 유형으로 나누어 그들 각자의 우스꽝스러운 장면을 '연출'해냈다. 한 문장 가운데 여러 인물 형상이 잠깐 스치듯 지나가지만, 루쉰의 형상에 대한 장악능력은 탁월한 이성적 인식을 나타낼 뿐 아니라, 풍자를 구사하는 데 있어 그 심도와 예술 역량을 더해줬다.

요컨대 루쉰은 잡문에서 예민하고 신랄함을 강조함과 동시에 형상(形象)을 빌어 자신의 생각을 더욱 구체적이고 생동감 있게 전달하여 독자에게 이성적인 계발을 줌과 동시에 문학 본연의 유희(遊戱)를 느끼게 해줬다. 그의 이같이 정련된 문체와 형상사유와 논리사유가 고도로 집중되어 나타난 풍자는 바로 그의 잡문 문체와 예술 본질의 효과에 대한 심도 있는 인식 바탕 위에서 발휘된 것이다.

4. 잡문에 표현된 풍자 특징

1) '풍자화'된 유형 형상

풍자작가는 인간의 사물에 대한 행위와 태도에 각별한 관심을 가지고 있으며, 주로 그 행위와 태도가 빚어낸 각종 부패 현상들을 풍자대상으로 이들을 희화화(戲畵化)시킴으로써 보다 뚜렷하게 주제를 전달한다.[15] 루쉰은 인간사회에서 가장 보편적이고 일상적인 현상들을 취해 풍자대상으로 삼아야 풍자예술이 더욱 광범한 전형성과 사회적 의의를 지닐 수 있다고 봤다.[16] 그는 잡문에 대해 "시사(時事)를 논할 때면 체면도 봐주지 말 것[論時事不留面子]"[17]과 함께 방법 면에서는 "폐해를 비판하는데 있어 항상 유

---

15) 오순방, 『淸代長篇諷刺小說硏究』, 北京大學出版社, 1995년, 2~3쪽 참조.
16) "한 시대의 사회에서 일상적이면 일상적일수록 그 사건은 보편적인 것이 되고 풍자를 쓰기에 적합한 것이 된다."(「'풍자'란 무엇인가?」)
17) 「머리말」, 『위자유서』, ≪魯迅全集≫ 제5권.

형(類型)을 추출할 것[貶鋼弊常取類型]"18)을 역설했다. 이는 곧 잡문 장르의 시사 비평의 역할과 함께 비판대상의 유형화를 통한 효과적인 주제 전달을 강조한 것이다. 이 같은 서술방식의 목적은 비판대상이 지닌 개성(個性)을 나타내려는 것이 아니라 대상이 지니고 있는 공통성(共通性)을 표현하려는 것이다. 루쉰은 풍자대상을 묘사할 때 항상 그 대상이 지니고 있는 가장 대표적인 예를 들어 집중적으로 성격특징을 부각시켰다.

루쉰 잡문이 빚어낸 풍자의 '유형 형상'에는 대체로 두 가지로 나누어 볼 수 있다: 하나는 "실제로 누구를 가리키진 않지만 가리키지 않는 자가 없는[泛無實脂, 而又無所不指]"19) 경우로, "예를 들면 발바리를 얘기했는데 이것이 특정인을 지목하지 않았음에도 스스로 발바리 성깔이 있다고 느끼는 자가 스스로 자신을 두고 한 말이라고 단정해버린 것이다."20) 이는 루쉰이 중편소설 『아Q정전 阿Q正傳』을 발표한 뒤에 많은 사람들이 아Q가 다름 아닌 자신을 두고 한 얘기라고 반응했던 상황과도 같다. 이렇듯 루쉰은 잡문이라는 짧은 편폭 속에서도 '아Q'형상과 같은 형상 효과를 거뒀다. 앞서 얘기한 '발바리'같은 유형의 경우에도 "비록 개라고는 하지만 아주 고양이를 닮아 절충적이고, 공평하고, 조화롭고, 공정한 모습을 물씬 풍기며 다른 것은 다 극단적인데 오직 자기만이 '중용(中庸)의 도(道)'를 얻은 듯한 얼굴을 유유하게 드러낸다. 이 때문에 부자, 환관, 마님, 아씨들로부터 총애를 받아 그 종자가 면면이 이어졌다"고 묘사한 데서 얼마나 '발바리'다운 면모와 함께 특정 부류의 인간성을 여지없이 드러내 보여주는가! 이러한 유형의 인물은 그 비판의 '원조(元祖)' 사이에서 능히 다수(多數)를 대표한다.21)

또 하나는 "전적으로 한 사람을 묘사했지만 오히려 그가 많은 사람을 대표하는[專寫一人, 却代表許多人]" 경우로, 루쉰과 직접 논쟁을 벌였던 천시

---

18) 위의 글.
19) 같은 글.
20) 「"페어플레이"는 늦춰야 한다 "費厄潑賴"應該緩行」, 『무덤 墳』, ≪魯迅全集≫ 제1권.
21) 王嘉良, 『詩情傳達與審美構造』, 天津人民出版社, 1996년, 77쪽 참조.

잉(陳西瀅) 등 부류의 정인군자(正人君子)나 당시 교육당국자였던 장스자오(章士釗) 등이 대표적이다. 이 유형 형상은 비록 특정인을 두고 묘사된 것이지만, 그 '특정인' 속에는 어떤 유형의 보편적인 공통성(共通性)이 내재되어 있다. 루쉰은 묘사대상의 여러 구체적 사실을 들어 거기에 다시 형상성을 더했는데, 예를 들면 '관혼(官魂)'과 '지식계급 우두머리'를 겸비한 당국자의 모습으로 풍자화된 장스자오의 모습에서나, 스스로 '한담(閑談) 전문가'이길 자처한 천시잉의 '정인군자'의 위선적인 면모에서 특정인의 범위를 넘어선 사회의 한 '표본(標本)'을 볼 수 있다.

루쉰이 잡문에서 창조한 이 두 유형의 풍자형상은 저마다 다른 각도에서 그 전형성을 나타내며, 또 각자 뚜렷한 형상성을 보여주는데, 마치 간결하면서도 생동적인 한 컷의 풍자만화처럼 재미를 돋우는 동시에 강렬한 인상을 남긴다.

그럼 루쉰 잡문의 풍자형상이 어떻게 위와 같은 유형 특징을 지닐 수 있었는지 '전형화'의 방법에 대해 알아보도록 하자. 이는 풍자대상의 추출 과정에서 가장 주요한 창작방법이다.

첫 번째는 '집중화(集中化)'된 유형 형상이다. 루쉰 잡문의 인물 유형 형상 가운데 「"페어플레이"는 늦춰야 한다 "費厄潑賴"應該緩行」에서의 '물에 빠진 개'와 "개라고는 하지만 아주 고양이를 닮은" '발바리'의 형상이나, 「약간의 비유 一點比喩」에서의 "목에 방울을 달고 지식계급의 휘장을 한" '우두머리 양'의 형상이나, 「여름 벌레 세 가지 夏三蟲」에서의 사람의 피를 빨아먹고서도 앵앵대며 고담준론(高談峻論)을 지껄이는 '모기'의 형상이나, 「전사와 파리 戰士和蒼蠅」에서의 죽은 전사의 상처나 핥아대고 똥을 갈기는 '파리'의 형상이나, 「양춘런 선생 공개서신에 답하는 공개서신 答楊邨人先生公開信的公開信」에서의 혁명 진영에서 물러나와 약간의 참회를 하는 '혁명 소상인(小商人)'의 형상이나, 「어용문인의 수법을 폭로한다 帮閑法發隱」에서의 익살스런 연기나 대사, 우스갯소리를 넣어 주인의 악행을 덮어주는 '어용문인'의 형상이나, 「끄나풀 예술」에서의 권력에 의지해 백성을 능멸하는 '끄나풀'의 형상이나, 「"제목미정" 초고 2 "題未定"草

（二）」에서의 "조계지에 살면서 주인과 노예의 경계를 넘나드는" '서양노복'의 형상 등등이 가장 뚜렷한 예이다. 위의 풍자대상 모두 실제 생활에 근거해 예술적 가공을 거친 유형 형상들로서, 어느 특정 환경 아래에서 우리가 쉽게 볼 수 있는 전형적인 인물이다. 이 풍자 형상들은 모두가 집중적이고 선명하게 묘사됐기에 독자들에게도 특별히 강렬한 느낌을 준다.

두 번째는 "코 하나, 입 하나, 털 하나[一鼻, 一嘴, 一毛]" 식(式)의 유형 형상이다. 루쉰 잡문 속의 유형 형상 가운데 일부는 풍자대상의 집중적인 개괄이 아닌 대상의 부분적 묘사의 기초에서 나중에 하나의 전체로 모아지는 특징을 보인다. 루쉰은 작품에서 풍자대상의 한 측면(특히 심리 특징 묘사가 두드러짐)만을 언급했지만, 여러 문장들을 모아보면 오히려 한 풍자대상의 전체 면모가 드러난다. 예를 들면 '정인군자'나 '창조사(創造社)의 몰골'이나 '제3종인' 등의 풍자형상이 그러한 경우에 속하는데, 앞서 보았듯이 루쉰은 "내 잡문에 쓰인 것은 언제나 코이며, 입이며, 털이다. 하지만 그것을 합치면 하나의 형상인 전체가 된다"고 언급한 바 있다. 그 중 '정인군자'의 유형 형상이 바로 집단적 성격의 형상인데, 이 부류의 사람들은 현실에서 워낙 다방면에 걸쳐 활동하기 때문에 루쉰은 그들의 각종 언행이나 수단, 그리고 여러 장소에서의 갖가지 행보들에 대해 여러 측면에서의 폭로와 풍자로 그들의 진면목을 드러낼 수밖에 없었다. 그러나 루쉰은 그들을 하나의 '사회 전형'으로 집약시켜 비판했다. 이에 관해 취치우바이(瞿秋白)는 일찍이 「『루쉰잡감선집』 서언 『魯迅雜感選集』 序言」에서 "정인군자들의 이름은 보통명사의 의미로 읽을 수 있으며 사회의 한 전형을 대표한다"고 지적한 바 있다. 말하자면 풍자대상을 하나의 전형으로 집약시켰기에 문장의 각 편마다 어떤 각도와 측면에서 서술했던, 또 입이건 코이건 털이건 간에 모두가 서로 연관되어 하나로 응집(凝集)시킬 수 있어 마침내는 총체적인 형상으로 나타나게 된 것이다. 이렇게 분산적인 서술에서 전체로 합쳐지는 유형 형상은 앞의 유형 형상만큼 응련(凝煉)되고 두드러져 보이진 않지만, 여러 측면과 각도에서 조명됐기에 더욱 깊이 있고 풍부한 형상 특징을 나타낼 수 있으며, 또 풍자대상의 다방면에 걸친 폭로로 인해 보다 구체적이고 세부적인 느낌을 준다.

세 번째는 '순간포착[立此存照]'식의 유형 형상이다. 이 유형 형상은 작품에서 비중 있게 나타나는 풍자대상은 아니지만, 어떤 부류의 인간의 특정 심리나 반응을 짤막하게 표현할 때 왕왕 나타나는데, 즉 고도로 응련된 글로써 대상을 만화화(漫畵化) 하는 방법이다. 예를 들면, "유신(維新)하는 자가 나타나면 서양 복장에 허리를 굽혀 절을 하고, 옛것을 존중하는 사람이 흥하면 옛 복장에 머리를 땅에 닿도록 절을 하는" 장면이나, "흥작 때 병이 나거나, 전쟁할 때 시를 쓰는" 장면이나, "양복 입은 청년이 불상 앞에 절을 하거나, 도학선생이 화를 내는" 장면이나, "아침에는 중국식으로 손을 모아 인사하고, 저녁에는 서양식으로 악수하는" 장면이나, "오전에는 서양문물을 칭송하고 오후에는 공자 왈 맹자 왈을 지껄이는" 장면 등등이 대표적이다. 이들 모두는 우리가 생활 속에서 흔히 볼 수 있는 각 부류의 사람들을 표현한 것이지만, 전체적인 모습의 개괄은 아니며 각 부류 사람들의 편단(偏斷)을 포착한 것으로서, 루쉰의 말을 빌면 "그 순간을 찍은 한 장의 사진"인 것이다. 이 같은 만화화 수법은 어떤 부류 사람들의 어떤 방면의 본질 특징을 선명하게 보여주는 장점이 있으며, 또한 유형 형상의 전형성을 나타낸다.22)

종합하면, 루쉰은 풍자대상을 묘사할 때 능히 그 본질을 부여잡고서 형상성을 갖추어 마침내 유형화된 형상을 주조(鑄造)해냈다. 이렇게 유형화된 풍자형상은 어떤 사회현상과 어떤 부류 인간의 성격 특징을 반영한 것으로서, 뚜렷한 개성 특징뿐 아니라 보편적인 공통성도 함께 지니고 있다. 또한 전형화된 풍자형상이 진상(眞相)을 모조리 폭로하고 통쾌한 웃음을 자아내는 과정을 통해 보다 두드러진 희극효과를 거둘 수 있게 됐다. 이 때문에 루쉰은 풍자예술의 '유형 추출' 방면에 있어 생동감 있고 신랄하며 유머러스하고 재미있는 예술 기량을 충분히 발휘하게 된 것이다.

---

22) 李文兵, 『論魯迅雜感的文學本質』, 『魯迅研究』 제15권, 1986년, 236~239쪽 참조.

2) '논리화'된 풍자

잡문은 의론을 위주로 한 설리문체로서 작자는 명확한 사상과 명료한 논리를 통해 자신의 견해를 밝히거나 상대방의 관점을 반박하여 독자로 하여금 그의 의견에 찬동케 한다. 루쉰 잡문이 논적을 물리칠 수 있는 확고한 기반 위에 서있게 된 까닭은, 바로 그가 진리를 장악했을 뿐 아니라 진리를 설명하고 표현할 수 있는 좋은 형식을 찾았고, 일련의 교묘하면서도 효과적인 논전방법을 운용하여 내용과 형식의 완벽한 결합을 이루어 낸 데 있다.[23] 여기서 풍자는 논적의 모순과 맹점을 부각시키고 급소를 공략하는데 가장 효과적인 수단이다.

루쉰은 논적의 허점을 틀어쥐고서 그것을 자신의 논변 가운데 교묘히 삽입시켜 생동적인 언어문자로써 날카롭고 매서우며 유머러스하고 재미있는 분위기 가운데 논적을 난처하게 만드는 데 뛰어났다. 그는 문제를 각자 실정에 맞게 담론하여 시비곡직이 분명하고 사리 분석이 명확하여 빈틈없는 논리성을 보여 준다. 동시에 불합리한 사회현실을 여러 구체적인 형상을 통해 생동감 있게 펼쳐내 강렬한 풍자의 힘을 지니고 있다. 예를 들면 루쉰은 천시잉과의 논전 중에서 상대방의 말을 곧잘 발췌해 적절히 배합시켜 다음과 같이 기가 막힌 반론을 폈다.

천시잉은 예전에 『현대평론 現代評論』 38호의 「한담 閑話」란에서 여자사범대학을 돕는 사람들을 조소하며 "외국인들은 중국인이 남존여비가 심하다고 하던데 내가 보기엔 아닌 듯하다"라고 말한 적 있다. 그런 그가 무슨 공리회(公理會)에 가서 서명을 했다던데 아마도 성정(性情)이나 체질(體質)이 좀 바뀐 것 같다. 게다가 그는 "당신은 군중의 전제정치(專制政治)에 압박받은 자 대신에 공정한 말 몇 마디 했는데, 그런 당신이 그 사람과 '밀접한 관계'가 아니라면 그와 혹은 그녀와 식사나 술자리를 함께 한 것이 아니냐"

---

23) 袁良駿, 구문규, 『루쉰 잡문예술의 세계』, 학고방, 2003년, 186~187쪽 참조.

고 개탄했다(『현대평론』 40호). 하지만 또 무슨 공리회에 발언한 거나 발표한 문장에서 그는 도리어 말끝마다 다수(多數)에 편중되어 그의 주장과는 너무나도 들쑥날쑥하니 고작 '밥을 먹었던' 그 일만 시종 똑같을 뿐이다. 또 『현대평론』 53호에서 스스로 "모든 비평은 학리(學理)와 사실(事實)에 근본을 둬야지 결코 경망스럽게 매도해선 안 된다"고 했으면서 자신은 예전에 여자사범대학을 '변소간'이라 매도하고 "승냥이와 호랑이에 투항하는" 서신 말미에 천위엔(陳源)이라 서명했던 사실은 잊었나보다. 그 천위엔이 바로 천시잉 아닌가. 반 년 동안에 몇 사람이 이렇게 모순되고 무질서하니 실로 사람으로 하여금 연민의 웃음을 짓게 한다.[24]

루쉰은 위의 글에서 천시잉이 각기 다른 필요에 따라서 앞뒤로 모순되는 말을 한 사실을 함께 늘어놓아 그의 위선을 더욱 부각시켰다. 이는 정면적인 반박보다 한결 비판의 힘이 강하다.[25]

루쉰은 일찍이 '논쟁의 글'에 관해 "상대방의 말을 처음부터 끝까지 낱낱이 들어 하나하나 반박하는" 방법은 "고작 작은 상처만 입힐 뿐 깊은 상처를 입히지는 못해" 논적에게 '치명상'을 입히기 어렵다고 보고[26], "틈을 엿보다가 기회를 타서 일격(一擊)에 적을 제압해야 한다"[27]고 강조했다. 루쉰의 풍자는 바로 그 '일격'으로서 논적의 급소를 집중적이고도 깊이 있게 찌르는 역할을 한다.

루쉰의 『"우호국의 깜짝 놀람"을 논한다 "友邦驚詫"論』 문장도 그 중 가장 전형적인 예에 속한다. 이 글은 국민당정부가 난징(南京)에 청원(請願)하러 온 학생들에게 갖가지 죄명을 씌운 사실과 함께 "우호국 사람들이 깜짝 놀라고 있다. 이대로 계속 두면 나라가 나라꼴이 되지 못할 것이다"라

---

24) 「'공리'의 농간 '公理'的把戱」, 『화개집 華蓋集』, ≪魯迅全集≫ 제3권.
25) 張學軍, 『魯迅的諷刺藝術』, 山東大學出版社, 1994년, 166~167쪽 참조.
26) 『양지서 兩地書』 10, ≪魯迅全集≫ 제11권.
27) 「매도와 위협은 결코 전투가 아니다 辱罵和恐嚇決不是戰鬪」, 『남강북조집 南腔北調集』, ≪魯迅全集≫ 제4권.

는 당국의 성명(聲明)에 대해 조목조목 근거를 제시하며 우호국 사람들의 실체를 폭로하고 있다. 여기서 루쉰은 "우호국 사람들이 깜짝 놀라고 있다. 이대로 계속 두면 나라가 나라꼴이 되지 못할 것이다"라는 말을 놓고서 아래와 같이 반론과 규탄을 퍼붓고 있다.

> 대단한 '우호국 사람들'이다. 일본 제국주의의 군대가 랴오닝(遼寧)·지린(吉林)을 점령하여 관공서를 폭격해도 그들은 깜짝 놀라지 않았다. 철도를 차단하고, 객차를 폭격하고, 관리를 체포하고, 인민을 총살해도 깜짝 놀라지 않았다. 중국 국민당 치하에서 매년 거듭되는 내전(內戰), 공전(空前)의 수해(水害), 굶어서 아이를 팔고, 목이 잘려 저잣거리에 효시되고, 비밀스런 살육, 전기고문, 이런 것에도 깜짝 놀라지 않았다. 그럼에도 불구하고 학생의 청원운동으로 조금 문제가 발생하자 깜짝 놀라는 것이다. 대단한 국민당의 '우호국 사람들'이여!

위에 열거한 사실만 보더라도 우리는 '우호국'이란 제국주의 국가와 다름없음을 알 수 있다. 여기서 루쉰은 학생들의 청원 운동 때문에 우호국 사람들이 놀랐다는 것에 대해 당국이 제국주의 국가 앞에서는 전전긍긍해 하면서, 다른 한편으로는 동북3성(東北三省)을 그들에게 내주는 것이 오히려 나라가 나라꼴이 될 수 있을 거라고 믿는 당국자의 이중성과 노예성을 폭로했다.

또한 루쉰은 여기서 한 걸음 더 나아가 우호국 사람들의 오만함과 그들 뜻대로 순종하는 당국을 더욱 단호하게 비판했다.

> '우호국'은 우리 백성더러 유린당하더라도 찍소리 말고 가만있으라 하고, 조금이라도 '탈선'하기만 하면 당장 죽인다고 했다. 당국은 우리더러 이 우호국 사람들의 '희망'에 따르라고 했고, 그렇지 않으면 "즉시 긴급조치를 취해야 하고 사후에 제지시킬 방법이 없었다는 구실로 책임을 회피하려고 해선 안 된다"는 공개 전보를 각지의 군정(軍政) 당국에 친다는 것이다.

위에서 루쉰은 제국주의자와 당국자의 전제 통치를 비난하고 있지만, 그 이면에는 제국주의 인사와 가까운 관계를 유지하기 위해 저항하는 국민들을 억압하며 스스로 식민통치를 실행하려는 당국자에 대한 비판에 무게가 더 실려 있다. 그렇기에 루쉰은 제국주의자와 당국자를 대비시키면서 제국주의의 침략이 바로 권력을 잡고 있는 당국자에 의해서 이루어지고 있음을 논리적으로 이끌어 낸 것이다.

루쉰은 이처럼 논적의 논리를 논거(論據)와 논거 사이에 두고 "그대의 창으로 그대의 방패를 찔러보라[以子之矛攻子之盾]"는 논변과정 중에서 논적 자신의 모순을 드러내 풍자의 임무를 다했다.

루쉰의 잡문 가운데 위와 같이 논적의 논리적 모순을 드러내는 폭로성 풍자는 다수를 차지하며 또한 매우 성공적이었다. 그러나 그와 함께 광범위하게 구사되며 성공적인 운용을 보여주는 풍자논법이 있는데, 그것은 과장과 반어적인 희극 구성에 기반해 논리화된 풍자이다. 이는 곧 풍자의 형상성과 논리성이 고도로 어우러진 형태라 할 수 있다. 다시 아래의 예를 든다.

내 생각엔 이에 대한 유일한 해결책은 '서양식' 방법을 도입하는 것인 듯 하다. 서양식은 비록 국수주의에 위배되기는 하나 때로는 오히려 국수주의에 도움이 되기도 한다. 이를테면 라디오는 신식물건이다. 그러나 거기에서 울려나오는 새벽의 독경소리는 해롭지 않다. 자동차 역시 서양물건이다. 그러나 자동차를 타고 마작판에 가면 가마보다 빨리 도착할 터이니, 우리는 몇 판 더 돌릴 시간을 벌지 않는가. 이와 마찬가지로, 우리는 방독면을 착용함으로써 남자와 여자의 숨결이 뒤섞이는 것을 막을 수 있을 것이다. 각자 산소통을 짊어지고 관을 통해 산소를 들이마신다면, 이는 안면 노출을 막을 뿐만 아니라 공습대비훈련도 겸할 것이다. 그럼으로써 우리는 "중국의 학문을 기본으로 하여 서양의 학문을 이용"할 수 있게 될 것이다.28)

---

28) 「기이하도다 奇怪」, 『화변문학 花邊文學』, ≪魯迅全集≫ 제5권.

여기서는 남녀혼영, 동행, 겸상, '동영[同影] 남녀가 한 장소에서 영화를 관람하는 것]' 등을 불허한 당국의 시대역행적 조치를 신랄하게 비판하고 있다. 위의 풍자논법이 정밀한 까닭은 그것이 단순히 희극적인 구성으로 논리를 전개하는 데 그치지 않고, 신랄함과 함께 논리에 부합되는 형상화로써 논적의 모순을 보다 우스꽝스럽게 부각한 데 있다. 루쉰의 풍자는 이렇게 과장, 반어, 비유 등의 예술 기교와 결합하여 논리적인 공격성과 함께 뛰어난 형상 효과를 발휘했다.

이상과 같이 루쉰의 잡문은 풍자를 통한 효과적인 논전방법으로 논적의 모순을 부각하여 반박할 수 없는 논리력을 드러냈다. 또한 논적의 급소를 제대로 찌르는 통찰력과 논리력 강화에 바탕이 된 풍자가 있었기에 독자에게 보다 명료하면서도 인상 깊게 전달되어 더욱 설득력을 지닐 수 있었다.

5. 시대의 감응과 풍자의 예술 공력

루쉰의 잡문은 스스로 평가했듯 문장은 짧아도 많은 생각을 쥐어짜서 그것을 정예의 일격으로 단련시켜 낸 것이다. 여기서 풍자는 그 '정예의 일격'으로서 현실사회의 온갖 불합리함과 부도덕함을 집약시켜 나타낼 뿐만 아니라, 생동감 있고 신랄하며 유머러스하고 재미있는 예술 기량도 보여 주고 있다. 풍자는 인간생활, 특히 동시대(同時代) 사회의 결함, 모순, 폐해, 불합리 등을 지적, 조소(嘲笑)하여 익살 효과를 낳게 하는 일종의 예술 기법이다. 루쉰은 초기부터 '입인(立人)'과 "성실과 진실을 유지해 나갈 것[抱誠守眞]"을 강조해 풍자예술이 '공정한 마음(公心)'으로 인간사회의 온갖 허위와 위선을 한 치 유보 없이 드러내 사람들을 각성케 하는 효과가 있는 것에 주의했다.

그는 인간사회에서 가장 보편적이고 일상적인 현상들을 취해 풍자대상으로 삼아야 풍자예술이 더욱 광범위한 전형성과 사회적 의의를 지닐 수 있다고 봤는데, 그는 잡문에 대해 시사(時事)를 논할 때면 체면도 봐주지 말 것과 함께 방법 면에서는 폐해를 비판하는 데 있어 항상 유형(類型)을 추출하라고 역설했다. 이는 곧 잡문 장르의 시사 비평의 역할과 함께 비판대상의 유형화를 통한 효과적인 주제 전달을 강조한 것이다. 루쉰은 풍자대상을 묘사할 때 능히 그 본질을 부여잡고서 형상성을 갖춰 마침내 유형화된 형상을 주조(鑄造)해냈다. 그가 잡문에서 빚어낸 '유형 형상'에는 대체로 두 가지로 나누어 볼 수 있는데, 하나는 "실제로 누구를 가리키진 않지만 가리키지 않는 자가 없는" 경우이고, 또 하나는 "전적으로 한 사람을 묘사했지만 오히려 그가 많은 사람을 대표하는" 경우이다. 이 두 유형의 풍자형상은 저마다 다른 각도에서 그 전형성을 나타내며 또 각자 뚜렷한 형상성을 보여주는데, 마치 간결하면서도 생동적인 한 컷의 풍자만화처럼 재미를 돋우면서 강렬한 인상을 남긴다. 루쉰은 풍자형상이 위와 같은 유형 특징을 지닐 수 있도록 '집중화(集中化)'된 유형 형상과 "코 하나, 입 하나, 털 하나[一鼻, 一嘴, 一毛]" 식(式)의 유형 형상, 그리고 '순간포착[立此存照]'식의 유형 형상 등의 '전형화' 방법을 구사했다. 이렇게 유형화된 풍자형상은 어떤 사회현상과 어떤 부류 인간의 성격 특징을 반영한 것으로서, 뚜렷한 개성 특징뿐 아니라 보편적인 공통성도 함께 지니고 있다. 또한 전형화된 풍자형상이 진상(眞相)을 모조리 폭로하고 통쾌한 웃음을 자아내는 과정을 통해 보다 두드러진 희극효과를 거둘 수 있었다. 이 때문에 그는 풍자예술의 '유형 추출' 방면에 있어 생동감 있고 신랄하며 유머러스하고 재미있는 예술 기량을 충분히 발휘해 낸 것이다.

한편 루쉰은 자신이 장악하고 있는 이치를 토대로 잡문 장르가 요구하는 논리성을 확보하기 위해 효과적인 논전방법을 구사했다. 그는 논적의 허점을 틀어쥐고서 그것을 자신의 논변 가운데 교묘히 삽입시켜 생동적인 언어문자로 날카롭고 매서우며 유머러스하고 재미있는 분위기 가운데 논적을 난처하게 만드는 데 뛰어났다. 그는 문제를 각자 실정에 맞게 담론하여, 시비곡직이 분명하고 사리 분석이 명확하여 빈틈없는 논리성을 보여 준다. 동시에 불합리한 사회현실을 여러 구체적인 형상을 통해 생동감 있게 펼쳐내 강렬한 풍자의 힘을 지니고 있다.

1933년 취치우바이(瞿秋白)가 「루쉰잡감선집·서언」에서 루쉰의 잡문은 "사회논문 혹은 전투적 푀이통(feuilleton)"으로, 즉 '문예성을 띤 논문'이라고 정의한이래, 루쉰의 잡문에 관해 "의론의 형상화"(쉬마오융 徐懋庸)니, "시와 정론(政論)의 결합"(펑쉬에펑 馮雪鋒)이니, "논리사유와 형상사유의 유기적인 결합"(탕타오 唐弢)이니 하는 등의 예술적 정의가 있어왔다. 앞의 정의 모두 이성(理性)적 색채가 농후한 장르 가운데 루쉰이 중시한 것이 '형상적'인 창작이었음을 의미하고 있지만, 이러한 정의는 사물의 본질을 날카롭게 인식하고 이를 보다 구체적이고 생동감 있는 희극 형상으로 반영해 내는 풍자기법이 바탕이 됐기에 더욱 가능했던 것이다. 이렇듯 루쉰의 풍자는 집약적이고 선명하며 두드러진 형상 특징으로 그의 잡문에서 탁월한 비판 효과를 나타냈을 뿐만 아니라, 웃음과 경멸, 분노의 감정을 불러일으키는 문학 본연의 유희를 느끼게 해준 가장 뛰어난 기법이었던 것이다. 끝으로 우리는 가장 먼저 시대에 감응하고 비판의 목소리를 그때그때마다 발산하는 데 이용됐던 잡문에서 사물의 본질을 통찰해내고 그것을 다시 웃음으로 바꿔내는 그의 예술 공력에 확실히 풍자예술의 대가로서의 면모를 확인할 수 있다.

자립과 소통의 꿈으로서의 루쉰 소설

: 「회구 懷舊」와 「쿵이지 孔乙己」를 통해 본 지식인의 존재 의미

1. '기억의 서사'로서의 루쉰 소설

나도 젊었을 때 많은 꿈을 가진 적이 있었다. 나중에는 대개 잊고 말았지만, 그렇다고 별로 애석하게 생각한 적은 없다. 추억이란 사람을 즐겁게도 하지만 때로는 적막하게 만들기도 한다. 마음속 실 한 가닥 지나가버린 쓸쓸한 시간을 매어둔들 무슨 소용이 있겠는가. 그것을 완전히 잊어버리지 못한데에서 난 오히려 고통을 느낀다. 그 완전히 잊힐 수 없는 일부분이 지금 내가 『납함 吶喊』을 쓰게 된 원인이 됐다.[1]

루쉰은 소설집 『납함 吶喊』의 「자서 自序」 첫 대목부터 완전히 잊히지 않는 기억의 고통이 창작의 원인이자 소설을 구성하는 기본 내용임을 밝히고 있다. 이어 밝히듯 그가 어릴 적부터 봤던 세상의 진면목과 청년시절 의학 구국 꿈의 좌절, 그리고 『신생 新生』 잡지 발행의 실패 기억 등은 '비애'와 '적막'이 내재된 창작심리로 작용했다. 하지만 그는 좌절의 기억들과 '비애', '적막'의 고통을 예전과는 다른 현실 자각의 깊이로 단련된 창작으로 재구성해냈다. 이에 그는 '쇠로 만든 방'에 비유되는 절망적 현

---

1) ≪魯迅全集≫ 제1권, 人民文學出版社, 1981년, 415쪽.

실 속에서 그래도 "희망이란 장래에 있는 것"이라는 일말의 희망을 놓치지 않으려 한, 그만의 창작의미를 보여준 것이다.

이 글에서 고찰하고자 하는 소설 「회구 懷舊」와 「쿵이지 孔乙己」는 첫 번째 좌절의 기억으로, 작품에서 그는 과거에 경험했던 '기억'을 통해 중국을 정체하게 만든 오랜 봉건전통의 사회구조 속에 생기를 잃고 마비된 영혼들을 '과거적 형식'으로 서사하고 있다. 그런데 작품의 1인칭 관찰자인 '나'는 어린 시절 나의 눈으로 관찰했던 일들을 떠올리는 '성장한 나'의 가치판단이 내재된 기억으로 이야기하고 있다. 이로써 반성적 기억이 투영된 이야기는 '과거'라는 제한적 시간을 넘어 '현재'의 지평 속으로 끊임없이 통합되며, 특정한 시공간의 경계에 묶이지 않는 보편적인 이야기로 공감되고 받아들여지는 것이다.[2)]

「회구」는 루쉰이 「광인일기」 창작을 계기로 문단에 정식으로 발을 내딛기 7년 전인 1911년 겨울에 쓰인 '습작'으로, 어린 시절 한 시골 마을에서 있었던 이틀 동안의 사건을 학동인 '나'의 시선을 통해 풍자적이면서도 해학적으로 묘사한 작품이다. 그리고 「쿵이지」는 「광인일기」가 발표된 그 이듬해인 1919년에 창작한 소설로, 역시 어린 술집 사환인 '나'의 눈을 통해 몰락한 사대부인 쿵이지에 관한 일화를 희비극적 필치와 동정어린 풍자로 그려내고 있다. 문학사적인 의의로 볼 때 「광인일기」는 광인의 자의식과 목소리를 빌어 봉건예교 전통이 갖는 식인성과 비인간성의 이미지를 부각시킨 소설로서 그러한 역사구조에 대한 근본적인 의문 제기와 반성적 사유를 보여주고 있다. 이로부터 『납함 吶喊』의 소설마다 앞서 광인이 상상했던 식인사회의 실체가 냉혹하게 드러난 바, 그것은 반성적 기억이 투영된 형상과 무인칭의 군상(群像)으로 나타난 것이다. 「쿵이지」는 앞서 광인이 상상했던 식인의 현실을 『납함』에서 처음으로 펼쳐 보인 반성적 기억으로서 비극적 말로에 들어섰음에도 각성하지 못하는 지식인과 그의 불행을 구경거리 삼아 즐기는 주변 사람들의 '소통 불능'의 기억을

---

2) 이종민, 「근대 중국의 문학적 사유」, 서울대학교 박사학위 논문, 1998년 6월, 172~173쪽.

다루고 있다. 그리고 루쉰의 처녀작인 「회구」는 반성적 기억의 첫 서사로서 장발적 사건으로 상징되는 '혁명'이 지식인과 민중에게 아무런 작용도 하지 못한 '소통 불능'의 기억을 다루었다. 특히 이 소설은 선각자 역할을 해야 할 지식인이 우매하고 마비된 일반 민중들과 다를 바 없이 오히려 봉건사회를 온존시키는 데 기여하는 존재로 남아 있는 한, 진정한 의미로서의 '혁명'은 요원하다는 문제의식을 「광인일기」 창작 이전부터 보여줬다는 점에서 향후 소설 창작의 방향성을 예고한 작품이라 할 수 있다.

여기서 주목할 만한 것은 루쉰 소설의 첫 기억의 서사로서 의미를 지니는 이 두 소설이 그가 전달하고자 했던 평생 화두인 입인 문제를 창작주체로서의 '나'가 아닌 순수한 일인칭 화자로서의 '나'로 제시하면서 더욱 효과적으로 부각시켰다는 점이다. 작품에서 한 봉건마을의 서당에 다니는 학동과 함형주점(咸亨酒店)의 사환으로 일하는 아이의 신분은 봉건지식인의 성격과 행동을 이끌어내는 상대 역할뿐 아니라, 민중들의 반응을 전달하는 역할 가운데 자신의 모습을 나타내고 있다. 작품은 이렇게 객관성을 가장한 관점 구조를 통해 봉건지식인과 민중 뿐 아니라 '나'까지 비판의 대상에 포함되는 반성적 기억의 과정으로 전환되고 있다.[3] 이에 작품의 주인공이 비참하게 '소멸'되어가도 아무도 별다른 관심을 가지지 않는 현실에서 소통의 부재와 마비된 정신의 비극이 더욱 환기되며 '입인(立人)'의 문제가 거듭 부각되는 것이다. 이로써 독자는 좌절의 기억과 비애와 적막의 내면 고통이 자리한 곳 너머로 루쉰의 계몽 '희망' 메시지를 읽게 된다.

이 글에서는 기억의 서사를 통해 루쉰이 부각시키고자 했던 계몽의 주제의식을 지식인으로서의 자립 문제와 소통 문제 두 개의 화두로 나누어 논의하고자 한다. 이를 위해 지식인의 존재 의미에 대한 출발점인 '자신을 세우는 것[立己]'에서 나아갈 길을 찾는 '남을 세우는 것[立人]'의 지향점이 작품에 나오는 봉건지식인에게 어떻게 투영되어 드러났는지를 살펴보

---

3) 유중하, 「루쉰 전기문학 연구」, 연세대학교 박사학위 논문, 1993년, 185~186쪽 참조.

고, 소통의 꿈으로서의 소설 창작이 향후 그가 창작 지평을 확장하는 데 어떠한 의미로 작용했는지를 가늠해보도록 한다.

2. '자립의 꿈'으로서의 루쉰 소설

1) 「회구」, 지식인 온존과 자립의 문제

「회구」는 1911년 신해혁명이 고조에 달했던 그해 겨울에 쓰인 문언단 편소설로, 예전 '정신계 전사'의 출현을 희망했던 「악마파 시의 힘」과 같은 문론이나 '천재의 사유'를 깨닫길 기대했던 『역외소설집』의 번역과는 달리 직접 창작을 통해 계몽을 시도했다는 점에서 의미가 깊다. 그리고 이 소설은 작가의 개성이나 주제의식, 시대적 각인 등이 반복적으로 내용과 형식에 표현되는 '창작 모티프'의 각도에서 봤을 때, 그의 전문학(全文學) 생애를 관류하는 '순환적 규율'로 작용한 '저본(底本)'의 성격을 지닌 작품이라 할 수 있다. 특히 소설에 등장하는 대머리 선생은 봉건교육의 속박에 의해 주체를 상실했을 뿐 아니라, 그것의 재생산에 기여하는 존재로 설정됨으로써 무엇보다 지식인의 계몽이 시급하다는 문제의식을 처음 나타내고 있다.

소설은 크게 세 가지 이야기가 교차되면서 진행된다. 첫 번째는 아홉 살 난 학동이 고전 교육을 받는 부분이고, 두 번째는 학동의 스승인 대머리 선생이 장발적이 들이닥친다는 소문에 당황해하는 부분, 세 번째는 학동의 집 하인인 왕씨 할아버지가 경험했던 태평천국의 난 때의 장발적 이야기가 그것이다. 소설에서 대머리 선생은 학동에게 진부한 고전 교육만을 강요하는 데에서부터 혁명을 상징하는 장발적 사건 앞에 겁약하면서도 능란한 기회주의적 모습을 보이는 데까지 서두와 결미를 장식하며, 봉건지식인의 부정적인 면모를 집약적으로 보여주고 있다.

작품의 서두에서 작중화자인 '나'는 대머리 선생으로부터 대련(對聯)을 강요받고, 왕씨 할아버지에게 옛이야기를 해달라고 조르다 혼나고, 수업 시간에 자로 머리를 얻어맞는 등 경직된 봉건교육을 받는 장면들을 매우 해학적으로 전달하고 있다. 대머리 선생은 고장에서 최고의 지식인[第一智者]로 여겨지지만 정작 지식인으로서 그의 능력은 아이에게 『논어』를 강해할 때 등장하는 요종(耀宗)이란 벼락부자를 대하는 태도와 장발적 사건에 대처하는 계략에서부터 그 '진가'를 발휘한다. 배웠던 지식의 용도를 한낱 그럴듯한 논리로 포장하거나 기회주의적 본성을 발휘하는 데 쓰는 가운데 지식인 내면의 노예근성과 속물근성, 위선들이 남김없이 폭로되고 있다. 아래의 대목에서 먼저 우리는 전통 봉건사회의 강자본위(强者本位) 세태와 함께 요종을 변호하는 봉건지식인의 위선을 엿볼 수 있다.

　앙성 선생(仰聖先生)! 앙성 선생! 다행히도 문 밖에서 돌연한 괴성이 들려왔다. …… "요종 형님이십니까? 들어오시지요." 선생은 『논어』 강의를 멈추고 머리를 쳐들었다. 그리고 나가 문을 열면서 예를 갖추는 것이었다. …… 오직 대머리 선생만이 그를 자주 만나는데 왕씨 할아버지는 그것을 아주 이상하게 여겼다. 나는 혼자서 그 까닭을 곰곰이 생각해봤지. 요종은 스물한 살이 되어서도 아들이 없자 다급하게 첩을 셋이나 두었다. 대머리 선생은 일찍이 불효는 세 가지가 있다고 했는데 그 중에서 후손이 없는 것이 가장 크다고 했다. 그래서 삼십일 금(金)이나 써서 첩 하나를 사가지고 왔다. 후한 예를 갖춘 까닭은 요종이 효성스럽기 때문이라고 했다.4)

첩을 셋씩이나 두고서도 삼십일 금을 주고 또 첩을 구한 요종을 효성스럽다고 변호하는 대머리 선생을 바라보는 아이의 눈에 그는 조소의 대상일 뿐이다. 지식인의 허위의식과 이중성에 대한 비판과 풍자는 이후 루쉰 소설에서도 집요하게 다뤄지는데, 이는 전통 봉건사회의 유습과 낡은 틀을 벗어버리고 주체적인 인간으로 바로 서야한다는 루쉰의 주제의식과도

---

4) ≪魯迅全集≫ 제7권, 563~564쪽.

궤를 함께 하고 있다.5)

이야기는 요종이 장발적이 들이닥친다는 소문을 대머리 선생에게 전하면서 위기감을 느낀 대머리 선생이 엄숙한 선생으로서의 모습을 방기한 채 허둥대며 신변의 안전을 도모하는 대목에 이르러 절정에 이른다. 더욱이 작품속의 장발적 사건이 혁명을 상징한다는 점에서 문제의 심각성이 더해지는데, 각성된 근대적 주체가 여느 때보다 요구되던 시대에 대머리 선생은 오히려 낡은 질서를 사수하려 하는 데에서 자신의 존재가치를 드러낸다.

"팔백 명? 어찌 이런 일이! 아아, 아마도 산적이거나 가까운 지역의 적건 당(赤巾黨)일 겁니다." 대머리 선생의 지혜는 뛰어나서 옳고 그름을 즉각 구별할 수가 있었다. …… "이렇게 세상을 어지럽히는 사람의 운명은 반드시 오래 가지 못할 것입니다. 『강감역지록 綱鑒易知錄』을 자세히 뒤져봐도 성공한 자를 발견할 수 없지요. 어쩌다가 그 중에 성공한 사람이 있을 것이지만, 그에게 음식을 대접하면 그만입니다. 그렇지만 요종형님! 형님은 절대 이름을 내세우지 마시고 마을사람들에게 위탁하는 것이 좋을 듯합니다." …… 사람들은 무시(蕪市)를 통틀어 나의 대머리 선생만큼 유식한 사람도 없다고 했다. 그 말은 진실이었다. 선생은 어떤 때를 당해도 잘 대처할 줄 알았다. 자기 몸을 조금도 다치게 하지 않는 것이었다. 반고(盤古)가 천지를 개벽한 이래 대대로 전쟁과 살육과 정벌과 난리와 흥망 있었어도 양성 선생 일가만큼은 목숨을 잃지 않았다. 또한 적을 따라 죽지도 않았으니 지금까지 면면히 이어 내려와 여전히 끄떡없이 가르침의 자리를 지키며 나 같은 개구진 제자들에게 '칠십이 되어 마음이 하고자 하는 바를 따르면서도 도를 넘지 않았다'고 말씀하시는 것이다.6)

---

5) 閔開德·吳同瑞, 『魯迅文藝思想槪述』, 北京大學出版社, 1986년, 11~12쪽 참조.
6) ≪魯迅全集≫ 제7권, 564~566쪽.

작품에서 왕씨 할아버지가 장발적을 만났을 때 서른 살이었고, 지금은 이미 일흔 살이 넘었다고 이야기한 사실에서 볼 때 소설이 설정한 시간적 배경은 대체로 태평천국의 난이 일어난 지 40여 년 후인 1900년 전후임을 알 수 있다. 그러나 장발적인지 산적인지 그 정체가 불분명한 데서 보듯 루쉰은 의도적으로 그 '정체'를 혼동시키고 있는데, 이는 당시 어떤 구체적인 혁명을 지칭하기 보다는 무수한 혁명 또는 민란에서 나타나는 중국인의 보편적인 대처양상을 드러내기 위한 것으로 생각된다.[7] 위에서 아이는 대머리 선생의 집안 내력을 이야기하고 있지만, 실제로는 봉건지식인의 처세를 나타내고 있다. 혁명을 맞아 그것이 왜 일어났는지 원인은 알려들지 않고 그저 신변의 안전만 궁리하는 대머리 선생에게는 지식인으로서 응당 가져야 할 '감시우국(感時憂國)'의 정신은 찾아볼 수 없다. 이를 통해 루쉰은 지식인 존립의 목적이 일신의 안위와 부귀공명이 되어온 오랜 역사적 병폐를 지적해낸 것이다. 이런 현실에서 지식인의 학문은 죽은 학문일 수밖에 없고, 그들의 인간관계 역시 진정성을 상실한 생명력을 잃은 존재일 뿐이다.[8]

이후 이야기는 장발적이 나타났다는 소문이 허위였음이 밝혀지자 그 한바탕 소동이 대머리 선생의 안도의 웃음 속에서 사라지고, 마을은 다시 예전처럼 평온을 되찾으면서 마무리된다. 왕씨 할아버지는 여전히 옛일을 회고하고, 대머리 선생은 위엄스런 자세로 돌아와 내게 글방으로 오라 호령한다. 여기서 중요한 것은 장발적 사건이 해프닝으로 끝나면서 다시

---

7) 기왕의 연구에서는 이 작품을 신해혁명의 피상성에 대한 회의를 주제로 하고 있다는 관점과 신해혁명의 실패를 예견한 작품이라는 관점이 지배적이었다. 하지만 이 작품은 신해혁명 발발의 고조기였던 1911년 겨울에 쓰였다는 점과 당시 루쉰이 학생들을 모아 가두선전활동을 했다는 사실에서도 알 수 있듯이 신해혁명의 본질을 통찰하기에는 아직 시간적으로 거리가 멀다. 따라서 「회구」는 어떤 구체적인 혁명을 가리킨다기보다는 그동안 진행되어 왔던 혁명 또는 민란이 보편적으로 내포하고 있는 근본적 한계와 교훈에 대한 문학적 사유를 통해 사회를 근본적으로 계몽하고자 했던, 당초 루쉰의 주제의식과 맥락을 같이 한 것이라 생각된다.
8) 김효민, 「루쉰 소설 속의 舊지식인 문제에 대한 일고찰」, 『中國語文論叢』 37호, 2008년, 220~221쪽 참조.

예전의 일상으로 되돌아갔다는 사실이다. 즉 절망적인 현실의 근원에는 좀처럼 변하지 않는 낡은 질서가 온존하고 있다는 사실이 다시 확인되는 순간이다. 이것은 『납함』의 「자서 自序」에서 루쉰이 비유했던 창문도 없고 절대로 부술 수 없는 쇠로 만든 방의 원형과 다르지 않다.

소설은 이처럼 오랜 봉건 질서 아래 지식인 내면에 축적된 노예근성과 속물근성, 위선들을 대머리 선생 형상에 집약시킴으로써 종국적으로 문제의식을 국민성으로까지 확대하고 있다. 앞서 보았듯 낡은 질서에 기생하며 일신의 안위만을 도모하는 지식인은 마비되고 우매한 민중과 본질적으로 다를 바 없다는 것이 드러난 것이다. 그리고 이것은 한 천진난만한 어린 학동의 기억을 통해 더욱 자연스러우면서도 효과적으로 드러나고 있다. 이로부터 누구보다 각성한 주체로서 비판적, 창조적 역량을 갖춘 지식인이 먼저 존립해야 한다는 주제의식이 향후 루쉰이 창작의 지평을 확장해나가는데 주요 경로로 작용하게 된 것이다.

2) 「쿵이지」, 지식인 소멸과 자립의 문제

「쿵이지」는 루쉰이 소설가로서 명성을 알린 「광인일기」가 발표된 그 이듬해인 1919년에 창작된 소설로, 앞서 광인이 상상했던 식인의 현실을 처음 '쿵이지'라는 인물을 통해 철저히 묘파해냈다는 점에서 의미가 깊다. 더욱이 이 소설은 루쉰이 가장 마음에 들어 했던 작품인 만큼 단편임에도 뚜렷한 구성, 적절한 표현, 간결한 문체, 맑은 서정, 기지와 해학이 그만의 사상성과 어우러져 현대소설 중에서도 최고의 명작으로 손꼽힌다.9) 이 소설 역시 아이의 시선을 통해 각성할 줄 모르는 봉건 지식인의 절망적인 현실을 그려내고 있지만, 앞의 대머리 선생의 경우 희화화된 인물로 다뤄진 데 반해, 쿵이지는 매우 가련한 인물로 형상화되고 있다. 앞서 광인이 "역사에는 연대가 없고, 페이지마다 '인의도덕(仁義道德)'이라는 몇 개의 글

---

9) 고점복, 「孔乙己論」, 『中國語文論叢』 34호, 2007년, 379쪽에서 재인용.

자만이 삐뚤삐뚤 적혀 있었고", "책 가득 '식인'이라는 두 글자가 쓰여 있었다"[10]고 외쳤던 식인의 현실이 다름 아닌 봉건이데올로기 생산자인 독서인 출신의 주인공의 정신을 잡아먹고 비극적 말로로 내몰리게 하는 현실로 확인된 것이다.

소설은 아무런 관직도 경제적 능력도 갖지 못한 독서인 쿵이지가 술집에 등장하는 데서부터 외상값이 밀린 채 서서히 사라져갈 때까지 그에 관한 모든 언행이 구경꾼들의 웃음거리 밖에 되지 못하는 존재의 비극을 펼쳐내고 있다. 소설을 보면 쿵이지가 구경꾼들의 웃음을 자아내게 하는 가장 큰 원인이자 그가 처한 현실의 비극성을 부각시켜주는 것은, 주로 현실의 패배를 정당화하거나 도외시하는 또 하나의 정신승리법과 자신의 존재가치를 애써 증명하려는 집착에서 두드러지게 나타난다.

쿵이지는 생계를 위해 도둑질까지 하는 궁핍한 처지에 놓여있으면서도 독서인 신분을 나타내는 허름한 장삼을 끝내 벗지 않는다. 이로부터 신분관념과 실재적 삶과의 괴리가 여실히 드러나게 된다. 하지만 무엇보다 존재의 비극성을 강화시켜주는 것은 생존할 물적 기반을 상실했음에도 자신을 그렇게 만든 현실사회를 원망하기는커녕 타인의 웃음조차 지각하지 못할 정도로 봉건적 논리에 갇혀 책을 훔친 자신의 행위를 정당화하는 또 하나의 '정신승리법'이다.

"자네 틀림없이 또 뉘 물건을 훔친 게로구먼" 쿵이지는 흘겨보며 "뭐라고? 왜 또 터무니없이 남의 청렴을 더럽히려 하는고……" "청렴이라고? 내가 엊그제 이 눈으로 똑똑히 봤는데. 자네가 허(何)씨 댁의 책을 훔치다 들켜 거꾸로 매달려 얻어맞는 걸 말이야!" 쿵이지는 금세 얼굴이 새빨갛게 달아올라서는 이마에 퍼런 힘줄을 세우며 열심히 항변했다. "책을 훔치는 건 도둑질이라고 할 수 없지…… 책을 훔치는 건! …… 독서인의 상정(常情)이니, 도둑질이라 할 수 있으랴?" 그러고는 이야기가 어려워지며 "군자는 본시 궁

10) ≪魯迅全集≫ 제1권, 425쪽.

하니라"느니 뭐라느니 하다가는 '자호(者乎)'로 된다. 그러면 사람들은 이내 웃음을 터뜨리고 술집 안팎은 쾌활한 공기가 넘쳤다.11)

남에게 책을 베껴주거나 심지어 도둑질까지 하지만, 독서인은 얼마든지 그럴 수 있다는 사고방식에 젖어있는 한, 그에게 돌아오는 것은 호된 매질과 구경꾼들의 웃음소리뿐이다. 과거 급제라는 제도권에 편입되지 못해 맞닥뜨려야 하는 당혹스런 현실 앞에 그가 줄곧 내세우는 독서인으로서의 자존심은 책을 훔치고 매를 맞는 것을 봤다는 막벌이꾼들의 말에 새빨갛게 달아오르는 그의 얼굴에서, 어째서 수재(秀才)도 되지 못했냐는 비아냥에 잔뜩 위축되는 그의 모습에서, 또 훔치다 다리가 부러졌냐는 질문에 더 이상 묻지 말아주길 바라는 간절한 눈빛에서 여지없이 무너진다.12) 이제는 더 이상 잃을 것도 없는 지경에 이르러서도 현실의 패배를 애써 외면하려 하지만 그럴수록 구경꾼들의 웃음의 강도는 높아져간다. 천 년 이상 지속됐던 과거제도 아래 깊이 뿌리 내린 과거적(過去的) 사고방식, 즉 사대부 의식에 존속되어 자기 행위의 정당성을 주장하는 그의 우스꽝스런 모습은 현실을 받아들이고 새로운 삶을 모색할 줄 모르는 봉건 지식인 존재의 비극을 집약적으로 보여준 것이다.

과거적 사고방식에 갇혀 자신의 존재가치를 증명하려 하지만 번번이 좌절된 쿵이지의 집착은 이윽고 작중화자인 어린 '나'에게로 옮겨진다. 그러나 이번에는 자신이 지닌 지식이 현실적으로 유용하다는 것을 증명하려는 시도이기에 그 뒤에 오는 좌절은 그의 무능함을 더욱 돋보이게 한다.

한 번은 그가 내게 물었다. "너 글을 배운 적 있니?" 내가 고개를 끄덕이자 그는 "글을 배웠다고! …… 그럼 내 너를 시험해보마" …… 나는 거지나 다름없는 사람이 날 시험한다고 생각하니 참을 수 없어 고개를 돌리고 상대

11) 《魯迅全集》 제1권, 435쪽.
12) 김효민, 같은 글, 225~226쪽 참조.

하지 않았다. …… "쓸 줄 모르나 보지? …… 내 가르쳐 주마. 이런 글자는
외워둬야 한다. 앞으로 가게주인이 되면 장부를 쓸 때 필요할 거야." 나는
속으로 나와 주인의 계급은 아직 까마득할 뿐만 아니라, 우리 주인은 회향두
를 장부에 올려본 적이 없다는 생각을 하고는 우습기도 하고 또 귀찮아서
건성으로 대답을 했다. …… 나는 더욱 참을 수가 없어 입을 삐쭉 내밀고 멀
리 가버렸다. 쿵이지는 막 손톱에 술을 적셔서 술청 위에 글자를 쓰려던 참
이었는데, 내가 전혀 성의를 보이지 않자 후우 한숨을 내쉬며 몹시 유감스럽
다는 듯한 표정을 지었다.13)

장부 기록이라는 현실적 유용성 가치를 들어 자신의 존재가치를 증명
하려는 그의 노력은 막벌이꾼들이 서서 술을 마시는 공간에서는 아무런
위력을 발휘하지 못한다. 제도적으로 인정받지 못한 그가 술청 밖에서 허
름한 장삼을 걸친 채 노동자들처럼 서서 술을 마시는 모습도 사람들에게
는 놀림감이지만, 지식의 유용성 가치까지 들먹이며 자신의 존재가치를
애써 확인하려는 모습조차 작중화자인 내게는 한낱 귀찮은 상대일 뿐이
다. 사람들에게 쿵이지가 유용할 때는 그를 통해 한바탕 웃을 수 있는 순
간뿐이다. 소설은 이렇게 자신의 지식과 사상을 현실에 실천하는 것을 이
상으로 살아온 지식인이 제도적 기반을 갖추지 못했을 때 부딪칠 수밖에
없는 냉혹한 현실을 쿵이지라는 무능한 형상과 술청 밖의 공간을 통해 매
우 집약적으로 묘사해냈다.

이후 쿵이지는 결국 자취를 감추지만, 그가 사라진 뒤에도 현실은 전
혀 달라진 게 없다. 그가 비참하게 '소멸'되어가도 아무도 관심을 갖지
않는 현실에서 마비된 정신의 비극, 그것도 누구보다 먼저 각성해야 할
지식인의 마비된 정신의 비극이 다시 한 번 환기되며, 그렇게 만든 절망
적인 현실 환경의 온존이란 문제가 거듭 부각된다. 여기서 독자는 지식
인이란 존재 의미에 대해 생각하지 않을 수 없게 된다. 그의 죽음이 애도

---

13) ≪魯迅全集≫ 제1권, 436쪽.

는커녕 두고두고 안주거리로 회자되는 현실에서 쿵이지가 남긴 것은 오직 '입인'의 문제이다. 지식인의 범위를 넘어서 온전한 생명력과 가치를 지닌 각성된 주체로서 '국민', 나아가 '인간'을 세워야 한다는 당위성의 문제를 남긴 것이다. 루쉰의 문제의식이 여기에 닿아있었기에 쿵이지에 대한 필치는 단순히 풍자에 그치지 않고 행간 너머로 깊은 연민까지 담고 있는 것이다.14)

이로부터 향후 루쉰의 소설은 처해진 현실 앞에 한없이 무능하고 나약한 지식인의 정신적 빈곤을 드러내는 데에서 자립을 목표로 현실에 맞서 나가지만 어쩔 수 없이 겪어야 하는 지식인의 고뇌와 막막함을 묘사하는 창작 지평으로까지 확대되고 있다. 그런 의미에서 「쿵이지」 창작은 지식인으로서 자신의 지식과 사상이 현실적으로 유용성을 갖추기 위해 근본적으로 고민해야 할 과제, 바로 자기 자신부터 바로 서는[立리] 데서 시작해야 한다는 것을 처음 확인시켜준 매개라 할 것이다.

3. '소통의 꿈'으로서의 루쉰 소설

내가 난생 처음 무료함을 느끼게 된 것은 그 일(『신생 新生』 잡지 발간의 좌절-인용자)이 있고 난 뒤부터였다. 나는 당초에 왜 그런지 까닭을 몰랐다. 얼마 후에야 나는 이렇게 생각하게 됐다. 즉 한 사람의 주장이 남의 찬성을 얻으면 전진하게 되고, 반대를 얻게 되면 분발하게 된다고. 그러나 낯선 사람들 속에서 홀로 외쳤는데 아무 반응이 없으면, 즉 찬성도 반대도 없다면, 마치 끝없는 벌판에 홀로 버려진 듯 자신을 어찌 해야 좋을지 모르게 되는 것이다. 이 얼마나 큰 비애인가! 나는 내가 느꼈던 것을 적막이라고 생각한다.15)

---

14) 김효민, 같은 글, 226~227쪽 참조.
15) ≪魯迅全集≫ 제1권, 417쪽.

조국의 '신생(新生)'을 위해 가열차게 전개했던 문예활동이 아무런 반응도 얻지 못한 채 비애 속에서 좌절의 세월을 보내야 했던 청년 루쉰이 표현한 이 '적막'은 다름 아닌 '소통의 좌절'을 의미한다. 문예창작은 일종의 소통 행위로서 소통에 대한 열망이 클수록 좌절 뒤에 오는 비애감도 크기 마련이다. 같은 글에서 그가 비유했던 '쇠로 만든 방[鐵屋]'이 바로 소통의 시도를 무력화시킨 실체로, 그 실체를 견고하게 만들어주는 근원은 그가 필생 동안 싸워왔던 역사, 전통, 그리고 국민성이었다. 이에 그가 소설에서 처음 표현해낸 것은 더 이상 미래성이나 이상을 담고 있는 꿈에 관한 이야기나 흔적이 아닌 암흑적인 중국 현실의 시공간에서 벌어지는 이야기들이 주종을 이룬다. 그것은 '적막'의 고통을 예전과는 다른 현실 자각의 깊이로 재구성해낸 창작임을 의미한다. 이후 루쉰의 소설 창작은 소통 좌절의 기억을 반성적으로 투영한 또 하나의 '소통의 꿈'으로서 변하지 않는 봉건전통 사회의 근원을 묘파해내는 이야기로 공감을 얻게 되는 것이다.

「회구」와 「쿵이지」를 보면 지식인과 민중 모두가 각성된 주체로 진정한 소통을 이루지 못하고 저마다 낡은 사고에 갇힌 채 희극적 혹은 비극적인 웃음을 만들어내고 있다. 먼저 「회구」에서는 작품의 중심을 이루는 '장발적 사건'을 통해 중국의 무수한 혁명 또는 민란에서 나타나는 중국인의 보편적인 대처양상을 드러냄으로써 '혁명'이 지식인과 민중 모두에게 아무런 작용도 하지 못하는, '소통 부재'의 현실을 매우 전형적으로 보여주고 있다. 여기서 주목해야 할 점은 곧 다가올 장발적이 지식인인 대머리 선생한테나 민중들에게나 모두 '압박자'의 모습으로 받아들여진다는 사실이다. 즉 어떤 명분을 내건 혁명일지라도 그들에게는 약탈과 살육이 난무하는 폭력으로 밖에 비쳐지지 않는다는 것을 의미한다. 이를 통해 루쉰은 그동안 '혁명'이라는 기치 아래 자행됐던 맹목적인 행동이 가져온 피해와 그것이 지니는 근본적 한계에 대해 비판하고 있다. 아울러 그는 혁명을 단지 폭력으로 받아들이고 살아갈 궁리만 찾는 중국인들의 단면을 통해 그들의 생존방식을 총결하고, 그러한 삶의 방식 속에 녹아든 완고한 전통의 폐단을 폭로한 것이다.16)

소설은 특히 장발적 사건을 몸소 겪었던 왕씨 할아버지의 마지막 회고 부분에서 중국인의 피동적인 생존방식과 기회주의적 태도를 보다 집약적으로 묘사하고 있다. 재난을 겪고서도 오히려 그 때 일을 흥미진진하게 이야기하는 왕씨 할아버지나 공포와 전율 속에서 옛이야기 아닌 옛이야기를 들으며 흥미를 느끼는 '구경꾼'들이나 다름 아닌 전통 봉건사회가 빚어낸 마비된 영혼들이다.

"나는 황산(幌山)으로 달아났었지. 장발적이 우리 마을에 들이닥쳤을 때 나는 마침 달아나던 참이었어. 이웃집 니우쓰(牛四)와 내 친척 형 둘은 좀 꾸물대다가 금세 장발적한테 붙잡혀 태평호(太平橋)로 끌려갔었지. 그들은 칼로 차례로 목을 베었는데 목을 베지 않으면 모두 물에 빠뜨렸지. 처음부터 죽여 버렸던 거야. …… 장발적이 물러갈 때 우리 마을 사람들은 모두 가래와 호미를 들고 그들을 뒤쫓았지. 쫓던 사람은 겨우 십여 명에 지나지 않았어. 그들은 비록 백여 명이나 됐지만 감히 돌아서서 싸우려 하지 않았지. 이런 일이 있고 난 뒤 매일 타보(打寶)하러 갔지. 하허 마을 삼대인(三大人)은 그렇게 해서 부자가 된 사람 아니겠어!"

"타보가 무슨 뜻이에요?" 나는 잘 알아들을 수가 없었다.

"음, 타보라. 타보는…… 우리 마을 사람들은 그들을 바짝 뒤쫓았지. 그러자 장발적은 금, 은, 구슬, 보물을 조금씩 던져줬지. 마을 사람들은 그것을 줍느라고 다툼을 벌였고 장발적들은 추적을 늦출 수 있었던 거야. 나도 명

16) 이러한 생존방식은 중국의 오랜 역사형태 가운데 '치세(治世)'와 '난세(亂世)'라는 두 가지 유형으로 귀납된다. 루쉰은 이 소설에서 바로 이러한 정(靜)-동(動)-정(靜)의 순환을 거듭하는 중국 전통사회의 메커니즘을 '蕪市'라는 한 봉건사회로 집약시켰다. 루쉰은 여기서 '난세'라는 폭력적 현실 속에서도 반항할 줄 모르는 마비되고 타락한 생존방식을 반영함으로써 중국 역사전체를 개괄했다. 즉 루쉰은 이 소설을 통해 '난세' 속에서 '변혁'을 생각하지 않고 '변통'만을 생각하고, 주체의식 갖고 항쟁하기보다는 외압에 의해 피동적으로 적응하려는 중국인의 보편적인 삶의 방식을 비판하려 한 것이다. 중국 전통사회의 심리구조에 대한 분석 또는 중국 전통문화의 의식구조에 대한 비교적 자세한 분석으로 리저허우(李澤厚)의 「계몽과 구망의 이중 변주」(『중국 현대사상사의 굴절』, 김형종 옮김, 지식산업사, 1992년)와 진관타오(金觀濤)의 『중국문화의 시스템론적 해석』(김수중 외 옮김, 천지, 1994년) 등이 있다.

주(明珠) 하나를 주웠는데, 크기가 누에콩만 했지. 놀랍기도 하고 기쁘기도 한 순간에 니우얼(牛二)이 갑자기 곤봉으로 내 머리를 쳐서 구슬을 빼앗아 갔지. 그렇지 않았다면 삼대인까지는 못 되도 부자 늙은이는 될 수 있었을 텐데."17)

장발적의 폭력 앞에서 비인간적 삶에 적응하고 변통을 도모하다 그들이 퇴각하면 쫓아가 죽이고, '타보'하여 요행이나 바라는 중국인의 기회주의적 심리묘사를 통해 루쉰은 혁명과 민중 사이의 근본적 괴리를 폭로하는 데 그치지 않고, 중국의 전체적인 병폐에 대해 비판하고 있다.18) 즉 그는 첫 작품부터 오랜 봉건전통의 역사가 가져온 마비된 인성(人性)의 병태(病態)를 폭로함으로써 이천여 년 동안 변함없이 지속되어 온 무능한 삶의 방식을 근본적으로 비판한 것이다. 조상의 비인간적 삶의 교훈으로부터 각성은커녕 생존방식을 답습하고, 요행과 치부의 첩경을 아쉽게 얘기하는 왕씨 할아버지의 옛이야기는 바로 중국인의 열악한 국민성의 요소, 즉 진부, 비겁, 마비, 순종, 무기력, 이기 등을 그대로 웅변해주고 있다.

다음으로 「쿵이지」에서는 몰락한 독서인 쿵이지의 현실적 처지에서 비롯된 세인과의 소통 불능이 이야기의 중심을 이루고 있다. 쿵이지는 장삼을 입은 지식인이지만 술집 안쪽의 방으로 들어가 술과 고기를 주문하여 앉아 마실 수 없고, 딩거인(丁擧人)으로 대표되는 지체 높은 사대부에게 접근조차 할 수 없는 초라한 신세이다. 과거에 급제하지 않고서는 존재가치를 전혀 인정받을 수 없고, 같은 독서인끼리도 상호주체적인 소통이 불가능한 현실에 놓여있는 것이다. 하지만 작품에서 주로 묘사하고 있는 비극적인 현실은 막벌이꾼들처럼 서서 술을 마시는 공간에서 부딪치는 소통 불능의 현실이다. 지식과는 거리가 먼 자리에서 지식의 권위를 내세우는 것도 사람들에게 웃음거리지만, 몰락한 자신의 처지를 꼬집어 비웃는 사

---

17) ≪魯迅全集≫ 제7권, 569~571쪽.
18) 伍斌, 「「懷舊」探索"國民的靈魂"的最初嘗試」, 『月刊魯迅研究』 1994년 제11기, 21쪽 참조.

람들에게 알아들을 수 없는 문어투를 되뇌며 스스로 고립을 심화시키는 그의 행동은 소통 불능의 현실을 더욱 극대화시켜주고 있다.

쿵이지가 술을 반 잔 쯤 마시고 나니 새빨개졌던 얼굴빛이 점차 제 얼굴로 돌아오자 옆 사람이 또 물어댄다.

"쿵이지, 자네 정말 글을 아나?"

쿵이지는 이렇게 묻는 사람의 얼굴을 빤히 쳐다보면서 변명하기조차 귀찮다는 표정을 짓는다. 그들은 계속해서 묻는다.

"그렇다면 자네는 어째서 반쪽짜리 수재(秀才)도 따내지 못했지?"

그러면 쿵이지는 곧바로 당혹스럽고 불안한 표정을 짓고는 얼굴에 우울한 빛을 드리우며 입속으로 무어라고 중얼거리는데, 이번엔 온통 문어(文語) 투성이라 조금도 알아들을 수 없었다. 그럴 때면 모두들 껄껄대며 웃었고 가게 안팎에 유쾌한 분위기가 가득 차는 것이었다.[19]

사람들 눈에 반쪽짜리 수재도 따내지 못한 쿵이지는 지식인이라고 할 수 없으며, 그저 책을 훔치는 도둑에 불과하다. 사람들의 도발적인 질문에 당혹스럽고 불안해하는 그의 표정은 현실적으로 무능한 그의 처지에 앞서 지식인으로서 정체성을 주장하는 자신이 부정되는 데서 비롯된다. 이에 자신이 지식인임을 나타내는 문어투의 말을 지껄이지만 사람들에게는 그의 무능함만 돋보이게 하는 웃음거리일 뿐이다.[20] 하지만 그보다 더 비극적인 것은 사람들의 몽매한 웃음 앞에서 쿵이지 자신조차 존재의 비극을 깨닫지 못한다는 점이다. 바로 "현실의 불행을 슬퍼하고, 그러한 현실에도 투쟁할 줄 모르는 데 분노하는[哀其不幸, 怒其不爭]" 중국인에 대한 루쉰의 애증이 형상화되는 순간이다.

소설은 이처럼 낡은 봉건 제도권 밖에 소외된 한 지식인의 파멸을 통해

---

19) 《魯迅全集》 제1권, 436쪽.
20) 고점복, 같은 글, 389~390쪽 참조.

봉건 전통의 '식인'적 현실을 묘파해냄과 동시에, 문제의 시선을 주변 민중에게까지 미치게 함으로써 국민성의 문제까지 확대시키고 있다. 한 몰락한 지식인의 비참한 말로를 그리면서 자연스럽게 드러나는 세인들의 모습을 통해 루쉰의 최대 화두였다고 할 국민성의 문제로까지 연결시키면서 주제의식을 전달한 것이다. 다시 말해 소통 불능의 현실 비판이라는 주제의식이 또 다른 소통의 꿈으로 전달된 것이다.

「회구」와 「쿵이지」두 작품 모두 기존의 현실이 그대로 유지된 채 이야기가 마무리되는, 즉 '완성의 만족'을 제공해주지 않는 소설 구조로 설정됨으로써 더욱 효과적으로 소통 불능의 현실을 부각시키고 있다. 바람직하지 않은 상태의 지속, 악화를 향해 끝없이 열려있는 소설 구조21)는 다름 아닌 루쉰이 뼈저리게 인식한 '식인 현실'의 역사성과 그 연속성이 창작 지평으로 옮겨진 것이었다. 이로써 루쉰 소설은 오랜 역사를 통해 이어져 내려온 지식인의 정체성에 대한 문제 제기와 함께 각성된 상호주체적 존재를 지향해야 한다는 시대의식이 투영된 창작방향으로 나아가게 되면서 창작 의미를 나타낸 것이다. 바로 이 지점에서 깨어있는[淸醒] 현실주의자로서 전인간의 내용을 걸고 삶의 방식을 모색해온 루쉰 문학의 정신이 자리하는 것이다.

4. 근대 지식인으로서의 자립과 소통

일본의 루쉰 연구가이자 전후(戰後) 일본 근대 비판의 독특한 경지를 연 학자로 평가 받는 다케우치 요시미는 루쉰을 문학가로 만들었던 내적 동력 내지는 근원에 대해 일찍이 다음과 같이 분석한 바 있다.

루쉰이 보았던 것은 암흑이다. 그러나 그는 온몸에 열정을 품고 암흑을

---

21) 소설구조와 관련한 이 분석은 김영택의 「한국 근대소설의 풍자성 연구」(인하대학교 국어국문학과 박사학위 논문, 1989년)의 21~23쪽에서 참조했다.

보았다. 그리고 절망했다. 그에게는 절망만이 진실이었다. 그러나 이윽고 절망도 진실이 아니게 됐다. 절망도 허망이다. "절망이 허망인 것은 바로 희망이 그러함과 같다." 절망도 허망하다면, 사람은 무엇을 해야만 좋을까. 절망에 절망했던 사람은 문학가가 되는 수밖에 없다. 누구에게도 의지하지 못하고, 누구도 자신의 기둥이 되지 못하기 때문에, 전체를 스스로 자기 것으로 만들어나가지 않으면 안 된다. 그래서 문학가 루쉰은 현재적으로 성립한다. 계몽가 루쉰의 다채로운 현현(顯現)을 가능케 하는 것이 가능하게 된다. 내가 루쉰에 대해 회심(回心), 문학적 깨달음[正覺]이라고 말한 것은 그림자가 빛을 토해내듯이 토해져 나온 것이다.22)

자신의 내면에 오래 전부터 침전되어 왔던 허망과 그러한 허망이 생성되게끔 한 현실세계에 근원적으로 항전했던 루쉰 문학의 본령을 통찰한 대목이라 하겠다. 루쉰에게 '희망'과 '절망'의 변증법적 사고는 그의 삶의 궤적을 꿰뚫는 인생관의 핵심이자 '절망에의 항전[反抗絶望]'으로 이어지는 행동철학 또는 창작 모티브를 구성한 힘으로서 작품의 주제의식과 제재의 선택을 결정지었다. 바로 이 지점에서 "문학가 루쉰이 계몽가 루쉰을 무한히 생성케 하는 궁극의 장소"라는 논단이 가능할 수 있는 것이다.

이 글에서는 루쉰 소설의 첫 '기억의 서사'로서 의미를 지니는 「회구」와 「쿵이지」 두 작품을 중심으로 그가 부각시키고자 했던 계몽의 주제의식을 지식인으로서의 자립 문제와 소통 문제 두 개의 화두로 나누어 살펴봤다.

루쉰은 좌절의 기억들과 '비애', '적막'의 고통을 예전과는 다른 현실 자각의 깊이로 단련된 창작으로 재구성해냈는데, 「회구」와 「쿵이지」는 첫번째 좌절의 기억으로서, 중국을 정체하게 만든 오랜 봉건전통의 사회구조 속에 생기를 잃고 마비된 영혼들을 '과거적 형식'으로 서사하고 있다.

「회구」에서는 혁명을 상징하는 '장발적 사건' 앞에서 겁약하면서도 능란한 기회주의적 모습을 보이는 대머리 선생의 형상을 통해 오랜 봉건 질

---

22) 다케우치 요시미, 서광덕 옮김, 『루쉰』, 문학과 지성사, 2003년, 130~132쪽 참조.

서 아래 지식인 내면에 축적된 노예근성과 속물근성, 위선들을 어린 학동의 기억을 통해 자연스러우면서도 효과적으로 드러냈다. 「쿵이지」에서는 몰락한 독서인 출신 쿵이지가 생존할 물적 기반을 상실했음에도 봉건적 논리에 갇혀 현실의 패배를 정당화 또는 도외시하는 정신승리법과 자신의 존재가치를 애써 증명하려는 집착을 역시 어린 사환의 기억을 통해 동정어린 풍자로 그려내고 있다. 이로부터 누구보다 먼저 각성해야 할 지식인의 마비된 정신의 비극이 다시 한 번 환기되며, 그렇게 만든 절망적인 현실 환경의 온존이란 문제가 거듭 부각된 것이다.

문예창작은 일종의 소통 행위로서 소통에 대한 열망이 클수록 좌절 뒤에 오는 비애감도 크기 마련이다. 루쉰의 소설 창작은 소통 좌절의 기억을 반성적으로 투영한 또 하나의 '소통의 꿈'으로, 변하지 않는 봉건전통사회의 근원을 묘파해내는 이야기로 공감을 얻게 된다. 「회구」와 「쿵이지」를 보면 지식인과 민중 모두가 각성된 주체로 진정한 소통을 이루지 못하고 저마다 낡은 사고에 갇힌 채 희극적 혹은 비극적인 웃음을 만들어내고 있다. 「회구」에서는 작품의 중심을 이루는 '장발적 사건'을 통해 중국의 무수한 혁명 또는 민란에서 나타나는 중국인의 보편적인 대처양상을 드러냄으로써 '혁명'이 지식인과 민중 모두에게 아무런 작용도 하지 못하는, '소통 부재'의 현실을 매우 전형적으로 보여주고 있다. 이를 통해 루쉰은 그동안 '혁명'이라는 기치 아래 자행됐던 맹목적인 행동이 가져온 피해와 그것이 지니는 근본적 한계에 대해 비판했다. 「쿵이지」에서는 몰락한 독서인 쿵이지의 현실적 처지에서 비롯된 세인과의 소통 불능이 이야기의 중심을 이루고 있다. 지식과는 거리가 먼 자리에서 지식의 권위를 내세우는 것이나, 몰락한 자신의 처지를 비웃는 사람들에게 알아들을 수 없는 문어투를 되뇌며 스스로 고립을 심화시키는 행동은 소통 불능의 현실을 더욱 극대화시켜준다.

「회구」와 「쿵이지」 두 작품 모두 기존의 현실이 그대로 유지된 채 이야기가 마무리되는, 즉 '완성의 만족'을 제공해주지 않는 소설 구조로 설정됨으로써 더욱 효과적으로 소통 불능의 현실을 부각시키고 있다. 이로부터 루쉰 소설은 오랜 역사를 통해 이어져 내려온 지식인의 정체성에 대한 문제 제기와 함께 각성된 상호주체적 존재를 지향해야 한다는 시대의식이 투영된 창작방향으로 나아가게 되면서 창작 의미를 나타낸 것이다.

예전부터 지식인은 누구보다 뛰어난 자기성찰의 능력을 갖고 자신의 가치를 탐구하고, 인식하며, 증명해왔다. 달리 말해 지식인은 '실천의 존재'로서 허위에 저항하고, 현실을 인간화하며, 자신이 가야 할 길을 끊임없이 묻는 역할을 담당해온 것이다.23) 우리는 「회구」와 「쿵이지」 두 작품을 통해 누구보다 각성한 주체로서 비판적, 창조적 역량을 갖춘 지식인이 먼저 존립해야 한다는 주제의식이 향후 루쉰이 창작의 지평을 확장해나가는데 주요 경로로 작용하게 됐음을 확인할 수 있었다. 바로 이 지점에서 깨어있는[淸醒] 현실주의자로서 전인간의 내용을 걸고 삶의 방식을 모색해온 루쉰 문학의 정신이 자리하게 되는 것이다.

---

23) 경향신문 특별취재팀, 『민주화20년, 지식인의 죽음』, 후마니타스, 2008년, 55~56쪽 참조.

『아Q정전 阿Q正傳』 연구

: 풍자에 주목하여

1. 『아Q정전』과 풍자

중국문학에 문외한인 사람이라도 '루쉰(魯迅)' 하면 으레 『아Q정전』을 떠올릴 만큼 『아Q정전』은 우리에게 널리 알려진 루쉰의 대표작이다. 『아Q정전』은 서양문학 일색의 세계명작전집 중에서도 당당히(!) 그 반열에 끼어 있으며, 중편소설임에도 장편 못지않은 성공적인 인물형상의 창조로 독자들에게 강렬한 인상을 주고 있다. 널리 알려졌듯이 '아Q'라는 인물형상은 작가 루쉰의 눈을 통해 그려진 중국인들의 영혼이며, 그 성격은 이른바 '정신승리법'에서 집약적으로 나타난다. 우리는 바로 그 아Q라는 인물형상을 통해 중국인의 비뚤어진 의식형태와 역사의식, 그리고 행위방식 등을 실감할 수 있는데, 그만큼 『아Q정전』은 중국인을 비추는 거울로서 오늘날까지 많은 사람들을 일깨우는 루쉰 작품 창작의 최고 성취로 평가받고 있다. 루쉰 문학을 대표하는 최고봉답게 『아Q정전』에 대한 연구 역시 루쉰학(魯迅學)의 한 중점 분야를 차지하고 있으며, 그 초점은 주로 아Q 성격의 전형성과 작품의 의의를 밝히는데 모아져 왔다.1)

---

1) 『아Q정전』을 둘러싼 그간의 논의는 천수위(陳漱渝)가 주편한 『說不盡的阿Q』(中國文聯 出版公司, 1997년)에 자세히 정리되어 있다.

그러나 우리가 작품을 보면 작품이 전달하는 주제사상이나 아Q 형상이 지닌 전형성 등은 자못 엄숙하고 무거운 반면, 작품의 분위기는 다분히 조소적이면서도 유머러스하고 아Q라는 인물은 시종 희화화된 형상으로 그려지고 있는 것을 보게 된다. 이에 우리는 웃음 가운데 눈물을 머금게 되고 분노를 느끼며, 날카롭고 신랄한 비판 가운데서도 무한한 재미와 진한 감동을 얻게 된다. 이는 바로 다름 아닌 풍자의 힘에서 오는 것으로, 작품에서 풍자는 아Q의 전형성을 부각시켜주는 역할 뿐 아니라 작품의 예술성을 뒷받침해주는 관건적인 표현기법이라 할 수 있다.

풍자는 인간생활, 특히 동시대(同時代) 사회의 결함, 모순, 폐해, 불합리 등을 지적, 조소(嘲笑)하여 익살 효과를 낳게 하는 일종의 예술 기법이다. 풍자작가의 눈에 비쳐진 인간사회는 원만한 상태(당위의 세계 Sollen)가 아닌 모순에 가득 찬 상태(존재의 세계 Sein)로 비춰진다.2) 그렇기에 풍자작가는 '원만'을 가장한 현실의 '모순'을 누구보다 먼저 발견할 수 있고 또 그러한 현실의 '가소로움'에 누구보다도 일찍 웃을 수 있으며, 어느 누구보다도 모순과 부조리를 개선하고자 하는 의지가 더 강하다. 루쉰은 일찍부터 인간들의 자신도 속이고 남도 속이는 기만성을 간파해냈을 뿐 아니라 일상생활에 가리워진 온갖 가소로움과 비겁함, 그리고 가증스런 심리를 날카롭게 인식했는데, 이는 바로 아Q의 '정신승리법'에서 집중적으로 나타났다. 그는 또 풍자가 "오직 자신(풍자의 대상을 지칭)만을 위해 만들어낸 편안한 세계"에 '약간의 불편함'을 남길 수 있고, 자신의 세계를 매우 원만하게 하기는 쉽지 않다는 사실을 깨닫게 해주는 역할을 한다는 것을 깊이 인식하고 있었다.3) 우리가 루쉰의 글을 보면 과연 "문제도 없고 결함도 없으며 불평도 없고 해결도 없고 개혁도 없으며 반항도 없게"4) 꾸며진 현실이 그에 의해 얼마나 가소롭고 모순되며 파렴치하게 드러나게 되는

---

2) 오상태, 『박지원(朴趾源) 소설작품의 풍자성 연구』, 형설출판사, 1989년, 22~23쪽 참조.
3) 『무덤 뒤에 쓰다 寫在 「墳」 後面』, ≪魯迅全集≫ 제1권, 人民文學出版社, 1981년, 285~286쪽 참조.
4) 『눈을 크게 뜨고 볼 것에 대하여 論睜了眼看』, ≪魯迅全集≫ 제1권, 238쪽.

지를 그의 풍자를 통해 알 수 있다. 이러한 점에서 『아Q정전』은 루쉰의 풍자의식이 고도로 집약된 작품이라는 사실 외에도, 작품의 진가는 다름 아닌 전형적인 풍자소설인 데서 나타난다는 사실을 알 수 있다.

이 글에서는 루쉰의 글쓰기 방식에서 제일 주요하면서도 가장 뚜렷하게 나타나는 풍자에 주목하여 보다 전면적인 『아Q정전』 소설의 비판의식과 풍부한 형상 예술성을 밝히고자 한다. 이를 위해 『아Q정전』을 풍자형상과 풍자의 주요 내용, 주요 기법 등으로 나누어 분석하여 풍자소설로서의 『아Q정전』이 지니는 의미를 짚어보도록 한다.

2. '풍자소설'로서의 『아Q정전』

1) 아Q 풍자형상의 창조

풍자작가는 인간의 사물에 대한 행위와 태도에 각별한 관심을 가지고 있으며, 주로 그 행위와 태도가 빚어낸 각종 부패 현상들을 풍자대상으로 이들을 희화화(戲畵化)시킴으로써 보다 뚜렷하게 주제를 전달한다.[5] 루쉰은 인간사회에서 가장 보편적이고 가장 일상적인 현상들을 취해 풍자대상으로 삼아야 풍자가 더욱 광범한 전형성과 사회적 의의를 지닐 수 있다고 봤다.[6] 그는 자신의 주된 표현 장르였던 잡문에 대해 "시사(時事)를 논할 때면 체면도 봐주지 말 것[論時事不留面子]"[7]과 함께 방법 면에서는 "폐해를 비판하는데 있어 항상 유형(類型)을 추출할 것[貶錮弊常取類型]"[8]을 역설했다. 이는 곧 시사 비평의 역할과 함께 비판대상의 유형화를 통한 보

---

5) 오순방, 『淸代長篇諷刺小說硏究』, 北京大學出版社, 1995년, 2~3쪽 참조.
6) "한 시대의 사회에서 일상적이면 일상적일수록 그 사건은 보편적인 것이 되고 풍자를 쓰기에 적합한 것이 된다."(「'풍자'란 무엇인가? 甚麼是'諷刺'?」 참조)
7) 『위자유서 僞自由書·머리말』, 《魯迅全集》 제5권.
8) 위의 글.

다 효과적인 주제 전달을 강조한 것이다. 이 같은 서술방식의 목적은 비판대상이 지닌 개성(個性)을 나타내려는 것이 아니라 대상이 지니고 있는 공통성(共通性)을 표현하려는 것이다. 루쉰은 풍자대상을 묘사할 때 항상 그 대상이 지니고 있는 가장 대표적인 예를 들어 집중적으로 그의 성격특징을 부각시켰다.

이 글의 서두에서 언급했듯 『아Q정전』은 성공적인 인물형상의 창조로 독자들에게 강렬한 인상을 줬는데, 그 관건은 인물 영혼에서 가장 핵심적인 내용을 날카로우면서도 깊이 있게 드러낸 데 있다. 루쉰은 아Q 형상과 관련하여 "나는 진작부터 시험해보았으나 내가 현대의 우리나라 사람들의 영혼을 충분히 묘사해낼 수 있었는지 그렇지 않은지 결국 스스로도 아주 확신할 수는 없다"9)면서 『아Q정전』의 창작 의도는 진작부터 '중국인들의 영혼'을 그려내는 데 있었음을 밝혔다. 그러므로 우리는 이 소설을 읽을 때, 아Q라는 인물 형상을 통해 드러나는 중국인들의 영혼이 과연 어떠한가에 관심을 집중할 필요가 있는데, 그것은 시종 '정신승리법'을 핵심으로 한 희극적인 정절(情節)과 장면의 연속으로 나타난다.

소설에서 아Q의 첫 등장은 그가 난처한 입장에 놓인 장면에서부터 시작된다.

짜오(趙) 나리의 아들이 수재(秀才)에 합격했을 때 징소리 둥둥 울리며 마을로 소식이 전해지자 아Q는 황주(黃酒) 두어 사발을 들이키고 덩실덩실 춤을 추며 이것은 자기에게도 아주 영광스런 일이라고 했다. 왜냐하면 자기는 짜오 나리와 원래 한 집안인데다 자세히 항렬을 따져보면 자기가 수재보다 셋이나 위이기 때문이라는 것이었다 …… 아니나 다를까 이튿날 지보(地保)가 아Q를 짜오 나리 댁으로 데리고 갔다. 나리는 다짜고짜로 얼굴을 온통 붉히면서 호통을 쳤다.

"아Q, 이 바보 같은 놈! 내가 네놈과 한집안이더냐?"

---

9) 『집외집 集外集·「아Q정전」 러시아어 번역본 서 俄文譯本「阿Q正傳」序』, ≪魯迅全集≫ 제10권, 81쪽.

아Q는 잠자코 있었다.

짜오 나리는 볼수록 더욱 화가 치밀어 몇 걸음 다가가서 소리쳤다. "감히 터무니없는 소릴 하다니! 내가 어떻게 네놈과 한집안일 수 있느냐? 네놈의 성이 짜오냐?"

아Q는 입을 열지 않고 뒤로 물러나려 했다. 그 때 짜오 나리는 달려들어 그에게 따귀를 한 대 갈겼다.

"네 놈이 어찌 성이 짜오일 수 있으냐! 네놈의 성이 짜오라니 당치도 않아!"

아Q는 그의 성이 확실히 짜오임을 전혀 항변하지 않았고 다만 손으로 왼쪽 뺨을 어루만지며 지보와 함께 물러 나왔다. 바깥에서 또 지보에게 한 차례 심하게 꾸지람을 듣고 그에게 200문(文)의 술값을 사례했다.

첫 장면부터 이렇게 아Q는 권세와 폭력 앞에 꼼짝 못하고 부당한 사례 요구에도 순응하는 비겁함을 보이는데, 이 같은 겁약성(怯弱性)은 제2장의 승리의 기록에서 싸움에 진 뒤 마음속으로 "자식 놈에게 맞은 셈이니, 요즘 세상은 정말 꼴같지 않아"하고 생각하는 대목과 노름판에서 돈을 몽땅 빼앗기고 분한 감정을 자기 뺨에다 화풀이 한 뒤 마치 남을 때린 것 마냥 흡족해하는 장면에서 더욱 희화화된 형상으로 풍자의 효과를 일으킨다. 작품은 이렇게 현실의 비극적인 운명을 타고 났음에도 그것을 승리로 바꾸려 온갖 우스꽝스런 궁리를 다하는 아Q 형상을 통해 풍부한 해학 가운데 신랄한 비판을 가하고 있다.

현실의 패배를 승리로 바꾸는 아Q의 자기기만은 강자와 약자 앞에서 상반된 태도와 행동을 보이는 데에서 그 성격 특징이 더욱 부각되며, 풍자의 강도가 더해지고 있다. 아Q는 평소 그가 능멸해왔던 왕털보한테 변발뿌리를 쥐어 잡힌 채 땅에 머리를 연거푸 찧고, 가짜 양놈한테는 지팡이로 여러 차례 얻어맞으면서도 감히 반항하지 못한다. 그러나 자기보다 약한 여승에게는 갖은 무례함을 떨치며 앞의 굴욕을 대신 설욕한다.

그런데 맞은편에서 정수암(靜修庵)의 젊은 여승이 걸어오고 있었다. 아Q는 평시에도 그녀를 보면 꼭 욕을 내뱉었는데, 하물며 굴욕을 당한 다음임에랴? 그는 그리하여 기억이 되살아났고, 다시 적개심이 일었다.

'내가 오늘 왜 이렇게 재수가 없나 했더니 바로 너를 만나려는 때문이었구나!'하고 그는 생각했다.

그는 앞으로 다가가서 큰 소리로 침을 내뱉었다.

"툇, 캭!"

젊은 여승은 전혀 아랑곳하지 않고 고개를 숙인 채 그냥 지나갔다. 아Q는 그녀의 몸 쪽으로 다가가서 별안간 손을 뻗어 막 깎은 머리 위를 쓰다듬고 히죽거리며 말했다.

"대머리야! 얼른 돌아가거라. 중이 널 기다리고 있어.""왜 이렇게 집적거리는 거냐." 여승은 얼굴이 온통 새빨개져서 말했고, 한편으로는 재빨리 걸었다.

술집에 앉았던 사람들이 크게 웃었다. 아Q는 자기 공로를 남들이 알아주는 것을 보고서 더욱 신바람이 났다.

"중은 지분거릴 수 있고 나는 지분거릴 수 없어?" 그는 그녀의 볼을 비틀었다.

술집에 앉았던 사람들이 크게 웃었다. 아Q는 더욱 의기양양해졌고, 게다가 지켜보던 감상자들을 만족시키기 위해 다시 힘껏 꼬집고서야 손을 놓았다.

그는 이 한바탕 싸움을 통해 벌써 왕털보를 잊어버렸고, 가짜 양놈도 잊어버렸다. 오늘의 모든 "재수 없음"에 대해 앙갚음을 한 것 같았다. 그리고 이상하게도 꽉꽉 하고 얻어맞은 후보다 온몸이 더욱 가벼워진 듯했고, 둥실둥실 날아갈 것만 같았다.

굴욕을 당한 뒤에 그것을 자기보다 약한 자한테 화풀이하고, 그 모습을 사람들 앞에서 뽐내는 아Q의 가소로움 속에서 우리는 폭군과 노예근성의 양극화를 볼 수 있는데, 이는 강자 본위(本位)의 전제(專制)사회 아래 보편적으로 존재해온 사회심리로서 루쉰은 여기서 아Q 희극 형상을 통해 집

중적으로 풍자를 가하고 있다.10)

그 다음 '연애의 비극'은 아Q 일생에 전환점으로 그 '비극'이 발생한 뒤 아Q는 짜오 나리의 몽둥이찜질에 연애와 노동의 기회를 모두 잃고 만다. 아Q가 아내를 얻으려 한 것은 지극히 자연스러운 일이지만 우마(吳媽)에게 구애한 방식은 너무 가소롭다. 그에 따른 한바탕 소란이 있고나서 아Q는 모든 재산을 빼앗겨 결국 "제발 벗을 수 없습니다"하고 통사정한 바지 한 벌만 남게 되고, 그는 오랜 배고픔에 비구니 암자에 들어가 무를 훔쳐 먹으면서 "이게 당신 거란 말이요? 무에게 대답이라도 시킬 수 있소?"하고 너스레를 떤다. 이렇게 아Q의 매번 우스꽝스런 행동 뒤에는 가련함이 따라오는데, 그의 불행한 삶은 희극 한 장면 한 장면을 통해 완성되며 이에 독자들은 웃음 속에 눈물을 머금게 된다.11)

오랜 실업 끝에 아Q는 결국 생계를 위해 성내로 들어가 도둑의 조수 노릇을 하다 나중에 미장(未莊)에 돌아오는데, 마을 사람들 앞에 다시 나타난 아Q는 이전과는 사뭇 다른 기고만장한 모습을 하고 있다. 훔친 장물을 다투어 사려는 사람들 앞에 거드름을 피우는 모습이나 마을 사람들에게 성내의 혁명 이야기를 하면서 왕털보를 놀래키고 희열을 느끼는 장면은 과거의 실패를 보상받으려는 변태 심리나 다름없다. 우리는 마을사람들 앞에서 자기 견식(見識)을 한껏 뽐내는 아Q로부터 근거 없는 자부심과 공허한 우월주의에 빠진 중국인에 대한 풍자를 엿볼 수 있다.

---

10) 루쉰은 잡문에서도 여러 차례에 걸쳐 이 같은 노예근성을 비판할 만큼 줄곧 풍자의 주요 대상이 되고 있다. 잡문에서 가장 대표적인 언급으로는 다음과 같은 예가 있다: "용감한 자가 성을 내면 칼을 빼어들고 자기보다 강한 자에게 달려간다. 비겁한 자가 성을 내면 칼을 빼어들고 자기보다 약한 자에게 달려든다. 도무지 어쩔 수 없는 민족 가운데는 오로지 아이들만을 노려보는 영웅이 많이 있다."(『화개집 華蓋集·잡감 雜感』) "그들은 양이며 동시에 맹수인 것이다. 자기보다도 사나운 맹수를 만나면 양의 얼굴을 하고, 자기보다도 약한 양을 만나면 맹수의 얼굴을 한다."(『화개집·갑자기 생각난 것들 7 忽然想到 七』) "강자에 대해서 그는 약자지만 그 이하의 약자에 대해서 그는 강자이다. 따라서 때로는 엄살을 떨지만 때로는 무용을 떨칠 때도 있다."(『차개정잡문이집 且介亭雜文二集·"소문이 두렵다"는 데 대하여 論"人言可畏"』)

11) 齊裕焜, 『中國諷刺小說史』, 遼寧人民出版社, 1993년, 270쪽 참조.

아Q의 말에 따르면 그가 돌아온 것은 성내 사람들이 불만이었기 때문인 듯했다. 성내 사람들은 장등(長凳)을 조등(條凳)이라 부르고 생선을 지질 때 파채를 곁들이며, 게다가 최근에 관찰하여 얻은 결점이지만 여인들이 길을 걸을 때 보기 흉하게 몸을 좌우로 흔들며 걷는다는 것이었다. 그렇지만 더러 크게 탄복할 만한 것들도 있다고 했다. 미장의 시골뜨기들은 서른두 장의 죽패(竹牌)밖에 할 줄 모르고, 가짜 양놈만이 '마작'을 할 수 있을 뿐인데, 성내에서는 조무래기들도 능숙하게 할 수 있다는 것이었다. 가짜 양놈도 성내의 여남은 살짜리 조무래기 속에 놓아두기만 해도 즉각 "저승사자가 염라대왕을 만난" 꼴이 된다는 것이었다. 이 이야기를 듣고는 사람들이 모두 부끄러운 듯 얼굴을 붉혔다.

"자네들 말이야, 목 자르는 것을 본 적 있나?" 아Q는 말했다. "허, 볼 만하지. 혁명당이 잘랐어. 참 볼만 해, 볼만 했어……" 그는 고개를 설레설레 저으며 맞은편에 있던 짜오스천(趙司晨)의 얼굴에 침을 튀겼다. 이 이야기를 듣고는 사람들이 모두 오싹했다. 그런데 아Q는 다시 주위를 둘러보고는 갑자기 오른손을 쳐들어, 목을 길게 빼고 넋 나간 듯이 듣고 있던 왕털보의 뒷덜미를 향해 곧장 내리치며 말했다.

"싹둑!"

왕털보는 깜짝 놀라며 전광석화처럼 재빨리 고개를 움츠렸다. 듣고 있던 사람들도 모두 섬뜩했으며 또한 즐겁기도 했다. 그 후로 왕털보는 며칠 동안 머리가 얼떨떨했다. 그리고 감히 더 이상 아Q 가까이에 다가가지 못했다. 다른 사람들도 마찬가지였다.

이렇게 미(美)와 추(醜)를 구분 못하고 추함을 뽐내어 미로 여기는 데서 강렬한 희극효과가 일어나며, 아Q형상의 우매함은 더욱 부각되어 나타난다. 작품의 풍자의 절정은 아Q가 혁명에 가담했으나 처형되는 장면이다. 아Q는 다른 대부분의 사람들처럼 혁명가를 싫어했다. 그는 본능적으로 혁명가들은 반역자들이며, 반란은 그에게 여러 가지 일들을 곤란하게 만든다고 느꼈다. 그러나 혁명이 어떤 것인지 또 어떻게 참가하는지도 모르면서 아Q는 혁명이 다른 많은 사람들에게 마음껏 겁을 줄 수 있다고 여겨 신명나는 일이라 생각한다. 그래서 그는 두어 사발 술을 마신 후 한 사람의 혁명가로 자처한다. 여기서 우리는 아Q의 혁명에 대한 환상으로부터 민중에게 혁명은 '혁신적 파괴'가 아니라 한낱 '도적과 노예식의 파괴'로서 그 결과의 비극성이 이미 예견되어 있음을 보게 된다.[12]

"모반이야! 모반!"

미장 사람들 모두 두려워하는 눈빛으로 그를 바라보았다. 이런 가련한 눈빛은 여태껏 아Q가 보지 못했던 것이었다. 이를 보자 그는 오뉴월에 빙수를 마신 듯이 속이 후련했다. 그는 더욱더 신이 나 걸으면서 고함을 질렀다.

"그래, 원하는 것은 무엇이든 내 거야. 좋아하는 계집이면 누구든지 내 거야…… 내 손으로 철퇴로 너를 치리라." …… "모반이라? 재밌어. 흰 투구와 흰 갑옷을 입은 한 무리 혁명당이 모두 청룡도, 철퇴, 폭탄, 총, 삼첨양인도(三尖兩刃刀), 구겸창(鉤鎌槍)을 들고 마을사당을 지나며 '아Q! 함께 가자 함께 가!'라고 부른다. 그래서 함께 떠난다. 이 때 미장의 어중이떠중이들이 우습게도 무릎을 꿇고 '아Q, 목숨만 살려주세요'하고 부르짖는다. 누가 들어 준담! 첫 번째로 죽여야 할 놈은 샤오D와 짜오 나리이다. 다음으로는 수재, 그 다음으로는 가짜 양놈이다. 몇 명을 남겨놓을까? 왕털보는 그래도 남겨놓을 만하지. 그러나 안 돼. 물건들. 곧바로 뛰어들어 상자를 연다. 원보(元寶), 양전(洋錢), 얇은 비단저고리. 수재 부인의 닝뽀(寧波) 침상을 먼저 마을사당으로 옮겨온다. 이외에 치엔 댁의 탁자와 의자를 놓는다 – 아니면 짜오 댁의 것을 사용한다. 난 손 하나 까딱 않고 샤오D를 시켜 서둘러 옮기도록 한다. 서둘러 옮기지 않으면 따귀를 때린다. 짜오스천의 누이는 정말 추녀야. 짜오치 아주머니의 딸은 몇 년을 더 기다려야 하고. 가짜 양놈의 마누라는 변발이 없는 남자와 잠을 잤으니, 흥, 좋은 물건이 못돼. 수재의 마누라는 눈꺼풀 위에 흉터가 있고. 우마는 오랫동안 보지 못했는데, 어디에 있을까

---

12) 홍석표, 「아Q의 개성과 그의 비극성」, 『아Q정전』 역자서문, 선학사, 2003년, 19~20쪽 참조.

– 아쉽게도 발이 너무 커.”

아Q가 꿈꾸는 ‘혁명’은 자발적이지만 맹목적이며 보복심에 가득 찬 노예의 반항의식에 지나지 않는다는 점에서 혁명‘의 가장 큰 장애물은 다름 아닌 오랜 봉건 전제 아래 묶여진 민중의 노예성이라는 사실을 알 수 있다. 루쉰이 「상하이 문예를 일별함 上海文藝之一瞥」에서 “노예가 주인이 되면 결코 ‘나리’라는 칭호를 없애려 하지 않으며, 그가 으스대는 꼴은 그의 주인이 했던 것보다 훨씬 더하고 가소롭다”고 언급한 것도 아Q식 혁명을 설명한 것이다. 아Q식 혁명에 대한 풍자는 그가 어떤 방법으로 혁명에 가담할 것인지 도무지 알지 못하는 데서 깊이를 더해간다. 아Q는 “혁명을 하려면 다만 투항하겠다는 말만 해서는 부족하고 변발을 틀어 올린 것만으로도 부족하며, 가장 중요한 것은 당연히 혁명당과 사귀는 것”이라는 사실까지 깨닫지만, 그 이상 그를 도와줄 아무 것도 없음에 난감해 한다. 여기서 앞에 아Q의 혁명에 대한 발상뿐 아니라 혁명의 문제점도 지적되는데, 그것은 신해혁명(辛亥革命)이 지도부와 민중이 얼마나 유리되었나를 여실히 보여주고 있다. 그래서 아Q가 마음껏 겁을 줄 수 있다고 생각했던 사람들이 오히려 혁명에 가담하게 되고, 아Q는 혁명에의 참가 자체를 거부당한 것이다. 그 결과 아Q는 강도사건을 혁명으로 착각하여 거기에 참가하는 꼴이 되어 체포되고 만다. 사실 아Q를 체포한 사람은 구(舊)관리로서의 지위 때문에 새로운 직위를 부여받은 진짜 혁명당원이었으며 혁명당으로부터 민정협조의 직위를 부여받은 거인 나리였다. 그들에 의해 아Q는 미장 마을의 한 유지인 짜오 댁의 강도사건에 연루되어 체포됐던 것이다. 강도사건을 혁명으로 강도를 혁명당으로 오해한 아Q는 심문의 내용이 무엇인지도 모르는 채 서명을 위해 동그라미를 ‘호박씨’처럼 잘못 그렸음을 못내 아쉬워하면서도 사실을 인정하고, 마침내 사형수로 형장에 끌려가는 운명이 된다. 이것이 아Q의 비극인 동시에 중국혁명의 비극이다.13) 그러나 더 큰 비극은 그가 죽음에 이르러서까지도 자신이 왜 죽는지도 알지 못하고 순순히 따르는 그의 지독히도 마비된 정신이다. 그 마비된 정신은 가짜 양놈의 지팡이에 맞고 난 뒤 오히려 사건이 완결된 것 같아 마음이 놓인다는 대목과 우마에게 동침을 요구하다 수재(秀才)에게 매를 맞고 욕을 먹은 뒤 사건이 이미 가라앉은 듯하여 도리어 속이 후련해져 곧 쌀을 다시 찧는 장면에 이은, 작자의 아Q형상에 대한 통렬함이 최고조로 배어든 풍자이다. 형장으로 끌려가는 마지막 순간에 이르러서도 여전히 스스로를 위안하는 아Q형상이야말로 "인간의 불행을 슬퍼하고, 그러한 현실에도 투쟁하지 않는 그들에 분노한다[哀其不幸, 怒其不爭]"는 루쉰의 창작심리가 실현된 주인공이며, 중국인의 비뚤어진 의식형태와 행위방식이 집약된 풍자형상인 것이다.

사람이 세상을 살다보면 잡혀 들어가고 잡혀 나오는 때도 있을 것이며, 종이 위에 동그라미를 그릴 때도 있을 것이라고 여겼다. 다만 동그라미가 제대로 그려지지 않은 것이 그의 '행적'에 하나의 오점이라고 여겼다. 그렇지만 얼마 지나지 않아 마음이 개운해졌다. 손자에 이르면 아주 동그랗게 그릴 것이라는 생각이 들었다. 그러자 그는 잠이 들었다…… 이건 목을 자르러 가는 것이 아닌가? 그는 갑자기 다급해져 두 눈이 캄캄해지고 귀속이 웅웅거리며 정신을 잃을 것만 같았다. 그렇지만 그는 완전히 정신을 잃지는 않았다. 때로는 초조해졌지만 때로는 오히려 태연해졌다. 그의 생각으로는 사람이 세상을 살다보면 머리를 잘리지 않을 수 없을 때도 있을 것이라고 느끼는 것 같았다…… 어째서 형장으로 향하지 않는 것일까? 그는 길거리를 돌며 조리돌림을 하고 있다는 것을 알지 못했다. 그러나 설령 알았다 하더라도 마찬가지로 그는 다만 사람이 세상을 살다보면 길거리를 돌며 조리돌림을 당하지 않을 수 없을 때도 있을 거라고 여겼을 것이다.

작품은 "20년이 지나서 다시 사나이답게……"라는 아Q의 마지막 말로써 현실대로 받아들이기를 끝내 거부하며 스스로의 '정신승리법'으로 애

---

13) 앞의 글, 20~21쪽 참조.

써 자신을 위로하려는 아Q형상에 대한 풍자를 마무리 짓는다. 그 마무리는 침묵하는 중국인의 영혼을 일깨우는 풍자 형상의 완성으로서, 독자는 이로부터 풍자 형상이 주는 전체적인 의미를 곱새기게 되는 것이다.

루쉰은 이렇게 당시 중국 국민 누구에게나 보편적으로 발견되는 여러 병폐를 아Q라는 한 풍자화된 형상을 통해 극명하게 보여줬다. 이 때문에 『아Q정전』이 연재될 당시 많은 사람들이 혹 자신을 두고 한 얘기가 아닌가 전전긍긍해 할 정도로[14) 아Q형상은 중국 국민성의 일반적인 병폐를 날카롭고도 생동감 있게 묘사하여, 풍자의 효과 뿐 아니라 탁월한 형상 예술성을 창조한 것이다.[15)

2) 정신승리법과 신해혁명 풍자

『아Q정전』은 주지하듯 신해혁명(辛亥革命) 시기 미장(未莊) 마을을 시공간 배경으로 봉건 전제에 찌든 아Q라는 한 날품팔이꾼의 비극적인 운명을 묘사함으로써 국민성을 폭로함과 동시에 신해혁명의 불철저함을 비판하고 있다. 루쉰은 4천 년간 퇴영된 중국의 봉건 사회가 빚어낸 전형적인

---

14) 루쉰이 『차개정잡문 且介亭雜文·「희」 주간 편집자에 답하는 편지 答「戱」週刊編者信』 에서 『아Q정전』의 창작의도와 관련해 "고골리는 『검찰관』에서 배우의 입을 통하여 직접 관객에게 '여러분은 여러분 자신을 웃고 있군요!'라고 말하게 하고 있습니다(이상한 건 중국어 번역본에서는 이 중요한 구절이 삭제되어 있습니다). 나의 방법은, 도대체 자기 이외에 누구의 이야기를 하고 있는지 독자가 금방 판단할 수 없어서 남에게 책임을 전가하거나 방관자가 되기도 어렵고, 어찌 보면 자기 이야기를 하고 있는 것 같기도 하고 어찌 보면 인간 일반의 이야기를 하고 있는 것 같기도 하다고 느끼게 함으로써 반성의 길로 나아갈 수 있도록 하려는 데 있습니다"라고 언급한 데서도 알 수 있다.

15) 루쉰은 자신의 이와 같은 형상 소조(塑造)에 관해 "나는 여러 유형의 사람들 가운데서 몇 가지 모델을 골라 한 인물에 적절히 배합한다." 때때로 "입은 쩌장성에서, 얼굴은 베이징에서, 옷은 상하이에서"(『남강북조집 南腔北調集·나는 어떻게 소설을 쓰게 되었는가 我怎麼做起小說來』) 따오기도 한다. 이 때문에 "실제로 누구를 가리키진 않지만 가리키지 않는 자가 없게 된다"(『위자유서·전기』)고 설명했다. 여러 유형에서 취한 서로 다른 요소는 보편성이라는 공통분모 위에 조화롭게 연결되며, 이렇게 창조된 인물 형상은 그것만의 독특한 개성에 의해 다른 인물과 구별이 된다. 특히 보편적일수록 풍자에 적합한 풍자 형상의 경우, 이 같은 속성이 더욱 두드러진다.

인물로 아Q를 설정하고 청조 말기의 침체된 봉건사회 속에서 벌어지는 권세의 이면과 혁명의 그림자를 희화화했다. 앞서 살폈듯이 아Q는 반식민지, 반봉건 사회, 더구나 신해혁명을 성공적으로 이끌어가지 못하는 타성에 젖은 사회에서 사명감도 목적의식도 없으면서 부질없이 혁명의 소용돌이에 휘말리어 결국에는 무기력하고 비겁한 노예근성으로 돌아가 그 최후를 공허하게 막을 내리는 인물로, 거기에는 이른바 '정신승리법'이라는 성격 풍자와 혁명의 실체에 대한 폭로가 집중적으로 표현되어 있다.

'정신승리법'이란 당시 중국인이 널리 지니고 있던 일반적인 병폐를 상징적으로 묘사한 것으로서, 자신의 결점을 사실 그대로 시인하지 않고 자기기만이나 공상적인 방법으로 합리화시키려는 것을 의미한다. 즉 공허한 영웅주의와 무력한 패배주의에 탐닉되어 자신의 현실을 직시하지 못하면서 자기만족에 젖어있고, 타개치 못하는 민족적 위기에 살면서도 대국의식(大國意識)을 버리지 못하고, 물질생활의 군데군데마다 실패를 안으면서도 정신적인 만족에 그만 현실을 외면해 버리는, 하나의 교활한 대응방법인 것이다. 작품에서는 이러한 대응방법이 계속되면 현실 개선의지나 반항의식은 더욱 희박해지고 열악한 현실은 악순환이 지속되면서 비참한 운명은 더 이상 만회할 수 없게 된다는 메시지를 작품의 여러 대목에서 확인시켜주고 있다. 작품에서 정신승리법은 풍자와 유머가 결합된 필법으로 주로 다음과 같은 두 가지 측면에서 두드러지게 나타난다.

첫째, 자기기만과 자기 위안. 아Q의 일반적인 사고방식은 자신의 굴욕들을 합리화함으로써 그것들이 자기에게 유익하게 보이도록 하는 것이다. 이는 자기도 속이고 남도 속이는 기만적인 행동으로서 어떤 때는 자기멸시로 어떤 때는 자아도취 등의 다양한 형태로 나타난다. 다시 말하면 실패와 굴욕이라는 현실 속에서 감히 이를 올바로 직시하지 못하고, 거짓승리로 정신적이나마 스스로를 위로하고 자아를 마취시키거나 잠시 망각해버린다. 아Q가 정신승리법을 통해 그의 비극적 운명을 강요하는 현실생활에서 벗어나고자 한다는 데에 그 희극성이 드러나지만, 승리감을 가져다주는 정신승리법이 오히려 수치스럽고 고통스러운 생활을 더욱 지속시킨다는 데에 그 비극성이 드러난다. 여기서 그중 가장 대표적인 정신승리법의 일단을 보기로 한다.

"아Q, 이건 자식이 아비를 때리는 것이 아니라 사람이 짐승을 때리는 거야, 직접 말해봐. 사람이 짐승을 때리는 거라고!"

아Q는 두 손으로 자신의 변발 뿌리를 비틀어 쥐고서 머리를 기울인 채 말했다.

"버러지를 때리는 거야, 됐어? 나는 버러지야. 그래도 놓지 않겠어?"

그러나 버러지라 해도 건달은 결코 놓아주지 않고 예전대로 가까운 곳으로 데려가 대여섯 번 머리를 쾅쾅 찧어 박고 나서야 승리를 거둔 듯 마음이 흡족하여 떠났다. 그는 아Q도 이번에는 혼이 났겠지 하고 생각했다. 그렇지만 10초도 되지 않아 아Q도 마음이 흡족하여 승리를 거둔 듯 떠났다. 그는 자기야말로 자기경멸을 제일 잘하는 사람이라고 생각했다. "자기경멸"이라는 말을 제외하면 그 나머지는 바로 "제일"이다. 장원급제도 "제일"이 아니던가? "네까짓 놈이 다 뭐야!"

위와 같은 자기기만과 자기 위안은 결국 강자에게서 받은 억압에 대한 울분과 자기 자신의 패배를 시인하고 싶지 않은 자존심이 합쳐진 산물이라 하겠다. 즉 건달들이 놀리고 때릴 때 아Q는 그들에게 대항하고 싶으나 힘이 부족한 게 엄연한 현실이다. 비정한 현실은 아Q로 하여금 저항 의지를 후퇴시키고 "자식 놈에게 맞은 셈이니, 요즘 세상은 정말 꼴 같지 않아"라고 비굴한 방법으로 자기위로를 삼는다. 이렇게 볼 때, 아Q의 정신승리법을 단순히 비굴한 자기기만책으로 비판할 게 아니라, 일종의 굴절된 저항의 표현이요, 비인도적 현실을 결코 그대로 감수할 수 없으며, 자기 합리화에 의해서라도 패배의 고통을 승리의 쾌감으로 전환시키고 싶은 것이다.[16] 그것은 곧 비참한 자신의 생존을 지속시킬 수 있는 정신요

---

16) 이영자, 「『아Q정전』 연구」, 『루쉰의 문학과 사상』, 백산서당, 1996년, 283~286쪽 참조.

법이기도 하지만, 무엇보다도 서구 열강의 온갖 수모 속에서도 끝까지 '약대국(弱大國)'으로서의 현실을 인정하지 않으려 들었던 당시 중국인들의 비정상적인 자만심을 풍자한 것이다. 자기기만과 자기 위안에 대한 풍자는 자기 학대에 이르러 정점에 이르는데, 그것은 아Q가 노름판에서 딴 돈을 다 빼앗기고 마을 사당에 돌아왔을 때 종전의 정신승리법으로는 해결이 안 되는 실패의 고통을 느낄 때이다.

하얗고 반질거리던 한 무더기 은전! 더욱이 자기 것인데, 지금은 보이지 않았다. 자식 놈이 가져간 셈 치자 하고 중얼거려봤지만 아무래도 허전하여 즐겁지 않았다. 스스로 버려지야 하고 중얼거려도 봤지만 역시 허전하여 즐겁지 않았다. 그는 이번만큼은 다소 실패의 고통을 느꼈다.

그러나 그는 즉각 실패를 승리로 바꾸었다. 그는 오른손을 들어 올려 힘껏 자신의 얼굴에다 두 번 연거푸 따귀를 때렸다. 얼얼하고 욱신거렸다. 그러자 기분이 한결 누그러졌다. 때린 사람은 자기이고 맞은 사람은 또 다른 자기인 것 같았다. 이윽고 마치 자기가 다른 사람을 때린 것 같아서 ─여전히 좀 얼얼했지만─ 흡족해하며 승리를 거둔 듯 드러누웠다.

자기 학대를 동원해서라도 자기 위안을 삼으려는 심리상태야말로 현실 패배의 고통을 버텨나가기 위한 스스로의 생존수단이라고도 할 수 있다. 즉 자기 학대 속에는 아Q식의 생존법과 패배주의가 뒤얽혀 있는 것이다. 그것은 아Q에 대한 작자의 쓰디쓴 풍자요, 깊은 동정심의 표현이라 하겠다.

둘째, 자대의식(自大意識)과 결점의 회피. 아Q는 사람들한테 멸시받지만 언제나 의기양양하고, 현실에서는 내내 실패하면서도 애써 실패를 외면하면서 마음속으로 터무니없는 우월감을 갖고 있다. 작자는 아Q의 이 같은 심리 병태를 통해 당시 중국이 외세에 시달리면서도 이를 극복하려 않고 옛 중국의 영화만을 내세우며 멸시만 반복하는 작태를 풍자하고 있다. 아Q는 집이 없어 마을 사당에 기숙하면서도 남들과 입씨름할 때면 "우리도 예전에는 네놈보다 훨씬 잘 살았어! 네까짓 놈이 뭐야!"하고 쓸데없는 자존심을 내세운다. 또 한 번은 짜오 나리의 아들이 수재에 합격하자 아Q는 자신은 짜오 나리와 한 집안일 뿐만 아니라 항렬도 위에 있다면서 이것은 자기에게도 영광스런 일이라며 떠들어댄다. 아Q는 이처럼 자신을 추켜세우고 나자 마을의 어느 누구도 눈에 차지 않는다. 그리고 아Q가 읍내에 다녀온 뒤로는 자부심이 더 강해져 읍내 사람마저 업신여긴다. 아Q는 읍내 사람들이 장등(長凳)을 조등(條凳)이라 하는 것은 잘못이며, 미장 마을에서는 반 치 길이의 파 잎을 썰어 넣는데 읍내에서는 오히려 가는 파채를 썰어 넣으니 가소로운 일이라고 비웃는다.

이처럼 아Q는 자신의 별 볼일 없는 처지는 전혀 생각하려 들지 않고 하찮은 일에 의미를 부여하는 편협하고 보수적인 성격을 우스꽝스럽게 드러내 보인다. 풍자는 아Q의 도도한 자만심이 그의 실상과 영 어울리지 않는 모습을 보여주는 데서 발휘되어 웃음을 자아낸다. 이 같은 자대의식과 결점의 회피는 아Q가 자신의 부스럼자국을 치켜세우는 해학적인 장면에서 고도로 집약되어 나타난다.

아Q는 "예전에도 잘 살았고" 견식도 높았으며, 게다가 "일을 참 잘하므로" 본래 '완벽한 인물(完人)'이라 할 수도 있지만 애석하게도 그는 체질적으로 몇 가지 결점이 있었다. 가장 괴로운 것은 그의 두피에 언제부터 생겼는지 모르는 제법 많은 부스럼자국이 나 있다는 점이었다. 이것이 비록 그의 몸에 붙어 있기는 하지만 아Q의 생각에도 이것만은 자랑할 만한 것이 못되는 것 같았다. 왜냐하면 '라이(癩)' 및 '라이(賴)'와 비슷한 모든 발음을 말하기 꺼렸고, 나중에는 더욱 확대되어 '빛나다(光)'도 꺼렸고, '밝다(亮)'도 꺼렸으며, 나중에는 '등불(燈)'과 '촛불(燭)'마저도 꺼렸다…… 아니나 다를까 아Q가 노려보기로 마음먹은 후, 미장의 건달들은 더욱 그를 놀려주기 좋아했다. 보기만 하면 그들은 깜짝 놀라는 시늉을 하며 말했다.

"야, 밝아졌네."

아Q는 여느 때처럼 버럭 화를 내며, 눈을 흘겨 노려보았다.

"보아하니 안전등(安全燈)이 여기 있었구나!" 그들은 전혀 두려워하지 않았다.

아Q는 하는 수 없이 달리 보복할 말을 생각해야만 했다.

"네놈에게는 어울리지도 않아." 이때 또 그의 머리 위에 있는 것은 일종의 고상하고 영광스런 부스럼자국이어서 결코 평범한 부스럼자국은 아니라고 생각하는 모양이었다.

작자는 자존심 강한 사람이 자신의 결점을 애써 감추려 할 때 왕왕 나타나는 신경과민 증상을 극도로 희화화시켜 풍자했지만, 우리는 그 풍자의 중심이 어디까지나 "옛부터 있어왔던[古己有之]" 병태(病態) 심리에 있다는 데 주목할 필요가 있다. 우리에게도 잘 알려진 '문자옥(文字獄)'의 경우만 놓고 보더라도 중국은 이른바 '완벽한 인물[完人] 콤플렉스' 때문에 무수한 인명을 살상했다. 예로부터 "현자(賢者)를 위해서 결점을 말하기 꺼리고[爲賢者諱]", "장자(長子)를 위해서도 말하기 꺼리며[爲長子諱]", 또 나 자신한테까지도 말하기 꺼리는 전통은 미덕이자 금기가 되어왔고, 따라서 '완벽한 인물'은 온갖 수식이 덧씌워져 존재해왔다. 작품에서는 자신조차도 부스럼자국을 꺼리면서 남들이 그것을 가지고 놀리자 스스로 그것을 미(美)인양 뽐내는 희극적 장면에 이어 왕부스럼털보(王癩鬍)한테는 '부스럼[癩]'이라는 글자를 빼고 왕털보(王鬍)라 불러주는 '관용'을 베풀면서 정작 그의 구레나룻은 비웃는 아Q의 이중적인 태도를 통해 그 열근성의 극치를 보여주고 있다.[17]

이렇게 현실의 문제들을 직시하지 못하고 스스로를 기만하면서 안일하게 일상을 보내는 습관이 계속되면서 결국 정신승리법은 모진 압박과 모욕에 대처하고 고통을 망각하기 위한 본능적인 행위가 되어 버렸다. 그러므로 정신승리법은 현실에 대한 반항정신을 마비시킬 뿐 아니라 열악한 현실을 유지하는데 오히려 역작용을 하게 되어 정신승리법에 빠질수록 더욱 비참한 운명은 돌이킬 수 없게 된다는 작자의 문제의식이 성격 풍자로 나타났다.

---

17) 張學軍, 『魯迅的諷刺藝術』, 山東大學出版社. 1994년, 63~66쪽 참조.

작품에서 풍자의 또 하나의 중심대상은 '혁명'이다. 잘 알려졌듯이 청년시절 루쉰의 열정에 찬 계몽 활동과 1911년 신해혁명의 실패는 그에게 각별한 세대적 각인을 남겼다. 그는 주위의 냉담한 반응과 현실의 두꺼운 벽 앞에 적막함과 좌절을 몸소 느꼈지만, 오히려 이를 계기로 암흑적 현실의 실체를 파악하고 혁명의 본질을 꿰뚫어 볼 수 있게 됐다. 루쉰은 작품에서 혁명에 의해 타도되어야 할 대상이 혁명당의 일원으로 전신하며 혁명의 주체가 되어야 할 대상은 오히려 그 '혁명'과제의 수행을 위해 죽음을 당하는 아이러니를 통해 신해혁명의 실체에 대한, 나아가서는 중국 사회의 보수성에 대한 근본적인 비판을 했다. 여기서 아Q는 진정한 의미로서의 혁명을 하는데 오히려 그 가능성을 저해하는 존재로 그려지면서 혁명에 대한 풍자는 더욱 신랄해진다. 작품에서 혁명과 관련한 풍자는 주로 아Q가 혁명에 반응하는 과정에서 보여주는 온갖 우스꽝스런 태도와 발상에서 두드러진다.

중국은 신해혁명으로 3천여 년에 걸친 황제 통치의 전제군주제가 막을 내리고 민주공화정이 출범하지만, 정권을 장악한 위안스카이(袁世凱)가 혁명의 주체인 국민당을 해산시키고 자신이 황제로 등극하면서 혁명은 결국 실패로 끝나고 만다. 하지만 신해혁명이 근대적 의미로서의 혁명으로 성공하지 못한 근본 원인은 바로 민중의 혁명에 대한 무지와 보수, 기회주의자들의 혁명 가담에 있었다. 루쉰은 작품에서 그 구체적인 상황을 날카롭게 꼬집고 있는데, 그것은 아Q와 짜오 수재, 가짜 양놈의 각기 다른 차원에서의 혁명 기회주의에서 나타난다. 아Q에게 혁명은 앞서 봤듯이 오직 복수와 출세를 위한 기회일 뿐이다. 혁명에 대한 아Q의 처음 인식은 그가 성내에서 구경했던 목을 베는 장면이었지만, 혁명당이 입성했다는 소문이 돌자 모두가 두려워하고 당황하는 모습을 보고 그는 이내 혁명이 나쁘지 않다고 생각을 고친다. 그러나 여전히 혁명이 무엇인지 알지 못하는 것은 마찬가지이다.

아Q는 본래 혁명당이라는 말을 일찍부터 귀로 들어왔고, 금년에는 또 혁명당의 목을 베는 것을 직접 눈으로 보았었다. 그러나 어디서 유래했는지는 모르지만, 그는 혁명당은 바로 모반이며 모반은 자기를 곤란하게 만들므로 원래부터 "몹시 미워하고 극도로 싫어해야 할" 어떤 것이라고 나름의 생각을 갖고 있었다. 하지만 그것이 백 리에 명성이 자자한 거인 나리를 이렇게 떨게 하다니 전혀 뜻밖이었다. 그러니 그도 어쩐지 "마음이 쏠리지" 않을 수 없었다. 더구나 미장 마을의 어중이떠중이들이 당황해하는 모습은 아Q를 더욱 유쾌하게 했다.

"혁명도 괜찮겠군"하고 아Q는 생각했다. "이 빌어먹을 놈들을 죽여 버리자. 이 나쁜 놈들! 이 가증스런 놈들! 나야말로 혁명당에 투항해야겠어."

이처럼 아Q는 혁명과 폭동을 분간 못하고 혁명을 그저 개인적인 복수와 출세의 기회로나 삼으려는 무지막지한 건달이다. 작자는 여기서 봉건 전제를 타파하기 위해 일어난 혁명이 정작 민중과는 얼마나 유리되어 있는가를 아Q의 혁명 인식에서 여실히 보여주고 있다. 그에 이어 아Q가 혁명의 과실(果實)을 자신의 출세로 착각하는 우스꽝스런 환상에서 풍자는 더욱 신랄해진다. 그러나 이후 상황은 아Q의 혁명 환상과는 정반대로 수재(秀才)와 가짜 양놈이 먼저 혁명을 해버리고 아Q에게는 혁명을 불허(不許)해버린다. 이 때문에 아Q의 혁명 '가능성'은 그들로부터 차단되고 마침내 그는 짜오 나리 댁을 약탈한 강도단과 연루된 자로 무고되어 총살형을 당한다. 이야말로 혁명이 민중에 대해 끼친 가해이자 근본적인 실패 원인인 것이다. 우리는 여기서 혁명에 가담하려다 묵살되고 수재의 대문 밖으로 쫓겨난 아Q의 분노에 찼지만 무기력한 외침에서 혁명 무지에 대한 작자의 연민에 찬 풍자를 볼 수 있다.

흰 투구와 흰 갑옷을 입은 사람들이 분명히 도착했는데, 결코 자기를 부르러 오지 않았다. 좋은 물건들을 수없이 날랐는데, 자기 몫은 없다. ─ 이건 완전히 가짜 양놈이 가증스럽게도 내게 모반을 허락하지 않았기 때문이야. 그렇지 않다면 어째서 이번에 나의 몫이 없단 말인가? 아Q는 생각할수록 더욱 화가 났고, 마침내 가슴 가득 통한을 참지 못하고 원한에 사무치듯 고개를 끄덕이며 말했다. "내게는 모반을 허락하지 않고 네놈만 모반하려 하다니? 빌어먹을 가짜 양놈 - 그래. 네놈이 모반을 했겠다! 모반은 머리를 자르는 죄명이야. 내 반드시 고발해 네놈이 관청으로 잡혀가 머리 잘리는 것을 보리라 -온 집안이 재산 몰수에 참수를 당하리- 싹둑! 싹둑!"

아Q 자신의 불행을 가져온 장본인들에 대한 위와 같은 반항은 절실함이 배어 있지만 맹목적이란 데서 자못 희극성이 나타난다. 이렇게 현실 인식이 없는 무지는 사회 개혁의 가능성을 희박하게 할뿐 아니라, 스스로 저해하기까지 한다는 작자의 문제의식이 혁명 풍자에서 집중적으로 드러났다 하겠다. 혁명에 대한 마지막 풍자는 혁명 뒤에도 기존의 현실은 그대로 유지된 채로 이야기가 마무리된다는 데 있다.18) 총살은 목을 자르는 것만큼 재밌지 못하다고 투덜대는 구경꾼도, 명칭만 바뀌었을 뿐 원래의 관직을 지키고 있는 관료들도, 기껏 변해봤자 변발을 머리 위에 얹는 것이 고작인 현실은 그야말로 '철벽으로 둘러싸인 방'의 실체를 깊이 있게 폭로한 풍자인 것이다. 작품은 이렇게 아Q의 '혁명'과 수재와 가짜 양놈의 '혁명 불허' 과정을 통해 애초부터 정신계몽적인 측면에서나 참여적인 측면에서나 민중과는 유리되어 있었던 신해혁명의 실상을 고발하고 있다.

작품의 마지막 장인 '대단원(大團圓)'은 정신승리법과 혁명에 대한 총결(總結)적인 풍자로서, 조리돌림의 대상물이 된 비극적인 종말까지도 정신승리법을 동원해 '대단원', 즉 '해피엔딩'으로 바꾸어 내려는 아Q같이 타

---

18) 소설의 구조(構造)와 관련해 풍자소설은 '완성의 만족'을 제공해주지 않는 구조적 특성이 있다. 즉 풍자소설의 구조는 시작과 중간, 결말이 유기적으로 연결되는 완결구조(完結構造)가 아니라 바람직하지 않은 상태의 계속, 그리고 그것의 악화(惡化)를 향해 끝없이 열려 있는 구조이다. 왜냐하면 작자는 작중현실의 모순과 불합리를 제시하고 이를 비판하고자 하는 의도에서 창작하기 때문에 작중인물이나 작중상황이 개선되는 일을 설정하지 않으며, 작품이 진행되면서 작중상황을 점점 악화되도록 짜는 것이다. 김영택, 「한국 근대소설의 풍자성 연구」, 박사학위논문(인하대학교 국어국문학과, 1989년), 21~23쪽 참조.

성에 젖은 정신이나, 혁명에는 전혀 관심 없고 그저 구경이나 하러 모여든 군중들 같이 마비된 정신 상태로는 혁명은 한낱 환상이나 구경거리에 지나지 않는다는 강력한 메시지를 풍자를 통해 전달한 것이다.

3) 잡문식 의론의 풍자 필법

잡문은 의론을 위주로 한 설리문체로 주지하듯 루쉰의 가장 주요한 글쓰기 양식일 뿐 아니라, 풍자가 가장 집중적이면서도 뚜렷하게 나타나는 글쓰기 방식이다. 루쉰은 풍자대상의 허점을 틀어쥐고서 그것을 자신의 의론 가운데 교묘히 삽입시켜 생동적인 언어문자로 날카롭고 매서우며 유머러스하고 재미있는 분위기 가운데 풍자대상을 비판하는데 뛰어났다. 일찍이 그가 "내 소설은 또한 논문이기도 하다. 나는 단지 단편소설의 장르를 이용했을 뿐이다"[19]라 언급했던 데서도 알 수 있듯 그는 소설 장르에서 역시 풍자가 가미된 잡문식 의론으로 자신의 비판의식을 보다 직접적으로 표출해냈다. 우리가 작품을 보면 사건이 매번 지나간 뒤에는 으레 의론이 한 차례 진행되면서 풍자가 비판성을 한결 강화시켜 주고 있는 것을 확인하게 된다. 한 전형적인 예로 아Q가 여자와 자손을 생각하는 대목에서 나타나는 봉건관념에 대한 조롱 섞인 풍자를 본다.

그는 생각했다. "옳아, 여인이 꼭 있어야 돼. 대가 끊기면 밥 한 그릇 공양할 사람이 없지. 꼭 여인이 있어야 돼." 무릇 "세 가지 불효 중에서 자식 없음이 가장 크다"고 했고, "약오씨(若敖氏)의 귀신은 (자손이 없어) 굶을 것이다"고 했으니 정말 인생의 크나큰 슬픔이 아닌가. 그러니 그의 생각은 사실 한결같이 다 성현의 말씀에 부합하는 것이었다. 다만 애석하게도 그 뒤로 어쩐지 "풀어진 마음을 걷잡을 수 없었다."

---

19) 馮雪鋒, 「魯迅先生計劃而未完成的著作」, 『過來的時代』, 人民文學出版社, 1986년, 121쪽.

작자는 아Q의 심리를 묘사하는 가운데 의론을 결합시켜 봉건관념을 반어적으로 비판했는데, 여기서 성현의 말씀이 아Q의 행동 뒤에 등장해 희극성을 발휘하고 있다. 작자는 이어서 역사적 사실까지 동원해 의론을 진행하면서 봉건관념에 대한 더욱 강도 높은 풍자를 가하고 있다.

중국의 남자들은 본래 대부분이 성현이 될 수 있었지만 애석하게도 전부 여자들에게 무너지고 말았다. 상(商)나라는 달기(妲己)가 망하게 했고, 주(周)나라는 포사(褒姒)가 망쳐놓았다. 진나라는 …… 비록 역사에 명확한 기록은 없지만 그것이 여자 때문이라고 가정하여도 대체로 아주 큰 잘못은 없을 것이다. 동탁(董卓)도 확실히 초선(貂嬋)에게 살해됐다.

아Q도 본래는 바른 인물이었다. 비록 그가 어떤 훌륭한 스승으로부터 가르침을 받았는지 모르지만 그는 "남녀유별"에 대해 지금까지 대단히 엄격했고, 또 이단 -젊은 여승이라든지 가짜 양놈과 같은 부류- 을 배척하는 바른 기개도 충분히 가지고 있었다.

여기서 작자는 고의적으로 장중(莊重)한 의론을 펼치면서 중국 고래(古來)의 잘못된 여성관을 비판하고 있는데, 루쉰은 이렇게 소설에서 의론화된 풍자를 통해 풍자대상의 모순과 황당함을 효과적으로 폭로했다. 작품 서술에 있어 이 같은 의론화 경향은 아Q가 죽은 뒤 마지막 서술에까지 이어져 주제를 전달하고 있다.

여론으로 말하자면 미장에서는 이의가 없었다. 당연히 사람들은 아Q가 나쁘다고 했다. 총살을 당한 것이 바로 그가 나쁘다는 증거이며, 나쁘지 않다면 어째서 총살을 당하겠는가 하는 것이었다. 그런데 성내의 여론은 오히려 좋지 않았다. 그들은 대부분이 불만이었다. 총살은 목을 자르는 것보다 재미가 없다고 여겼다. 게다가 그놈은 얼마나 가소로운 사형수인가. 그렇게 오랫동안 길거리를 돌면서도 결국 노래 한 구절 부르지 않았으니 그들은 헛걸음으로 따라다녔다는 것이었다.

위에서는 군중의 우매하고 마비된 정신과 남의 재앙 구경하길 좋아하는 병태(病態) 심리를 질타하고 있는데, 여기서 작자는 아Q가 단지 군중들의 구경거리임을 직접 자신의 목소리로 설명함으로써 독자들이 바로 각성하길 희망한 것이다.[20] 또한 이 단락의 의론으로 작품 전체를 총결했고, 풍자는 의론의 바탕을 이루면서 더욱 효과적으로 비판의 의미를 실어 준 것이다.

4) 과장과 반어 기법의 구사

사람을 깡패나 악한(惡漢)이라고 부르기는 쉽다. 그것도 아주 재치 있게 할 수 있다. 그러나 머저리니, 돌대가리니 악당이니 하는 나쁜 말을 쓰지 않고, 사람을 그렇게 보이게 묘사한다는 것은 얼마나 어려운가! …… 풍자의 가장 미묘하고 교묘한 필치는 점잖게 욕하는 것이다. (Dryden, Discourse Concerning Satire 「풍자시론 諷刺詩論」)[21]

위의 언급에서 보듯 풍자의 관건은 풍자하는 내용보다 풍자할 때에 어떠한 기교를 구사하느냐에 달려 있다. 풍자작가는 기법 면에서 여느 문체보다도 적절하고 명쾌한 충격 기법을 구사해 비판하고자 하는 내용을 더욱 집중적으로 부각시킨다. 루쉰이 『유림외사』를 불후의 풍자소설로 꼽은 이유도 "폄하하는 언사(言辭) 하나 없이 그 위선적인 내면을 모조리 폭로하고 있어 진실로 풍자의 미묘함을 다하고, 또 저격(狙擊)의 신랄함을 다하는"[22] 기법에 탄복했기 때문이다. 루쉰 풍자예술의 진수 역시 정확하고도 정련(精練)된 표현기교로써 풍자대상의 추악한 실질을 남김없이 드러내 강렬한 풍자효과를 거둔 데 있다. 우리가 『아Q정전』을 보면 기법 면에

---

20) 齊裕焜, 『中國諷刺小說史』, 273~274쪽 참조.
21) 아서 폴라드, 송낙헌 옮김, 『풍자』, 서울대학교 출판부, 1979년, 63쪽에서 재인용.
22) 無一貶詞, 而情僞畢露, 誠微辭之妙選, 亦狙擊之辣手矣. 『중국소설사략』, ≪魯迅全集≫ 제9권, 223쪽.

서 과연 언사 운용(運用)의 적절함과 문장 구사의 원활(圓滑)함에 풍자예술 대가로서의 풍모를 느낄 수 있다.

루쉰은 작품에서 각 정황에 따라 과장·반어·인용·비유·대조 등등의 다양한 표현기법을 동원해 예리하면서도 정채로운 풍자를 구사하고 있다. 그런데 작품이 나타내는 전체적인 분위기를 살펴보면 그가 구사한 여러 표현기교는 대체로 과장화된 희극성이나 반어적인 폭로성에서 크게 벗어나지 않는 사실을 확인할 수 있다. 이는 작품의 표제(標題) 배치에서부터 그 성격이 나타나는데, 작자는 서문에서 아Q의 성씨와 관적(貫籍)을 장황하게 소개하고선 "우승의 기록", "우승의 기록 속편", "중흥에서 말로까지", "대단원" 등 전기식(傳記式)으로 표제를 배열해 마치 "불후의 인물"의 "빛나는 사적(事迹)"을 밝히는 양 능청을 떨고 있다. 하지만 실제 내용에서 아Q의 해학적이고도 가련한 행적은 명(名)과 실(實)의 커다란 괴리를 보이면서 과장화된 희극성과 반어적인 폭로성이 한데 어우러진 강렬한 풍자효과를 거두고 있다. 이렇듯 과장과 반어는 루쉰의 주된 풍자기법으로서 기타 요소와 유기적으로 결합하여 작품의 커다란 풍자특징을 구성하고 있다.

작품에서 과장과 반어 기법은 다시 두 가지 표현 형태로 개괄할 수 있는데, 하나는 '묘사성(描寫性)' 과장과 반어 기법(이후 묘사성으로 약칭)이고, 또 하나는 '정경성(情景性)' 과장과 반어 기법(이후 정경성으로 약칭)이다.23)

먼저 '묘사성'은 작품에서 서술자가 스토리를 전개한 다음에 인물의 성격을 묘사하거나 사건의 상황을 소개할 때 구사하는 기법을 가리킨다. 묘사성은 모방(模倣)과 언외(言外) 기법에서 두드러진다. 작품에서 작자는 일부러 고대 성현(聖賢)의 엄숙하고도 고아(古雅)한 말투를 모방해 아Q의 경우에 여러 차례 대입시켜 서술함으로써 해학 가운데 자못 신랄한 풍자효과를 거두고 있다. 그 중 한 전형적인 예를 본다.

---

23) 본 개괄 방식은 施建偉의 『魯迅美學風格片談』(黃河文藝出版社, 1985년)에서 루쉰의 반어(反語)기교 특징을 묘술성(描述性) 반어와 정경성(情境性) 반어로 나누어 논의한 데서 착안해 계발·확대시킨 것임을 밝혀둔다.

무릇 "세 가지 불효 중에서 자식 없음이 가장 크다[不孝有三無後爲大]"고 했고, "약오씨의 귀신은 (자손이 없어) 굶을 것이다[若敖之鬼餒而]"고 했으니 정말 인생의 크나큰 슬픔이 아닌가. 그러니 그의 생각은 사실 한결같이 다 성현의 말씀에 부합하는 것이었다. 다만 애석하게도 그 뒤로 어쩐지 "풀어진 마음을 걷잡을 수 없었다[不能收其放心]."

"세 가지 불효 중에서 자식 없음이 가장 크다"나 "약오씨의 귀신은 (자손이 없어) 굶을 것이다"나 "풀어진 마음을 걷잡을 수 없었다"나 모두 『맹자 孟子』, 『좌전 左傳』에 나오는 봉건적 격언이다. 작자는 이 말들을 아Q가 여자를 생각하는 대목에 삽입시켜 자못 큰 희극성을 불러일으키면서도 이 세 마디의 인용으로 뿌리 깊은 봉건관념을 집약적으로 비판하고 있다. 작자는 또한 각 정황마다 '대사소용(大詞小用 큰 데 사용되어야 할 말을 오히려 작은 데에 사용함)'을 빈번하게 구사해 과장과 반어가 가져올 수 있는 풍자 효과를 최대한 활용했다. 왕털보가 잡은 이가 자기보다 많다고 "체통을 크게 잃었다[大失體統]"고 하는 말이나 여승을 희롱하면서 "자신의 공로[勳業]가 남의 눈에 들어[得了賞識] 매우 흥겨웠다[高采烈起]"고 하는 말이나 샤오D와의 싸움을 '용호투(龍虎鬪)'로 비유한 말이나 모두 문언투(文言套)를 모방한 기막힌 과장과 반어이자 아Q의 열근성에 대한 신랄한 풍자이다. '언외(言外)'기법은 작자가 인물이나 사건을 묘사할 때 그것이 실제로는 매우 불합리한데 만약 그것이 현실 관념에서는 오히려 합리적인 경우에 해당된다면, 일부러 객관적인 태도를 그럴싸하게 유지하면서 감정을 절제하며 진지하게 그들을 "예전부터 있어왔던[古已有之]" 당연지사(當然之事)라고 서술하는 것을 말한다. 이 같은 과장 섞인 반어 수법에 풍자는 더욱 신랄함을 더하게 되고, 이에 독자는 언외의 뜻을 헤아리게 된다. 또한 예를 본다.

그가 바야흐로 '이립(而立)'의 나이에 이르러, 뜻밖에 젊은 여승으로 인해 들뜬 기분이 될 줄이야 누가 알았겠는가. 이 들뜬 기분은 예교(禮敎)의 입장에서는 있을 수 없는 일이다 - 그래서 여자는 정말 가증스럽다. 가령 젊은 여승의 얼굴이 매끈하지 않았더라면 아Q는 현혹되지 않았을 것이고, 또 가령 젊은 여승의 얼굴에 헝겊이 한 겹 씌어져 있었더라도 아Q는 현혹되지 않았을 것이다. …… 그런데 젊은 여승은 결코 그렇지 않았으니, 이로써 이단(異端)의 가증스러움을 충분히 알 수 있다.

위에서 보듯 작자는 표면적으로 아Q의 생각대로 써내려가면서, 여자를 남자의 마음을 '들뜨게[飄飄然]' 만드는 '이단(異端)'으로 묘사하고 있다. 그러나 실제상으로 작자는 이러한 도덕관념이 남자에게 미친 폐해를 우회적으로 폭로하면서 독자로 하여금 깊이 생각게 한다. 이처럼 '묘사성'은 모방과 언외 기법으로써 풍자대상의 성격특징과 사고방식을 실제보다 더 돋보이게 하여 독자의 각성을 촉구하는 풍자특징을 구성하고 있다.

다음으로 '정경성'은 현상과 본질, 환상과 현실, 인물의 말과 행동 사이의 뚜렷한 대비를 통해 작자의 진의(眞意)를 암시하는 기법을 가리킨다. 정신승리법에 대한 풍자에 이 기법이 가장 집중적으로 구사되는데, 작자는 아Q의 허황된 정신승리와 잔혹한 현실을 냉정하게 대비시켜 아Q의 모순에 찬 사고와 언행에 강렬한 희극 효과를 불러일으켰다. 이처럼 환상과 현실의 대립을 내용으로 하는 '정경성'은 아Q의 성격 자체가 내포하고 있는 희극 요소를 발굴해내는 유력한 수단이다. 한 예를 들면, 건달한테서 자신의 누런 변발이 쥐어 잡힌 채 벽에다 머리를 꽝꽝 찧어 박힌 일은 분명 패배한 것이지만, 아Q는 이 일을 자식 놈한테 맞은 셈 치면서 도리어 현실의 패배를 정신의 승리로 바꿔버린다. 그러나 아Q의 이 같은 수법이 계속되자 이를 알아차린 건달들이 다음에 그와 싸울 때는 직접 그의 입으로 그 속셈을 실토하게끔 한다. 우리는 여기서 더 이상 어쩔 수 없는 패배의 현실에 몰려서도 여전히 패배를 승리로 바꾸려는 아Q의 사고방식에서 패배한 현실을 오히려 더욱 부각시키는 가장 극명한 풍자를 볼 수 있다. 아Q의 사상과 행위 간의 모순 역시도 전형적인 풍자의 예이다. 또 한 예로 아Q의 여성에 대한 관념과 언행의 불일치를 보도록 한다.

아Q도 본래는 바른 인물이었다. 비록 그가 어떤 훌륭한 스승으로부터 가르침을 받았는지 모르지만 그는 "남녀유별"에 대해 지금까지 대단히 엄격했고, 또 이단 -젊은 여승이라든지 가짜 양놈과 같은 부류- 을 배척하는 바른 기개도 충분히 가지고 있었다. 그의 주장[學說]은 이랬다. 모든 여승은 틀림없이 중과 내통하고, 여인이 바깥을 나다니면 틀림없이 외간남자를 유혹하려는 것이고, 남녀가 한 곳에서 이야기를 나누면 틀림없이 수작을 부리는 것이다. 그들을 징벌하기 위해 그는 종종 눈을 흘겨보기도 하고, 혹은 큰 소리로 "나쁜 심보를 책망하는" 말을 몇 마디 해주기도 하고, 혹은 후미진 곳이라면 뒤에서 작은 돌멩이를 던지기도 했다.

언뜻 보기엔 아Q가 마치 전통 관념의 옹호자이며 부녀에 대해 온갖 봉건적인 편견을 갖고 있는 듯하지만, 그의 실제 언행은 젊은 여승을 희롱하고 심지어 우마(吳媽)한테 무릎 꿇고 직접 동침을 요구할 만큼 정반대이다. 작자는 이렇게 전후 극명한 차이를 통해 아Q의 가소로운 본질을 남김없이 드러냈는데, 독자는 웃음 가운데 인간의 자연스런 감정조차 배제한 전통 관념의 허위성을 통감하게 된다. 필요에 따라 시시각각 변하는 아Q의 태도 또한 모순의 극치를 보여주는 풍자의 예이다. 예를 들면, 짜오 나리에 대한 태도가 한 때는 "정신적으로 전혀 각별히 존경을 표하지 않았다"가 어느 날은 짜오 나리와 '한집안'이 되려고 하는 대목이나, 가짜 양놈에게 한 때는 "몹시 미워하고 극도로 싫어하는" 태도였지만 혁명할 때 태도를 전혀 바꾸어 그에게 투항하려 한 대목이나, 그 가짜 양놈한테서 '혁명불허' 당하고선 그를 저주하며 관청으로 잡아가 머리 잘리는 것을 보겠노라 소리치던 대목이나, 모두 아Q의 열근성을 정경성 기법을 통해 해학적으로 풍자한 것이다. 이처럼 정경성 기법은 현실과 환상 사이의 모순을 뚜렷이 부각시켜 아Q같이 비극적 운명을 타고난 인물이 모순된 현실 가운데서 희극성을 발휘하도록 하여 독자에게 눈물 머금은 웃음을 짓게 하는 풍자특징을 구성하고 있다.

요컨대 루쉰은 작품에서 정황에 따라 다양한 표현기법을 동원해 예리하면서도 정채로운 풍자를 구사했는데, 그의 풍자는 주로 모방과 언외 기법이 중심이 된 '묘사성' 과장과 반어, 그리고 명실(名實)의 모순 대비가 중심이 된 '정경성' 과장과 반어 기법의 전체 분위기 속에서 발휘되어 더욱 핍진하게 풍자대상의 특징과 본질을 표현했을 뿐 아니라, 비분(悲憤)과 해학 가운데 엄숙한 주제를 전달했다.

3. 아Q의 '정신승리법'과 '혁명' 풍자

지금까지 루쉰의 글쓰기 방식 중 가장 뚜렷하게 나타나는 풍자에 주목하여 그의 대표작인 『아Q정전』 소설의 비판의식과 예술성을 살펴봤다. 루쉰은 작품에서 '아Q'라는 인물형상을 통해 중국인의 비뚤어진 의식형태와 역사의식, 그리고 행위방식 등을 매우 생동적이면서도 신랄하게 펼쳐 보였는데, 그것은 시종 '정신승리법'을 핵심으로 한 희극적인 정절과 장면의 연속으로 나타났다. 아Q는 현실의 비극적인 운명을 타고 났음에도 그것을 승리로 바꾸려 온갖 우스꽝스런 궁리를 다하는 인물로서, 그의 성격 특징은 강자와 약자 앞에 상반된 태도와 행동을 보이는 여러 해학적인 장면에서 더욱 부각되며, 형장으로 끌려가는 마지막 순간까지도 스스로를 위안하는 마비된 모습에서 극치를 보여준다. 이 같은 아Q형상이야말로 "인간의 불행을 슬퍼하고, 그러한 현실에도 투쟁하지 않는 그들에 분노한다"는 루쉰의 창작심리가 최고조로 실현된 주인공이며, 중국인의 비뚤어진 의식형태와 행위방식이 집약된 풍자형상이다.

작품에서는 '정신승리법'이라는 아Q의 성격 풍자와 함께 청조 말기의 침체된 봉건사회 속에서 벌어지는 권세의 이면과 혁명의 그림자를 풍자했는데, 그것은 주로 아Q가 혁명에 반응하는 과정에서 보여주는 온갖 우스꽝스런 태도와 발상에서 두드러지게 나타났다. 루쉰은 작품에서 혁명에 의해 타도되어야 할 대상이 혁명당의 일원으로 전신하며 혁명의 주체가 되어야 할 대상은 오히려 그 '혁명'과제의 수행을 위해 죽음을 당하는 아이러니를 통해 신해혁명의 실체에 대한, 나아가서는 중국 사회의 보수성에 대해 근본적인 비판을 했다. 여기서 아Q는 진정한 의미로서의 혁명을 하는데 오히려 그 가능성을 저해하는 존재로 그려지면서 혁명에 대한 풍자는 더욱 신랄해졌다. 특히 아Q식의 혁명 환상과 수재와 가짜 양놈의 이른바 '혁명불허'는 애초부터 정신계몽적인 측면에서나 참여적인 측면에서나 민중과는 유리되어 있었던 신해혁명의 실상을 고발한 것이다.

한편 루쉰은 소설 장르에서도 풍자가 가미된 잡문식 의론으로 자신의 비판의식을 보다 직접적으로 표출해냈는데, 우리가 작품을 보면 사건이 매번 지나간 뒤에 으레 의론이 한 차례 진행되면서 풍자가 비판성을 한결 강화시켜 주고 있는 것을 확인할 수 있다. 작품 서술에 있어 이 같은 의론화 경향은 마지막 서술에까지 이어져 주제를 전달할 뿐 아니라, 더욱 효과적으로 비판의 의미를 실어줬다.

루쉰은 또한 기법 면에서 각 정황에 따른 다양한 표현을 동원하여 예리하면서도 정채로운 풍자를 구사했는데, 그가 구사한 표현기교는 주로 과장화된 희극성과 반어적인 폭로성이 한데 어우러진 풍자 특징을 보여주고 있다. 게다가 그는 모방과 언외 기법을 중심으로 한 묘사성 과장과 반어 기법을 통해 풍자대상의 성격특징과 사고방식을 실제보다 더 돋보이게 하는 효과를 거뒀고, 또 현상과 본질, 말과 행동 사이의 뚜렷한 대비를 통해 작자의 진의를 암시하는 정경성 과장과 반어 기법으로 모순된 현실 가운데서 더욱 희극성을 발휘하게 하는 풍자특징을 구성했다.

상상력 발휘에서 소멸 운명 통찰까지

: '유활(油滑)'을 통해 본 『고사신편 故事新編』의 창작 의미

1. 상상력, 역사, 그리고 유활

　루쉰(魯迅)은 일본 유학시절에 썼던 문론 「파악성론 破惡聲論」에서 신화란 "천하 만물의 기이함을 목도하고 상상력을 발휘하여 의인화시킨 것"으로서, "국민들은 이런 것을 가진 데 대해 부끄러워할 일도 아닐뿐더러 상상력이 아름답고 풍부한 데 대해 더욱 자랑스러워해야 한다"고 밝힌 바 있다. 그는 또 같은 글에서 미신은 "향상을 바라는 민족이" "지상(至上)의 세계로 달려가고자 하는 욕망을 표현한 것"으로, "중국은 예부터 만물을 널리 숭배하는 것을 문화의 근본으로 여겨왔으며", "모든 예지와 의리, 그리고 국가와 가족제도는 이것에 근거해 기초가 세워지지 않은 것이 없었다"면서, 이들을 타파의 대상이 아닌 오히려 발굴해야 할 대상으로 봤다. 주지하듯 신화를 비롯한 미신, 전설 등은 인간의 진실한 마음과 욕구를 상상력으로 표현해낸 것으로, 이를 욕구한 인간의 공동체 삶의 터전을 형성하는 의미 지층이다. 이 지층은 한 공동체 역사와 문화 정신의 퇴적층이자 공동체의 정체성과도 연관되기에, 그 공동체의 구성원에게 '상징적 진실'로 받아들여지는 것이다.[1] 일찍부터 '상상력'과 관련된 정신의 소산

---

1) 유세종, 「'새로운 근대'에서의 문화 창조 주체의 성격 -루쉰의 상상력과 문화 창조를

으로서 신화와 전설을 옹호해왔던 루쉰에게 그 신화와 전설의 주인공들은 현실을 변혁시킨 주체이자 중국 문명기원의 정신을 대표하는 상징이었다. 그의 마지막 소설집 『고사신편』은 그 '상징'의 인물들이 역사의 시공간 속에서 구체적으로 놓인 현실 문제 앞에 고뇌하며 곤란을 겪는 모습들을 또 다른 '상상력'을 발휘해 새롭게 구성한 것이다. 소설에서 그는 신화, 전설의 주인공들이 현실에 발을 딛고 개혁할 때 부딪치는 어려움을 상상력을 동원한 여러 희극적인 장면들과 엇섞어 놓는 필법을 구사함으로써 현실적인 문제를 더욱 부각시키고 있다.

역사는 '과거를 기억하려는 욕망'에서 비롯됐으며, 신화와 전설은 문자가 생기기 전 입에서 입으로 전해진 원시적 형태의 역사라 한다면, 문자 발명 이후의 역사는 과거의 수많은 사실들 가운데 가장 '의미 있는' 사실의 기록이라 할 수 있다. 이에 우리는 역사를 통해 단순히 기억을 넘어 과거의 일에 비추어 현재를 더 깊이 이해하고, 인간사회에서 일어나는 사건의 인과관계를 해석하게 되는데, 그런 의미에서 역사는 또한 현재를 위한 기록인 것이다.[2] 역사에 대한 반성이 철저하지 못하고 또한 그 반성이 현재의 삶을 문제 삼지 않으며, 그래서 현재의 삶에 뿌리내리지 못하는 창조로 이어진다면, 그것은 헛된 말장난, 거짓 창조에 지나지 않음을 루쉰은 잘 알고 있었다.[3] 중국 현대문학의 시작을 알린 「광인일기 狂人日記」 소설에서 일찍이 그가 '광인'의 입을 빌어 외친 "옛날부터 그래 왔으니 옳단 말인가?"란 물음은, 곧 '사람을 잡아먹는' 봉건예교의 역사에 대해, 옛날부터 존재해왔다는 이유로 지금까지 아무런 문제도 추궁하지 않는 마비된 정신을 깨우는 소리였다. "역사서를 펼쳐봄으로써 현재의 상황이 그때 모습과 얼마나 비슷하며, 현재의 어리석은 행위나 멍청한 생각이 그때에도 벌써 있었고, 게다가 모든 것이 엉망이었음"[4]을 강조해온 그에게

중심으로」, 『中國學報』 제40집, 1999년, 269쪽 참조.

2) 유시민, 『내 머리로 생각하는 역사 이야기』, 푸른 나무, 2005년, 46~48쪽 참조.

3) 유세종, 앞의 글, 264쪽에서 인용.

4) 「이것과 저것 這個與那個」, 『화개집 華蓋集』, 《魯迅全集》 제3권, 人民文學出版社, 1981

역사는 개혁을 더 이상 늦춰선 안 된다는 절박한 현실 인식을 확보하게 하는 기제였다. 그런 의미에서 『고사신편』은 중국문화사에서 성인과 영웅으로 떠받들어진 주인공들의 숭고하고 영웅적인 면모를 보여주기 보다는 '옛날부터 그래 왔던' 현실 문제의 소재를 역사가 생겨난 그 시초부터 확인시켜주는 데 비중을 둔 것이었다. 다시 말해, '고사신편'이란 제목에서 '옛이야기[故事]'는 객관적으로 주어진 역사 소재이며, 그것을 '새로 엮는다[新編]'는 것은 문제의식의 현재적인 재구성을 의미한다. 옛이야기 속에 현재를 겹쳐놓는 작품 구성이나 작품에서 역사 인물들을 성인과 영웅의 상(像)으로 박제화하기보다는 오히려 세속화, 평민화된 모습으로 묘사한 것도 과거의 텍스트만이 아닌 현재의 텍스트로서 인간의 존재방식은 어떠해야 하는지 역사적 의미를 일깨우기 위해서였다.

'유활(油滑)'은 루쉰의 이전 작품집에서는 볼 수 없었던 예술 시도이자 13년의 긴 세월에 걸쳐 단속적으로 창작되는 동안에도 일관되게 구사되어온 필법으로, 『고사신편』을 이해하는 전제라 할 수 있다. '유활'은 대체로 장난기가 농후한 '익살'을 의미하는데, 여기에는 필경 조롱과 냉소를 수반하기 때문에 루쉰은 『고사신편·서언』에서 "유활은 창작의 큰 적이며, 나는 나 스스로에 대해서도 매우 불만스럽다"고 밝힌 바 있다. 하지만 이 글 말미에 "옛날 사람을 다시 죽게 쓰지는 않았으니, 당분간 존재할 만한 여지는 아직 있으리라"란 말로 작품의 존재 가치를 일면 긍정하기도 했는데, 이 말은 창작과정에 있어 애초부터 유활에 대해 부정적인 입장임에도 그것이 일으키는 작용 내지는 효과는 홀시하지 않았던 그의 의도를 보여준다. 즉 그는 소극적인 창작태도에서 비롯된 유활이 일으키는 효과의 또 다른 적극적인 작용을 발견했고, 창작과정 중에 의식적으로 이 효과를 강화시켜 『고사신편』 텍스트만의 창작 특징으로 자리매김하려 한 것이다. 특히 앞서 언급했던 상상력과 역사 문제와 관련해 유활은 신화와 전설에 대해 루쉰이 또 다른 차원에서 상상력을 발휘한 창작 조건으로서, 이를

년, 139쪽.

통해 역사와 현실 문제가 더욱 효과적으로 부각될 수 있었다는 것이 이 글의 시각이자 논의의 출발점이다. 이 글에서는 이 같은 시각을 보다 구체적으로 논증하기 위해 먼저 상상력 발휘의 조건으로서 유활이 작품의 형식 표현과 형상 표현에 전반적으로 일으킨 작용을 살펴보고, 상상의 역사 시공간 속에서 수시로 현실 문제를 제기하고 연관 짓는 조건으로서 작용했을 뿐 아니라, 문명 기원의 정신에서부터 소멸의 운명까지 통찰했던 루쉰에게 유활은 어떠한 창작의미로 녹아들어 발휘됐는지를 규명해보도록 한다.

2. 상상력 발휘 조건으로서의 '유활'

루쉰은 『고사신편』의 가장 큰 창작 특징인 '유활'이 작동하게 된 계기에 대해 「서언」에서 다음과 같이 밝힌 바 있다.

(소설 창작의) 처음에는 자못 진지했었다. 단순히 프로이트의 학설을 취해 창조 -인간과 문학- 의 기원을 해석하려 한 데 지나지 않았지만, 어떤 사정 때문이었는지 중도에 붓을 쉬었다. 그러던 중 신문을 보다가 불행하게도 누군가가 -지금 그 이름은 잊었다- 쓴 왕징즈(汪靜之) 군의 『혜초의 바람 蕙的風』에 대한 비평을 보게 됐다. 그는, 눈물을 머금고 간청하오니 젊은이여 다시는 이런 글은 쓰지 말라고 호소하고 있었다. 이 가련하고 음험한 비평을 보면서 나는 좀 익살을 부리고 싶다는 생각이 들었다. 그래서 다시 소설을 쓰면서 옛날 의관(衣冠)을 차려입은 작은 사내를 여와의 가랑이 사이에 나타나게 하지 않고서는 견딜 수가 없었다. 이것이 바로 진지함에서 유활로 빠져들게 된 발단이다.

마치 우연한 계기인 듯한 그의 언급에도 불구하고, 이 '유활' 필법은 「하늘을 보수한 여와 이야기 補天」를 창작한 뒤에도 내내 바뀌지 않았음

은 물론 오히려 더욱 지속되고 강화됐다. '유활'은 인간생활 중의 결함이
나 모순, 폐해, 불합리 등에 대해 조소와 희롱의 필치로써 웃음을 유발한
다는 점에서 풍자의 일종이라 할 수 있다. 하지만 '유희(遊戲)'에 가까운 창
작태도로 자신의 심리 궤적에 따라 대상을 조롱하는 필법은 풍자가 갖춰
야 할 객관성과 완곡성 또는 함축성과는 거리가 멀어 누구보다 풍자에 대
한 기준이 엄격했던 루쉰에게는 내내 불만일 수밖에 없었다. 우리가 작품
을 보면 항상 자신이 처한 시대의 사상(事相)이나 온갖 자질구레한 일, 심
지어 현대 어휘까지 역사 장면 속에 출현시키면서 고대 인물들을 조롱하
고 낯선 느낌마저 들게 하는데, 특히 「죽은 자를 살린 장자 이야기 起死」
에서 고대 인물 장자(莊子)의 철학언어에 대한 조롱은 그 절정에 달한다.5)
그럼 스스로 창작의 폐해가 되는 줄 알면서도 문명기원의 정신상징으로
기억되는 인물들을 유활의 대상에 놓고 역사 시공 속에서 곤혹을 겪게 한
의도는 무엇이었을까? 여기서 우리는 유활이 일으키는 또 다른 상상력의
작용과 그것이 전달하는 의외의 효과에 주목할 필요가 있는데, 아래의 두

---

5) 작품에서 유활은 고사의 안정된 흐름을 깨뜨리는 착란(錯亂)된 역사화면을 조성했는
데, 루쉰은 표면적으로 이에 대해 불만스러워 했지만, 실상은 의도적인 것이었다. 유활
을 통한 고금(古今) 착란에는 단순히 시간을 교란시키는 역할을 하는 것도 있고, 당대
의 특정한 현실과 관련되어 있는 것도 있다. 「물을 다스린 우 이야기 理水」에 나오는
유치원, 대학, 법, 빵 등이나, 「고사리 캐는 백이숙제 이야기採薇」에 나오는 양로원, 전
람회, 관보, 신문, 찻집, 주점, 이발소 등이나, 「죽은 자를 살린 장자 이야기 起死」에 나
오는 순경, 경찰서 등은 시간 교란을 위한 비교적 단순한 고금 착란이다. 또 古代 안에
서 시간의 흐름이 뒤섞이는 경우도 있는데, 「물을 다스린 우 이야기」에서 관리들이 우
(禹)에게 '3년 동안 아비의 도를 고치지 않아야 효라 할 수 있다'라고 말하는 부분이나
마지막 부분에서 우의 의식주에 대해 평가한 부분은 『논어 論語』에 나오는 말로서, 우
의 시대보다 1,300여 년이 지난 후 공자(孔子)가 한 말이다. 「고사리 캐는 백이숙제 이
야기」에서 소궁기(小窮奇)가 '그렇다면 두 분께서는 천하의 대로(大老)시겠군요'라고
말한 것은 700여 년 후 맹자(孟子)가 '두 노인은 천하의 대로(大老)이다'라고 말한 것의
패러디이다. 「관문을 떠난 노자 이야기 出關」에서 작중화자가 노자(老子)의 시대에는
없었던 기중기와 공수반, 묵자를 언급하는 것도 고사의 안정성을 깨뜨리는 역할을 한
다. 이런 것들과는 달리 「물을 다스린 우 이야기」의 비타민W, 굿모닝, OK, 셰익스피어,
「고사리 캐는 백이숙제 이야기」의 문학개론 등은 당대의 특정한 현실 상황과 관련되어
있다. 「달로 도망간 항아 이야기 奔月」에 사용된 까오창홍(高長虹)의 말투들, 「고사리
캐는 백이숙제 이야기」에 나오는 '양로를 위한 양로', '예술을 위한 예술' 등 창조사의
주장을 흉내 낸 말들도 당대의 특정한 현실을 조롱한 것이다.

문장을 보면 그가 구사했던 유활의 의미는 더욱 분명해진다.

고사성어는 죽은 고전과 달리 세상의 면모를 보여주는 진수로서 내키는
대로 얘기를 꺼내도 글에 늘 생기를 불어넣는다. 우리는 고사성어로부터 생
각의 또 다른 단서를 끄집어낼 수 있는데, 그것은 세상의 씨앗에서 나온 것
이기에 피어난 것도 세상의 꽃이다. (책에서) 작자는 남을 흉계에 빠뜨리는
귀신 부적을 통해 살아있는 인간세상의 모습을 펼쳐 보인 바, 물론 마음 내
키는 대로 지껄인 구석도 있지만, 보는 독자의 마음과 꼭 들어맞는 느낌이
들어 난처한 쓴웃음을 금치 못하게 한다.6)

작자는 원래 창작이란 밥 먹는 일과는 달라서 진국으로 할 필요까진 없다
고 생각한다는 사실을 알아야 한다. 만약 진국으로 읽는다면 오직 자신의 어
리석음을 탓하게 될 것이다. …… 린위탕(林語堂) 선생은 지난(暨南)대학에
서 한 강연에서 "사람됨이 진지하면 나쁜 길로 들어서기 쉽지 않으나, 한 번
나쁜 길로 들어서게 되면 결국 실패하고 말 것이다. 그러나 창작을 할 땐 유
머가 있어야 하고, 사람됨과는 달리 농담도 하고 심심풀이도 할 수 있다"고
말한 바 있다. 이는 들을 땐 뭔가 이상할지 몰라도 사실은 정신 지혜를 일깨
우는 말이다. 이 농담도 하고 심심풀이로 조롱하기도 하는 것이야말로 중국
의 많은 괴이한 현상들의 자물쇠를 열어젖히는 열쇠인 것이다.7)

풍자이론의 고전이라 할 『풍자 Satire』에서 아서 폴라드(Arthur Pollard)는
풍자의 관건은 "형식이 가져오는 효과가 아니라 어조가 가져오는 효과이
다"라고 했다. 『고사신편』은 '유활'이란 어조 환경 가운데 기존의 상징을
깨뜨리고, 이해방식을 뒤집으면서 독자로 하여금 낯선 느낌과 함께 그 부
조리한 장면들 속에서 모종의 각성을 유발시키는 데 창작 의도가 담겨 있

---

6) 「『하전』 머리말 『何典』 題記」, 『집외집습유 集外集拾遺』, 《魯迅全集》 제7권, 308쪽.
7) 「심심풀이 尋開心」, 『차개정잡문2집 且介亭雜文二集』, 《魯迅全集》 제6권, 272쪽.

음을 알 수 있다. 예를 들면 「고사리 캐는 백이숙제 이야기」에 등장하는 백이(伯夷)와 숙제(叔齊)는 중국의 대표적인 역사서『사기 열전 史記 列傳』에 첫머리를 장식하는 인물로서 그들은 선왕의 도를 지키다 생을 마감한 현인이다. 하지만 작품에서 그들은 시대의 변화에도 불구하고 시대와 맞지 않는 진부한 언행이나 일삼는 나약한 모습으로 낯설게 형상화되고 있다. 게다가 자신의 감정과 욕망도 속이면서 선왕의 도만을 앵무새처럼 되뇌다 죽은 그들의 일생은 '순결한 정신주의'를 상징해온 기존의 역사관을 뒤집는 것이었다. 또한 「관문을 떠난 노자 이야기」와 「죽은 자를 살린 장자 이야기」의 주인공 노자(老子)와 장자(莊子)는 중국문화사의 한 축을 담당한 인물들이다. 하지만 작품에서는 '하는 것도 없고 하지 않는 것도 없다'라는 무위(無爲) 사상이 시종 한 토막의 시든 나무 같은 희화화된 낯선 모습으로 묘사되고, '저 역시 옳기도 하고 그르기도 하며, 이 역시 옳기도 하고 그르기도 하다'는 상대주의 철학은 한 벌거벗은 남자가 보따리를 내놓으라고 윽박지르는 황당한 현실 앞에서 속수무책으로 외면되고 부정된다.[8] 이렇게 우리가『고사신편』을 보면 사람들에게 익숙한 주인공의 모습들이 뒷전으로 밀려나고, 대신 낯선 현실의 황당한 위치에 놓이면서 그 갈등과 모순들이 전면에 부각되는 것을 보게 된다. 앞서 언급했듯『고사신편』에 등장하는 인물들은 고대 중국문화를 대표하는 상징이며, 또 그들은 만들어지고 전승되는 과정에서 사회문화적인 요소들과 결합하여 정통성과 엄숙성을 갖추고 있다. 여기서 유활은 그 정통성과 엄숙성을 해체시키고 흠집을 내는데 유력한 작용을 하는 필법으로서, 작품에서는 희극적인 분위기 가운데 상징의 인물들이 세상의 모순과 불합리로부터 자유롭지 못한 세속화되고 비(非)영웅화된 인물로 전락하고 마는 데 주로 상상력이 발휘된 것이다.

그럼 상상력을 발휘하는 조건으로서 유활은 작품에서 주로 어떠한 형

---

8) 서광덕, 「『고사신편』과 상징화의 심층 원리」,『中國現代文學』 제44호, 2008년 3월, 35~36쪽 참조.

식 표현을 통해 구사됐고, 또 구체적으로 어떠한 형상 표현으로써 풍자효과를 일으키고 있을까? 작품에서는 원래 고사(故事)에는 없었던 현재의 현실을 겹쳐 놓는 '과거와 현재의 혼용' 형식 표현 속에 주인공들이 세상과 소통을 하기 위해 안간힘을 쓰는 형상 표현들이 주요 내용을 이루고 있다. 이는 시간상으로 현실에 착안하면서도 또 한편으로는 역사를 거슬러 올라가 역사와 현실이 서로 맞물린 것으로서, 여기서 유활은 고정화된 제재와 시공의 범위를 자유로이 넘나들며 과거로부터 현재까지 온존하는 해악의 뿌리를 드러내는 역할을 하고 있다. 이런 측면에서 루쉰이 "옛날 사람에 대한 나의 태도는 현대인에 대한 것만큼 정성스럽고 공경스럽지도 못해서 때마다 장난기가 발동한 구석이 있지 않을 수 없었다"고 「서언 序言」에서 말한 의도는 역사로 하여금 현실 문제의 소재를 유활에 기대어 확인하고 제기했다는 뜻으로 풀이할 수 있다.

『고사신편』의 첫 작품인 「하늘을 보수한 여와 이야기」의 주인공 여와 (女媧)는 중국 민족의 창세 정신을 대표하는 조물주이다. 하지만 소설에서는 신화화된 시공간이 현실 생활 속의 인간 세상으로 되돌려지면서 여와는 자신이 창조한 피조물로부터 격리되거나 또는 인간을 위해 희생한 행위가 이해받지 못하는 모습으로 그려진다. 더욱이 여와가 돌을 구워 하늘을 기운 것이 본래는 인류를 구하기 위한 숭고한 행위임에도 그녀가 지쳐 죽고 나서 그 시체는 대의(大義)를 빌어 전쟁을 일으키는 '작은 놈'들에게 할거되고 짓밟힌다. 이 과정에서 '여와'라는 상징성은 사라지고 반면에 그녀를 이용하는 추악한 인간의 모습만이 부각되면서 이것이 중국 역사문명의 시작임을 드러낸다. 특히 작품의 마지막에 『한무고사 漢武故事』의 신선설화(神仙說話)까지 동원해 진시황과 한무제가 방사(方士)로 하여금 선약(仙藥)을 구하러 가게 한 대목의 서술은 현재의 이익을 영원히 차지하려는 지배계층의 전형적인 욕망까지 조소한 것이다. 이처럼 유활은 역사문명의 기원(起源)과 변이(變異) 과정에 대한 깊이 있는 통찰이 내재화된 가운데 발휘되었기에 시종 유력한 풍자효과를 거둘 수 있었던 것이다.9) 이후 작품인 「달로 도망간 항아 이야기」의 주인공 예(羿)나 「물을 다스린 우 이야기」의 주인공 우의 경우에도 모두 백성을 위해 재해를 물리친 영웅들이지만, 소설에서는 그러한 이야기 대신 생계를 해결하기 위해 전전긍긍하고, 탁상공론과 무관심 아래 자신의 진정성을 끝까지 이해 받지 못하는 모습으로 묘사된다. 「달로 도망간 항아 이야기」에서는 아홉 개의 태양을 쏘아서 떨어뜨리고, 큰 멧돼지와 구렁이를 쏘아 죽였던 전설의 시공간이 사냥거리라고는 까마귀, 참새 밖에 없는 '무대상(無對象)'의 곤경 가운데 하루하루의 생계를 걱정해야 하는 현실 환경으로 전이(轉移)되면서, 과거의 영웅은 사람들에게 잊혔을 뿐 아니라 심지어 사기꾼으로 매도되기까지 한다. 예가 남의 집 닭을 비둘기로 오인해 쏘아 죽이자 닭 주인인 노파가 이를 변상하라고 하는 데서 오간 아래의 대화는 영웅의 존재를 부정하고 모략하며 곤경에 빠뜨리는 세속의 비열한 근성을 조롱조로 보여준다.

"전 예입니다." ……
"예? 누구지? 난 모르겠는데." ……
"제 이름을 듣고 바로 아는 사람도 있습니다. 요(堯) 임금이 계실 때 전 멧돼지 몇 마리와 구렁이 몇 마리를 잡은 적이 있어요……."
"호호, 사기꾼이로군! 그건 봉몽(蓬蒙) 나리가 다른 사람과 함께 쏴 죽인 거라 하던데. 행여 당신이 그 일에 꼈다 하더라도 혼자서 다 쏴 죽였다고 말할 수 있소. 원, 뻔뻔스럽기는!"
"아, 마나님, 봉몽이란 사람은 요 몇 년 동안 늘 저 있는 데를 오가긴 했다만 전 그와 함께 패거리를 지어본 적도 없고, 그와는 아무 상관없습니다."
"미친 소리. 요즘 들어 늘 그렇게 말하는 사람이 있지. 나도 한 달에 너덧 번은 그런 말을 들었소."

예를 배신하고 유언비어로 날조한 봉몽이나 그러한 소문에 동조하는 노파나 다름 아닌 비열함과 우매함에 젖은 민중을 상징하며, 이들이 지배

---

9) 鄭家建, 《歷史向自由的詩意敞開》, 上海三聯書店, 2005年, 140~141쪽 참조.

하는 세상에서는 예와 같은 전설의 영웅이라도 소통은커녕 일개 범부(凡夫)로 살아가기 힘들다는 것을 소설에서는 몰락한 예의 형상 표현을 통해 일깨워주고 있다.

「물을 다스린 우 이야기」는 『고사신편』 작품 가운데 과거와 현재가 뒤섞인 형식 표현과 형상 표현이 가장 폭넓게 구사됐을 뿐 아니라, 유활이 중요한 인물의 신상이나 줄거리에까지 발휘되어 작품을 구성하는데 없어선 안 될 역할을 하고 있다. 작품의 전반부에서는 우가 등장하기 전부터 대량의 희극적 형상들이 출현하면서 홍수를 막기 위한 우의 노력이 소통은커녕 존재조차 인정받지 못하는 현실 환경을 의도적으로 서술했다. 그러나 후반부에 이르러서는 치수(治水)에 성공한 뒤 그 이야기가 비현실적인 이야깃거리가 되고, 이로 인해 백성을 위한 그의 진실한 노력과 희생이 수식되고 조작되는 세상을 그렸다. 특히 결말에 고요가 백성들은 모두 우의 행위를 본받아야 할 것이며, 그렇지 않을 경우에는 즉시 죄를 지은 것으로 간주하겠다고 하는 명을 내리는 장면은 치수 업적이 '치인(治人)'의 도구, 즉 정치적으로 이용되었음을 나타낸다. 때문에 작품의 맨 마지막 구절인 "이리하여 마침내 태평시대가 도래했으며, 온갖 짐승들이 춤을 추고 봉황새도 날아와서 함께 모여 즐겁게 놀게 됐다"는 본래 『사기 하본기 史記·夏本紀』에서의 인용은 우의 치수 덕에 세상이 태평해졌다는 기존의 이해방식을 의도적으로 뒤집은 것이다. 이로써 실상 아무도 우를 제대로 이해하지 못했지만 세상은 태평하며, 이 태평함은 우가 원하던 바와는 반대라는 의미로 바뀐 것이다. 또한 「물을 다스린 우 이야기」에서는 우 주위의 소인물들 사이에서 벌어지는 갈등과 그 해소 모습들을 두 부류의 형상 표현으로 나누어 묘사함으로써 과거부터 온존하는 해악을 전면에 부각시켜 더욱 강력한 풍자 효과를 일으키고 있다.

한 부류는 문화산(文化山)을 중심으로 한 이기적인 상류 계층이자 이중적인 지식인 집단으로, 그들은 홍수가 지고 민생이 도탄에 빠져도 기굉국(奇肱國)으로부터 하늘을 나는 수레에 운반되어 온 서양빵을 먹고 탁상공론만 일삼으며 치수에는 반대한다. 그들 중 어떤 이는 우생학(優生學)을 들먹이며 치수에 성공하지 못한 곤(鯀)의 아들인 우는 실패할 거라 주장하고, 또 어떤 이는 고증학(考證學)을 들먹이며 우(禹)는 한 마리 벌레에 불과하므로 치수를 할 수 없다고 우기는가 하면, 다른 또 어떤 이는 수재민들은 성령(性靈)을 도야할 수 있는 소품문(小品文)을 배워야 한다는 논리를 펴기도 한다. 이들은 당시 현실을 회피하고 자기 일에만 몰두한 가보학파(家譜學者)와 고사변파(古史辨派) 학자, 소품문 운동 작가 등 특정인들을 겨냥해 풍자한 것이기도 하지만, 시대 상황과 상관없이 각자의 학술을 뽐내고 재주나 과시해오던 지식인들의 관행은 치수 이전부터 이미 뿌리 깊게 존재해왔다는 사실을 희극적인 형상 표현을 통해 보여준 것이다. 더욱이 문화산의 학자들이 재해 상황을 파악하러 온 관료들 앞에서 비타민과 위생을 들먹이며 진상을 은폐하고 백성들을 중상(中傷)하며, 심지어는 홍수의 책임까지 백성들한테 전가시키는 행태는 현재에도 비슷한 경우를 얼마든지 찾아 볼 수 있는 비열한 심리를 폭로한 것이다. 루쉰은 이처럼 강한 조롱의 어조로 상류 계층의 이른바 '똑똑한 인물'들이 지니고 있는 추악한 근성에 대해 혹독한 비판의 필치를 가했다.

또 하나의 부류는 오랜 전제 통치 아래 무기력하고 비겁한 노예근성에 젖은 백성의 부류로, 작품에서 백성대표로 관료 앞에 나선 남자는 "인간의 불행을 슬퍼하고, 그러한 현실에도 투쟁하지 않는 것에 분노[哀其不幸, 怒其不爭]"한 루쉰의 창작심리가 형상화된 것이다. 백성대표는 수해 상황을 보고하는 자리에서 겁에 질려 벌벌 떨며 "우리는 무엇에도 익숙해 있어 먹을 수 있습니다", "물풀로 가장 좋기로는 활류비취탕을 만드는 것이고, 느릅나무 잎으로는 당조국을 만드는 것입니다"하고 겁약성(怯弱性)을 드러낸다. 그러면서 또 한편 관료의 앞잡이처럼 당국에 불만스러워 하는 백성들을 진압하는데 도우려고까지 한다. 이 모두는 강자 본위의 전제 역사가 만들어놓은 중국 민중의 의식형태와 행위방식을 집약한 형상 표현이다.10) 루쉰은 그들이 오히려 자신들을 위해 온갖 고통을 감내해가며 열

---

10) 루쉰은 잡문에서도 여러 차례에 걸쳐 이 같은 노예근성을 비판할 만큼 줄곧 풍자의

심히 일하는 우와 같은 이상적인 인성이 출현하는 것을 막는 현실의 기제로 존재해왔다는 사실을 이 작품에서도 어김없이 묘사한 것이다.

루쉰은 일찍이 풍자의 생명은 '진실'에 있으며, 인간사회에서 가장 보편적이고 일상적인 현상일수록 더욱 광범위한 전형성과 사회적 의의를 갖춘 풍자가 될 수 있다고 봤다.11) 유활은 『고사신편』의 일관된 풍자 필법으로서 문명 기원 때부터 일상에 완고하게 자리 잡은 해악의 소재를 두드러지게 나타내는 상상력 발휘의 조건으로 작용했다. 더욱이 유활을 통해 기존 신화와 전설의 주인공들이 갖고 있던 상징성과 이미지가 현실 문제와 상관된 세속의 무가치성 속에 소멸되는 것이 전면에 드러나면서 보다 유력한 비판 효과를 거둘 수 있었던 것이다. 이처럼 유활은 현실의 본질을 환기시키고 새로운 중국 탄생의 난맥상을 또 다른 상상력에 기반한 형식 표현과 형상 표현으로 펼쳐낸 바, 그 궁극적인 목적은 '인간을 확립[立人]'하고 '진정한 인간[眞的人]'으로 존재하길 촉구했던 루쉰의 주제의식과도 시종 잇닿아 있었던 것이다.

3. 문명기원의 소멸 운명 통찰로서의 유활

절망이란 희망처럼 허망한 것이어라!

만약 내가 밝지도 어둡지도 않은 이 '허망' 속에서 삶을 부지해야 한다면,

주요 대상이 되고 있다. 잡문에서 가장 대표적인 언급으로는 다음과 같은 글이 있다: "용감한 자가 성을 내면 칼을 빼어들고 자기보다 강한 자에게 달려간다. 비겁한 자가 성을 내면 칼을 빼어들고 자기보다 약한 자에게 달려든다. 도무지 어쩔 수 없는 민족 가운데는 오로지 아이들만을 노려보는 영웅이 많이 있다."(「잡감雜感」) "그들은 양이며 동시에 맹수인 것이다. 자기보다도 사나운 맹수를 만나면 양의 얼굴을 하고, 자기보다도 약한 양을 만나면 맹수의 얼굴을 한다."(「갑자기 생각난 것들 7 忽然想到 七」) "강자에 대해서 그는 약자지만 그 이하의 약자에 대해서 그는 강자이다. 따라서 때로는 엄살을 떨지만 때로는 무용을 떨칠 때도 있다."(「'사람의 말이 무섭다'를 논함 論"人言可畏"」)

11) 「'풍자'란 무엇인가?甚麼是'諷刺'?」, 『차개정잡문2집 且介亭雜文二集』, ≪魯迅全集≫ 제6권, 329쪽 참조.

나 역시 사라져 버린 그 슬프고도 아득한 청춘을 찾아 나서겠노라. 설사 내 몸 밖의 청춘이 사라져 버리자마자 내 몸 안의 황혼도 곧바로 시들어 버린 다 해도.12)

청년성을 예찬하면서 동시에 절망을 느끼고, 다시 절망에서 희망으로 나아가고자 한 루쉰의 불요불굴의 정신을 보여주는 대목이다. 이 글은 자 신의 내면에 오래 전부터 침전되어 왔던 허망과 그러한 허망이 생성되게 끔 한 현실 세계에 근원적으로 항전한 그의 비장함이 더욱 돋보인다 하겠 다. 루쉰에게 '희망'과 '절망'은 그의 삶의 궤적을 꿰뚫는 인생관의 핵심이 자 '절망에의 항전[反抗絶望]'으로 이어지는 행동철학 또는 창작 모티브를 구성한 힘으로서 작품에서 주제의식과 제재의 선택 가운데, 혹은 상징이 나 제시를 통해 지속적으로 형상화됐다.

『고사신편』 역시 문명 기원의 정신이 겪게 되는 갖가지 고통과 절망적 인 현실을 극복하려는 주인공들의 내적 갈망을 보다 더 중시하여 강조한 텍스트이다. 특히 그는 세속 사회에 영웅들이 자질구레한 일상 속에서 좌 절하다 끝내 소멸되는 운명의 묘사를 통해 반복되는 역사의 비극과 개혁 의 허망함을 드러냈다. 문명 기원을 상징하는 주인공들의 숭고함이 사라 지고 반면에 그들을 이용하는 추악한 세속의 면모가 전면에 부각되면서 우리는 그것이 반복적으로 전개되어온 역사의 비극성이자 새로운 중국이 탄생하는데 난점임을 인식하게 되는 것이다. 주지하듯 루쉰은 개혁가로 서의 비분강개와 창조의 열정, 존재의 허무와 고독, 적막과 허망의 감정 을 친히 맛봤고, 바꾸기 힘든 세속의 타성 가운데 자신을 비롯한 영웅, 선 각자, 혁명가들이 비극적 의의로 사라져야 하는 세속의 보편성을 직시하 고 있었다. 『고사신편』은 그의 비극성 체험과 문명역사에 대한 깊은 통찰 이 어우러져 형상화된 것으로, 작품에서는 주로 문명 기원의 창조적 업적 이 문명 말일의 처지에 놓여 극단적으로 변이되는 황당한 모습이 유활 필

---

12) 「희망 希望」, 『야초 野草』, ≪魯迅全集≫ 제2권, 178쪽 참조.

법을 통해 반영되고 있다. 우리가 작품을 보면 소멸 운명의 주인공들이 정면 인물 또는 반면 인물로 등장하면서 자아와 세계의 갈등구조가 더욱 절묘하게 부각되고 있음을 보게 된다.

『고사신편』의 첫 작품 제목을 '하늘을 보수한 여와 이야기[補天]'라 지은 것도 여와로 대표되고 있는 중국민족의 창조정신을 긍정하기 위해서라기보다, 창조정신을 현실생활 속의 본래 모습으로 되돌려 놓음으로써 창조 과정에서 수반되는 갖가지 현실적인 고통을 보다 더 중시하여 표현하기 위해서였다. 제목처럼 여와가 돌을 구워 하늘을 기운 것이 본래는 인류를 구하기 위한 신성한 행위임에도 그녀가 탈진해 죽고 나서 그 시체가 대의를 빌어 전쟁을 일으키는 '작은 놈'들의 이익 추구 수단으로 전락하는 모습은 후손을 위한 선구자의 희생정신이 소통은커녕 여러모로 이용당할 수 있다는 역사적 운명을 나타낸 것이었다. 루쉰은 게다가 작품의 마지막에 한무제의 신선고사를 첨가해 개척자의 정신이 전통문명에서 극단적으로 변이되는 황당함을 표현해냈다. 두 번째 작품인 「달로 도망간 항아 이야기」역시 창작 의향이 고대 영웅의 정신을 보여주는 데 있지 않음을 암시한 작품으로서, 주인공 예는 등장에서부터 이미 세속화된 인물로 적막과 곤경에 위축되어 말로에 처한 운명으로 그려지고 있다. 루쉰은 고사의 공간배경을 세상의 온갖 기괴한 금수를 소탕한 이후 이제는 아무 싸울 대상이 없어져 버린 '무대상(無對象)'의 공간으로 전이시켜 영웅의 내면적 무료함과 권태, 배반과 버림당함으로부터 생긴 고독과 비애를 중점적으로 묘사했다. 작품의 마지막에 달로 도망 가버린 항아에 분노해 해를 쏘던 활로 달을 쏘는 장면은 절망적인 현실에 비장하게 항전한 영웅의 일면을 나타낸 것이기도 하지만, 하나의 항거로는 바꿀 수 없는 세속사회의 견고함을 암시한 것이라 하겠다. 「물을 다스린 우 이야기」와 「전쟁을 막은 묵자 이야기」에서의 주인공 우와 묵자는 고통을 참으며 국민과 국가를 위해 희생과 봉사를 감내하는 중국의 '대들보[棟樑]'로서, 루쉰은 다른 작품과는 달리 비교적 진지하게 그들의 원래 모습을 충실히 묘사하고 있다. 하지만 치수에 성공한 이후 우의 존재가 '배우화'되고, 전쟁을 막는데 성공한 묵자가 돌아오는 길에 여러모로 약탈당하는 결말은 그들과 같은 실천궁행의 정신이라도 현실 환경 속에서는 필경 이용되고 소멸될 수밖에 없다는 이상적인 인성 출현의 어려움을 드러낸 것이다.[13] 특히 「물을 다스린 우 이야기」에서 우의 치수과정이 '소문듣기' 방식으로 처리되고 대신 대량의 희극 형상이 작품의 주요 편폭을 차지하면서 우가 치러낸 희생과 봉사정신이 오히려 희석되고 변이되는 세속사회의 국민성에 대한 병폐가 더욱 부각되고 있다. 「검을 벼린 연지오자 이야기 鑄劍」에서의 연지오자(宴之敖者)는 국왕에게 고통 받는 대중의 고통을 통찰하고 대신 복수하다 죽은 전사(戰士)이다. 루쉰은 연지오자의 비장하고 숭고한 복수정신을 진지하게 묘사했지만, 한편 그 의거가 한낱 우매한 군중들의 '구경거리'로 전락해 복수가 무의미해진 사실까지도 놓치지 않고 묘사했다.[14] 복수한 사람과 복수를 당한 사람이 함께 솥 안에서 죽은 후 나란히 고증의 대상이 되고 금관 속에 같이 합장되어 장례가 치러지는 날, 그것을 구경하러 운집한 군중들의 와자지껄함 속에서 앞서 자못 비장했던 작품 분위기는 희극적인 것으로 바뀌고, 복수 그 자체조차 잊히고 버려지는 현실 환경이 한층 더 독자의 머릿속에 각인되는 것이다.

주지하듯 '복수'와 '희생'은 루쉰의 문학을 구성하는 주요 정신으로서 일찍이 그가 친히 목도해왔던 냉혹한 '피의 대가'로부터 심입된 사고를 나타낼 뿐만 아니라, 역사현실의 진상을 한 치 유보 없이 묘파해내고자 했던 그의 창작태도에서 비롯된 것이다. 『고사신편』에서는 복수의 허망함과 희생의 부질없음을 문명기원의 주인공한테서부터 나타냈다. 그들은

---

13) 姜振昌, 「歷史小說"雜文化"」, 『魯迅的世界, 世界的魯迅』, 遠方出版社, 2002년, 888~889쪽 참조.

14) 복수를 비롯한 희생의 무의미함을 갈파한 전형적인 문장으로 「娜拉走後怎樣?」에서의 아래 대목을 들 수 있다. "군중 -특히 중국의 군중- 은 영원히 연극의 관객입니다. 희생이 등장했다 합시다. 만약 기개가 있다면 그들은 비극[悲壯劇]을 본 것이고, 만약 벌벌 떨고 있다면 그들은 희극[滑稽劇]을 본 것입니다. 베이징의 양고기점 앞에는 항상 몇몇 사람들이 입을 벌리고 양가죽 벗기는 것을 구경하고 있는데, 자못 유쾌해 보입니다. 인간의 희생이 주는 유익한 점도 역시 그러한 것에 불과합니다. 게다가 사후에 몇 걸음 채 못가서 그들이 얼마 안 되는 이 유쾌함마저도 잊어버리고 맙니다."

세상을 바꾼 인물이지만 정작 작품에서는 당초 기대와 달리 오히려 세속
사회에 서서히 삼켜지는 모습으로 그려지면서 황당함이 효과적으로 배가
되고 있다. 루쉰은 여와의 피조물들을 비롯해 봉몽, 노파, 문화산의 학자
들, 하층 민중, 구국모금대, 신하, 왕비, 구경꾼 등등 이른바 '작은 놈' 형
상들로 구성된 세속사회가 존재하는 한, 중국은 아무리 이상적인 인물이
등장해도 결국은 압살될 수밖에 없으며, 영원히 반복적인 운명을 면할 수
없다는 사실을 문명 기원 주인공들의 소멸을 통해 나타낸 것이다.15)

앞서 살펴본 정면 인물로서 주인공들은 이상적인 인성이 투영된 모습
이라면, 「고사리 캐는 백이숙제 이야기 采薇」, 「관문을 떠난 노자 이야기
出關」, 「죽은 자를 살린 장자 이야기 起死」에서의 백이와 숙제, 노자, 장자
는 반면인물로서 스스로 모순된 심리와 행동으로 인해 소멸되는 희화화
된 형상으로 그려지고 있다. 「고사리 캐는 백이숙제 이야기」의 주인공인
백이와 숙제는 '예의와 충효'를 대표하는 현인(賢人)이다. 그들은 중국의
대표적인 역사서인 『사기 열전 史記 列傳』의 첫머리를 장식한 인물들이지
만, 작품에서는 그들의 맹목적인 집착과 모순된 욕구를 중점적으로 묘사
하는데 편폭을 할애하고 있다. 그 중에서도 선왕(先王)의 도(道)를 지키러
수양산에 들어가기 전 마지막으로 요기를 하는 장면은 세속적이고 본능
적인 욕구를 애써 감추려는 허위를 단적으로 폭로한 대목이다.

숙제는 커다란 주먹밥 두 개를 꺼내 백이와 함께 배불리 먹었다. 그들은
오는 길에 구걸해 먹고 난 나머지였다. 두 사람은 일찍이 '주나라의 곡식은
먹지 않으리라' 결심했기 때문에 수양산으로 들어온 후부터 그것을 실행에
옮겨야 했다. 그래서 그날 밤으로 남은 것을 다 먹어 버리고 이튿날부터는
뜻을 고수해 절대로 융통을 부리지 않기로 했다.

현실의 생리적인 배고픔 앞에서 자신들이 받들고 있는 선왕의 도에 어

---

15) 陳方竟, 「論『故事新編』的心層意蘊」, 『文藝研究』 1993년 1월, 제73호, 107~108쪽 참조.

떻게든 위배되지 않으려 안간힘 쓰는 구차한 모습은 작품의 마지막에 사슴을 죽여 그 고기를 먹고 싶어 하는 내면 심리로 드러나면서 그간 그들에게 부여되어 왔던 현인의 형상은 현실에서 맞닥뜨린 곤경 앞에 그 위선과 허위만 남아 전해질 뿐이다. 아울러 루쉰은 백이와 숙제의 대립 측에 있는 주 무왕과 소병군, 그리고 화산대왕 소궁기 같은 인물들이 득세하는 세상에서 소극적인 반항만으로는 하녀 아금의 비웃음만 살 뿐 결국 약자의 처지에서 소멸될 수밖에 없다는 것을 그들의 현실도피적인 형상을 통해 일깨워주고 있다.

「관문을 떠난 노자 이야기」와 「죽은 자를 살린 장자 이야기」의 주인공인 노자와 장자는 유가와 함께 중국문화사의 한 축을 담당한 도가의 기원이다. 하지만 작품에서 그들은 현실과 유리되어 소통이 불능한 공론가(空論家)의 형상으로 신랄하게 풍자되고 있다. 노자는 관소를 나가기 위해 대중들에게 강연을 하고 강의록을 필기하지만, 아무도 그의 말을 알아듣지 못하고 그의 강의록은 먼지가 가득 쌓인 선반 위에 처박힌 채 관윤희를 비롯한 한량 패거리들의 웃음거리가 된다. "하는 것도 없고 하지 않는 것도 없다"는 노자의 명언은 "사랑함이 있으면 사랑하지 않음이 없을 수 없을 텐데, 그러고도 어디 연애를 할 수 있겠나?"란 천박한 논리로 전락되며, 그는 그러한 환경 속에서 그저 '한 토막의 시든 나무' 같이 무기력한 늙은이로 오로지 현실을 벗어날 통로, 즉 관소를 나설 생각만 한다. 하지만 노자가 나아가려는 함곡관(函谷關) 너머의 공간은 소금은 물론 물조차 얻기 힘든 곳으로 주위 사람들로부터 '배가 고프면 다시 돌아오게 될 것'이라는 조소를 감내해가면서까지 도달하려는 공간이다. 루쉰은 이를 통해 자신이 속해 있는 현세의 대중과 소통하고자 하는 노력도 없이 그저 무사안일한 일상을 유지하기 위해 현세를 떠나려는 지식인의 정신실질을 폭로, 풍자했다. 「죽은 자를 살리는 장자 이야기」에 등장하는 장자 역시 지식인의 허위성과 무책임함의 실질을 전편에 걸쳐 보여준 반면인물이다. 우리는 작품에서 그가 죽음으로부터 되살아난 사내와 극단적으로 대립하면서 오고가는 대화를 통해 자아가 맞닥뜨린 현실의 곤경 앞에서는 아무리 정교하게 정리된 철학 논리라도 소용없음을 보게 된다. 죽음으로부터 되살아난 사내가 막막해진 삶 때문에 고통 받는데도 허황된 무시비론(無是非論)으로 타이르려 하며, 사내가 죽고 살아난 경위를 이론적으로 설명하는 데 몰두하다 상황이 험악해지자 순경의 힘을 빌려 위기를 모면하는 장자의 모습은 사회적 약자의 불행은 고려하지 않고 이론적인 당위만을 논하며 기성의 권력에 기대는 지식인의 모습을 희화화시킨 것에 다름 아니다.16) 더구나 작품의 마지막에 순경이 장자에게 아무 옷이나 하나 벗어서 사내의 치부만이라도 가리게 해주자고 부탁하자 초나라 왕을 알현해야 한다는 핑계로 거절하는 장면은 장자 스스로가 말했던 '옷이란 있어도 되고 없어도 된다'고 주장한 것조차 실행하지 못하는 허위성을 적나라하게 펼쳐 보여준 것이다. 이렇듯 루쉰은 앞의 반면인물들을 통해 그들이 현실이라는 삶의 본질을 애써 외면하고 도망치려 하면 할수록 그들이 신봉하는 이상적 욕망이 더욱 허위적이고 모순적인 것으로 드러나게끔 풍자 필치를 발휘해냈다. 아울러 그는 반면인물들이 자신의 이상을 진정 실현하기 위해 무엇보다 지식인으로서 사고와 행동을 스스로 어떻게 조정해나가야 할지를 그들과 대중 사이의 소통 부재를 통해 날카롭게 지적해냈다.

루쉰은 일찍이 "시대의 폐단을 공격하는 글은 반드시 시대의 폐단과 더불어 사라져야 한다고 생각한다. 왜냐하면 이는 바로 백혈구가 곪아서 종기로 되는 것처럼 만약 자신도 제거되지 않으면 그 생명이 남아 있는 한 바로 병균이 아직 남아 있음을 증명하기 때문이다"17)라며, 자신의 주요한 글쓰기 양식인 잡문의 창작 의미를 밝힌 바 있다. 그는 또 자신의 작품을 무덤 속의 주검으로 비유하면서 그것이 하루속히 진토가 되길 간절히 바

---

16) 루쉰은 1935년 4월 23일 샤오쥔(蕭軍)과 샤오훙(蕭紅)에게 보낸 서신에서 "내가 보기에 많은 지식인들은, 입으로는 각종 학설과 도리를 가지고 자신의 행위를 꾸미지만 사실은 단지 일신의 이익과 편안함만을 추구하고 있다."고 지적한 것을 비롯해 여러 잡문들을 통해 지식인들의 안일하고 무책임한 논의가 약자에게는 폭력이 되는 현실을 비판한 바 있다(≪魯迅全集≫ 제9권, 170~171쪽 참조).

17) 「열풍·머리말 熱風·題記」, ≪魯迅全集≫ 제1권, 292쪽.

라는 마음을 표현하기도 했는데,18) 이 역시 자신의 글들이 현실 변화에 의미 있는 역할을 한 뒤 모든 부정적 가치와 함께 기꺼이 사라지겠다는 희생정신을 나타낸 것이었다. 그가 『고사신편·서언』에서 "옛날 사람을 다시 죽게 쓰지는 않았으니, 당분간 존재할 만한 여지는 아직 있으리라"고 언급했던 것 역시 문명 기원을 상징하는 인물까지 황당한 위치에 놓고 극단적으로 변이내지는 소멸되는 운명을 그려내야 하는, 그러한 창작 현실이 더 이상 지속되지 않길 바라는 현실 변화의 강렬한 염원을 담은 말이었다. 그런 의미에서 유활 필법 또한 "옛날 사람에 대한 정성스럽고 공경스럽지도 못한" 태도에서 비롯된 것이었지만, 희극의 방식으로 비극의 내함을 처리하고, 가치 없는 것의 파괴를 통해 가치 있는 것의 훼멸을 나타내는 데19) 유력한 작용을 한 표현수단으로서, 사회의 진화와 함께 자연스럽게 그 역할도 소멸될 거라는 그의 창작의미와도 맥을 함께 한 것이다.

4. 역사와 현실, 그리고 『고사신편』

　루쉰은 중국 고전에 대한 깊은 조예와 해박한 지식을 바탕으로『중국소설사략 中國小說史略』,『한문학사강요 漢文學史綱要』등 문학사 저술 및 유관한 글들을 남겨 학자로서도 명망이 높다. 또한 그는 중국 고소설을 집록, 교감한『소설구문초 小說舊文鈔』,『당송전기집 唐宋傳奇集』,『고소

---

18) 루쉰은 「『무덤』 뒤에서 쓰다 寫在 『墳』 後面」에서 "나의 작품을 편애하는 독자들도 다만 이를 하나의 기념으로만 생각하고 이 자그마한 무덤 속에 살았던 적이 있는 육신이 묻혀 있다는 것을 알아주길 바랄 뿐이다. 다시 세월이 얼마 흐르고 나면 당연히 연기나 먼지로 변할 것이고, 기념이란 것도 인간 세상에서 사라져 나의 일도 끝이 날 것이다"라고 말하며, 자신의 글들이 현실 변화에 의미 있는 역할을 하고서 그 변화된 현실에서 더 이상 그 존재 의미가 없길 간절히 바라는 마음을 나타냈다.

19) 루쉰은 「뇌봉탑의 붕괴를 다시 논함 再論雷峰塔的倒掉」에서 "비극은 인생에서 가치 있는 것들을 파괴시켜 사람들에게 보여 주고, 희극은 가치 없는 것들을 찢어서 사람들에게 보여준다. 풍자는 또 희극을 간단히 변형시킨 한 지류(支流)에 불과하다"라며, 희극과 비극의 내함을 간결하게 정의한 바 있다.

설구침 古小說鉤沉』 등을 편찬한 것을 비롯해 망실되어 가는 중국의 사지(史地) 관련 고적(古籍)을 집록, 교감하는 등 학술적 가치가 뚜렷한 많은 업적을 이룩했다. "옛 책에 혼을 되돌려 주기"[20] 위해 "침식을 잊으며 마음을 단단히 먹고 샅샅이 뒤지는"[21] 그의 학술연구의 열정과 태도는, 오늘날까지 많은 연구자들에게 귀감이 되고 있다. 5·4 신문화운동의 개창자이자 '국고정리(國故整理)'로 근대 학술사에 뚜렷한 업적을 남긴 후스(胡適)는 일찍이 루쉰의 저서 특징을 '성실함[勤]', '정밀함[精]', '신중 엄밀함[謹嚴]'이란 말로 개괄한 바 있는데, 루쉰의 중국 고전에 대한 공력은 문학가, 사상가로서 그의 정체성을 튼튼하게 받쳐준다는 점에서도 매우 중요한 의미를 갖는다. 즉 그의 성실하고도 철저한 연구과정은 문학을 매개로 전개되는 사상계몽을 위한 내면적 충실화의 과정으로서, 그는 역사의 진면목을 밝히는 진실추구에서 출발하여 현실개혁의 역사적 당위와 근거를 확보하는 데로 나아간 것이다.[22]

루쉰이 그의 마지막 소설집 『고사신편』의 창작을 통해 소설의 원형인 중국 고대의 신화와 전설 등의 고사를 해석하고, 또 이들을 현대적으로 재구성한 과정은 역사 속에 퇴적되어 온 중국의 '영혼'을 드러내고 그것을 현재와 대비하여 현실을 비춰보는 거울로 삼고자 했던 창작 지향이 또 다른 방식으로 형상화되는 과정이었다. 그는 현실에 발을 딛고 역사를 바라보면서 현실 변혁의 주체이자 중국 문명기원의 주인공들에 대해 '유활' 필법을 구사해 묘사함으로써 또 다른 차원에서의 '상상력'과 소멸 운명을 나타냈다. 그는 먼저 형상표현 면에서 주인공들의 숭고하고 영웅적인 면모를 보여주기 보다는 구체적으로 놓인 현실 문제 앞에서 고뇌하고 곤란을 겪는 인간적인 모습을 묘사하는데 주된 편폭을 할애했다. 게다가 작품에서 그들은 하나같이 현실 문제를 해결하려 안간힘을 쓰지만 뭇사람들

---

20) 「『고소설구침』 서」, 『고적서발집』, ≪魯迅全集≫ 제10권, 3쪽.
21) 「『소설구문초』 再版序言」, 『고적서발집』, ≪魯迅全集≫ 제10권, 146쪽.
22) 홍석표, 「루쉰의 학문적 계보, 학술연구 그리고 문학」, 『근대 동아시아 지식인의 삶과 학문』, 성균관대학교 출판부, 2009년, 215~216쪽 참조.

로부터 이용당하거나 평범한 인물로 전락하거나 나약해지며, 허위와 위선의 인물로 희화화되는 등 불행한 운명을 맞게 되는데, 이런 형상표현 과정 가운데 루쉰이 구사한 '유활'필법은 현실의 문제를 더욱 부각시키는 요소로 작용했다. 또한 형식표현 면에서 '유활'필법은 현대에나 있을 법한 생활방식이나 용어들을 삽입시키는 데에서 풍자 효과를 더욱 일으켰는데, 이에 독자는 고금(古今)이 뒤섞인 역사 화면을 통해 비판의 대상이 과거에 걸쳐 오늘날까지 온존하는 해악이란 사실을 깨닫게 되는 것이다. 그리고 중국문화사의 정신을 상징하는 인물들이 온갖 자질구레한 일상 속에서 속수무책으로 당하고, 심지어 민중들로부터 이용당하고 외면되는 현실은, 한 이상적인 인물이 출현하는데 필요한 사회적인 토양은커녕 오히려 이들의 출현을 방해하고 압살하는 암흑적인 구조가 문명 시초부터 얼마나 뿌리 깊은지를 다시금 생각하게 했다. 루쉰은 그만큼 창작과정 중에 의식적으로 유활 필법을 강화시켜『고사신편』만의 창작특징으로 자리매김했고, 이를 통해 역사와 현실 문제가 더욱 효과적으로 부각될 수 있었다. 그런 점에서『고사신편』은 현실의 암흑구조와 그로 인해 파생되는 중국인의 비극적인 정신세계를 철저히 드러냄으로써 각성을 촉구하려 했던『납함』,『방황』소설집과 비교해봤을 때 소재와 창작스타일만 다를 뿐 주제의식 면에서는 오히려 더욱 근원적인 차원에서의 각성을 촉구한 소설집이라 할 것이다.

요컨대『고사신편』은 현실의 문제를 구체적인 역사적 정경 속으로 끌어들여 역사 발전에 진정으로 적합한 답을 제시하고자 한 소설집으로, 이에 우리는 역사와 현실의 기반 위에서 사유하는 주체, 이상적인 인간상을 추구하는 주체, '인간'을 목적으로 하지 않는 모든 가치와 싸울 수 있는 용기의 주체로서 루쉰의 '민족혼'다운 면모를 볼 수 있는 것이다.

'상징'에서 '입인(立人)'까지

: 루쉰의 문예이론 번역의 의미

1. 번역가로서의 루쉰과 『고민의 상징』

다른 나라 문학의 새로운 유파가 이 책으로 말미암아 비로소 중국 땅에 소개된다. 만약 뛰어난 지식인이라면 세속에 구애받지 말고 반드시 마음속으로 분명히 이해하고, 현재 조국의 시대적 상황에 근거해 작품들을 읽어서 작품 속의 정신과 사상이 어디에 있는지를 깊이 헤아려야 한다. 이 책은 비록 큰 파도 가운데 미미한 거품에 지나지 않지만 천재의 사유가 진실로 이곳에 깃들어 있다. 중국의 번역계는 이것으로 말미암아 시대의 낙오자라는 느낌이 없어질 것이다.[1]

일본유학 시절, 아우인 저우쭤런(周作人)과 1년여 동안의 노력 끝에 『역외소설집』을 출판하면서 밝힌 위의 말에서 우리는 이국의 정신으로부터 유익한 자양분을 섭취해 동포들이 계몽되길 갈망했던 애국청년 루쉰의 진실하고도 순수한 사명의식을 느낄 수 있다. 사실 번역은 매우 고단한 작업임에도 창작에 비해서는 그 영향이 미미하다. 하지만 루쉰은 중국에게 절박하게 필요한 일은 "새로운 조류를 받아들이고, 낡은 외투를 벗어던지

---

1) 「『역외소설집』서언 域外小說集 序言」, ≪魯迅全集≫ 제10권, 人民文學出版社, 1981년, 155쪽.

는"2) 것이라는 관점을 내내 지켜오면서 그 일환으로 외국 작품을 번역, 소개하는 과정을 통해 끊임없이 자신을 계발하고 사람들을 일깨워왔다.

일본의 루쉰 전문가인 마루야마 노보루(丸山升)는 일찍이 "루쉰이 남긴 번역은 소설, 잡감문을 포함한 창작과 마찬가지로 그 내면작용이 거대하다"3)고 밝힌 바 있다. 루쉰의 문학생애에 있어 그만큼 번역은 근대적 주체를 확립하는 실천으로서 그의 문학의 주요 비중을 차지한다. 시간적으로 그가 번역에 종사한 것은 최초의 현대소설 「광인일기 狂人日記」보다 무려 14년이 앞선 1903년 쥘 베른의 「달나라여행」부터 1936년 고골리의 「죽은 영혼」까지 32년에 달하고, 수량적으로도 15개 국가, 110여 명의 작가를 포함해 320여만 자에 달해 그의 창작수량을 훨씬 상회한다. 그의 창작 못지않은 번역 열정은 그의 평생 화두인 '사람 세우기[立人]'와 유기적인 관계를 이룰 뿐만 아니라, 창작의 내적 동력으로도 줄곧 작용해왔다. 그는 또한 외국의 작품과 이론들을 번역 소개하면서 서문과 후기를 통해 논평과 의론을 나타냄으로써 역사와 사회에 대한 깊이 있는 통찰과 함께 텍스트에 대한 수용과 사색을 보여줬다.

이렇듯 번역은 루쉰 문학의 시종(始終)을 함께 한 작업으로 그의 사상과 창작에 있어 많은 문제들을 설명해주는데, 그중에서도 문예이론의 번역은 문예에 대한 사유와 관점을 정립하고 이론적인 고도에서 작품의 진수를 이해하며, 창작을 촉진시키는 계기로 작용했다는 점에서 각별한 의미를 지닌다. 그는 5·4신문화운동을 주도했던 지식인층이 정치적인 이념 대립과 갈등으로 분열됐던 1924년을 전후로 구리야가와 하쿠손(廚川白村)의 『고민의 상징 苦悶的象徵』을 비롯한 『상아탑을 나와서 出了象牙之塔』 등의 문예이론 저작들을 번역하는데 몰두했고, 1928년과 1929년에는 혁명문학을 둘러싼 논쟁의 와중에서 소비에트 문예이론을 번역하는데 진력했다.4) 루쉰의 전기와 후기에 해당하는 이 두 시기 동안 진행된 문예이론의

---

2) 「천재가 나오기 전에 未有天才之前」, ≪魯迅全集≫ 제1권, 167쪽.
3) 마루야마 노보루(丸山升), 王俊文 옮김, 『魯迅·革命·歷史』, 베이징대학출판사, 2005년, 2쪽 참조.

번역을 통해 그는 더욱 체계적으로 자신의 사상을 정돈하고, 예술사유에 대한 보다 깊이 있고 주밀한 인식을 갖게 된 바, 향후 그는 입장 정립에서나 창작에 있어 예전보다 명확한 예술관점과 원숙한 예술구사력을 보여줬다.

특히 『고민의 상징』의 경우, 루쉰이 "문예에 대한 독보적인 안목과 심절(深切)한 회심이 있다"고 극찬한 것뿐만 아니라, 번역과정 내내 "문구는 대체로 직역한 것이며, 또한 원문의 숨결을 온전히 보존하려고 무던히도 애썼다"5)고 밝힌 것처럼 내용 면에서나 번역태도에 있어 남다른 공명(共鳴)과 애착이 있었음을 알 수 있다.6) 『고민의 상징』은 편폭이 많진 않지만 창작론, 감상론, 문예의 근본문제, 문학의 기원 등으로 나뉘어 문예이론을 체계적으로 설명한 저서로, 글이 생동하고 유창해 출판 당시부터 문단의 주목을 받았다. 이 책의 저자인 구리야가와 하쿠손은 베르그송의 생명철학과 프로이트의 정신분석학의 관점들을 나름대로 종합하고 변용해서 "생명력과 억압"이라는 개념을 끌어들이고, "생명력이 억압받아 생겨난 고민과 오뇌가 바로 문예의 근저이며 그 표현법이 바로 광의의 상징주의"7)라는 기본적 관점을 중심으로 자신의 문예이론을 설명하고 있다. 루쉰은 구리야가와 하쿠손이 제기한 "문예는 인간고의 상징"이란 논단(論斷)

---

4) 루쉰은 사상적인 고민이나 회의에 빠질 때마다 이를 종국적으로는 문학을 통해 자신의 세계관을 재정립하고 새로운 출로를 찾아나서는 행동양식을 취해왔는데, 그가 전후기에 진행했던 문예이론의 번역 역시 보다 명확하고 광범한 지식을 습득해 자신을 단련[掙扎]시킴으로써 외적인 충격과 한계를 극복하려 한 노력의 일환이었다.

5) 「『고민의 상징』 번역 머리말」, ≪魯迅全集≫ 제13권, 人民文學出版社, 1973년, 18~19쪽.

6) 구리야가와 하쿠손의 『고민의 상징』은 1924년 2월 4일 일본에서 출판됐는데, 같은 해 4월 8일 루쉰은 베이징 동아공사(東亞公司)에서 이 책을 구입해 9월 22일부터 10월 10일까지 불과 20일도 채 안 되는 시간에 번역을 마쳐 같은 해 12월에 출판했다. 그 이듬해인 1925년 1월 하순에 그는 또 구리야가와 하쿠손의 다른 저서인 『상아탑을 나서며』 번역에 착수해 역시 20일 남짓한 시간인 2월 중순에 번역을 완료해서 같은 해 12월에 출판했다. 짧은 시간 동안에 그처럼 높은 열정으로 번역을 완료하고, 또 그와 관련한 여러 편의 문장들을 발표한 것은 루쉰의 번역생애에 있어 매우 이례적인 일로 루쉰의 구리야가와 하쿠손 문예이론에 대한 비상한 관심과 공명을 느낄 수 있다.

7) 『고민의 상징』, ≪魯迅全集≫ 제13권, 人民文學出版社, 1973년, 39쪽.

이 갖는 의미를 충분히 긍정하면서 이로부터 더 나아가 "인간의 내재정신
층면 상에서의 고통과 곤경"을 표현하는 것으로서 문예가 갖는 심미적인
작용과 사회적인 작용을 강조했다. 루쉰 정신의 본질을 이해하는 데 빠뜨
릴 수 없는 텍스트로 평가 받는 『야초 野草』의 경우도 이 시기에 쓰인 산
문시집으로, 그의 내면세계에서 끌어올린 방황과 고민의 정서와 감정이
상징의 형태를 빌어 정밀하게 표현된 것인데, 주로 『고민의 상징』의 창작
태도와 예술표현 이론으로부터 많은 계발과 자극을 받았음을 알 수 있다.

이 글에서는 루쉰의 문예에 대한 관점과 그의 주요 창작특징을 구성하
고 있는 상징에 깊이를 갖게 한 계기로 작용한 문예이론의 번역이 루쉰
문학에 지니는 의미를 살펴보고자 한다. 이를 위해 이 글에서는 루쉰의
『고민의 상징』에 대한 수용과 사색을 중심으로 문예이론의 번역이 그의
문학의 궁극적 지향점인 '사람 세우기[立人]'부터 그의 창작특징을 이루는
'상징'까지 두루 미친 영향과 그 의미를 의식 작용, 심미 작용, 작가정신의
표현 등 세 가지로 나누어 분석하도록 한다.

2. '상징'에서 '입인(立人)'까지

1) '인생을 위한 예술'로서의 상징

루쉰과 동시대의 문예평론가 리장즈(李長之)는 일찍이 『루쉰 비판 魯迅
批判』에서 루쉰에게 있는 강인한 생명력의 근원은 무엇인가라는 문제의
답을 "인간은 살아가지 않으면 안 된다"라고 하는 소박한 생활의 신념에
서 찾은 바 있다. 그의 논의에 기반해 일본의 루쉰 연구자 다케우치 요시
미(竹内好)는 루쉰을 철저한 생활자로 규정하면서, 살아가기 위해 그는 고
통을 외치지 않고는 견딜 수 없었고, 그 저항의 외침이 루쉰 문학의 근원
이 됐다고 봤다.[8] 그러한 외침의 과정이 "문학가 루쉰이 계몽가 루쉰을
무한히 생겨나게 하는 궁극의 장소"[9]에 다름 아니었던 바, 그 내면에는

깨어있는[淸醒] 현실주의자로서 항상 전인간의 내용을 걸고 삶의 방식을 모색해온 심연의 고통이 상존했던 것이다.

그런 점에서 구리야가와 하쿠손이 그의 문예이론에서 가장 주목하고 있는 '생명력(生命力)'과 '인간고(人間苦)'의 개념은 루쉰에게도 원래 있었던 문학 관점을 다시금 확인하는 계기로 작용했을 뿐 아니라, 이로부터 한층 더 문예에 대한 완정(完整)한 사상체계를 다지는 유력한 기반이 될 수 있었다. 구리야가와 하쿠손은 문장의 첫머리부터 문예의 연원과 존재 의미를 다음과 같이 강조하고 있다.

쇠와 돌이 맞부딪치는 곳에서 불꽃이 튀고 흐르는 물이 암반에 부딪치는 곳에 포말이 일며 무지개가 나타나는 것처럼 이 두 가지 힘이 부딪침으로 인해 인생의 만화경, 삶의 온갖 모습이 펼쳐진다. …… 서로 충돌하는 두 가지 힘의 갈등이 없다면 우리의 생활, 우리의 존재는 근본적으로 의미를 잃게 된다. 바로 삶의 고민이 있고, 또 싸움의 고통이 있기 때문에 인생은 비로소 삶의 보람을 얻는다. 대개 권위에 복종하고, 인습에 얽매이며, 양처럼 순종하여 취생몽사하는 무리와 그 속물들은 깨달을 수 없고 느껴볼 수도 없는 경지인 바, 인생의 심오한 흥취란 요컨대 강력한 두 힘이 충돌하여 생긴 고민과 오뇌에 의해 만들어지지 않은 것이 없다.10)

그는 생명력과 억압력이 충돌해 빚어진 '인간고'가 문예의 연원이자 존재 의미라는 점에 기초해 끊임없는 생명력의 진행이 인류 생활의 근본이라 간주한 베르그송의 생명철학과 생명력의 근저를 탐색하는 프로이트의 정신분석학을 이용하여 문예를 설명하고 있다. 여기서 '생명력'이란 구체적으로 도덕 비평이나 인습의 속박에서 벗어나 끊임없이 자유와 해방을 추구하도록 이끌어나가는 힘이라면, '억압력'은 사회라는 유기체가 전체

---

8) 다케우치 요시미, 서광덕 옮김, 『루쉰』, 문학과 지성사, 2003년, 182~184쪽 참조.
9) 다케우치 요시미가 『루쉰』 '계몽가 루쉰' 편에서 개괄한 문학 개념이다.
10) 『고민의 상징』, 《魯迅全集》 제13권, 人民文學出版社, 1973년, 21~22쪽.

적으로 돌아가도록 안배하는 인습과 도덕, 법률의 구속, 사회의 생활난 등 외부로부터의 강제를 의미한다. 바로 이러한 점 때문에 구리야가와 하쿠손은 문예가 "세속적인 놀이감이 아니라 엄숙하고도 침통한 인간고의 상징이어야 한다"11)고 역설한 것이다. 이 같은 논리 과정에서 그는 기존의 외부 세계가 규정하는 인습에 물든 무자각한 인간들에 대한 비판과 인간의 고유한 '생명력'의 표현을 막는 외부 사회의 인습과 도덕에 대해 강한 비판 의식을 보여주고 있다. 그의 문예관과 비판 의식은 '인생을 위하고', '인생을 개량하며', '병고를 드러내어 이의 치료에 주의를 불러일으키게 하는 것'12)을 창작의 기본내용과 목표로 견지해온 루쉰에게 '기만문예'에 대한 비판과 '인생 정시'의 창작태도로 더욱 확대되어 나타났다. 루쉰은 『고민의 상징』 번역을 마친 이듬해 발표한 「눈을 똑바로 뜨고 본다는 것 論睜了眼看」에서 "중국인은 지금껏 인생을 감히 정시하지 못하고 그저 기만할 줄밖에 몰랐다"면서 "만사에 눈을 감고 자신을 속이고 남을 속이다 마침내 스스로 그것을 자각하지도 못하는 지경까지 이르렀다"13)며, 그러한 기만문예의 전형으로 '대단원'14)과 '십경병(十景病)'15)의 병폐를 지적해냈다. 이로써 그는 "가면을 벗어버리고 참답고 심각하고 대담하게 인생을 들여다보고 그것의 피와 살을 그려내야 한다"면서, "일체의 전통 사상과 전통 수법을 타파하는 대담한 투사가 나타나지 않는 한 중국에 진정한 신문예는 없다"16)고 호소했다. 이는 17년 전 그가 「악마파 시의

11) 『고민의 상징』, ≪魯迅全集≫ 제13권, 人民文學出版社, 1973년, 46쪽.
12) 「나는 어떻게 소설을 쓰게 되었는가 我怎麽做起小說來」, ≪魯迅全集≫ 제4권, 人民文學出版社, 1981년, 512쪽.
13) 「눈을 똑바로 뜨고 본다는 것」, ≪魯迅全集≫ 제1권, 人民文學出版社, 1981년, 222쪽.
14) 루쉰은 『중국소설사략』에서 "중국사람의 심리는 해피엔딩을 좋아한다. 그래서 이 지경에 이르렀을 것이다. 중국사람들도 인생 현실의 결함을 잘 알고는 있겠지만 말하기를 싫어한다. 말을 하면 '그러면 어떻게 이 결함을 고치느냐'하는 문제가 생기거나 번민을 면할 수 없고 또 개량하고자 하면 번거로워지기 때문이다. …… 그래서 무릇 역사에서 해피엔딩으로 끝나지 못한 것은 소설에서 해피엔딩으로 만들어주고 응보(應報)가 없는 것은 응보를 받게 하면서 서로서로를 기만한다"면서 중국의 오랜 병폐를 비판했다.
15) 「뇌봉탑의 붕괴를 다시 논함 再論雷峰塔的到掉」, ≪魯迅全集≫ 제1권, 人民文學出版社, 1981년 참조.

힘 摩羅詩力說」에서 "지금 중국을 찾아보아 정신계의 전사라 할 만한 사람은 어디에 있는가? 지극히 진실한 소리를 내어 우리들에게 훌륭하고 강건한 데로 이끌 사람이 있는가?"[17]하고 외쳤던 목소리가 더욱 구체적이고 깊이 있는 현실의 내함을 담은 창작으로 발휘된 것이다.

감정과 의식 활동이 억압 받아 잠재된 생명력을 창작의 본원으로 삼은 구리야가와 하쿠손의 문예관은 한편 더욱 많게는 "작가 삶의 내용 속 깊은 곳에 잠재된 인간고"를 나타낼 것을 강조했는데, 이는 루쉰에게 "인간 내재정신 층면 상의 고통과 곤경"을 표현해내는 '상징'으로의 깊이를 더해줬다. 물론 루쉰은 일찍부터 '국민의 영혼'을 그려내고 오랜 봉건 인습으로 마비된 정신적 병고를 드러내는 데 창작의 중점을 뒀지만, 이론적으로 '영혼 묘사'의 중요성을 강조하고, 그것을 창작의 핵심 내용으로 삼게 된 것은 『고민의 상징』 번역을 마친 뒤 더욱 심화된 것이다. 구리야가와 하쿠손은 작가의 잠재의식의 중요성을 강조하면서 창작과정 동안 작가는 깊이 있는 자아관조와 관찰을 통해 이를 형상화하는 것이 관건이라며 다음과 같이 언급했다.

잠재의식의 바다 밑에 잠복해있는 고민, 즉 정신의 상처를 상징화한 것이 아니라면 그것은 위대한 예술이 아니다. 천박한 표면적 묘사나 교묘한 기량만을 뽐내는데 급급한 것도 참된 생명의 예술처럼 사람을 감동시킬 수 없다. 이른바 심입한 묘사란 것은 결코 풍속의 손상과 같은 일을 상세하게, 단지 외면적으로만 세세하게 그려내는 것이 아니라, 작가가 자기의 마음속 깊은 곳까지 더욱 깊이 파내려 가서 자기 내부의 밑바닥까지 이르렀을 때 그곳으로부터 예술이 나온다는 말이다. 자신을 깊이 탐험하면 할수록, 이 깊이에 비례해서 작품 역시 더욱 높고, 더욱 크고, 더욱 강하게 된다.[18]

---

16) 「눈을 똑바로 뜨고 본다는 것」, ≪魯迅全集≫ 제1권, 人民文學出版社, 1981년, 223쪽.
17) 「악마파 시의 힘」, ≪魯迅全集≫ 제1권, 人民文學出版社, 1981년, 100쪽.
18) 『고민의 상징』, ≪魯迅全集≫ 제13권, 人民文學出版社, 1973년, 54~55쪽.

'인간고'를 민감하게 포착하고 이를 깊이 있게 발굴해내기 위해 창작주체인 작가 스스로 내면 깊은 곳에 잠복해있는 고민을 표출해야 한다는 그의 지적은 무엇보다 주관의 진정성을 우선시한 것이다. 그는 또 "인간에게는 수성(獸性)과 악마성이 있으나 동시에 신성(神性)도 있다. 이기주의적 욕망도 있으나 동시에 이타주의적 욕망도 있다. 그중 하나를 '생명력'이라고 부른다면, 나머지 하나 역시 분명 생명력의 발현이다. …… 그러므로 생명력이 왕성할수록 충돌과 갈등도 더욱 격렬해진다"[19]면서 인간 스스로도 모순과 충돌이 있음을 지적했다. 주지하듯 루쉰은 중국인의 영혼을 탁월하게 그려낸 작가이지만, 더욱 많은 경우 자신의 모순과 고민을 드러내는데 주의를 기울였다.[20] 그중에서도 1926년에 웨이충우(韋叢蕪)가 번역한 도스토예프스키의 「『가난한 사람들』 머리말『窮人』小引」에서 밝힌 루쉰의 비평관점은 '영혼 묘사'의 중요성 못지않게 암흑의 현실 속에 작가로서 겪은 정신적 고난에 대한 묘사의 필요성을 긍정한 것으로, 문예이론 번역 이후 진일보된 이론적 관점을 보여준다.

> 도스토예프스키는 "나는 높은 의미에서의 사실주의자이다. 나는 인간 영혼의 깊이를 사람들에게 보여주는 사람이다."라고 말한 바 있다. …… 그가 사랑하고 동정한 이들은 가난하고 병든 사람들이었지만, 또한 그가 아무런 거리낌 없이 해부하고 세세히 살피며 심지어 감상까지 한 이들도 가난하고 병든 사람들이었다. 뿐만 아니라 사실 도스토예프스키 스스로도 젊을 적부터 죽을 때까지 정신적 고문을 줄곧 가해왔다. 대개 인간 영혼의 위대한 심문자는 동시에 위대한 범죄자임이 분명하다.[21]

---

19) 『고민의 상징』, ≪魯迅全集≫ 제13권, 人民文學出版社, 1973년, 29~30쪽.
20) 루쉰은 「「무덤」 뒤에 쓰다 寫在『墳』後面』에서 "확실히 남을 종종 해부하지만 보다 많은 경우 더욱 무자비하게 나 자신을 해부한다"란 언급을 비롯해 여러 문장에 걸쳐 가혹한 자아반성과 자아해부 정신을 밝혔다.
21) 「『가난한 사람들』 머리말」, ≪魯迅全集≫ 제10권, 人民文學出版社, 1981년, 103~104쪽.

'인간고'를 묘사하는 데서 출발해 작가 자신 내면에 잠재된 모순과 고민을 발굴해내는 깊이까지 구리야가와 하쿠손의 문예이론은 확실히 '인생을 위한 예술'로서 '상징'의 예술정신을 보여준다. 이로부터 루쉰은 한 걸음 더 나아가 비극적 정화의 각도에서 영혼을 발굴한 이 '상징'이 지닌 예술 효과를 긍정하고, 자신의 비평관점을 계발하는 계기로 삼을 수 있었던 것이다. 그래서 그는 이어서 영혼 깊은 곳까지 묘파해내는 도스토예프스키의 상징이 독자로 하여금 정신적 고문을 받고 정신적 상처를 입게 하지만, 비극적 정화를 거쳐 스스로를 반성하고 교정하며 참회함으로써 마침내는 소생의 길로 나아갈 수 있게 했다고 논평했다.[22]

이미 살폈듯 '인간고'는 현실 사회의 모순과 갈등에서 비롯된 것들로, 이를 표현해내는 작가의 입장에서는 추구하는 이상과 현실 간에 갈등이 깊으면 깊을수록 그에 대한 고민은 정도와 깊이를 더해가기 마련이다. 구리야가와 하쿠손이 문예는 고민의 산물로서 엄숙하고 침통한 인간고의 상징이어야 한다고 시종 강조한 것도 그만큼 작가는 먼저 '각성한 자'로서 현실을 개선하기 위한 방황과 모색의 고통이 남다르다는 점을 대변해 준 것이다. 루쉰은『고민의 상징』번역을 마친 이듬해 이어 발표한『상아탑을 나서며』의 번역 후기에서 이 점을 놓치지 않고 다음과 같이 밝히고 있다.

조물주가 인류에게 준 부조리는 여전히 아주 많다. 그 부조리는 육체에만 한정된 것이 아니다. 사람은 고매하고 우아한 이상을 품을 수 있지만 그 만분의 일도 이 세상에 실현시키지 못하고 있다. 체험을 쌓으면 쌓을수록 그 충돌은 더욱 뚜렷해진다. 그 때문에 용기 있는 사색자들에겐 인생 50년의 시간조차도 참을 수 없는 것으로 느껴져 초조함과 고민과 방황을 하게 되는 것이다. 초조함과 고민과 방황 - 그 결과는 그저 십자로(十字路)에 나서고 거기서 자기 여생을 헛되게 소모해버리는 것으로 끝날지도 모른다.[23]

---

22) 溫儒敏, 「魯迅前期美學思想與厨川白村」, 『北京大學學報』, 1981년 5기, 39~40쪽 참조.

어두운 사회상과 봉건인습의 비인간적 질서를 절실히 체험한데다 스스로 각성을 거쳤지만 출로가 없는 고통과 방황을 겪었던 루쉰에게 구리야가와 하쿠손의 '인간고'에 대한 상징과 내심에 잠재한 고민에 대한 상징은 그만큼 현실과 자아에 대한 직시와 각성을 촉구했던 그의 주의를 끌기에 충분했다.24) 그는 구리야가와 하쿠손을 평가한 또 다른 글에서 "그 본국의 결점에 대해 퍼붓는 매서운 공격은 그야말로 명사수이다. 그건 아마도 동아시아에 같이 있기 때문에 사정이 비슷한 원인인 듯하다. 그가 공격한 것은 왕왕 중국의 병폐와도 같다. 이에 우리는 그를 통해 심사숙고하고 반성해야 한다"25)며, 문제를 바라보는 그만의 투철한 이해와 내공을 갖춘 문장 장악 능력을 극찬한 바 있다. 그 기초는 인간의 내면과 영혼을 묘사하고, 창작주체인 작가 스스로 주관의 진정성을 보여야 한다는 문예론에서 비롯되었기에 구리야가와 하쿠손의 사회비평은 더욱 많은 공감을 불러일으킬 수 있었던 것이다. 바로 이러한 점 때문에 루쉰은 그의 문예이론에 더욱 심취했던 바, 그 궁극적인 계발은 '인간을 확립[立人]'하고 '진정한 인간[眞的人]'으로 존재하길 촉구했던 그의 주제의식과 시종 잇닿아 있었던 것이다.

2) '예술을 위한 예술'로서의 상징

순문학의 입장에서 말하면, 모든 예술의 본질은 그것을 보고 듣는 사람에게 감정을 일으켜 기쁘게 하는 데 있다. 문학은 예술의 일종이므로 그 본질

---

23) 「『상아탑을 나서며』 번역후기」, 《魯迅全集》 제10권, 人民文學出版社, 1981년, 241~242쪽.
24) 루쉰이 『상아탑을 나서며』 번역원고를 탈고한 다음 달인 3월 11일 쉬광핑(許廣平)에게 보낸 서신에서 "고통이란 언제나 삶과 연관되어 있다고 생각하오. 삶과 고통이 떨어져 있을 수 있는 때가 있긴 하나 깊이 잠들어 있을 때뿐이오. 깨어있을 때 고통을 좀 면해 볼 수 있는 중국의 오래된 방법이란 '자만'하거나 '세상만사를 대수롭지 않게 여기는 태도를 취하는 것이지요"라고 언급한 데서도 보듯 구리야가와 하쿠손의 문예론에 한창 심취했음을 알 수 있다.(《魯迅全集》 제11권, 14~15쪽)
25) 「『觀照享樂的生活』 譯後記」, 《魯迅全集》 제10권, 人民文學出版社, 1981년, 232쪽.

역시 당연히 그러하다. …… 문학의 쓰임이 더욱 신비로운 까닭은 무엇인가? 우리의 정신과 상상력을 함양할 수 있기 때문이다. 인간의 정신과 상상력을 함양하는 것이야말로 문학의 직분이요, 쓰임인 것이다.26)

문학계몽의 열정을 품고 정신계의 전사가 출현하길 갈망하면서도 문학 본연의 심미작용을 결코 홀시하지 않았던, 일본의 루쉰 연구자 다케우치 요시미의 지적처럼 '일의적(一義的)인 문학가'다운 면모가 청년시절부터 나타나는 대목이다. 루쉰은 당시 신흥 공업이나 과학처럼 눈에 보이는 쓰임보다 문학의 눈에 보이지 않는 쓰임[不用之用]인 정신과 상상력의 작용을 중시해왔고, 거기서 불러일으키는 사색과 감동을 정신계몽의 출발로 봤다.

그가 『고민의 상징』을 번역하면서 주목한 점도 문예의 본질에 대한 구리야가와 하쿠손의 안목이 자유로운 상상력의 정신과 개성에 모아진 데 있었다. 구리야가와 하쿠손은 작가가 '인간고'에 대한 감수에서 얻은 '이미지'를 예술적으로 형상화할 때 이른바 '천마가 하늘을 나는 것[天馬行空]' 같은 자유로운 창작정신이 전제되어야 한다고 봤다. 루쉰이 「『고민의 상징』 머리말」에서 "천마행공의 대정신이 없다면 대예술의 탄생도 없다. 그런데 지금 중국의 정신은 어쩌면 이리도 위축되어 있단 말인가? 이 번역문은 비록 졸역이지만 다행히 실질본이 좋아 독자가 인내심을 갖고 두세 번 읽으면 많은 의미 있는 곳을 볼 수 있을 것이다"27)라고 추천한 것도 그만큼 자유로운 창작정신이 일으키는 예술 작용을 긍정한 것이다.

구리야가와 하쿠손은 '천마'처럼 구속 받지 않은 창조적 재능과 정신이 실제 창작에 필요한 형상사유로 연결되는 과정을 설명했는데, 이것이 곧 '상징화'이다. 그는 작가가 예민하게 '인간고'를 감득하고 포착한 뒤에 창작에 임할 때 상상을 통해 상징의 외형과 표현을 갖춰야 한다며 다음과 같이 지적했다.

---

26) 「악마파 시의 힘」, ≪魯迅全集≫ 제1권, 人民文學出版社, 1981년, 71쪽.
27) 「『고민의 상징』 번역 머리말」, ≪魯迅全集≫ 제13권, 人民文學出版社, 1973년, 19쪽.

어떤 추상적인 사상이나 관념은 결코 예술이 될 수 없다. 예술의 최대 요건은 구상성(具象性)에 있다. 즉 어떤 사상내용은 형상을 갖춘 인물이나 사건, 풍경 등 살아있는 것을 통해 표현될 때, 다시 말해 꿈의 잠재내용이 변장, 분장하여 나타날 때 거치는 것과 같은 길을 거쳐야만 비로소 예술이 될 수 있다. 이에 구상성을 부여하는 것을 일컬어 '상징'이라고 한다. 이른바 '상징'이란 것은 결코 전세기 말 프랑스 시단(詩壇)의 한 유파가 표방했던 주의만을 일컫는 것이 아니며, 대저 모든 문예는 고금왕래(古今往來)로 이런 의미에서의 상징주의적 표현법을 쓰지 않은 적이 없었다.28)

위에서 보듯 상징은 창작사유가 예술영역에 진입해 형상화된 것으로, 관건은 작가가 얼마나 자신의 정감과 이지(理智)를 집약해냈느냐에 달려 있다. 그러므로 상징은 작가의 예술적 온양과 정련을 거친 산물로서 구리야가와 하쿠손은 그것을 '심상(心象)'에서부터 예술 형상화까지의 처리 과정으로 봤다. 루쉰이 번역을 마친 이듬해 발표한 「시가의 적 詩歌之敵」 문장에서 시인이 갖춰야 할 소양에 관해 "가장 중요한 것은 정신의 치열한 확대이다. …… (그것이 있어야) 전적으로 상상력의, 혹은 예술의 매력을 느낄 수 있다"29)고 강조한 것도 그만큼 창작과정 중에 형상사유가 갖는 중요성을 지적한 것이다.

이처럼 작가는 세계와 자기 내면에 대한 인식과 사유를 예술적 필치로 '상징화'하지만, 한편 그 예술적 감동은 작품을 수용하는 독자에게 어떻게 소통되느냐에 따라 달라지기 마련이다. 구리야가와 하쿠손이 작품의 가치는 작가가 형상화해낸 것이 상징으로서 독자에게 얼마나 많은 "자극적 암시성"을 주느냐에 달렸다고 지적한 것도 그러한 맥락에서였다. 그는 『고민의 상징』의 제2장 「감상론」에서 상징은 독자의 공감과 공명에 따라 예술적 매력이 더욱 풍부해진다는 점을 아래와 같이 설명하고 있다.

---

28) 『고민의 상징』, 《魯迅全集》 제13권, 人民文學出版社, 1973년, 51쪽.
29) 「시가의 적」, 《魯迅全集》 제7권, 人民文學出版社, 1981년, 236~237쪽.

상징이란 것은 암시이자 자극으로서, 작가 내면 생명의 밑바닥에 잠겨있던 어떤 것을 감상자에게 전해주는 매개물이다. …… 작가와 독자의 생명 안에는 공통성, 공감대가 있기 때문에 이것이 곧 상징이라는 자극적이고 암시적인 매개를 통해 공명작용을 일으키는 것이다. 그리하여 예술의 감상이 성립한다. …… 예술감상에서 얻는 삼매경이나 법열은 이 자기발견의 환희에 다름 아니다. …… 독자는 시인과 예술가가 걸어놓은 거울 속에서 자기 무의식의 내용을 발견하게 되고, 또 자기 영혼의 상태를 보는 것이다. 이 거울이 있기 때문에 사람들은 자기 생활 내용의 다종다양함을 비로소 볼 수 있고, 동시에 자기 삶의 내용을 더욱 깊고 크고 풍부하게 할 수 있는 좋은 기회를 얻게 된다.[30]

언어를 소통수단으로 하는 문학작품은 창작과 동시에 소통 대상을 필요로 하며, 작가는 창작 이전에 의식적이든 무의식적이든 이미 소통 대상을 설정하고 있다.[31] 구리야가와 하쿠손은 언어의 암시성과 함축성을 각별히 중시하는 상징에 대해 "산출하는 창작"과 "공명하는 창작"의 개념으로 작가와 독자와의 소통을 설명했다.[32] 그는 모파상의 단편소설 「목걸이」를 비근한 예로 들면서 상징의 자극으로 인해 독자와 작가 모두 잠재내용을 인식하고 공감하게 되면서 자기 내면의 생명을 깊이 깨닫게 되고 삶도 훨씬 풍부해진다며 예술적 효용을 높이 평가했다.

(작품 속의 '목걸이'가) 상징으로서 얼마나 많은 자극적 암시성을 갖고 있는가? …… 작가가 여기에 부여한 놀랄만한 현실성, 독자를 교묘하게 환각의 경지로 이끌고, 그 찰나의 생명 현상의 '진실'을 암시해내는 수단이 먼저 우

---

30) 『고민의 상징』, ≪魯迅全集≫ 제13권, 人民文學出版社, 1973년, 71~72쪽.
31) 유세종, 「루쉰 『들풀』의 상징체계 연구」, 한국외국어대학교 박사학위 논문, 1993년 2월, 228쪽에서 인용.
32) 구리야가와 하쿠손은 상징이 "독자를 자극해서 그 스스로 자기의 체험을 환기하도록 함으로써 생기는, 즉 자극으로 인한 독자의 자기연소 역시 일종의 창작이다"라면서, 상징을 받아들이는 독자는 "스스로 공명하는 창작을 하는 것"이라고 설명하고 있다.

리를 탄복시킨다. 인생의 극히 냉조(冷嘲)적이고 비극적인 상태를 개념적인 철리를 쓰지 않으면서 암시하고, 우리로 하여금 직감적으로 바로 생생하게 생명현상의 '진실'과 만나게 함으로써 감상의 제4단계(독자의 체험세계: 인용자 주)에 이르게 하는 그 뛰어난 재주는 그야말로 놀랍다. …… 모파상의 무의식 속에 있던 고민이 꿈처럼 상징화됐기 때문에 이 작품은 비로소 살아 있는 뛰어난 예술품이 될 수 있었으며, 생명의 진동을 독자의 마음에 전달하고 독자로 하여금 역시 똑같이 비통한 꿈을 꿀 수 있게 만들었던 것이다.33)

위의 비평에서 보듯 구리야가와 하쿠손은 문학을 구성하는 작가-텍스트-독자의 관계를 하나의 개방된 체계로서 작가와 독자가 각각 심상과 이지, 감각을 통해 '소통'하는 관계로 파악하고 있다. 요컨대 그는 상징화된 표현으로서의 텍스트를 중심으로 작가의 무의식이 상상 작용을 통해 심상이 되고, 그것이 다시 감각과 이지의 작용에 의해 상징적 외형으로 표현되어 나오며, 이를 다시 감상하는 독자의 입장에서는 텍스트에서 출발하여 이지와 감각을 통해 자신의 마음속에 하나의 심상을 떠올리고 다시 자기 무의식 속에 있는 모든 것을 새로이 환기시킴으로써 의식 세계로 옮겨올 수 있다고 논증한 것이다.34) 루쉰이 「시가의 적」에서 시가는 자신의 열정을 읊는 것이라는 관점과 함께 작가와 독자 사이에 공명하고 감응하는 '심현(心弦)'을 특별히 강조한 것도 「감상론」의 맥락과 기본적으로 상통한다.

'예술을 위한 예술'로서의 상징에 대한 구리야가와 하쿠손의 이론 관점은 확실히 체계적인 문예이론 수용의 필요성을 절감해왔던 루쉰에게 많은 계발과 자극을 줬다. 물론 루쉰은 이전부터 창작 관점과 비평에 많은 탁견을 보여줬지만, 문학에 관한 여러 예술 요소들을 완정한 이론적 안목으로까지는 정립하지 못한 점을 스스로 인식하고 있었고, 이에 『고민의

---

33) 『고민의 상징』, ≪魯迅全集≫ 제13권, 人民文學出版社, 1973년, 106~107쪽.
34) 김종석, 「루쉰 『들풀』의 상징 구조와 작가의식 연구」, 고려대학교 석사학위 논문, 2000년 12월, 11쪽 참조.

상징』번역을 통해 보다 체계적인 예술 견해로 발전하게 된 것이다.

1924년에서 1926년 사이에 창작된 『들풀 野草』은 그의 사상과 정서가 광활한 상상력과 어우러져 고도로 함축된 상징언어로 표출된 산문시집으로, 『고민의 상징』이 창작에 가장 큰 내적 동력 중의 하나로 작용한 결과물이다. 작품에서 상상과 현실세계가 자유롭게 넘나드는 것을 비롯해 다른 작품에서는 볼 수 없는 다양한 이미지와 배경들이 성공적으로 배합되어 나타난 것도 '천마행공'과 같은 자유로운 상상력의 표현을 강조한 구리야가와 하쿠손의 이론으로부터 자극을 받은 것이었다. 또한 그는 광명과 암흑, 이상과 현실, 희망과 절망, 삶과 죽음 등과 같은 철리문제들을 의미심장하게 형상화함으로써 독자들이 감수와 정서에 기대 삶의 진미(眞味)를 느끼고 심미적인 감동을 향유하게 했다. 이처럼 루쉰은 문예의 본질부터 창작사유, 예술표현에 이르기까지 구리야가와 하쿠손의 문예이론을 통해 자신의 예술관점을 충실히 다질 수 있었고, 여기서 한층 더 발전하여 상징이 자신의 내면세계를 가장 돋보이게 하는 예술표현으로서 공명과 공감을 불러일으켰던 것이다.

3) 작가정신의 '표현'으로서의 상징

일찍이 루쉰은 '작가'라는 존재에 대해 "하늘과 싸우고 세속을 거부하며, 지향하는 바가 반항에 있고, 목적이 행동하는 데 있어서 사람들이 탐탁하게 여기지 않는 시인"[35]이라고 규정한 바 있다. 예전부터 지식인은 엄격한 비판정신과 사회적 책임감을 갖고 허위에 저항하고, 현실을 인간화하며, 가야할 길을 묻는 실천적 존재로서 역할을 담당해왔다. 지식인인 작가는 자유롭고 독립적인 사고로써 우리 삶을 창조적으로 사는 데 가치를 부여하며 자신의 주제의식을 예술적으로 형상화한다.

구리야가와 하쿠손은 창작이란 "개성의 표현"으로 작가가 자신의 '인간

---

35) 「악마파 시의 힘」, 《鲁迅全集》 제1권, 1981년, 66쪽.

고'에 대한 감수에서 얻은 '심상(心象)'을 예술 형상으로 전환시킬 때 반드시 작가의 '진짜 생명'을 불어넣어 자신의 사상 감정을 담아야 한다며 창작주체로서 작가정신을 강조했다. 루쉰은 그의 관점에서 계발을 받아 "영혼의 묘사"를 특히 중시하며, 도스토예프스키처럼 인간 영혼을 깊이 있게 드러내는 "높은 의미에서의 사실주의"를 개척하는 작가정신을 주장했다. 그는 또 작가는 예술 구상을 할 때 "강 건너 불구경"하듯이 해선 안 되며, 반드시 "자기마저 그 불 속에 태워서 스스로 깊고 깊이 느껴야" 독자가 작품을 감상하면서 "사회를 발견할 수 있고, 또 우리 자신을 발견할 수 있다"[36]고 밝혔다. 이렇듯 작가정신은 현실에 대한 치열한 문제의식과 시야의 확대를 위한 진지한 고민이 발현된 것으로, 이는 필경 삶에 대한 작가의 체험관찰로부터 자유로울 수 없다. 이 체험관찰에 관해 구리야가와 하쿠손은 "작품이 작가 창조생활의 소산이라고 한다면 대상으로서 작품 속에 묘사된 일도 결국 작가자신의 생활내용"이라면서, "한 작품을 연구하려 할 때는 그 작가의 경력과 체험을 알 필요가 있으나, 작품만 봐도 작가라는 사람을 충분히 알 수 있다"며, 작가정신의 표현에 있어 불가분한 관계를 설명했다. 하지만 그는 또 한편으로 모파상의 단편소설 「목걸이」를 예로 들면서 "묘사해낸 사상(事象)이 엄연히 하나의 상징으로 성공하기만 하면, 간접경험이라도 직접경험처럼 쓸 수만 있으면, 완전히 조작해낸 허구라 할지라도 조작한 허구가 아닌 것처럼 쓸 수만 있으면, 이 작품은 위대한 예술적 가치를 지닌다"[37]고 밝혔다. 그의 주장에 대해 루쉰은 「예쯔의 『풍작』 서문 葉紫作 『豊收』 序」에서 아래와 같이 보충설명하면서 다른 한편으로는 전면적인 체험관찰의 필요성을 강조했다.

작가의 상상도 작가가 그 사회에서 자랐고, 또 그 사회의 여러 정황에 친숙하며, 그리고 그 사회의 인물을 너무나 익숙하게 봐왔기 때문에 가능한 것

---

36) 「문예와 정치의 기로 文藝與政治的岐途」, ≪魯迅全集≫ 제7권, 1981년, 118쪽.
37) 『고민의 상징』, ≪魯迅全集≫ 제13권, 人民文學出版社, 1973년, 111~112쪽.

이다. …… 작가가 창작하면서 그 중의 일에 대해서 비록 직접 겪을 것까지
는 없어도 가장 좋기로는 겪는 것이다. …… 내가 이른바 경험한 것이 만나
고, 보고, 듣고, 꼭 하는 것은 아니라할지라도 한 것도 그 안에 포함시킬 수
있다. 천재들은 어떻게 해서든 크게 과장하는데, 결국엔 근거 없이 창작해선
안 된다는 것이다.[38]

위에서 보듯 루쉰은 작가가 진정 인생의 고뇌를 느껴야 진실한 체험이
생기고 창작이 있을 수 있다고 봤다. 그가 '인간고'라는 개념을 받아들인
근본적인 의미도 작가의 관찰을 거친 인생을 써내야 한다는 것뿐만 아니
라, '인간고'의 절실한 체험까지 반영해내야 한다는 뜻이었다.

이후에 루쉰은 또 「상하이 문예를 일별함 上海文藝之一瞥」을 통해 체험
관찰이 작가정신을 표현해내는 데 꼭 필요한 조건이라고 보고, 구리야가
와 하쿠손의 일부 편면적인 견해를 다음과 같이 비판했다.

> 일본의 구리야가와 하쿠손은 일찍이 작가는 자신이 경험한 일이 아니면
> 쓸 수 없는가라는 문제를 제기하여, 아니 그럴 필요는 없다, 작가는 상상으
> 로 보충할 수 있다고 스스로 답하고 있습니다. 도둑에 대해 쓰는데 스스로
> 도둑질해 볼 필요는 없으며, 간통에 대해 쓰는데 스스로 사통해 볼 필요는
> 없다는 것입니다. 하지만 내가 생각해보건대 그것은 작자가 옛 사회에서 생
> 활하고 있어서 옛 사회의 상태라면 손에 잡힐 듯이 이해하고, 옛 사회의 인
> 물이라면 너무 보아서 신물이 날 만큼 봐왔기 때문에 상상력이 도움이 되지
> 만, 이때까지 자신과는 관련이 없었던 무산계급의 상태나 인물은 그럴 수 없
> 거나 혹은 그려도 올바르게 그려낼 수 없지 않을까요. 그러니까 혁명문학가
> 는 적어도 혁명과 생명을 함께 하고, 혹은 혁명의 맥박을 직접 느끼고 있지
> 않으면 안 된다고 생각하는 것입니다.[39]

---

38) 「예쯔의 『풍작』 서문」, ≪魯迅全集≫ 제6권, 人民文學出版社, 1981년, 219쪽.
39) 「상하이 문예를 일별함」, ≪魯迅全集≫ 제4권, 1981년, 300쪽.

위에서 루쉰이 밝힌 관점은 물론 30년대 당시 새로운 제재를 반영하고 새로운 인물을 묘사할 것을 요구한 혁명문예 담론에 대해 언급한 내용이지만, 우리는 여기서 구리야가와 하쿠손의 체험관찰 관점에 대해 그가 흡수한 합리적인 요소와 그로부터 발전된 견해를 볼 수 있다. 루쉰은 이처럼 작가정신을 표현하는 데 있어 전면적인 체험관찰에 기대야 기본적으로 묘사의 진실성을 확보하고 성공적인 '상징'이 될 수 있다고 봤다.

일찍이 폴란드 출신의 사회학자 지그문트 바우만(Zygmunt Bauman)은 인문학의 존재 이유를 설명하면서 인문학은 대중에게 좀 더 나은 진보적 세계관을 이야기해주고, 직접 표현하기 어려운 대중의 생각과 욕구를 대신 표현해준다며 의미를 부여한 바 있다.40) 예전부터 지식인은 시대의 흐름을 꿰뚫어보고 언제나 시대정신에 맞는 화두를 던지며 미래의 대안을 적극적으로 모색해온 주체로서, 작가 역시 자신의 안목과 성찰을 글로써 풀어내려는 욕구가 누구보다 강하다. 그러한 맥락에서 구리야가와 하쿠손은 작가가 지녀야 할 사명에 대해 시대와 사회를 성실하게 반영해낼 것과 함께 미래에 대한 예언이라고 정의했는데, 이로부터 작가정신이 녹아든 상징이 갖는 의미가 제시된 것이다. 그는 『고민의 상징』의 세 번째 부분인 「문예의 근본 문제에 관한 고찰」에서 작가가 현재를 깊이 있게 발굴해낸다면 미래의 추세까지도 예시할 수 있다고 보며 '시인은 예언가'란 명제를 다음과 같이 제시했다.

문예가 그 시대, 그 사회에 대해 있는 힘껏 천착하여 묘사해내고, 시대의 식과 사회의식의 밑바닥에 있는 무의식까지 모두 파악해낼 수만 있다면, 그 속에 자연스럽게 미래에 대한 바램과 욕망까지도 드러나게 된다. 현재를 떠나서 미래는 존재하지 않는다. 만약 현재를 묘사하되 깊이 있고 철저하게, 평범한 사람의 눈으로는 볼 수 없는 핵심까지 다다를 수만 있다면, 문학은 동시에 미래에 대한 계시이자 예언이기도 하다.41)

---

40) 경향신문 특별취재팀 엮음, 『민주화 20년, 지식인의 죽음』, 후마니타스, 2008년, 83쪽 참조.

위에서 보듯 그는 '예언'의 근원을 '민심'과 연관시켰는데, 그가 보기에 '민심'은 시대, 사회의 추세이자 시대정신의 변천이고, 작가는 "스스로 선구자가 되어 표현해낸 것 속에 당대 민심의 귀추를 드러내는" 창작주체이다. 이에 그는 "한 시대, 한 사회에는 언제나 그 시대의 생명이 있기 마련이며, 한 사회의 이 생명은 부단히 유동하며 변화한다. 이것이 바로 사조의 흐름이며 시대정신의 변천이다"라면서, 작가라는 "문예상의 천재는 비약, 돌진하는 '정신의 모험자'"[42]라고 규정한 것이다. 여기서 주목할 만한 것은 앞서 언급했던 지그문트 바우만이 부여한 인문학의 존재 의미가 구리야가와 하쿠손의 맥락에서는 작가정신의 표현으로서의 '상징'으로 아래와 같이 설명됐다는 점이다.

　당대 민중의 가슴 깊은 곳에 잠복하여 무의식의 그늘 속에 숨어 있으면서 그저 불안하고 초조한 마음으로 재촉하기만 할 뿐 누구 하나 이것을 포착하거나 표현하지 못할 때라도, 예술가는 특별한 천재적 능력을 발휘하여 이것을 표현하고 상징화하여 '꿈'의 형태로 만든다.[43]

　그가 보기에 작가는 현실세계에서 수많은 통제와 억압으로 인해 잠재된 '인간고'를 깊이 있게 관조하여 자신의 '생명력'을 담아 표현해내며, 민중이 느끼지 못한 것을 먼저 포착해서 '상징'표현으로 미래의 조짐까지 알려주는 존재이다. 따라서 작가는 예언가로서, '정신의 모험자'로서, 그리고 '문화의 선구자'로서 작가정신을 나타내는 이상적 주체라는 의미가 부여된 것이다.

　하지만 구리야가와 하쿠손은 작가의 자유분방한 정신 작용과 예견 능력이 정작 민중에게는 오히려 외면되고 부정되며 심지어 박해받아온 역사 현상도 놓치지 않았다. 그는 혁명시인 셸리의 「서풍에 바치는 노래」작

---

41) 『고민의 상징』, 《魯迅全集》 제13권, 人民文學出版社, 1973년, 104~105쪽.
42) 같은 글, 96~97쪽.
43) 같은 글, 97~98쪽.

품을 소개하면서 신의 소리를 전달하고 신을 대신해서 외치는 예언자이자 시인이 공통적으로 겪게 되는 운명을 아래와 같이 지적했다.

"깨지 않은 세계를 향해 가서 예언의 나팔을 불라"고 외쳤던 이 노래가 나온 후 약 백여 년이 흐른 지금, 볼셰비키주의가 이미 세계를 전율에 떨게 하고, 변혁과 자유를 부르짖는 소리가 지구의 양극까지 이르게 됐으니, 세계 최대의 서정시인이었던 그는 동시에 대예언자 중의 한사람이기도 했던 것이다. …… 예언자들이 대개 국가로부터 인정받지 못했듯이 시인들 역시 대개 그시대의 선구자들이었기 때문에 박해받고 냉대 받았던 경우가 상당히 많다. …… 플로베르가 생전에 전혀 환영받지 못했던 사실이나, 악성 바그너가 바이에른 왕 루드비히의 인정을 받게 될 수 있기까지 오랜 세월 동안 겪었던 실의와 영락의 생애 등은 오늘날 생각해보면 거의 이해할 수 없는 일이다.44)

루쉰은 일찍이 계몽자로서의 비분강개와 창조의 열정, 존재의 허무와 고독, 적막과 허망의 감정을 깊이 맛봤고, 바꾸기 힘든 세속의 타성 가운데 자신을 비롯한 영웅, 선각자, 혁명가들이 비극적 의의로 사라져야 하는 세속의 보편성을 직시하고 있었다.45) 이에 창작주체로서 현실에 대한 치열한 문제의식과 시야의 확대를 위한 진지한 고민에서부터 시대의 흐름을 꿰뚫어보고 이를 자신의 '생명력'을 담아 '상징'으로 표현해내기까지, 구리야가와 하쿠손의 문예이론은 확실히 루쉰에게 비상한 관심과 공명을 불러일으켰다. 이로부터 루쉰은 보다 완정한 예술 안목으로 자신이 체험관찰한 '인간고'를 정련된 '상징' 표현을 통해 작가정신을 나타냄으로써 삶의 진미를 음미하고 시대적 깊이와 넓이를 반영해낼 수 있었던 것이다.

---

44) 같은 글, 103~104쪽.
45) 루쉰이 "문예는 국민정신에서 나온 불꽃임과 동시에 국민정신의 앞길을 밝히는 등불이기도 하다"(「문예와 정치의 기로」)고 지적했던 것을 비롯해 "예언자 곧 선각자는 매양 고국으로부터 버림을 받으며, 그 시대 사람들로부터도 박해를 받는다"(「꽃 없는 장미」)고 직접 언급했던 것 외에도 여러 문장에 걸쳐 구리야가와 하쿠손의 관점과 부합되는 언급들을 많이 찾아볼 수 있다.

3. 문예이론 번역의 의미

루쉰의 문학생애에 있어 번역과 관련해 그것이 지니는 주요 의미로는 크게 두 가지로 나눌 수 있다.

하나는, 번역 실천을 통해 그가 형성한 번역이론이다. 그는 기본적으로 "원문의 숨결을 최대한 보존하는 방식"46)의 이른바 '곧이곧대로 번역하기[硬譯]'를 통해 원작의 내용과 형식을 충실하게 전달함으로써 독자들이 원작의 있는 그대로의 모습을 볼 수 있게 하는 번역방식을 주장했다. 이는 단순히 번역 방식의 선택을 넘어 번역이 "수많은 새로운 어휘와 구법을 만들어내고, 풍부한 어휘력과 세밀하고도 정교하게 정확한 표현력을 갖추는 데에 도움이 되는"47), 말하자면 근대 중국어의 근간을 만드는 작업이란 의미를 갖는다. 그는 더 나아가 번역이 이종문화(異種文化)의 내용을 소개하는 데 그치지 않고, 그것을 매개로 중국의 문화를 개조하는 '문화전형(文化轉形)'이란 의미의 차원으로까지 담론을 확대시켰다.

또 하나는, 번역 실천을 통해 그가 정립한 문예관과 실제 창작으로의 연결점이다. 그의 문필활동은 번역으로 시작해 번역으로 끝났다고 해도 과언이 아닐 만큼 번역은 자신을 꾸준히 계발하고 창작을 촉진시키는 내적 동력으로서 그의 문학에 있어 많은 문제들을 설명해준다. 특히 문예이론의 번역은 문예에 대한 사유와 관점을 정립하고 이론적인 고도에서 작품의 진수를 이해하며, 창작을 촉진시키는 계기로 작용했다는 점에서 각별한 의미를 지닌다.

이 글에서는 루쉰의 문예에 대한 관점과 그의 주요 창작특징을 구성하고 있는 상징에 깊이를 더해준 문예이론의 번역이 갖는 의미를 살피고자 『고민의 상징』을 중심으로 의식 작용, 심미 작용, 작가정신의 표현 등 세 가지로 나누어 고찰했다.

---

46) 「『상아탑을 나서며』 번역후기」, ≪魯迅全集≫ 제10권, 人民文學出版社, 1981년, 245쪽.
47) 「번역에 관한 통신 關於飜譯的通信」, ≪魯迅全集≫ 제4권, 人民文學出版社, 1981년, 371쪽.

첫째, 의식 작용 측면에서 '인간고'를 묘사하는 데서 출발해 작가 자신 내면에 잠재된 모순과 고민을 발굴해내는 깊이까지 구리야가와 하쿠손의 문예이론은 확실히 '인생을 위한 예술'로서 '상징'의 예술정신을 보여줬다. 이로부터 루쉰은 한결음 더 나아가 인간고를 민감하게 포착하고 이를 깊이 있게 발굴해낸 '상징'이 지닌 예술 효과를 긍정하고, 자신의 비평관점을 계발하는 계기로 삼았는데, 주로 인간의 내재정신 층면 상의 고통과 곤경을 표현해내는 상징과 창작주체인 작가 내면 깊은 곳에 잠복해있는 고민을 드러내는 상징으로 구체화됐다.

둘째, 심미 작용 측면에서 구리야가와 하쿠손은 '천마가 하늘을 나는 것' 같은 자유로운 창조적 재능과 정신이 실제 창작에 필요한 형상사유로 연결되는 과정을 설명하면서 관건은 상징으로서 얼마나 많은 자극적 암시성을 주는지에 달렸다고 지적했다. 루쉰의 산문시집 『들풀』은 『고민의 상징』이 창작에 가장 큰 내적 동력 중 하나로 작용한 결과물로, 상상과 현실세계가 자유롭게 넘나들며 다양한 이미지와 배경들이 성공적으로 배합되어 나타난 것 등은 구리야가와 하쿠손의 이론으로부터 자극을 받은 것이었다. 또한 루쉰은 문예의 본질을 비롯해 창작사유, 예술표현에 이르기까지 문예이론의 번역을 통해 예술관점을 충실히 다졌고, 상징이 자신의 내면세계를 가장 돋보이게 하는 예술표현으로서 공명과 공명을 불러일으킬 수 있었다.

셋째, 작가 정신의 표현 측면에서 구리야가와 하쿠손은 작가가 자신의 '인간고'에 대한 감수에서 얻은 '심상'을 예술 형상으로 전환시킬 때 반드시 작가의 '진짜 생명'을 불어넣어 자신의 사상 감정을 담아야 한다며 창작주체로서 작가정신을 제시했다. 루쉰은 그의 관점에서 계발을 받아 현실에 대한 치열한 문제의식과 시야의 확대를 위한 진지한 고민이 발현된 작가정신과 함께 작가의 관찰을 거친 '인간고'의 절실한 체험까지 반영해낼 것을 강조했다. 또한 구리야가와 하쿠손은 작가로서 지녀야 할 사명 중 하나로 미래에 대한 예언이라 지적하면서, 민중이 느끼지 못한 것을 먼저 포착해 '상징' 표현으로 미래의 조짐까지 알려주는 '정신의 모험자'

로서 작가정신을 나타낼 것을 주장했다. 그의 이론적 관점은 확실히 루쉰에게 비상한 관심과 공명을 불러일으킨 바, 이로부터 더욱 완정한 예술 안목으로 자신이 체험관찰한 '인간고'를 정련된 '상징' 표현을 통해 작가정신을 나타낼 수 있었던 것이다.

요컨대 루쉰은 문예이론의 번역을 통해 더욱 체계적으로 문예 관점을 정립하는 한편 구체적인 창작 실천을 통해 보다 예전보다 명확한 예술 관점과 원숙한 예술 구사력을 보여줬다. 더욱이 『고민의 상징』 '상징' 표현은 그의 문학 지향점인 '사람 세우기[立人]'부터 '인간고'에 대한 더욱 심입된 예술 탐구와 체험으로 이끌었던 것이다.

2부 현대 중국 지식인의 시대 적응과 반항 정신

귀대와 봉사

: 사회주의시기 선충원(沈從文)의 감춰진 정신세계와 문학지향점

1. 인민의 시대 속에 피어난 독립된 사고

마오쩌둥(毛澤東)은 옌안(延安)문예좌담회 석상에서 지식인은 자신의 입
장이 아닌 노동자, 농민, 병사의 입장에 서서 자신은 물론 그들이 창조하
는 문학까지도 "혁명이라는 전체를 구성하는 '톱니와 나사'가 되게 하고,
이로써 지식인의 '입장 전환'을 실현해야 한다"고 강조했다.[1] 지식인에
대한 이 같은 '자리 매김'은 1949년 중화인민공화국 출범 이후에도 거의
불문율에 가까웠으며, 지식인들은 "문예는 정치를 위해 복무해야 한다"는
창작 원칙 아래 유형 무형의 제약과 영향을 받을 수밖에 없었다. 또한 '계
급투쟁'을 근간으로 하는 국가 정책은 작가들 스스로 '전사화(戰士化)'의 과
정을 거침으로써 '인민계급의 대변인'이자 '시대정신의 화신(化身)'이 될
것을 강요했고, 이러한 사회적, 문화적 정서는 자연히 당대 문학의 창작
과 비평에도 깊은 영향을 끼쳤다.[2] 당시 "문예대군(文藝大軍)"이니, "중대
한 제재(重大題材)"니, 문예창작의 성공을 두고 "전투를 시작했다[打響了]"느
니, 작품이 참신하다는 것을 "돌파가 있다[有突破]"느니 하는 등의 문예비

---

1) 毛澤東, 이욱연 옮김, 「옌안문예좌담회 연설」, 『마오쩌둥의 문학예술론』, 논장, 1989년.
2) 冰心 외, 김태만 외 옮김, 『그림으로 읽는 중국문학 오천년』, 예담, 2002년, 385~386쪽
   참조.

평 용어만 봐도 얼마나 군사적, 정치적인 정서가 지배적이었는지를 짐작
케 한다. 하지만 시대에 임하여 독립적인 인격과 분명한 자기 목소리를
냈던 지식인은 끊임없이 자신을 비판하고 부정하며 자신을 노역시켜야
했고, 이는 문학의 정치 종속화를 거부하며 '순문학적(純文學的)'인 기능을
강조했던 선총원(沈從文) 역시 예외일 수 없었다. 그는 일찍이 「촛불 燭虛」
란 글에서 "나는 마치 하느님과 싸우는 듯하다. 난 많은 일들이 해서는
안 되며, 또 끝까지 노력해도 헛되다는 걸 안다. 난 입으로는 침묵하지만,
마음으로는 결코 침묵하고 있지 않다"3)고 말한 바 있다. 과연 이 "결코
침묵하지 않는" 마음의 소리는 우리에게 그만의 풍부한 정신세계를 보여
주고 있는데, 그것은 '나를 잊을 것[忘我]'을 요구한 시대에 피어난 '독립된
사고'이자 그가 줄곧 추구해온 '넘치는 생명력'과 '건강한 인성(人性)'이 당
면한 시대에 맞춰져 나온 결정(結晶)이었다.

'잠재 창작'이란 사회주의시기 여러 차례의 정치풍파 와중에도 지식인
들이 여전히 자신의 이상과 감정을 표현해낸 창작물을 의미한다. 예를 들
어 50~60년대의 루위안(綠原), 쩡쮜(曾卓), 니우한(牛漢), 무단(穆旦), 탕스(唐湜)
등의 시가, 짱쫑샤오(張中曉), 펑즈카이(豊子愷) 등의 수필산문, 선총원과 푸
레이(傳雷) 등의 소설, 편지에는 비록 그들의 개인적인 운명과 사상 경향,
창작 풍격은 다르지만, 여전히 독립된 사고로 이어지는 지식인의 정서가
담겨 있다. 또 이러한 창작 원고들은 당시 환경에서 발표되지 못했지만, 거
기에는 시대를 진지하게 고민한 문학적 소리가 충만하게 담겨 있어 결코
홀시할 수 없는 당대 문학사의 한 부분을 차지한다.4) 선총원의 경우 그는
국가가 주목한 "인민이 주체가 된 시대"에 최대한 융합되려 했고, 새로운
시대에 지식인이 어떤 위치에 서야 진정으로 역할 발휘를 할 수 있는지 사
색하는 가운데 자신의 존재 의의를 찾았다는 점에서 현대 중국 지식인의
사회에 대한 입세(入世)의 태도와 개입의 방식을 설명해주기도 한다.

---

3) 「촛불 燭虛」, ≪沈從文全集≫ 제12권, 北岳文藝出版社, 2002년, 21쪽.
4) 陳思和, 『中國當代文學史敎程』, 復旦大學出版社, 2004년, 175~176쪽 참조.

이 글에서는 사회주의시기 선총원이 처했던 곤경의 역정과 함께 잠재 창작이론과 창작물을 중심으로 그의 감춰진 정신세계와 문학 지향점을 살펴보고자 한다. 본 고찰은 해방 이후에도 결코 절필(絶筆)하지 않았던 선총원의 문학세계를 보다 완정(完整)한 시각으로 바라보고자 하는 시도이자, 시대의 진실을 통찰하고 밝히는 지식인의 존재 의의를 확인하는 작업이기도 하다.

2. '인민'의 시대와 '귀대'의 강박

주지하듯 선총원은 1930~40년대 향토에 대한 애정과 민족에 대한 열정을 갖고 자연적 인성의 모습을 작품화한 작가로서, '자연적 인성'은 그만의 낭만적 정서를 머금으며 다양한 문체를 통해 시화(詩化)된 서정적 세계를 보여준다. 스스로 '지역 풍경의 기록자' 역할을 자임한 그는, 신성한 생명력이 지닌 장엄함과 아름다움을 충실히 기록하면서 건강하고 자연스러우며 인성을 거스르지 않는 삶의 방식을 마음껏 구가했다. 이처럼 정서를 소중히 여기고 아름다움을 사랑하는 그의 문학 지향은 좌익 이데올로기에 점철되어 있는 현대문학사에 다양성이라는 길을 열었고, 그 과정은 역사의 소용돌이 속에서도 굴하지 않고 꿋꿋하게 자신만의 문학세계를 펼쳐내려는 의지로 나타났다.[5] 그러나 신중국 출범 후 선총원은 자신의 문학세계를 보여줄 공간을 잃었고, 머나먼 문물(文物) 연구의 세계로 떠나야 했다. 새 시대는 천지가 뒤덮일 정도[翻身解放]의 큰 변화로, '인민의 시대'이며 인민의 정확한 범주는 노동자, 농민, 병사였다. 지식인은 계몽자에서 '개조'되어야 할 대상이 됐고, 심지어 자신을 위해 '인민'들에게 자기비판을 해야 했다. 시대는 모든 지식인들에게 보이지 않는 심판을 한 셈인데,

---

5) 임향섭, 「이데올로기 사막에서 인성을 추구한 이단아, 선총원」, 『중국 현대문학과의 만남』, 동녘, 2006년, 301~303쪽 참조.

그것은 일종의 정신 심판으로서 지식인들로 하여금 개성을 없애도록 한 것이며, 독립적 사고를 포기하도록 강요한 것이었다. 자아비판 뒤에 쓰는 학습총결은 바로 이러한 '심판'의 성과였고, 선총원 역시 사회주의 초기에 자신의 과거를 반성 비판하는 수많은 학습총결을 써야 했다. 그는 과거 군벌 군대에서 생활할 때 정치에 실망하게 됐으며, 이에 따라 1920년대와 30년대에도 문학이 정치에 봉사하는 것은 불가능하고 불필요할 뿐 아니라 잘못됐다는 생각을 갖게 되어 점잔빼는 지식인의 자족적인 태도를 취했다고 밝혔다. 또한 자신의 작품이 본의 아니게 과거 국민당의 봉건주의적인 요소와 장제스(蔣介石)의 악명 높은 인척들, 특히 쑹(宋)가를 결과적으로 떠받든 셈이 됐다는 것도 인정했다.[6] 그는 자신의 초기 창작활동에 대해 아래와 같이 공식적인 반성을 했다.

　1928년 이후 나는 학교에서 생활했으며 민주주의와 자유를 위해 싸운 영미(英美) 지식인들과 깊은 유대를 가졌다. 비록 창작태도는 바뀌지 않았으나 생활은 점점 변화해 나는 반쪽 지식인이 됐다. 사회적인 접촉은 학생과 동료교수의 범위를 넘지 못했으며, 독서의 영역만 확장됐다. 어쨌든 나는 정열적으로 작품을 줄기차게 써댔으며 출판사를 낼 계획도 세웠다. 주된 독자층은 학생과 근대적 기업인들이었으며, 나는 그들로부터 격려와 자극을 받았다. 나는 단편소설계를 주도했다. 지난 20년 동안 내가 쓴 대부분의 작품들은 비교적 진보적이었으나 지식인의 방황과 나약함을 반영한 것도 있었다. 작품은 문체는 화려했으나 사상이 혼란스러웠다. 글에는 스타일도 있었으나 삶에 대한 성찰은 없었다. 내 작품은 대부분 청년들의 진취성을 마비시켰으며 인민혁명에 쓸모없는 것들이다. 불교경전에서 채록해 쓴 소설은 백과사전식 지식의 산만한 모습을 보여준다. 나는 불교와 나의 이국취미를 오고갔으며, 또한 허무주의, 춘추시대 저작들의 다양한 연구와 내가 친숙한 것들을 혼동하고 있었다. 병적이고 이교도적이며 불건전한『무지개

6) 조너선 D. 스펜스, 정영무 옮김,『천안문』, 이산, 1999년, 346~347쪽 참조.

꿈』 같은 작품은 이러한 혼동의 산물이다. 특히 프로이트와 조이스의 영향을 받아 나는 계속 이런 쪽으로 발전했다. 그들의 불완전한 편린이 내 작품 세계에 자리 잡았다.[7]

선총원은 혁명적 활동가가 되지 못한 자신의 과거를 위와 같이 비판하면서, 이후 글에서 당시 유행하던 문학 조류에 합류하려는 노력을 명백히 보여주었다. 그는 인민과 유리되는 것에 두려움을 느꼈고, 인민을 향해 의지하고픈 격정이 생겼다.

나는 어떤 방법으로든 인민 속으로 귀대(歸隊)해야 한다. 전국 인민이 가는 방향으로 돌아가고 싶고, …… 인민의 대오(隊伍)에 회귀하고 싶다. …… (나는 인민과의 융합이) 마치 한 작디작은 시냇물이 졸졸 흘러 한 장류(長流)로 흐르고, 대하(大河)로 가서 대해(大海)로 가듯 온갖 장애와 어려움을 거쳐 모순에 모순을 반복하지만, 힘찬 화합으로 삼십 년 억만의 인민이 흘린 피와 땀인 혁명의 대류(大流) 속으로 흘러가고 싶다![8]

이후 그의 '내강지행(內江之行)'은 향토를 가까이 하고 인민에 다가설 수 있는 또 한 차례의 경험이 됐다. 주지하듯 선총원은 향촌으로부터 왔으며 '땅'과 '물', '시골 사람[鄕下人]'들과 하나 된 경험은 창작의 가장 충만한 원천이었다. 때문에 내강(內江)으로의 하향(下鄕)은 그에게 있어 익숙한 경험이기도 했지만, 이번에는 인민에 대한 인식을 더욱 깊게 하고, 인민 속으로 심입해야 한다는 생각이 임무처럼 강박된 것이었다.[9] 하지만 그는 무엇보다 인민의 대오에 합류한 것을 통해 자신의 존재 가치를 보여주고 싶어 했다.

---

7) 조너선 D. 스펜스, 같은 책, 346~347쪽에서 재인용.
8) ≪沈從文全集≫ 제27권, 61, 67, 95쪽.
9) 凌宇, 『沈從文傳』, 十月文藝出版社, 1988년, 201~202쪽 참조.

이번 기행은 내 일생의 중요한 전변이어서 당의 영도 아래 임무를 잘 완성하길 바란다. 아울러 이 역사 대변혁 중에서 인민에 의지하는 것을 학습하고, 일하는데 있어 새로운 용기를 얻어 신중하고 성실하게 국가를 위해 일하며, 다시 학습하고 다시 붓을 들어 새로운 시대의 인민 작품을 씀으로써 이십 년 동안 서재에 갇혀 제멋대로 써왔던 잘못을 고칠 수 있기를 간절히 바란다.10)

사실 이 시대에 '인민'은 대단히 중요한 권위적 의미를 내포한 것으로서, 인민에 귀대(歸隊)한다는 것은 곧 자신의 위치를 찾는 것과 마찬가지였다. 때문에 선총원은 자신의 붓이 인민 가운데 회복되어 인민 속으로 심입해 짜오수리(趙樹理)처럼 더 많은 '리여우차이(李有才)'를 쓰길 희망한 것이다. '내강지행(內江之行)'은 그가 인민에 귀대한 문이나 다름없었는데, 심지어 그는 인민 가운데 끼어든 기쁨을 다음과 같이 노래하기도 했다.

우리는 수도(首都)로부터 왔네/ 나란히 줄을 지어서/ 각 계층으로부터 왔다네/ 만중(萬衆)의 하나 된 마음/ 만중의 하나된 마음/ 마오쩌둥(毛澤東)의 기치를 따라 전진하자!/ 높은 산에 오르고, 대하(大河)를 건너 초원에 들어가 영원히 전진하자/ 노동의 전부는 인민을 위한 것이라네!11)

이러한 노래는 그가 줄곧 깔봤던 '선전'이었다. 그러나 이 시가 속에는 자신이 '인민'에 받아들여졌다는 흥분이 내내 깔려있다. 그 '기쁨' 속에서 선총원은 기꺼이 "선동원이 되어 향촌에서 인민을 향해 학습하고, 쓴 글을 인민에게 되돌려 주며 …… 내 생명이 천만 가지의 역사 비환(悲歡) 속에서 융합되어 발전 가운데 행동하며 …… 나를 훼멸하고 또 다른 나를 새로 만들고"12) 싶어 했던 것이다. 그는 심지어 공산당에 '입당'까지 하려 했는데, 자신의 큰 형에게 쓴 편지에서 수차례 걸쳐 자신은 맡은 바 임무

---

10) ≪沈從文全集≫ 19卷, 121쪽.
11) ≪沈從文全集≫ 19卷, 149~150쪽.
12) ≪沈從文全集≫ 19卷, 153~156쪽.

를 더 잘하고자 입당 신청을 하고 싶다고 밝혔다. 하지만 그에게 입당은 결코 정치적인 의미가 아닌 일종의 정신상의 '귀대' 강박 관념에서 온 것이었다. 선충원의 이 같은 노력 덕분에 공산당 정부는 그에게 새로운 일자리를 주었는데, 그것은 교육이나 창작분야가 아닌 이전의 황궁, 지금의 베이징 고궁박물관의 유물 목록을 작성하는 일이었다. 이후 그는 전통유물과 고대의 복식(服飾)을 연구하는 데 전념했고, 문화대혁명 시기 후베이(湖北) 셴닝(咸寧)에서 농장노동을 하던 시기에도 계속 복식을 연구했다.

그럼 선충원은 '귀대'를 향한 노력으로 과연 진정 인민에게 다가설 수 있었을까? 그의 귀대 의지 가운데에는 아직 더욱 진실된 '거리감'이 있었다. 그는 "(인민의) 어떤 점은 이해하지만 또 어떤 점은 오히려 한 층의 격막(膈膜)이 있어 정말 그들 같지 않았다. 그들을 사랑해도 정말 어떻게 더욱 깊이 그들에게 다가서야 할지 몰랐다. …… 나 자신과 사회관계를 개조하려 노력하지만 얻을 수 있는 것은 아무래도 그것인 듯하다 – 참을 수 없지만 그래도 참아야 하는 고통이다"[13]라고 고백했다. 선충원은 현실의 곳곳마다 '조직'과 일치되어야 하는 공동체 의식을 가질 방도가 없었는데, 한 예로 토지개혁의 경우 도처에는 기쁨과 고통이 교차됐고, 진행 과정에는 여전히 죽음을 모면하지 못했다. 그의 마음속에 '토지개혁'은 가혹한 현실이었으며, 이로부터 훼멸감이 따라다니는 걸 느꼈다. "시대는 생장(生長)하는 시대지만, 동시에 훼멸하는 시대였다. 어떤 사람은 어쩔 수 없이 이 과정 중에서 훼멸됐다."[14] 그가 피부로 느끼는 가혹한 현실은 인민과 좁히기 힘든 '거리감'을 주었지만, 오히려 이는 그에게 독립적 사고의 줄을 더욱 단단히 매어두도록 했다. 그가 진정 느낀 것은 현실에서 정치가 겹겹으로 포위해 조성해낸 공포로서 '정치가 사람으로 하여금 의미를 잃게 만든다'는 사실이었고, 이른바 신생(新生)의 시대는 오히려 훼멸을 의미한다는 것이었다.

---

13) ≪沈從文全集≫ 19卷, 187, 312쪽.
14) ≪沈從文全集≫ 19卷, 314쪽.

생명은 껍데기 속에 봉쇄되어 모두 격리되고, 생명의 불길은 침묵 속에 타오르다 천천히 꺼진다. 붓을 놓은 지도 이태가 되어가 손은 이미 완전히 의미를 잃어버렸다. 국가는 신생했어도 개인은 오히려 이처럼 시들어가니 참 이상한 노릇이다.15)

정치는 인간의 정신에 거대한 압력을 가져왔는데, 특히 작가에게는 창작의 자유가 없어서 못 쓴다기보다는 본인 스스로 자신의 생각을 감히 쓰지 못하는 정신 지경까지 심입해 들어왔다. 더욱 비극적인 것은 이때 성장해가는 세대들이 문화적인 소양이나 정신적인 자질을 형성하는 데 지울 수 없는 깊은 악영향을 끼쳤다는 사실이다.16) 정치가 일상에까지 '보편화'되어 가해진 심판은 선총원의 가정으로까지 만연해 들어왔다.

"아빠, 당신은 여전히 진보하지 않은 것 같고, 사상도 통하지 않은 것 같아요. 나라가 이렇게 좋은데 왜 아직도 즐겁게 일하지 않지요?"
"난 여러 해 동안 일하며 결코 게을리 하지 않았어. 또 이 나라를 사랑하는데 개인 일과 사회가 무슨 관계가 생기는지 알고 있단다. 또한 늘 언제나 학습하고 배운 것도 이미 적지 않아. 진보했는지 안했는지에 대해서는 표면적으로 드러나지 않는단다. 내가 배운 게 다른 만큼 쓰이는 곳도 다르지."
"진보라는 건 보면 대번 알 수 있어요. 아빠는 애국이라 말하지만 과거는 무슨 사회고 현재는 또 무슨 사회에요? 아빠는 새로운 책들을 많이 보고 또 바깥 세계도 많이 봐야 해요. 아빠는 글을 쓸 수 있는데 왜 나라에 유익한 문장을 쓰지 않지요? 인민은 아빠한테 더 많고 더 좋은 일을 하라고 하는데, 그걸 해야죠!"
"난 일하고 있잖아!"
"박물관에서 골동품 다루는 게 무슨 의미가 있단 말예요!"

---

15) ≪沈從文全集≫ 19卷, 92쪽.
16) 錢理群, 『返觀與重構』, 上海敎育出版社, 2000년, 154~155쪽 참조.

"그것도 역사고, 문화야! 너희들은 온종일 봉건타도만 얘기하잖니? 봉건은 단지 두 글자만이 아니란다. 아직 더욱 많은 것들이 있어 우리로 하여금 봉건의 발전을 이해하게 해주지. 제왕, 관료, 대지주들이 어떻게 인민을 망쳤고, 노동인민과 압박, 착취 가운데 또한 얼마나 많은 문화 문명의 사실을 만들었는지, 더 많이 알아야 할 필요가 있어. 난 그 방면의 일을 하면서 한편으로는 학습하는 것, 바로 인민을 위해 봉사하는 거란다."

"인민을 위해 봉사하려면, 마땅히 즐겁게 하세요!"

"내 개인적으로 말한다면 즐거움도 학습해야 한다. 나는 열심히 학습하고 있어. 이는 바로 그리 쉽지 않은 진보란 것이다. 마오주석 문건에서도 '학습은 결코 쉽지 않으며, 지식인 개조, 전변은 고통이 있어야 한다' 하지 않았니? 고통은 사람의 인식을 증가시킬 수 있단다."[17]

선총원 부자간의 언쟁에서 보듯 아이는 아버지를 낙후된 사람으로 몰아세우며 개조시키려 하고 있다. 아이의 눈에 그는 반드시 '진보'해야 하고, 곧바로 효과 보는 일을 해야 하며, 또 즐거움도 있어야 했다. 부자간조차 정치의 벽에 가로막혀 이해하기 힘든 현실 속에서 그가 느끼는 인민과의 '거리감'은 더욱 깊을 수밖에 없었다. 무슨 일이든 '믿음'에서 출발하려는 '인민'과 '생각'하는 데서 시작하려는 선총원이 근본적으로 다를 수밖에 없었던 현실은 당시 지식인의 곤경을 매우 집약적으로 설명해준다. 그는 새로운 세대의 사상 전부가 정치에 덮여져 버리고, 정치 표준은 수많은 아이들의 머리와 마음속에 뿌리 내린 현실을 실감했다. 때문에 그는 그저 스스로 '낙후'된 사람임을 자인하며 자신의 의견을 마음속에 보류할 수밖에 없었다. 하지만 이때부터 정신심판은 더 이상 선총원에게 효력을 발휘하지 못했고, 그는 진정한 의미로서의 '귀대'에 대한 생각을 '잠재 창작'을 통해 가다듬게 된다.

---

17) ≪沈從文全集≫ 제27권, 40~41쪽.

3. '영원한 조연 중의 조연'

한 지식인으로서 선충원이 사고한 것은 '인민'이 주체된 시대에 과연 지식인이 처할 위치와 해야 할 역할은 무엇인가였다. 그가 1961년에 쓴 『추상적 서정 抽象的抒情』은 문학예술에 대한 그의 생각을 이론적으로 정리한 문장이지만, 그 안에는 인간과 자신, 그리고 지식인 군체(群體)에 관한 사고가 응집되어 있어 독립된 사고의 중요성을 보여준다. 당시 발표되지 못했던 이 원고에서 그는 예전에 정치의 문예에 대한 종속을 반대했던 입장에서 물러나 문예에 존재의 여지를 줄 것을 줄곧 간청하고 있다. 그는 예술가가 주변의 위치에서라도 사회에 공헌할 수 있게 허용해 주길 희망했는데, 당시는 정치 표준이 거의 불가침범의 규율이었고, 또 많은 사람들이 우파로 몰리는 최악의 상황이었다. 하지만 선충원에게는 강렬한 문학예술가로서의 양심이 있었으며, 역사에 있어 항상 변하는 것[變]과 변하지 않는 것[常]을 누구보다 잘 알고 있었다.

생명은 발전 가운데 있고, 변화나 모순, 훼멸도 늘 있는 일이다. 생명 자체는 응고될 수 없으며, 응고는 사망 혹은 진정한 죽음에 가깝다. 유독 문자로, 형상(形象)으로, 음부(音符)로, 절주(節奏)로 바뀐 것만이 생명을 어떤 형식이나 어떠한 형태로 응고시켜 생명 이외의 존재와 연속성을 형성하고, 기나긴 시간과 멀고먼 공간을 통해 또 다른 시공에 존재하는 사람들한테까지도 서로 흘러들어가 가로막힘이 없기를 바랄 수 있다. 문학예술의 귀중함은 바로 여기에 있다. 문학예술의 형성 그 자체 역시 일종의 생명 외연 확대의 희망으로 가득 찬 것이라 할 수 있다.[18]

선충원은 예술가의 생명력이 막히면 예술도 그에 따라 없어진다는 사실을 인식해서 창조력을 갖춘 작가의 생명이 헛되이 소모되거나 낭비되

---

18) 「추상적 서정 抽象的抒情」, ≪沈從文全集≫ 제16권, 527쪽.

지 않기를 바랐다. 하지만 현실은 작가가 이미 창작의 자유를 잃어 창작의 생명도 그로 인해 훼멸됐고, 새로 대체된 것은 형식적이거나 과장되고 자기 비하적인 정서가 뒤섞인 문장들로 정치 목적에나 부합되는 작품들이었다. 목적규정이 모든 것을 주재한 것은 예술 본연의 역할을 잃은 것으로, 그는 새로운 시대에 예술가가 진정 역할 발휘를 할 수 있으려면 '사상개조'나 '투쟁'에만 기대서는 안 되며, 투쟁은 결국 낭비일 뿐이라고 강조했다.[19] 원래 정상적으로 가동할 수 있는 기계는 적당히 기름만 칠해주면 역할을 잘해내듯이 그는 영도자가 지식인의 역할을 인정해줘서 "(지식인들이) 갖고 있는 역량을 이해해 저마다의 방법으로 그 역량을 발휘할 수 있게만 해줘도 나오는 것은 인류사회생활에 봉사하는 것"[20]이라고 했다. 선총원은 더 나아가 "각기 다른 실험을 해도 무방하다. 좀 객관적이기만 하면 된다. 모든 품종의 과목(果木)들이 함께 자라는 것을 이해해야 맺은 과실이 하나의 맛만 필요하지 않다는 사실을 알 수 있다. 객관적이지 않고 비현실적인 계산을 포기하고 기계의 각기 다른 성능을 알아야 비로소 기계가 제대로 성능을 발휘하게 된다. 그러므로 보다 깊이 생명을 이해해야 더욱 효과적으로 생명을 사용하길 기대할 수 있다"[21]면서 예술의 풍성한 수확은 예술가를 인정해주고 예술규율을 파악하는 현실 기반이 있을 때 가능하다고 설명했다.

작가로서 선총원에게 행운인 것과 동시에 불운이었던 것은 무엇일까? 행운인 것은 풍부한 역사 과정을 체험해서 창작에 더없이 좋은 원천이 되었던 것이고, 불행했던 것은 결코 생명의 창조로 만들어낼 수 없는, 명령에 따라야 하는 현실이었다. 권력자는 '자기와 다른 자'의 사상을 두려워하고, 권력이 중요하다 여기면서 어떤 사상이 반작용을 일으키는 것을 두려워한다. 그래서 사상을 가진 사람들은 반드시 권력 아래 복종하거나 그에 타협하며, 심지어 자신의 사상을 포기해야 살아남을 수 있었다. 선총

---

19) 金介甫, 『沈從文筆下的中國社會與文化』, 華東師範大學出版社, 1994년, 244~245쪽 참조.
20) 「抽象的抒情」, ≪沈從文全集≫ 제16권, 532쪽,
21) 「抽象的抒情」, ≪沈從文全集≫ 제16권, 532~533쪽,

원은 이러한 현실을 괴로워하며 권력자가 지식인의 사상을 너무 과대평가하지 말고 문학을 단지 '서정'의 산물로 볼뿐 정치의 수단으로 삼지 않길 희망했다. 그렇지 않으면 고작 의기소침한 글이나 아첨하는 글만 나올뿐 개인에게나 국가에 모두 비극이고 손실이었다.

관념 기획은 모든 것을 지배하여 어떤 때는 불필요한 지배의 영역까지 간섭해 번거로움을 더하게 된다. 통제가 심해질수록 생기(生氣)는 독촉으로 바뀌게 되는 결과를 면하기 어렵다. 일찍이 『회남자 淮南子』에서 공포는 사람의 마음을 발광케 하며, 『내경 內經』에서도 근심은 마음을 상하게 한다고 하지 않았는가? …… 지난 30년 동안 소설은 얼마나 많은 사람들의 사상과 정감을 응결시켰으며, 그것은 진정 국가와 민족을 위해, 인류를 위해 출로를 찾는 소리로서 역사에 가장 근접한 진실한 기록이었는데, 왜 우리는 오히려 그것을 그토록 두려워하는지 모르겠다.22)

이 모두 문학의 공리성을 지나치게 강조해서 비롯된 결과였다. 때문에 선총원은 위와 같이 지식인에 대해 '신임'의 태도로써 뭐든지 복종만 강요할 게 아니라 실재적인 사상 정감을 기대해야 국가와 지식인 모두에게 유익하다고 강조한 것이다. 그는 이와 함께 새로운 시대에 가장 이상적인 문예 발전의 상(像)을 아래처럼 제시했다.

국가의 주요 방향을 위해 봉사할 것만 요구하고, 형식상의 혹은 명사(名詞)상의 일률적인 것은 강요하지 않길 바란다. 생명이 여러 방면으로부터 세계 문화 성취의 영양을 충분히 섭취하도록 하고, 또한 새로운 창조 위에서 세계 문화 성취의 내용을 풍부하게 만들도록 하자. 모든 창조력이 정상적으로 각기 다른 발전과 응용을 할 수 있도록 하자. 사람과 사람 간에 함께함이 더욱 합리적이도록 하자. 사람이 더 이상 개인 권력이나 집체 권력을 이용해

---

22) 「抽象的抒情」, ≪沈從文全集≫ 16卷, 536쪽,

기타 서로 다른 정감과 관념의 반영을 압박하지 말도록 하자.[23]

우리는 여기서 예전 선충원이 이상으로 삼았던 자연적 인성이 충만한 서정적 작품세계가 파란 많은 현대사 속에서도 여전히 건강하고 아름다운 삶의 추구로 이어지는 것을 확인할 수 있다. 다만 문장 말미에 "우리에게 그러한 날이 올까?"하고 스스로 자문하는 데서도 알 수 있듯 이는 어디까지나 마음속에 감춰둔 '희망사항'이었다. 그는 또 한편 오늘날 지식인의 열악한 위상은 스스로의 문제에도 있다고 지적했는데, 지식인은 그가 예전에도 가장 많이 조소 풍자했던 군체(群體)였다. 그는 줄곧 자신을 '시골사람[鄕下人]'이라 표현하며, 지식인 군체와 거리를 두어왔다. 그러나 그는 이 군체의 창조력 자체에 대해 회의를 한 것이었지 결코 지식인 개조의 조류에 순응하지는 않았다. "(지식인들은) 공담을 즐기고 독서하고 일하는 데는 진지하지 않으며, 노름하고 공연 보는 일이나 바둑 두거나 춤추는 일로 생명을 낭비해 나한테 영 어울리지 않는다"[24]고 말했던 것처럼 그는 인민을 위해 봉사하려면 응당 실재적인 일부터 실천해야 한다고 생각했다. 선충원은 학습하면서 또 한편으로 변소 청소하거나 불을 지피는 일까지 마다 않는 사람이 진정 이 시대의 모범이 되어야 한다며, 앉아서 사상을 개조하려는 지식인들의 발상과 작법에 매우 불만스러워 했다.[25] 그는 창작에 종사하든 문물연구를 하든 모두 스스로 배워 성공한 사람으로서, 다른 사람이 보기에 줄곧 '전문가'가 아니었고, 그 스스로 표현했듯 그저 '자질구레한 역을 도맡는 최하급 배우[跑龍套]'[26]였다. 이는 두 가지 의미를 내포한다. 하나는 이른바 엄숙하고 진지함으로써 명리(名利)를 추구하지 않으나 실사구시(實事求是)하는 태도이다. 그는 비록 '영원히 조연

---

23) 「抽象的抒情」, ≪沈從文全集≫ 제16권, 535쪽,

24) ≪沈從文全集≫ 제19권, 86쪽.

25) 賀興安, 『沈從文評論』, 成都出版社, 1992년, 135쪽 참조.

26) '跑龍套'란 연극에서 기(旗)를 든 의장병(儀仗兵) 역을 맡은 배우로, 용(龍)의 무늬가 있는 의상을 입고, 주로 대장(大將) 옆에 붙어 뛰어 다니는데, 대개 자질구레한 역할을 하는 말단을 의미한다.

중의 조연'이지만 유능하고 착실하게 맡은 바 책임을 다하려 했다. 또 하나는 이러한 '跑龍套'의 위치에서 광란의 역사에 비켜서 있으면서 독립된 자아를 지키는 것이었다. 선총원은 이처럼 인민이 주체된 시대에 자발적으로 주변적 위치에 서서 봉사하고 싶어 했다. 하지만 현실은 갈수록 '주변'의 위치조차 얻기 힘들어지는 형국으로 치닫고 있다는 사실을 깨닫게 됐다. '문화대혁명'은 지식인에게 대재앙이었으며, 그들은 인민으로부터 추방되고 심지어 훼멸됐다. 정치의 압제는 "명명백백한 관료주의의 범람으로서 근치(根治)가 불가능했고, 어쩔 수 없는 때가 되어서도 오히려 지식인의 죄과(罪過)로 전가됐는데, 사실 중국은 시간이 지나 지식인이 충분히 장점을 발휘할 수 있는 상황이 되어서도 전전긍긍 하루하루를 보냈으니, 실로 역사에 다시없는 비극이었다."27) 지식인 군체 자체에 대한 선총원의 불만은 일관된 것이었지만, 그는 시종 온화한 지식인으로서 그저 내부의 반성으로부터 다시 시작하길 희망했지 결코 자신을 지키려 항쟁하거나 쫓겨나기를 바라지 않았다. 다른 사람의 눈에 그는 신중하다 못해 소심하고, 한낱 자기 일에나 몰두하는 늙은이로 보였겠지만, 그의 자발적인 귀대 의지와 주변적 위치에서의 봉사 정신은 이제 창작이론을 넘어 창작으로 그 빛을 더욱 발하게 된다.

4. 진정한 '귀대'와 '봉사'의 정신

밤은 깊어 고요하고 인적도 뜸해지자 사즈룽(沙子龍)은 작은 문을 걸어 잠그고는 64개 창(槍)을 휘둘러보았다. 잠시 후 창을 걸쳐두고 하늘에 촘촘히 박힌 뭇별들을 바라보며 그 옛날 강호에서 이름 떨치던 시절을 회상했다. 이내 한 숨 쉬고는 싸늘하고 매끄러운 창자루를 쓰다듬으며 엷은 웃음 짓고는 말했다: "전수(傳受)안 해, 안 한다니까!"28)

---

27) ≪沈從文全集≫ 26卷, 465쪽.

중화인민공화국 건립 이후 선총원은 직업을 바꿨으며 문학세계로부터 머나먼 문물(文物)의 세계로 들어갔다. 시대의 충격 아래 그의 자유분방했던 정신은 마음속으로 숨어들어갔지만, 그는 시종 정신세계의 독립을 지켜왔다. 마치 앞서 본 『斷魂槍』의 사즈룽처럼 자기 세상을 잃고 그 옛날 위풍당당했던 모습은 이제 아무런 의미가 없어진 처지와 마찬가지였다. 후학들이 넘쳐났던 도장은 여관으로 전락하고, 무술고수가 그의 옛 명성을 듣고 찾아와 아무리 결투를 신청해도 끝내 응하지 않는다. 하지만 사즈룽의 검술이 여전히 기막히다는 사실은 오직 달빛만이 알 듯 선총원도 거의 '독백'에 가까운 자신만의 공간에서 창을 들고 관중도 적수도 없이 홀로 솜씨를 가다듬고 음미하면서 창작 생명의 가슴 맺힌 것을 발산하려 했다. 그는 이를 "절름발이는 신발을 잊지 않는다"[29]란 말로 비유했는데, "(절름발이는) 걸음이 좋지 못할 때도 꿈속이나 일상생활 중에서 여전히 과거의 건강했던 보행을 생각하고, 새로운 노력을 즐거워하며 자신의 본래 모습을 회복하려 시도"[30]하듯 그는 많은 집필 계획을 했고, 1953년 그의 작품을 모조리 소각하라는 통지를 받고서도 맘속의 열정을 잃지 않았다. 그는 결코 침묵하고 싶지 않았고 붓을 드는 일이 절실했는데, "근본적으로 말해 문학서사는 시대에 대한 일종의 이해방식으로서, 이러한 이해는 당연히 자아에 대한 것과 자아와 시대의 관계에 대해 다시금 서술하는 것을 포함한다."[31] 즉 붓을 든다는 것은 그에게 창작생명의 연속을 의미할 뿐 아니라, 그가 시대 현실을 해석하려는 노력이나 마찬가지였던 것이다. 선총원은 자신의 과거 족적을 따라 앞으로 갈 채비를 했고, 소설의 형식으로 역사의 변동을 서술하고 정감을 호소하고 싶었으며, 이러한 길은 그에게 가장 익숙한 길을 통하는 것이었다. 사회주의시기에 그는 단편「늙

---

28) 「단혼창 斷魂槍」, 『老舍選集』, 人民文學出版社, 1993년, 68쪽.
29) 이 말은 포송령(蒲松齡)의 『요재지이 聊齋志異』 「교낭 巧娘」편 중에 "절름발이는 신발을 잊지 않고, 봉사는 보는 것을 잊지 않는다[跛者不忘履, 盲者不忘觀]는 구절에서 유래한 것이다.
30) ≪沈從文全集≫ 제12권, 424쪽.
31) 陳曉明, 『表意的焦慮』, 中央編譯出版社, 2003년, 10쪽에서 인용.

은 동지 老同志」를 비롯하여 중편 「중대부 中隊部」, 「지주 쑹런루이와 그의 아들 財主宋人瑞和他的兒子」과 장편의 일부인 『죽은자는 떠났고, 산자는 구차히 살아간다 死者長已矣, 存者且偷生』 등의 소설을 창작했는데, 그는 작품마다 시대 주류의 관념과 언어를 최대한 반영하려 애썼고, 계급분석의 방법으로 시대와 역사를 파악하려 노력했다. 그 중 선총원이 반영해낸 '인민'에 대한 가장 완미한 화상(畵像)은 단연 「늙은 동지」 소설인데, 사실 그 '늙은 동지'는 우리에게 친숙한 선총원 식(式)의 '노인'이다. 그는 나중에 창작과정 내내 느낀 아쉬움을 다음과 같이 토로했다.

> (작품을 쓰고 난 뒤에) 난 울었다. 내 머리와 손에 들린 붓은 아직도 계속 쓰고 싶어 했다. 모든 사실과 묘사는 그림처럼 해석이 아직 많았고 서사가 충분치 않았다. 그러나 여기서부터 시작임을, 한 번의 시도임을 알 수 있었다. 단편은 다시 설계하고 관점은 인민의 새로운 일대(一代)를 찬미하고 표현도 도시 중의 지식인이 본 형식으로 써서 묘사가 너무 세심했다.[32]

우리는 여기서 선총원이 자신과 시대, 사회의 관계를 표현하려 노력하는 가운데서도 소중히 여겼던 것은 작가의 창작정신이었다는 사실을 알 수 있다. 「늙은 동지」 소설의 주인공 '늙은 동지'는 새로운 시대의 '후이밍(會明)'의 연속으로, 혁명대학의 취사원인 '늙은 동지'는 후이밍처럼 소박하고 부지런하여 가장 평범한 직책에서 맡은 바 책임을 다하고 아무런 불평이 없는 사람이다. 선총원은 예전부터 '주방일'을 하는 사람들을 곧잘 묘사했는데, 그들은 고된 노동을 잘 견디는 착실한 정신을 대표한다고 생각했기 때문이다. 『등 燈』에 등장하는 노병(老兵)이나 후이밍, 『문학자의 태도 文學者的態度』 속의 대사무(大司務)에서 혁명대학의 취사원까지 선총원은 연속으로 궂은 주방일을 하는 사람들이 보여준 '봉사'의 정신을 생동감 있게 묘사했다.

---

32) 「늙은 동지 老同志」, ≪沈從文全集≫ 19卷, 158쪽.

이 반 년 동안 유일하게 느낀 사랑과 우의(友誼)는 무언(無言) 중에도 서로 잘 맞는 느낌이 들었다. 큰 주방 안의 여덟 취사원들은 하루 종일 쉴 틈 없이 거의 얘기도 없었지만, 이러한 실사구시(實事求是)의 업무태도는 사람들의 존경심을 자아내기에 충분했다. 중국이 온갖 어려움에도 일어설 수 있고, 어떠한 열악한 환경 아래서도 많은 일에 성과를 거둘 수 있었던 건 전부 '일에 엄숙하게 임하는', '행함에 사심이 없는' 업무태도 덕분이었다.[33]

선총원은 가장 평범한 사람에 주목하는데 진작 습관이 되어 있어 사람들에게 흔히 홀시되고 잊힌 사람이나 사람들, 그리고 극히 평범하고 자잘한 일상생활까지 표현하는데 익숙해 있었다. 이는 가장 평범한 진실이야말로 가장 위대하다는 그의 소신에서 비롯된 것으로서, 향촌의 넘치는 생명력과 건강한 인성, '시골사람[鄕下人]의 의식'을 일관되게 묘사해온 그의 필법과도 맥이 닿아 있다.[34] 「늙은 동지」역시 같은 필법으로 서술됐는데, 작품에서 늙은 동지의 가장 부각된 면모는 단지 불을 지피는 취사원으로서의 모습이다.

굳은살이 꽤나 많이 배긴 노동인민의 두 팔이 있다. 두 눈은 나이가 들어 동공이 작고 오랜 시간 동안 불에 그슬리고 쬐어서 붉게 항상 젖어 있는 모습이지만, 눈썹을 찌푸려 사람을 바라볼 때는 오히려 충정에 가득 찬 악의 없는 기세이고, 또 매우 친절했다. …… (가족을 물어보면) 한편으로 대담하고 또 한편으로는 손을 꼽아 세며 자기까지 쳐서 모두 넷이라 한다. 손을 흔들며 작은 눈을 껌벅이며 웃고는 이내 아궁이가로 일하러 간다.[35]

늙은 동지는 집에서 기른 채소로 동료들에게 새것을 맛보게 하고 칭찬을 받으면 부끄러워하며, 쉴 틈이 생기면 집에 가 두 손자와 밭에 난 채소

33) 「老同志」, ≪沈從文全集≫ 19卷, 71쪽.
34) 황보정하, 「沈從文 小說 硏究」, 연세대학교 석사학위 논문, 2001년, 95~96쪽 참조.
35) 「老同志」, ≪沈從文全集≫ 27卷, 464~465쪽,

를 보며 벌레를 잡고 물을 주거나, 담배를 피우며 작은 소주 한 잔 하는 그야말로 평범한 '시골사람'의 모습이다. 그의 모든 일이 평범한 만큼 업적 역시 평범해 더운 날이면 "두 손은 쉴 새 없이 뜨거운 물을 길어온다. 한 끼 밥 때마다 크고 작은 그릇 쟁반 사백여 개를 씻어야 하고, 많으면 팔백 회를 넘는다. 세 끼 밥까지 하면 이천사백여 차례나 된다."36) 단조롭지만 매우 고된 일을 하면서도 그는 일할 때면 자신이 옛날 고생했던 우스개이야기로 동료들의 노고를 잊게 해주고, 자신이 어려서 일 배울 때 주인 마나님에게 얻어맞고 얼음구덩이에 들어간 얘기를 하며 더위를 쫓아준다. 늙은 동지는 아궁이를 관리하는데 마치 천에 수를 놓듯이 노상 작은 저울을 들고선 아궁이 석탄 무게를 재어가며 불을 땐다. 그 결과 절약한 돈으로 사람들에게 탁자 스물다섯 개를 마련해준다. 그는 모든 이익을 포기하고 얻기 힘든 오락의 기회마저 버리고 일하면서도 내내 사람들에게 봉사할 일을 궁리한다. 남들이 영화를 보거나 만담[相聲]을 들으러 갈 때 그는 음식을 만들고 불을 땐다. 온갖 일을 도맡고 일 밖의 일까지 하는 그의 모습은 마치 진리의 장악자와 같다. 때문에 "동지, 당신은 맑스 레닌주의를 학습할 수 있소?"하고 다그치는 선전원의 추궁에도 그저 담담하게 "동지, 난 글을 모르오! 늙어서 기억력이 좋지 못해요. 내 이름도 쓸 줄 몰라요"37)하고 대답하는 늙은 동지의 평범함 속에서 진정한 봉사자의 모습이 더욱 부각되는 것이다. 시대는 인민의 지위를 최고로 올려놓았지만, 이 '늙은 동지'의 소박한 정신은 이로 인해 전혀 바뀌지 않는데, 여기에는 선총원의 변하는 것[變]과 변하지 않는 것[常]에 대한 생각이 내재되어 있다. 즉 잔혹한 환경도 늙은 동지의 삶에 대한 자세를 바꿀 수 없으며, 새로운 것에 충만한 찬미의 분위기도 진정한 노동자의 마음에 아무런 파란을 일으키지 못하는 것이다. 평범한 일상 속에서의 평범한 봉사정신은 선총원이 발견한 인류 역사의 주요 역량이자 그가 줄곧 주목해온 정감 동

---

36) 「老同志」, ≪沈從文全集≫ 27卷, 468~469쪽,
37) 「老同志」, ≪沈從文全集≫ 27卷, 476~477쪽,

력이었다.[38]

이 작품을 션총원의 지난 작품과 비교해보면 유일한 변화는 그가 말했던 '관점은 인민의 것'이란 점인데, 여기서 '인민'은 인간과 인간의 진정한 평등을 의미한다. 이 관점의 수용은 이전 그의 '등급의식'을 바꾼 것으로, 그는 예전에 샹시사람(湘西人)을 묘사할 때 '내려다보는'데 버릇이 되어 있었다. 이전『후이밍 會明』에서의 후이밍은 '강아지 마냥 천진난만하고, 순하기가 엄마소 같은' 사람이었고,『등 燈』에서 부각시킨 점도 노병(老兵)의 선량한 노예성이었다. 션총원은 자신의 세계에 속해 있기보다는 작품 속 인물을 주인의 관점으로 보고 서술하는데 가까웠다. 그의 이러한 관점은 1938년 짱자오허(張兆和)에게 보낸 서신에서 매우 전형적으로 나타난다.

여기 황혼은 정말 사람의 마음을 연약하게 만들어. 강물 일대와 반쯤 보이는 산 위로 피어오르는 흰 연기가 참 아름다우면서도 근심스럽구먼. 집의 주방장이 병으로 죽어 오늘 그의 아비가 왔는데, 사람을 장사 지내고나니 그 아비는 그가 지내던 부엌의 문가 방에 묵고 있다네. 저녁밥 먹을 때 그 노인네가 문득 겁에 질려 복도 아래서 부엌으로 나왔는데 그 겁약하고 가련한 인상은 나를 퍽 번민하게 했다네. 그 아비는 먼데서 여기까지 왔는데 아들의 유품을 정리하는 모습이 그 마음속의 처량함을 짐작케 하거든. 더군다나 비애와 고통을 이루 표현하기 어려워 그저 침묵하며 그 문가에 앉았다가 밥 먹을 때나 부엌으로 가지. 함께 묵는 이는 마부(馬夫)인데 한마디 없이 종일 담뱃대나 긁어댄다네. 다섯째 형이 가고 나서 비가 부슬부슬 내리는데 말은 그리 습관 되지 않는지 뒤뜰에서 재채기를 연신 하네. 뜰의 풀은 벌써 푸른 색이 되었어.[39]

여기서 션총원은 위층에서 이 장면을 내려다보고 있고, 그들을 역시 아

---

38) 劉洪濤,『沈從文批評文集』, 珠海出版社, 1998년, 129~130쪽 참조.
39) ≪沈從文全集≫ 18卷, 307쪽.

래로 보는 시각에서 서술하고 있다. 그는 이 안타까운 장면과 바깥 풍경을 융합시켜 얘기하고 있는데, 집 주방장 아비의 비애와 고통은 그저 감상(感傷)의 일부분에 불과하다. 물론 선총원은 그들이 '아래 사람'이어서 멸시한 것이 아니며, 오히려 그들에 '애착'을 갖는 정감을 펼치고 있다. 하지만 「늙은 동지」 창작 이후 그의 붓 아래 시각은 '온전히 인민의 것'으로서 변화가 생겼는데, 그러면서도 인간의 본질은 시종 변하지 않는 모습으로 나타났다. 사실 선총원 작품 속의 인물들은 모종의 '영원함'을 대표하고 있는데, 일찍이 그는 후이밍이란 인물을 나무로 비유하며 "그는 마치 한 그루의 매우 쉽게 생장하는 큰 잎의 버드나무처럼 이 땅에 나서 모든 풍우(風雨)와 추위, 더위를 견디며 오히려 강인함을 키운다"40)고 했다. 그러나 이제 그의 작품 속 인물들은 더 나아가 활활 타오르는 불처럼 "생명의 불과 큰 아궁이의 고열의 불은 하나로 융합되어 영원히 인류를 위한 숭고한 이상을 위해 타오른다. – 모든 마음과 뜻[全心全意]으로써 인민을 위해 봉사한다. …… 생명과 연기는 마찬가지로 조용히 호흡하는 가운데 타오른다. 비록 조그마한 불이지만 오히려 영원히 타서 꺼지지 않는"41) 것이다. 이처럼 작가 선총원에게 봉사의 정신은 진정 '인간' 중심의 정감이 깊이 배어든 가운데 발휘되었던 것이다.42) 대부분 작가들이 자신의 나날을 잃은 때에 선총원은 이렇게 귀대와 봉사의 정신으로써 자신의 존재 가치를 지키려 했고, 더욱이 창작 생명의 완강함을 표현하려 했다. 그는 생명은 반드시 기탁할 데가 있어야 하고 그 어떤 것도 잡을 수 없을 때에는 자신의 독립된 정신과 시정(詩情)으로 공백을 메우려 했다. 사회주의시기 침묵 속에 감추어진 그의 창작은 남들에게는 아무 의미 없는 외로운 작업이었지만, 그 자신한테는 창작 생명의 완정(完整)한 연속을 의미했다. 그러므로 우리는 선총원의 창작 생명이 어떠한 때에도 풍부하고 다채롭다는 사실을 확인과 동시에 인정하지 않을 수 없는 것이다.

---

40) 「후이밍 會明」, 『沈從文小說選』, 人民文學出版社 1995년, 101쪽.
41) 「老同志」, ≪沈從文全集≫ 27卷, 466쪽,
42) 金介甫, 같은 책, 148~150쪽 참조.

5. 시대적 고민 속에 피어난 귀대와 봉사 정신

지금까지 사회주의시기 선총원이 처했던 곤경의 역정과 함께 잠재 창작이론과 창작물을 통해 그의 감춰진 정신세계와 문학 지향점을 살펴보았다. 선총원에게 '귀대'는 자신과 시대, 국가와 서로 융합된 점을 찾으려는 노력이었고, 그가 줄곧 실행한 원칙은 '봉사'로서 시대와 국가 모두가 주목한 관념이었다. 그는 고난을 연마(鍊磨)로 받아들이고 정상적인 것을 은혜로 받아들였으며, 시종 평온한 심리 태도로 모든 것을 대했다. 문학의 가장 큰 의의 중 하나가 진실을 밝혀내는 포착 의의라는 데 있는 만큼 작가로서의 존재가치는 자신이 몸담고 있는 세계의 진실을 얼마나 표현해내느냐에 달려 있다. 시대의 동요 속에 가장 고통스러운 순간에도 선총원은 차분히 현실을 응대하며 붓을 들었고, 여전히 시정(詩情)에 넘친 가운데 진정 '인민'을 위한 봉사를 묘사했다. 이때 선총원의 신분은 일개 학자이지 더 이상 작가는 아니었지만, 그는 확실히 마음의 해방을 맞이했다. 만약 해방 전에 선총원이 자유주의자였다면, 현재 그는 여전히 독립인격을 가진 사람이었다. 그러나 그는 될 수 있는 한 봉쇄된 자신만의 공간으로 돌아가려 하기 보다는 자아를 시대에 맞추려 애썼고, 그 때마다 새로운 창작생명이 연속되는 희열을 맛보고 싶어 했다. 구(舊)시대로부터 새로운 시대로 향한 작가에게 이는 참 쉽지 않은 일이었으며, 고비 고비마다 시대와 박자가 맞지 않았다. 그럼에도 불구하고 그는 다른 작가보다 더 일찍 깨어있었고, 장래의 혹독한 시련에 대해서도 늘 마음의 준비가 되어 있었다. 때문에 승리자의 교만도, 타도되는 공포도, 또 훗날 명예 회복[平反]된 뒤에 당당 떳떳함도 없었다. 문학을 통해 인간이 지닌 고귀한 생명력과 존엄한 인성을 표현해내려 한 지향 가운데서도 현실과의 접점을 끊임없이 모색해온 지식인 선총원에게 '귀대'와 '봉사'의 정신은 이렇게 시대 곳곳에 고민의 '흔적'이 각인된 모습으로 시종 존재했던 것이다.

생명의 음미

: 사회주의시기 선총원(沈從文)의 내면세계를 통해 본 존재의 의미

1. 생명의 음미

문학은 일종의 삶의 음미이다. 루쉰(魯迅)도 일찍이 "마음을 도려서 스스로 먹어 참맛을 알고자 하노라"[1] 말한 바처럼 작가는 문학을 통해 어떤 때는 삶의 단맛을, 또 어떤 때는 쓴맛을 '음미'함으로써 삶을 더욱 풍부하게 나타낸다. 주지하듯 선총원(沈從文)은 '시골사람[鄕下人]'의 넘치는 생명력과 건강한 인성의 모습들을 유감없이 구가한 작가로서, 그의 글 속에 소리와 형상, 감각 하나하나는 다름 아닌 삶을 음미한 자취들이다. 심지어 그는 신중국(新中國) 성립 직후 자신의 모든 작품이 소각되는 수모를 겪고, 문혁 때 하방되어 숙식처조차 배정 받지 못한 곤경에 처하면서도 일기나 서신 같은 '내면의 소리'를 통해 삶을 세심히 음미했고, "이것도 인생이다"라는 말을 수없이 되뇌며 더욱 진솔하게 삶의 의미를 찾으려 애썼다. "인생은 실로 한 권의 대서(大書)로서 내용이 복잡하고 분량도 엄청나지만, 혼자 펼쳐볼 수 있는 마지막 한 페이지까지 볼 가치가 있으며, 또한 천천히 곱씹으며 읽어나가야 한다."[2] 선총원에게 있어 삶이란 이렇듯 폴

---

1) 「묘비명 墓碣文」, ≪魯迅全集≫ 제2권, 人民文學出版社, 1991년, 202쪽.
2) 「촛불 燭虛」, ≪沈從文全集≫ 제12권, 北岳文藝出版社, 2002년, 23쪽.

뿌리처럼 씹을수록 감칠맛 나는 것이었고, 이로써 우리는 그를 통해 겪이지 않는 창작생명의 원천과 존재의 의미를 확인할 수 있는 것이다.

사실 한 인간이 살아가면서 남겨놓은 문장 가운데 일기나 서신은 그 형식이 갖는 내밀한 성격 때문에 그를 이해하는 직접적인 통로가 된다. 우리가 선총원의 일기와 서신을 보면 과연 '인민이 주체가 된 시대'의 규정된 맥박 속에서 수없이 '거절' 당했던 그의 독립된 사고와 그럼에도 여전히 생명의 가치를 소중히 여기고 주어진 삶의 매 순간마다 충실하고자 노력했던 그의 고뇌를 소상하게 느낄 수 있다. 선총원은 감수성이 예민한 작가로서 세상의 선명하고 윤기 있는 형상들은 그에게 떨칠 수 없는 유혹이자 음미의 대상이었다. 바로 그 생명 가운데 잊기 힘든 모든 것이 우리 눈앞의 작품이 된 것이다. "모든 생명은 영원히 일종의 역경 가운데 몸부림, 탐구, 찾아다님에 가까웠고, 뜻밖에 나는 75, 76년을 지탱해오면서 일들은 항상 무(無)에서 유(有)로, 실패에서 경험 찾기로, 시험 가운데 진전(進展) 거두기였다. 마치 영원히 넘어졌을 때조차 오히려 뚜렷하지 않게 일종의 전진의 호각 소리를 듣는 것처럼 나를 재촉하고 격려하여 이 때문에 다시금 일어나 앞으로 걸어가는 것 같았다."[3] 일기와 서신 중의 이 같은 치열한 삶의 고뇌를 통해 우리는 문학가로서 그를 이해하는 것을 넘어 험한 환경 속에서 뜻있는 삶을 위해 한시도 생명을 낭비하지 않으려 했던 선총원다운 면모를 고스란히 확인할 수 있는 것이다.

이 글에서는 '절필(絶筆)'을 강박했던 사회주의시기에 여전히 생명의 가치를 소중히 여기고 주어진 삶의 매 순간마다 충실하고자 했던 작가 선총원의 존재 의미를 일기와 서신 등을 중심으로 고찰하고자 한다. 먼저 시대의 풍우(風雨)를 견디며 그가 느꼈던 생명의 불가사의함에 대한 사색을 살펴보고, 창작의 길이 좌절된 후에도 자신의 생명 가치를 실현하려 했던 그의 완강한 신념을 검토한 뒤, 만년(晩年)에 그가 남겼던 존재의 여러 의미를 되짚어보도록 한다. 이 글은 인간다운 삶의 가치를 한시도 잊지 않

---

3) 「致張香還」, ≪沈從文全集≫ 제25권, 68~69쪽.

았던 선총원의 주제의식에 보다 구체적으로 근접하는 작업이자, 그에 대해 온전한 이해의 작가상(像)을 수립하기 위한 시도이다.

2. 생명의 불가사의

주지하듯 선총원은 문학을 통해 전반적인 정치·사회투쟁을 전개해나가던 30년대 문단상황과는 상반되게 자연과 어우러진 향촌사람들의 삶과 그들의 아름다운 심성을 그려냄으로써 소설의 새로운 지평을 열어나간 작가로 평가된다. 그의 문학적 상상력의 바탕을 이루는 '샹시세계(湘西世界)'는 아름다운 인성과 순박한 인정미를 지닌 사람들의 공간으로, 이러한 인성을 지닌 주인공은 그의 작품 속에서 장엄하고 건강하며 아름다우면서도 또한 정성스럽게 표현됐다. 중국문단에서 이른바 '시골사람[鄕下人]'이란 말도 바로 여기서 유래됐으며, 때문에 그는 당시 누구나 피할 수 없었던 근대화와 항일전쟁, 즉 계몽과 구국의 정치적 환경에서 탈정치화 또는 비정치화의 길을 걸었다.4) 하지만 신중국 출범 후 선총원은 일상에까지 깊게 파고든 '정치표준 제일(第一)'의 원칙 아래 자신의 문학세계를 보여줄 공간을 잃었고, 모두가 환호하던 '인민의 시대' 바깥으로 비켜서 있어야 하는 처지에 놓였다. 문학에 대한 지나친 사회성, 계급성 강조가 가져온 제일 큰 비극은 작자 본인 스스로가 자신의 생각을 감히 쓰지 못하는 정신 지경까지 심입해온 것이다. 당시 그는 자신의 심경을 '봄날'에 '얼어붙은 생명'으로 비유하며 아래와 같이 고백했다.

그 어떤 것도 얼어버렸다. 어떤 때는 음악 혹은 미술 작품 중에서 일종의 계시를 받은 듯 봄풀 봄꽃 풍경이 나타나곤 했지만 단지 많지 않고 오랜 일들이었다. 사실상 여전히 장기간 무섭고 황량한 추위 속에 얼어있었다. 모두

---

4) 홍석표, 「선총원과 향토소설」, 『중국현대문학사』, 이화여자대학교출판사, 2009년 참조.

가 똑같은 시대의 막(幕)이 열렸지만, 나 개인은 오히려 사회가 공동으로 안배한 잘못된 연속 가운데 유리(遊離)되어 있었다. 머리는 몹시 무거웠다. 세상일에 대한 반응은 영원히 표면적이었고, 그 어떤 일도 마음속 깊은 곳을 건드릴 수 없었다.5)

이처럼 얼어붙은 그의 창작생명은 녹아도 남은 것은 이미 깨져버린 조각뿐이었다. "얼어붙은 생명은 마치 봄날에 햇볕이 내리쬔 듯 녹기 시작했다. 하지만 나는 이미 나를 잃어버렸고, 남은 것은 하나의 무지하고 어리석은, 어리석고 스스로 의지하는 깨진 생명이었다."6) 이는 마치 루쉰의 『野草』 속에 나오는 '죽은 불(死火)'처럼 불조차 얼어붙게 만드는 냉혹한 현실로서, 긴밀히 그의 생각과 붓을 따라 다녔다. 이에 선총원은 "나는 생각이 되고, 다시 생각에 훼멸되는", "가장 높은 선전을 짓는 붓은 얼어버려 무엇도 쓸 방도가 없었던"7) 것이다. 그러나 이 말 뒤에 "이것도 인생이다"란 감탄이 여러 차례 출현하는데, 정작 그는 삶의 길을 이미 잃어버렸고, 창작 생명은 출구를 찾지 못했다.

선총원은 '인민이 주인 되는' 현실에 최대한 새로운 시대와 사회에 적응하려 애썼지만 여전히 받아들여지지 못했고, 그 자신 역시 그러한 현실을 받아들이기 힘들었다. 사실 이는 쌍방향(雙方向)적인 '거절'로서 그는 갈수록 피동적인 입장이 되어갔고, 시대와 새로운 모든 것에 존재 의미를 잃어버린 느낌이 들었다.

한 사람은 한 사람의 한도가 있고, 나는 이미 갖가지 방면에 새로운 국가 공민(公民)의 책임을 다했으며, 더욱이 갖가지 방면에서 나를 잊고 남을 이롭게 하는 걸 배웠다. 마치 체력 신경이 초과 부담 때문에 훼멸되어도 여전히 그것을 들을 수밖에 없었다. 우리는 항상 시대와 역사를 말하고, 이 역시

---

5) 「19491113~22: 日記四則」, ≪沈從文全集≫ 제19권, 59쪽.
6) 「19491113~22: 日記四則」, ≪沈從文全集≫ 제19권, 58쪽.
7) 「19491113~22: 日記四則」, ≪沈從文全集≫ 제19권, 59쪽.

시대고 역사인 것이다!8)

착잡한 웃음은 내 일생을 교육했고 또한 이 때문에 내 일생에 영향을 주었다. 일을 삼십 년하고 남에 대해 일에 대해 이기심 없이 나를 극복하고, 그저 남을 도우며 남을 격려할 것만 생각하고 나 자신을 디딤돌로 여기면서, 더 젊은 사람이 나의 도움을 필요로 할 때 나를 딛고 오르길 바란다. 내가 위하는 바는 곧 사회가 얻은 모든 불행을 완전히 이기심 없는 우애로 돌려주고 싶어서이다. 하지만 뜻하지 않게 시대가 일변해 나는 하나의 완전히 의의를 잃어버린 사람이 되고 말았다.9)

위에서 보듯 선총원이 이해하기 힘든 것은 자신이 줄곧 이기심 없이 애정으로 세상을 대하고 사람을 대해도 여전히 거절당할 운명을 피하기 어렵다는 사실이었다. 마치 무성했던 큰 나무가 돌연 바람과 서리를 맞아 생명의 푸른 잎을 떨군 것처럼 그는 고독을 느꼈고, 심지어 자신의 창작 생명이 전부 그와 멀어졌다는 생각마저 들었다. 이에 그는 "생명은 껍데기 속에 갇혀 전부 격리되고, 생명의 불은 침묵 속에 타버려 천천히 꺼진다. 붓을 놓은 지도 2년이 다 되어간다. 이 손은 이미 완전히 의미를 잃어버렸다. 국가는 신생(新生)했지만 개인은 이렇게 시들어가니 참 불가사의한 노릇이다"10)라고 한탄했다. 이 불가사의한 느낌은 시종 그 자신과 현실세계를 융합시킬 방도가 없게 만들어 결국 그의 마음 깊은 곳은 현실에 대한 거절만 남을 뿐이었다. 그는 어느 날 베이징 시내를 바라보면서 자신이 시대와 사회에 격리된 느낌을 다음과 같이 토로했다.

홀로 오문(午門) 성 꼭대기에 서서 저녁 사합(四合)의 베이징 풍경을 바라보니 백만 가구가 즐비하고, 집 아래로 갖가지 존재와 갖가지 발전과 변화가

---

8) 「19510902: 凡事從理解和愛出發」, ≪沈從文全集≫ 제19권, 105쪽.
9) 「1950年秋, 革命大學: 致程應鏐」, ≪沈從文全集≫ 제19권, 90~91쪽.
10) 같은 글, 92쪽.

보인다. 먼 곳 무선 라디오 방송전파로부터 잡다하고 어지러운 노랫소리가 흘러나오고, 가까이엔 송백(松柏)나무에서 지저귀는 황려새 소리가 들려와 내 생명은 완전한 단독임을 알아차린다. 이에 대해 일대 역사를 배워 한 평범한 사람의 평범하지 않은 시대의 역사를 배운다. 생명의 격리를 알고 이해의 가망이 없음을 알았기에, 또 이러한 학습 이해를 갖고서 '이해 불가(不可)'를 이해하였으니, 즉 이것도 일종의 이해인 셈이다.11)

그의 이러한 적막감과 불가사의함, 그리고 감상(感傷)은 당시 모두가 말하는 활기찬 시대에 대한 '소원(疏遠)해짐'이었다. 하지만 선총원은 여전히 '나'의 존재의미에 집착하고 언제나 "나는 누구이고 나는 무엇을 하는가?"를 추궁했는데, 이는 결국 '나를 잊을 것[忘我]'을 요구한 시대에도 여전히 나를 잊을 수 없는 한 지식인의 초조함이었다.

한 사람은 한 사람의 한계가 있고, 외재적으로나 내재적으로 이러한 부류이기도하고 저러한 부류이기도 하다. 흐르는 물처럼 대로(大路)를 오가는 차를 비롯해 세상의 모든 존재는 나에 대해 모두가 무척 낯설어 하고 불가사의해 한다. 나는 어디에 있는가? 나는 누구인가? 나는 도대체 왜 이렇게 살아가고 아무런 대답도 할 수 없는가? …… 나는 진정 나를 이미 오래전부터 잃어버렸다. 나의 열정, 이상, 지혜, 능력, 약간의 사람 노릇으로 갖고 있어야 할 상식, 전부 사라져 버렸다. 그저 남은 것은 한 무더기 명사(名詞)들로, 본래의 의미를 잃어버린 것들이다.12)

그와 시대는 여전히 이렇게 서로를 거부하는 상태에 놓여 있었지만 그의 우울했던 창작 생명은 마침내 예술 앞에서 출로를 찾게 됐고, 이 때 음악은 그의 생명 중 가장 큰 안위가 되어주었다. 주지하듯 선총원은 음

---

11) 「19510902 北京: 凡事從理解和愛出發」, ≪沈從文全集≫ 제19권, 117~118쪽.
12) 같은 글, 118~119쪽.

악을 즐겨 듣고 그림도 잘 그렸으면서도 아름다움을 문자로 엮어내는 일
을 평생의 업으로 삼았던 작가이다. 그에게 음악이 전달하는 조화와 고독
의 정감은 자신의 창작생명의 선율(旋律)과도 맞아떨어졌다.

　베토벤의 〈로망스〉를 들으며 새해를 맞으니 마치 절친한 친구와 만난 것
같다. 예전에 위안링(沅陵)에서 새해를 맞았던 기억이 문득 나는데 불과 어
제 일인 듯하다. 한 편으로 나 이 사람은 영원히 안 늙는 것 같고, 특히 머릿
속의 청춘 환상은 영원히 일종의 활력이자 그칠 수 없는 열정과도 같으니,
이 또한 참 불가사의하다.13)

　아침에 피아노 소리가 너무 좋아 그 웅장하고 아름다우며 휘어 감기는 느
낌이 평소에는 좀처럼 들어보지 못했던 것이다. 소리가 창가로부터 들려와
여전히 나를 일종의 비현실의 지경으로 데려간다. 항상 어느 앞에서 보고 느
끼고 한 …… 피아노 소리는 갈수록 나를 재촉하며 1933년 겨울 작은 배에
앉아 천허(辰河)로 저어가던 것처럼 일종의 형언할 수 없는 분위기로 감염(感
染)시키는 듯했다. 생명이 마치 다시금 맑아지는 느낌이다.14)

음악은 이처럼 그의 창작생명을 정화(淨化)시켜주었고, 완정(完整)한 심미
성을 회복시켜 주었다. 그는 모든 마음의 문을 닫았지만 예술의 문은 필경
열려있었으며, 이는 선총원의 창작생명이 머물 수 있는 마지막 거처였다.
그는 자연 앞에서라면 어떠한 때이든, 어떤 환경에서든 시의(詩意)가 생겨
났고, 생명의 선율을 느낄 수 있었다. 1950년 그가 화베이(華北)대학에서 학
습 개조하는 기간 동안의 일기를 보면 삶에 대한 간단한 총결 및 검토 외
에 자연에 기탁한 정감과 시의를 여전히 감지할 수 있다. "여섯시 전에 기
상해 정원을 잠깐 산책하다 하늘과 별들을 보니 형언할 수 없는 감동이 밀

---

13) 「19590101 北京: 致沈云麓」, ≪沈從文全集≫ 제20권, 277쪽.
14) 「19561013 濟南: 致張兆和」, ≪沈從文全集≫ 제20권, 29쪽.

려온다. …… 동이 트기 전 기상해 정원을 산책해보니 나뭇가지에 어느덧 녹색의 물이 들었다. 정원 나무 위로 까마귀, 참새집이 다 지어졌고, 그 새들이 나뭇가지를 오가며 지저귄다."15) 쓰촨(四川) 네이장(內江)에 하방(下放)됐을 때 그의 일기에서도 완전히 녹일 수 없는 짙은 시정(詩情)을 볼 수 있으며, 심지어 환경이 가장 열악하고 고통스러웠던 후베이(湖北) 센닝(咸寧)에서도 그는 자연과 접촉할 때면 시심(詩心)이 여전히 활약했다.

　　위엔수이(沅水) 유역에서 본 인상이 내 생명 속으로 돌아갈 때 내 눈은 젖어왔다. 이러한 인상은 동시에 내 30년 전의 마음으로 돌아가게 했고, 완전한 고립, 단독, 나약함이었기에 그 배를 만드는 사람이 내 곁에 가까이 있어도 오히려 서로 떨어져 있었다. …… 모두 영원했다. 모두가 항상 있는 것이었다. 그러나 나와 사람과의 관계는 오히려 서로 항상 움직이는 가운데 있었다. 세계는 사람의 의지와 신념 가운데 변화했으며 개조되고 있었다.16)

　　위에서 보듯 자연으로 회귀한 그의 창작생명은 대번에 해동되어 살아났다. 이 시기 그의 서신과 일기를 보면 다시금 붓을 든 기대와 기쁨에 가득 차 있는데, 여정 중의 산과 물의 풍경은 그를 다시 '자연의 아들'로 불러 돌아오게 했다. 그의 눈 속에 자연의 모든 것은 천연의 예술이었고, 자연의 소리와 빛, 색깔은 다시금 그의 심령의 바탕을 이루었다.17) 선총원은 "단지 생명과 시대의 맥박이 일치할 때 평온함을 느낀다. 사람의 움직임과 자연의 고요함이 서로를 비추어 사람은 그 사이에 있으니 정말 불가사의하다. 특히 내가 처한 그 사이로 창작욕이 점차 회복되는 것이 정말 불가사의하다"18)고 말하면서 자연 앞에 자신감을 회복했고, 감각은 40년 전으로 되돌아갔다.

---

15) 「19500323~29: 華北大學日記一束」, 《沈從文全集》 제19권, 66쪽.
16) 「19511031(1) 華源輪: 致張兆和」, 《沈從文全集》 제19권, 132~133쪽.
17) 吳立昌, 『沈從文建築人生神廟』, 復旦大學出版社, 1991년, 309~311쪽 참조.
18) 「19511119~25 內江: 致張兆和」, 《沈從文全集》 제19권, 177쪽.

특히 나를 감동시킨 것은 그 태고풍(太古風)의 산촌이 보존된 모습들로, 강의 위아래 오가는 배와 섬부(纖夫)들이 삼삼오오 암석 사이에 걸어 다니는 풍경이 모두 이천 년 전 혹은 일천 년 전의 모습들로서 생활방식 변화의 감소는 상상할 수 있겠다. 하지만 이들은 오히려 이 움직이는 세계 가운데 존재한다. 세계는 계획 있는 변화 가운데 있고, 이 모든 것은 강의 물고기, 새와 산의 수목들과 자연이 서로 어우러져 전체를 이루며, 이 움직이는 세계 가운데 존재하여 매우 조용하고 서로 대조되니 어찌 사람한테 감동을 주지 않으랴![19]

세상의 변화[變] 가운데 홀연 불변[常]을 보고, 자연의 움직임[動] 가운데 고요함[靜]을 감촉한 선총원의 눈에 진정 감동과 이해를 가져올 수 있는 것은 이처럼 자연적 의미로서 소박하게 존재하는 인간세상이었다.

생명의 불가사의함은 왕왕 인간의 상상을 초월하기도 하는데, 그는 생명의 '우연성'을 예로 들어 이를 설명했다. 그는 한 채색자기(彩色瓷器)를 언급하며, 그것은 "중국 공예전통의 여성미, 성숙미, 완정미, 유약미(柔弱美)가 깃든 가운데 건강함을 충분히 반영한다. 자기를 그리는 사람은 일종의 자극을 받아 전환된 비할 데 없는 부드러움으로써 갖가지 인생과 생명 감촉이 생긴 데 대한 열애를 나타낸다"[20]면서, 이 작은 존재는 만든 사람과 그것을 수장(守藏)한 사람의 생명이 동시에 응결되어 있다고 보았다. 그것은 수장한 사람을 따라 세월 가운데 응결되어 지나온 역사를 증명하지만, "세상은 15년을 경과하며 전쟁의 포화(砲火)와 기아, 공포, 피로(疲勞)와중에 몇 천만 명의 생명을 훼멸한다. 반면 한 작은 자기는 오히려 이로부터 저리로, 북쪽에서 남쪽으로, 쿤밍(昆明)에서 8년 있다가 또 남쪽에서 동쪽으로, 쑤저우(蘇州)에서 3년을 있다가 다시 쑤저우에서 베이징(北京)으로 자리를 옮기면서도 말이 없다."[21] 선총원은 이를 통해 "자신도 모르게

19) 「19511101 華源輪 巫山: 致張兆和」, 《沈從文全集》 제19권, 139~140쪽.
20) 「19500808 八月八日」, 《沈從文全集》 제19권, 74쪽.
21) 같은 글, 74쪽.

생명의 우연성에서 경이로움을 발견하게 된다"22)면서, "여전히 채색자기의 비길 데 없는 부드러움이 일종의 전환된 사랑으로써 여전히 이 의미로부터 생명의 상관성을, 이처럼 복잡하고 이해하기 어려운 생명의 불가사의함을 느끼게 한다"23)고 밝혔다. 하지만 그는 "채색자기는 일종의 생명을 상징하여 취약함 속에 건강, 성숙, 완정함을 갖춘 독립된 존재임에도 언제라도 누군가의 작디작은 소홀함에 모든 것을 잃을 수 있다"24)면서 채색자기의 운명을 빗대어 자신의 창작생명을 은유(隱喩)했다.25) 앞서 보았듯 선충원은 시대의 풍우(風雨)를 견뎠고, 창작생명의 훼멸을 겪어본 만큼 생명에 대한 불가사의한 느낌 속에는 시대의 풍우 앞에 달리 어쩌지 못하는 비애가 응집(凝集)되어 있다. 그는 "내가 쓴 것은 소설이지만 오히려 나 자신보다도 튼튼하지 못해 시대에 도태되고 말았다. …… 그럼에도 이 몸은 놀라움을 견디고 있다!"26)며, 시대의 풍우는 자연의 풍우보다 훨씬 예상하기도 힘들고 매서움을 표현했다. 이에 선충원은 "자연이 나에게 형체를 갖게 하여 살아서는 나를 수고롭게 하다가 늙어서는 편안케 하고, 죽어서야 쉴 수 있게 해준다"27)란 장자(莊子)의 말을 몇 번이고 되뇌며 모든 득실을 초월하고 고통에 초연한 모습을 지키려 애썼던 것이다.

초년 선충원은 경파(京派)와 해파(海派)의 논쟁을 비롯해 근대문명에 대한 비판, 그리고 '좌익문학'의 정치 종속화 대한 반대 등과 같은 현실 문제들을 직면해왔다. 하지만 "모든 청춘의 생명이 형성한 자취는 인간세상에

---

22) 같은 글, 74쪽.
23) 같은 글, 75쪽.
24) 같은 글, 75쪽.
25) 金介甫,『沈從文筆下的中國社會與文化』, 華東師範大學出版社, 1994년, 146~150쪽 참조.
26) 「19590312 北京: 復沈云麓」, ≪沈從文全集≫ 제20권, 297쪽.
27) 장자(莊子)는 「대종사 大宗師」편에서 "무릇 자연이 나에게 형체를 갖게 하여 살아서는 나를 수고롭게 하다가 늙어서는 편안케 하고, 죽어서야 쉬게 해준다. 그러므로 스스로의 삶을 좋다고 하는 것은 곧 스스로의 죽음도 좋다고 하는 셈이다[夫大塊載我以形, 勞我以生, 佚我以老, 息我以死. 故善吾生者, 乃所以善吾死也]"라 언급하며, 인간이란 잠시 육체를 가지고 세상에 나왔다가 고생하다 늙어 잠시 편안하다가는 죽음에 이르러서야 모든 괴로움을 거두게 된다는 생사일여(生死一如), 즉 삶과 죽음을 초월해야 한다는 관점을 나타낸 바 있다.

서 어쩔 수 없이 사라져도 나 개인 인상 속에서는 오히려 영원히 선명하고 활발하여 늙었다고 느껴지지 않는다"[28]란 그의 말처럼, 오랜 세월 동안 시련을 거쳤어도 창작생명은 그의 마음속 '샹시(湘西)'의 물처럼 맑게 간직되고 있었던 것이다.

3. 생명의 가치

예전부터 지식인은 누구보다 뛰어난 자기성찰의 능력을 가지고 자신의 가치를 탐구하고, 인식하며, 증명해왔다. 달리 말해 지식인은 '실천의 존재'로서 허위에 저항하고, 현실을 인간화하며, 자신이 가야 할 길을 끊임없이 묻는 역할을 담당해온 것이다.[29] 신중국 성립 이후 선총원은 '인민'을 향한 자발적인 '귀대' 의지와 주변적 위치에서의 봉사 정신으로써 꾸준히 자신의 존재 가치를 지키고 싶어 했다. 그에게 있어 생명이란 착실하게 맡은 바 책임을 다하는 데 존재 가치가 있으며, 이를 위해 그는 창작의 길이 좌절되었음에도 언제나 새로운 출로를 찾으려 애썼다.[30] 그는 "반세기에 걸친 대풍대랑(大風大浪) 가운데 살아남았고, 항상 진지하게 본업에서 많은 일들을 하며 어느 정도 성취를 남긴데다 큰 사고도 나지 않았으니 정말 행운이라 할 수 있다. 나 한 사람의 생명에도 떳떳하다!"[31]면서, 역사문물에 대한 연구로 다시금 자신의 생명 가치를 실천했다. 그는 "한 무더기의 단지, 항아리에 새겨진 꽃들의 '관객'이 되어"[32] 묻혀 있던 역사 속의 생명을 발굴했고, 풍부한 연구 성과를 남기며 그간 공백에 가까웠던 역사문물 연구의 영역을 개척했다. 실크의 질감, 오랜 연대(年代)를

---

28) 「19760204 北京: 復許杰」, 《沈從文全集》 제24권, 372쪽.
29) 경향신문 특별취재팀, 『민주화20년, 지식인의 죽음』, 후마니타스, 2008년, 55~56쪽 참조.
30) 구문규, 귀대와 봉사: 사회주의시기 선총원의 감춰진 정신세계와 문학지향점」, 『中國語文學誌』 제26집, 2008년 4월, 192~193쪽 참조.
31) 「19700915 雙溪: 致張兆和」, 《沈從文全集》 제22권, 373~374쪽.
32) 「19621029(2) 北京: 復程應鏐」, 《沈從文全集》 제21권, 256쪽.

거친 족자(簇子)의 그윽함, 도자기의 순박함 속에서 그는 그 존재의 가치들을 하나하나씩 길어내었고, 역사의 유물들을 어루만지며 생명을 감촉한 것 마냥 감동받았다. 때문에 선충원의 일상은 이전과 다름없이 노동의 가치를 포기하지 않은 나날들이었고, 그의 눈에 시대가 아무리 요동쳐도 사람은 여전히 사람이었으며, 가장 지키고 싶은 것도 '인간'된 면모였다. "절름발이는 신발을 잊지 않는다"33)는 말처럼 하방되어 생활환경이 간고(艱苦)해져도 그는 일기와 서신에서 여전히 자기 마음속 시의(詩意)를 펼쳐내었다.

선충원은 인생의 진정한 가치는 생활에 있기보다 생명에 있다 여긴 만큼 생명의 가치를 실천하기 위해 고생스러운 생활의 대가는 얼마든지 치를 마음의 준비가 되어 있었다. 문혁 중에 그가 하방 되어 베이징을 떠나기 전 제일 견디기 힘든 것은 그간 종사해왔던 연구 작업을 계속하지 못한다는 사실이었고, 이는 그의 생명의 가치에 대한 또 한 번의 고별이었다. 그의 생명은 매번 이렇게 뿌리 뽑힐 때마다 마음속 고통은 이루 말하기 힘들었다. 하지만 "나는 비행기 조종사처럼 언제나 일종의 시험 운항을 하며 새로운 항로를 찾는다. 그저 수고스러울 따름이다"34)라고 말한 것처럼, 소설도 쓸 수 없고 역사문물도 연구할 수 없는 상황에서 그는 여전히 생명의 출로를 찾았고 자신의 생명을 쓸모 있게 만들려 애썼다. 그에게 가장 두려운 것은 '아무 쓸모없는 존재'라는 느낌이었고, 그저 바라는 것은 후래 사람들을 위해 장기적으로 유익한 일을 하여 자신의 생명에 대해 떳떳해지는 것이었다.35)

작가에게 '글쓰기'란 일종의 생명 활동이자 가장 큰 가치의 실현이라 할 수 있다. 선충원은 "한 사람이 창작을 할 수 있다면 시종 완강한 신념

---

33) 선충원은 「我怎麼就寫起小說來」(≪沈從文全集≫ 제12권)에서 포송령(蒲松齡)의 『요재지이 聊齋志異』「교랑 巧娘」편 중의 "절름발이는 신발을 잊지 않고, 소경은 보는 것을 잊지 않는다[跛者不忘履, 盲者不忘觀]"는 구절을 인용한 바 있다.

34) 「19700923 雙溪: 致張兆和」, ≪沈從文全集≫ 제22권, 386쪽.

35) 邵華强 編, 『沈從文研究資料』, 三聯書店, 1991년, 375~378쪽 참조.

이 있어야 한다. 이러한 신념은 생명을 긍정하는 정상적인 태도로서 생명을 지속내지는 확대시키는 목적 중 하나이다"[36]라면서, 글쓰기는 내재적인 역량에서 비롯되며 그러한 힘은 "극도로 적고 작은 성격의 형성, 생활경험의 복잡함과 천백 권의 책과 만백 종의 그림과 저마다 다른 성격의 무수한 사람들, 구상키 어려운 갖가지 삶과, 생활 가운데 접촉하는 사람들의 일을 포함시켜, 60여 년 동안 뒤섞인 것들을 일체(一體)로 만드는"[37]데에서 비롯된 것이었다. 이러한 역량은 수많은 요인들이 복합되어 만들어진 만큼 다시금 얻기에는 정말 힘든 것이었다. 앞서 언급했듯 그의 창작생명은 매도되고 부정되었지만 그는 여전히 포기하고 싶지 않았고, "아직 생명 가운데 역량이 남아 있고 신념과 쉽게 절제되지 않는 창작욕이 있고 다년간 몸에 밴 사물에 대한 감수성과 이해력이 있기에 생명이 쇠락에 가까워"[38]짐에도 항상 창작에 대한 구상을 하며 재료들을 수집하고 있었다. 하지만 그의 붓 아래 진정 살아날 수 있는 건 격변하는 사회조류 속에서도 여전히 움직이지 않는 자연과 자연적 인성이 충만한 서정세계였다.

이러한 생활들에 대해 지극히 평범함 속에 있는 기쁨과 슬픔이 내겐 너무나도 익숙하기에 그들의 마음을 이해한다. 나는 사실상 그들을 이해하는 것이 골동품보다 더욱 세밀하고 구체적이다. 이러한 지식은 구시(舊詩)로는 표현해낼 수 없으니 너무 평범하고 자잘하기 때문이다. 만약 다 써낸다 해도 아직 많은 것들이 남아 있어 필경 사람을 감동시킨다! 특히 그들의 애증애락(愛憎哀樂)의 형식이 내게 익숙한 건 체흡보다 더욱 많고도 많다. 하지만 목하(目下)의 문학 요구에서 말하는 중점도 아니고 쓰기도 어려워 그저 순종하고 과거의 것이 될 수밖에 없다. 사실 마땅히 써야하고 여기서부터 비로소 구체적으로 사람을 접촉할 수 있는데도 말이다.[39]

---

36) 「19610122 阜外醫院: 復汪曾祺」, 《沈從文全集》 제21권, 11쪽.
37) 「19620105(1) 南昌: 致張兆和」, 《沈從文全集》 제21권, 131쪽.
38) 「19601227 北京: 復沈云麓」, 《沈從文全集》 제20권, 482쪽.

위에서 보듯 선총원은 그간 주목하고 소중히 여겨왔던 인성, 사랑, 자연, 아름다움 등에 대한 가치 추구로부터 사회주의 문예의 중점으로 전향해야 한다는 강박 속에 비애를 느끼고 있다. 그는 "예전처럼 그렇게 나를 생명 가운데 비축해두었던 역량을 집중시키고 사람에 대한 정감과 상상을 종합할 수 있는 습관이 배게 할 수도 없고, 자연 경물에 대한 이해를 약간의 글로 표현해내는 능력과 습관이 들게 할 수도 없어 다시금 삼 년 정도는 탐색해야 한다. 나 개인적인 이해로 말하자면 이는 진정한 비극이다"40)라고 토로하며, 자신의 생명 가치가 소멸되는 고통을 겪었다. 때문에 그는 "근 26년 동안의 학습에서 절반의 창작생명은 사회에 따라 변통했고 완전히 피동적인 적응 아래 소모되는"41) 세월을 보내야 했다. 하지만 이처럼 창작계획을 실행하지 못하고 문학작품이라 할 만한 창작물도 얼마 공개 발표하지 못하는 세월 속에서도 선총원은 여전히 '내일'에 대해 믿음이 충만해 있었다. 그는 '정치표준 제일'의 현실이 아무리 문예에 대해 냉담하고 지식인에 의구심이 가지며 지식을 등한시해도 전체 역사를 놓고 보면 보편적인 상태가 아니기에 언젠가는 바뀔 날이 올 것이라고 믿었다.42) 중요한 것은 그 정상적인 시대가 도래했을 때 생명의 가치를 충분히 발휘할 준비가 되어 있어야 한다는 사실로, 그는 일찍이 자신의 제자인 왕쩡치(汪曾祺)한테 다음과 같이 당부한 바 있다.

모든 일에는 변화가 있기 마련이지만 나의 일이나 근무 태도에 대해 정당한 평가를 제 때 받지 못할까 두렵기도 하다네. 하지만 자네는 아직 젊고 세상을 몇 십 년은 더 살 수 있지 않은가. 나는 약간의 확신을 갖고 있는데 나라가 큰 만큼 세월이 좀 더 지나면 더욱 많은 사람들이 여러 가지 방법으로 또 제각기 다른 예술풍격으로 새로운 작품을 창작할 것이고, '단편' 혹은 '특

---

39) 「19620105(2) 南昌: 致沈龍朱、沈虎雛、沈朝慧」, 《沈從文全集》 제21권, 135쪽.
40) 「19760826: 蘇州: 致王孖、王亞蓉」, 《沈從文全集》 제24권, 460쪽.
41) 같은 글, 461쪽.
42) 金介甫, 같은 책, 134~136쪽 참조.

필', 즉 '통신'을 쓰고, 또 어떤 때에는 변하고 또 변해 매우 활발하면서도 생기 있는 글들을 쓸 것이라 생각한다네. 그런 만큼 자네도 어떤 상황에서든 주어진 일에 대한 신념을 잃지 말도록 하게.[43)]

아울러 선총원은 생명의 가치는 자기 극복과 신념을 지켜나가는 데에서 비롯된다는 사실을 재차 강조했다.

> 많은 문제에 있어 이해는 때로 재능보다 사실상 더 중요하다네. 자네는 시종 붓으로 그 희망과 신념을 유지하도록 하게. 그 유용한 생명이 연속되고 그것이 확대될 때까지 의미 있는 일로 나아가도록 하게나. 학습을 굳게 지켜나가고 주어진 일에 최선을 다하며 자신에 대해 매우 엄격하고 모든 안팎의 어려움을 극복해서 이 희망을 꼭 이루어내게! 이 역시 일종의 전쟁이나 마찬가지야! 단지 어떤 사람과 다투는 시비 득실이 아니라 바로 자신과 싸워 이기는 것으로 자신을 잘 관리하여 주어진 한 일부터 이겨나가는 게 필요하다네.[44)]

마치 루쉰이 언급했듯 희망은 땅 위의 길처럼 걸어 다니는 사람이 많으면 곧 길이 되듯이[45)] 선총원은 지금의 시대는 영원할 수 없으며 역사는 언젠가 정상으로 되돌아가리라 믿었던 것이다. 이에 그는 현실의 어려움에 봉착할수록 "지식의 존중은 나라의 내일에 있어 필연적"[46)]이라는 신념을 갖고 주어진 일에 최선을 다하려 애썼다. 그는 아들을 교육하면서도 "해방군의 질서정연함을 배우고, 우수 당원과 동지의 반듯함을 배워라. 늘 향상을 추구하고 겸허하고 신중함을 잊지 않도록 하라"[47)]면서 "사회

---

43) 「19610202(1)阜外醫院: 復汪曾祺」, ≪沈從文全集≫ 제21권, 22쪽.
44) 같은 글, 23쪽.
45) 루쉰의 단편소설 「고향 故鄕」 끝대목에 나오는 말이다.
46) 「19721123 北京: 致張之佩」, ≪沈從文全集≫ 제23권, 284쪽.
47) 「19720128 丹江: 致沈龍朱」, ≪沈從文全集≫ 제23권, 239쪽.

가 전부 변해도 어떤 것은 변할 수 없으니, 즉 나라가 전진하는 데 있어
애국하고 본업을 사랑하며 당에 충성하고 열정을 가지며 사람에게 정직
하고 일에 진지하며 일하는 데 소홀하지 않는 사람이야말로 사회의 기둥
으로서 나라는 전진할 수 있다"48)고 강조했다. 이처럼 시대의 역류가 석
권한 가운데서도 생명의 가치를 꿋꿋이 지켜나갔던 그의 신념이 우리에
게 보여주는 것은 다름 아닌 한 지식인의 독립된 인격으로서 생명의 가치
였던 것이다.

4. '거절의 시대', '시대의 거절'

중국 지식인에게 1978년은 기념비적인 해였다. 자의건 타의건 갖가지
원인으로 농촌이나 시골에 하방되거나 '우파'로 몰려 고초를 당했던 그들
은 이 해를 전후로 정치적으로 복권되는 가운데 직장으로, 도시로 다시
돌아왔다. 지식인이 복권되고 가정으로, 직장으로 다시 돌아왔다는 것은
단순히 명예회복이라는 차원을 넘어 하나의 사회적 집단으로 인정받았다
는 사실을 의미하며, 이와 더불어 지식인의 위상과 역할에 있어서도 이전
과 확연히 다른 변화가 일어났다는 사실을 말해준다.49) 선총원 역시 1978
년에 복권된 후 1988년 베이징에서 숨을 거두기까지 역사연구원으로 임
명되기도 하고, 제4차 전국문인대표자대회에서 작가 신분이 회복되기도
했지만, 정작 본인은 그에 대해 별다른 기쁨도 없었고 오히려 아픔을 어
루만지는 괴로운 느낌만 들었다. 그의 창작은 시대의 역류에 매번 부정됐
고 그때마다 그는 창작생명의 출로를 찾아왔는데, 이번에는 그 모든 대가
가 보고되는 차례였다. 주지하듯 그는 해외로부터 일기 시작한 '선총원열
풍(沈從文熱)'과 함께 중국의 개혁개방 이후 사회의 점차적인 다원화 과정

---

48) 「19720807(3) 北京: 復沈虎雛」, ≪沈從文全集≫ 제23권, 239쪽.
49) 이욱연, 「지식인의 사회적 위상과 문화적 역할」, 『전환기의 중국사회 Ⅰ』, 도서출판 오
    름, 2004년, 205~206쪽 참조.

중에서 긍정된 작가이다. 하지만 그는 이에 대해 "나의 심신은 마치 깨져버린 질항아리처럼 깨진 것은 이미 깨져버렸고, 설령 보충할 수 있다손 쳐도 뭐라 할 만한 것도 없다"[50]면서, 역사적인 평가는 다시 보충할 수 있을지 몰라도 예술과 창작생명은 다시금 회복될 수 없다고 여겼다. 이에 그는 "역사로 하여금 판단하게 하자. 목전(目前)은 아직 때가 아니다! 내 나이 여든이 되어서도 진정한 '민주'는 보기 힘들 것 같고, 합리화된 문학 예술 가운데 진정한 백화제방(百花齊放)은 더더욱 볼 수 없을 것 같다"[51]고 말한 것이다. 여기서 우리는 그가 일생 동안 줄곧 이기심 없이 세상을 대하고 사람을 대했음에도, 무수히 거절당하고 난 뒤에 결국 마음속으로 세상을 거절하기 시작했다는 사실을 알 수 있다.

선총원은 자신의 가장 큰 비극은 창작이 언제나 시대와 박자가 맞지 않는 데 있다고 생각했다. 그는 부모 된 나라와 사람들을 사랑했지만 시대가 요구하는 주제와 맞지 않았고, 심지어 규정된 역사의 맥박도 짚지 못했다. 때문에 그는 도시에 생활하는 '시골사람[鄕下人]'으로서, 전진(前進)을 외치는 시대에 '낙오자'가 되어 붓을 들지 못하는 작가로서, 시종 난처한 입장에 놓여있을 수밖에 없었다. 하지만 그는 어떤 환경 아래서도 독립적으로 사고하는 습관을 지켰고, 시대의 박자를 거절했기에 시대의 바깥으로 밀려났다.[52] 이는 사실 쌍방향적인 거절로서 그는 "어떤 환경에서든 고독감을 면키 어려웠고"[53], 그의 일생은 거절과 동시에 거절당하는 입장에 줄곧 처해 있었다. 만년(晚年)에 들어 이러한 거절의 감정은 더욱 심해져 선총원은 '새로워진 시대'에 들어서도 융합을 달가워하지 않았다. "나 같은 세대의 사람은 더 이상 겉만 '번지르르한 작가[空頭作家]'인 척하기도 힘들뿐더러 '독자'가 되는 자격에도 문제가 있다. 사회가 변했지 않는가. 그렇지만 내가 보기에 변했다고 하는 대부분은 유행을 표면적으로 반영

50)「19791017 北京: 復韓宗樹」,《沈從文全集》제25권, 410쪽.
51)「19790526 北京: 復楊克毅」,《沈從文全集》제25권, 337쪽.
52) 賀興安,『沈從文評論』, 成都出版社, 1992년, 143~145쪽 참조.
53)「自剖提綱」,《沈從文全集》제27권, 384쪽.

한 것들로, 무슨 충실한 생명이 있는 것도 아니고 그저 공허한 생명일 따름이다."54) 아울러 그는 "사실 나는 새로 나온 전기(傳記)나 선집(選集) 혹은 문학사전, 문학사 등에 내 이름을 지워주길 바란다. 근 30년 동안 내 처지와 마찬가지로 존재했지만 존재하지 않은 것과 같다면 오히려 난 더 안심이 되고 또 합당하기도 할 것이다"55)라며, 자신에 대한 부정으로써 시대를 거절했다.

또한 선총원은 만년으로 접어들수록 장자(莊子)의 말을 자주 언급하며 스스로를 위안삼곤 했는데, 본래 도가 사상은 그가 젊은 시절부터 세상을 '바라보는' 좌표 중 하나였다. 그는 홍콩 중문대학(中文大學) 『엄지손가락 大拇指』 문예간행물 편집부에 보내는 서한에서 "쓰마창평(司馬長風) 선생과 샤쯔칭(夏志淸) 선생이 나에 대한 평론에서 내 작품은 '도가'의 영향을 받았다고 거론한 바 있는데, 사실상 나의 삶 가운데 '남과 다투지 않는 것[與人無爭]'과 '자신이 하고서도 공을 차지하려 않는[爲而不有]' 태도는 비교적 뚜렷하다"56)고 말했듯 개인의 명리(名利)를 좇지 않는 그의 창작태도는 바로 여기서 비롯됐다. "무릇 자연이 나에게 형체를 갖게 하여 살아서는 나를 수고롭게 하다가 늙어서는 편안케 하고, 죽어서야 쉬게 해준다. 그러므로 스스로의 삶을 좋다고 하는 것은 곧 스스로의 죽음도 좋다고 하는 셈이다."57) 장자의 이 어록은 만년의 그가 단골로 인용하던 어구로서, 그는 이 말을 빌려 자신의 아픔을 안위하고 싶어 했다.

그러나 이처럼 생명의 불가사의함을 체감하고, 스스로를 안위하면서 평생을 '고독' 속에 살았던 선총원이지만, 필경 '세속 안에서 노니는 자[遊方之內者]'58)임을 누구보다 잘 알고 있었던 그는 인간 세상의 온갖 고난을

---

54) 「19811031(1) 北京: 復古華」, ≪沈從文全集≫ 제26권, 295쪽.
55) 「19830319 北京: 致程應鏐」, ≪沈從文全集≫ 제26권, 494쪽.
56) 「19800610 北京: 復王毅漢 暨 致香港『大拇指』編輯部」, ≪沈從文全集≫ 제26권, 93쪽.
57) 주28) 참조.
58) 『장자』의 「대종사」편에 공자의 말을 인용한 대목에서 "그들은 세속 밖에서 노니는 사람들이고, 나는 세속 안에서 노는 사람이다[彼遊方之外者也, 而丘遊方之內者也]"라는 언급이 있다. 여기서 "세속 안에서 노는 사람"이란 인간사회, 즉 세속적인 통념이 통하는

감내해가며 충분히 음미했고, 그 흔적들은 오늘날 우리 눈앞의 작품이 됐다. 앞서 인용했듯 "사실상 나는 결코 염세하지 않다. 인생은 실로 한 권의 대서(大書)로서 내용이 복잡하고 분량도 엄청나지만, 혼자 펼쳐볼 수 있는 마지막 한 페이지까지 볼 가치가 있으며, 또한 천천히 곱씹으며 읽어나가야 한다"59)던 그의 말처럼, 어디까지나 평소 그는 적극적인 입세자(入世者)로서 '쓸모 있는' 존재가 되려 했고 인민을 위해 봉사하려 애썼다. 혁명대학에서 학습할 때에도 그는 공담(空談)으로 사상을 개조하길 원치 않았고, 아무리 비천한 일이라도 노동의 가치를 느낄 수 있길 바랐다.60) 창작의 길이 막혔던 시절, 전통문화유물과 중국 고대 복식(服飾)에 관해 선충원이 남긴 두터운 연구 성과만 봐도 이미 충분한 징표로서, 그에게 진리는 인민의 손 안에 있는, 그야말로 실천으로부터 생겨난 관념이었다. 따라서 그의 심중에 있는 자연과 도가는 구체적으로 존재하는 소리와 형상, 그 감각들이 각자 가치 있는 생명으로 살아있는, 그 무엇이었다. 그 중 그가 발견하고 표현했던 것은 사람들한테 홀시되고 잊혔던 생명들로 그 생명의 형상들은 그의 글 속에 어떻게든 생동한 모습으로 살아났다. 그의 나이 여든에 쓰인 「鳳凰觀景山」을 보면 '거절의 소리'로 가득했던 만년에도 영원히 거절하지 못하는 '자연의 소리'를 진실하면서도 세심하게 전달하는 것을 느낄 수 있다.

겨울 맑은 날씨에 인가(人家)마다 양쪽으로 서있는 담벽과 집 지붕 위로 무리 지어 앉은 찌르레기들이 즐거이 지저귀고, 참새들도 때때로 흉내 내어 지저귄다. 봄이 올 때면 교외 논밭으로 날아가 밭을 가는 물소들 뒤로 따라가며 지렁이를 잡아먹거나 물소의 등 또는 뿔 위에 앉아 쉬곤 한다. 어느덧 인가 지붕 위엔 뻐꾸기로 바뀌어 날이 밝은지 얼마 되지 않아 뻐꾹뻐꾹 소리를 멈추지 않는다. …… 봄날 천둥소리 나고 봄비가 내릴 즈음 뻐꾸기는

세상에 사는 사람을 의미한다.
59) 주3) 참조.
60) 구문규, 같은 논문, 190~191쪽 참조.

보이지 않고, 觀景山은 벌써 한 조각 한 조각씩 푸른 빛깔의 초목으로 바뀌었다. 관경산은 그야말로 파릇파릇 초목들이 돋아난 큰 화폭을 이루었다. 온 갖 새소리가 낭랑히 퍼지는 화미조(畵眉鳥)는 봄빛 가운데 부지런히 혀를 놀린다. 뒤이어 지저귀는 새소리는 재촉하듯 날카롭고, 두견새는 낮밤을 쉬었다 울었다 □□하며, 특히 봄비가 계속 내리는 깊은 밤에 정취 있게 지저귀는 새소리는 정말 사람을 감동케 한다. 도시에 살면서 한밤중에 유일하게 들을 수 있는 두견새의 애처로운 소리는 시간을 초여름으로 접어들게 한다. 아침에 도시에서 가장 많이 볼 수 있는 새는 제비인데, 진흙을 물고 새집 만드는 데부터 새끼 낳을 때까지 지저귀는 소리 속에서 여름을 맞이한다.61)

마치 귓전을 맴도는 듯한 자연의 소리는 이렇게 여든에 접어든 선충원의 붓 끝에서 여전히 살아나고 있는데, 자연의 정취와 조화, 그리고 창작 생명의 흥취가 짧은 편폭 안에 고스란히 담겨있다. 바로 자연의 거부하기 힘든 벅찬 감동은 이렇게 그의 시정(詩情)을 키웠고 창작생명을 지속시켰으며 고된 인생을 내내 안위했던 것이다.

우리가 인생을 살다보면 놀랍게도 '거절'하기 힘든 은혜나 원한이 있기 마련이다. 만년에 선충원에게 실로 예기치 못했던 일은 그의 오랜 친구인 딩링(丁玲)한테서 매도(罵倒) 당한 사건이었는데, 그야말로 "정말 과거 루쉰이 말한 바처럼 '뜻밖에 등 뒤로 비수가 꽂히고', 또 무서울 정도로 모질었다."62) 딩링 스스로도 고백했듯 "문장 발표는 그에게 타격이었고, 인도적이지 못했던 것"63)이었다. 하지만 선충원은 이에 대해 의연하게도 "의외 같았지만 역시 의중에 있었다"64)면서, 필생 동안 무수히 받아왔던 비판 중 하나로 받아들이며 "앞으로 그녀와 영원히 시비를 쟁론하지 않을 것이다"65)고 반응할 뿐이었다. 물론 선충원은 친지나 친구들에게 보낸 편지에

---

61) 「鳳凰觀景山」, 《沈從文全集》 제12권, 356~357쪽.
62) 「19800702 北京: 復徐遲」, 《沈從文全集》 제26권, 114쪽.
63) 『딩링 문집 丁玲文集』, (石家莊: 河北人民出版社, 2001년), 168쪽.
64) 「198003月末 北京: 致施蟄存」, 《沈從文全集》 제26권, 68쪽.

서 딩링에 대한 섭섭함과 분노의 감정을 드러내긴 했지만, 확실히 그녀에 대한 공개적인 변론은 하지 않았다. 결국 그에게 중요한 것은 옳고 그름을 가리는 일보다 소중했던 우정의 추억마저 '거절'하지 않으려한 태도였던 것이다.

인생에 있어 또 한 가지 어느 누구도 거절할 수 없는 것은 '죽음'이다. 1978년 당 11기 3중전회에서 제시된 '사상해방'과 '실사구시'를 계기로 많은 사람들이 정치적인 해빙 무드와 함께 백가쟁명(百家爭鳴)적 논의에 들떠 있을 때 선총원 세대의 사람들은 하나 둘씩 죽음을 앞두고 있었다. 선총원은 동년배의 추도회에 참석할 때마다 이미 "얼굴빛이 핼쑥하고 몸도 말라"66) 지나간 세월에 생명이 쇠락해가는 동년배 작가들을 보며 비할 수 없는 처량한 느낌이 들었다. 그는 비록 살아있을 때 '선총원열풍'을 맞이했지만, 성취감보다는 "나는 일부 사람만이 알아주는 일을 해냈지만, 나는 이미 나를 잊는 경지에 도달했다"67)는 말로 담담히 세상과 작별을 준비하고 있었다.

선총원은 일생동안 '넘치는 생명력'과 '건강한 인성'의 모습들을 지면 위로 옮기며 현실에서 점점 상실되어 가는 인간의 모습을 일깨우려 했고, 또 한편 현실에 대한 독립적인 사고와 성찰을 통해 인간 본위의 '생명'에 대한 물음을 끊임없이 던져왔다. 역사의 와류(渦流)에서 그의 일생은 시종 '거절'의 연속이었지만, 우리가 그를 '거절'할 수 없는 까닭은 확실히 그가 남긴 '생명의 음미' 자취가 건강하고 아름답게 생명력을 갖춘 삶을 영위하게 하는 사상적 근원이자 예술적 매력으로서 자리하기 때문일 것이다.

65) 「19800407 北京: 致徐盈」, ≪沈從文全集≫ 제26권, 79쪽.
66) 앞의 글에서 선총원은 굴원(屈原)의 「어부사 漁父辭」에 나오는 "顔色憔悴, 形容枯槁"란 말을 인용했다.
67) 「19880412 北京: 致凌宇」, ≪沈從文全集≫ 제26권, 550쪽.

언어 심근(尋根)에서 문화 심근까지

: 한샤오궁(韓少功)의 『마챠오 사전 馬橋詞典』을 중심으로

1. 언어, 문화심리, 그리고 심근

언어는 근본적으로 인간의 삶과 관련을 맺는다. 언어를 이해하는 과정은 이지적(理智的)인 과정뿐 아니라 감각적인 과정으로서, 우리는 현재 우리가 살아가는 언어의 사용 환경 속에서 그것과 연관이 있는 구체적인 형상과 분위기, 그리고 구체적인 사실과 떨어질 수 없다. 때문에 우리는 사전에서 정의하고 있는 단어의 의미가 실제 삶을 충분히 담아내지 못하는 경우를 발견하게 되는데, 그만큼 언어는 고정불변의 것이 아니라 변화하는 시공점에 따라 얼마든지 다른 의미체계를 포함할 수 있는 것이다. 가령 '비판', '입장', '특별 안건[專案]' 등의 평범한 말들을 문화대혁명 때의 시공점에 대입시킨다면, 대단히 두렵고 증오스러울 것이다. 또한 중화문명의 자부심을 나타내는 '중화민족'이나 '염황(炎黃)자손' 같은 말을 오늘날 한다면, 혹자는 중앙정부의 권위주의 통치를 정당화한다거나 소수민족을 소외시키려 한다는 저의를 의심하기도 할 것이다. 그만큼 언어는 인식만으로 '완결'과는 한참 거리가 멀며, 실제와의 복잡다단한 관계를 사회적, 문화적 맥락에서 이해해야 비로소 '근접'할 수 있다. 더욱이 '푸통화[普通話]'로 불리는 공중(公衆)언어로 동질화된 인식패턴을 줄곧 강조해 온 중국에서 사람들은 제한된 언어 사유방식에 갇힌 채 공중언어 '바깥'에 풍

부하게 잠재된 의미체계를 충분히 감지해내지 못하고 있다.

사실 문화만큼 보편화된 말이면서 의미가 모호한 말도 그리 많지 않지만, 문화는 크게 보면 역사적으로 축적된 행동양식과 사고의 영역 전반을 포괄한다고 할 수 있다. 여기서 문화심리는 인간 이성의 고유하고 합리적인 작용이 아니라 문화를 학습한 것이 집단적 감수성, 사고방식, 심지어 원한으로까지 굳어져 잠재된 것인데, 문화가 변화하기 힘든 이유도 바로 이처럼 문화심리가 본질적으로 역사성과 집단성에 기반하고 있기 때문이다.[1] 중국의 경우, 지난 반세기 동안 진행되었던 사회주의 실험과 개혁개방 정책으로 사람들의 행위양식과 사고방식에 많은 변화를 가져왔다. 그러나 개혁개방 이전에는 이념의 공고함이, 개혁개방 이후에는 물질의 풍요가 절대적인 기준이 됨으로써 '행동과 생각의 폭'은 여전히 좁을 수밖에 없었고, 민족주의를 갈수록 노골화하고 있는 요즘에는 대중의 의식과 무의식 속에 깊숙이 자리 잡은 중화적 감수성과 자대주의(自大主義)적 배타성이 오히려 더욱 단단한 문화심리의 '벽'으로 굳어가는 실정이다.

이러한 점에서 한샤오궁(韓少功)의 『마챠오 사전 馬橋詞典』은 언어환경과 문화심리의 관계를 중심으로 '보통화(普通化)'된 언어의 인식패턴에 반발하고, 언어의 풍부한 감성생명을 환원하는 동시에 이러한 생명적 언어를 통해 인간의 정체성 인식과 문화심리의 반성을 추진한 매우 의미 있는 텍스트라 하겠다. 이 책에서 저자는 '마챠오(馬橋)'라는 소설 공간을 설정해 그 마을에서 쓰이는 115개의 단어를 사전의 체례에 따라 하나하나씩 해석하면서 이야기를 전개해나가고 있는데, 단어의 해석은 일반 사전처럼 간단명료하게 정의하기보다 단어에 담겨진 일상풍속과 역사문화의 침적을 발굴하는 데 치중하고 있다. 즉 저자는 소설에서 시야를 한껏 언어의 사용자인 마챠오 사람에 향하고, 그들이 쓰는 각각의 단어가 실제 삶에서 지니는 작용을 사전식 구성으로 해석한 것이다.

한샤오궁은 1985년 '심근(尋根)'[2]의 선언이라 할 수 있는 「문학의 '뿌리'

---

1) 김영구 외, 『중국의 오늘과 내일』, 나남출판, 2003년, 259~260쪽 참조.

文學的"根"」라는 글을 발표하면서 아청(阿城), 쟈핑와(賈平凹), 쩡이(鄭義) 등
과 함께 '심근문학'의 대표 주자로 손꼽혀 온 작가이다. 그는『빠빠빠 爸
爸爸』를 비롯해『귀거래 歸去來』,『푸른 덮개 藍蓋子』,『여자 여자 여자 女
女女』등 일련의 작품에서 초(楚)문화라는 지방문화를 서사 배경으로 그간
중국을 지배해온 일원적인 중심문화에 반발하고, 당대(當代) 사회생활 중
에서 존재하는 구(舊)문화요소들을 발굴함으로써 국민성 혹은 문화심리의
심층적 구조에 대해 깊이 있게 비판해왔다. '심근'이란 1980년대 중반 대
륙에 등장한 반성적 사조(思潮)의 일환으로서, 심근작가들은 역사 이래 중
국인들이 창조해낸 문화전통의 측면에서 역사를 되돌아보고 동시에 '진
정한 중국문화의 뿌리는 무엇인가'라는 대명제 아래 여러 방향에서 '뿌리
찾기'를 시도했다. 그들은 먼저 중심문화 속에 가려져 있던 주변문화의
중요성을 드러내는데서 시작했는데, 이는 중심문화 속에 길들여져 그것
만이 인정되고 수용될 수 있다는 보수적이고 고정적인 기존 관념에 도전
하는 것이었다.3) 한샤오궁은 심근의 가능성을 중국역사와 문화 속에서
상대적으로 배제되었던 초(楚)나라 문화 속에서 찾았고, 생활환경으로서
의 '풍토(風土)'와 '인정(人情)'을 발굴하여 그 속에서 민족문화의 뿌리를 찾
으려함과 동시에 정체되고 왜곡되며 변태적인 전통과 그러한 문화가 이
어져 오는 현실을 비판하고자 했다. 그는 기본적으로 내가 과거와 현재
사이에 걸쳐 존재하는 것처럼 과거와 현재는 동시대적으로 지속되고 있
으며, 전통 문화의 관성(慣性)은 지금도 여전히 영향을 미치고 있다고 보았
다. 여기서 우리는 한샤오궁의 '심근'이 단순히 과거지향이 아닌 철저한
현실 개입으로서, 심근을 바탕으로 민족성에 대한 비판의식과 시대에 대
한 우환의식을 나타내려 했음을 알 수 있다.『마챠오 사전』은 바로 언어
심근에서 문화 심근까지 확실히 심근문학의 심화와 연속이며, 특히 90년

---

2) '심근(尋根)'은 의미 그대로 '뿌리를 찾는다'는 것이지만, 중국에서 '심근'은 현실에 대
　한 관심까지 그 의미를 포함한다. 이에 이 글에는 '뿌리 찾기'란 용어를 사용했을 때
　과거지향적인 의미에 국한될 우려 때문에 '심근'이란 용어를 그대로 쓰도록 한다.
3) 정미연,「韓少功 小說 研究」, 이화여자대학교 석사학위 논문, 2001년 2월, 11~14쪽 참조.

대 이후 지식인의 새로운 입장과 사고를 또 다른 인문정신으로 반영한 점에서 더욱 주목할 만한 소설이라 하겠다. 이 글에서는 앞서 제기한 언어와 문화심리, 그리고 심근의 문제를 『마챠오 사전』 소설 텍스트를 중심으로 검토하고, 그 속에 담긴 인문적 이상과 반성의 내용을 분석하고자 한다. 이는 90년대 이후 갈수록 주변화 되어가는 지식인의 문화적 역할에 대한 '적응'과 '반항' 정신을 구체적으로 검토하는 것이자 그 방향성을 찾아내는 일이기도 하다.4)

2. 언어 심근에서 문화 심근까지

한샤오궁은 『大題小作』이란 평론집과 『마챠오 사전』의 후기에서 『마챠오 사전』의 편찬 동기에 관해 각각 다음과 같이 언급하고 있다.

언어는 삶의 산물로서 한 낱말 안에는 역사경험이라든지 인생지혜, 의식형태, 개인 정감 등과 같은 풍부한 것들이 잠재되어 있다. 언어는 결코 자연의, 공공의, 객관의, 중립의 균형이 온전하게 잡힌 것이 아니며, 특정한 부호 기록인 것이다. 내가 몽골에 있었을 때 몽골사람들은 말에 관한 어휘가 무척 많다는 걸 알게 됐는데, 한 살 된 말부터 두 살, 세 살 된 말까지 전부 이름이 달랐다. 이는 유목 지역이 아닌 곳에서는 상상하기 힘든 일이다. 나는 『마챠

---

4) 여기서 '적응'과 '반항'이란 지식인으로서의 역할과 기능, 심리적 태도와 존재방식에 있어서의 변화이자, 상업화, 세속화로 갈수록 인문정신이 상실되어가는 현실에 응전하는 핵심내용이라 할 수 있다. 지식인의 '적응'은 사회적으로 유용한 분야에서 각자의 재능을 발휘하는 데서 시작된다 하겠다. 더욱이 대중문화가 확산되면서 복합적인 문화 공간이 갈수록 다양하게 연출되는 요즘, 시장화에 따른 중국 문화 공간에 대해 항상 건강하고 적극적인 인도자로서 지식인의 역할 참여가 보다 필요한 것이다. 그리고 '반항'이란 자본 우선의 조류 속에서도 정신적 추구와 인문에 대한 관심을 유지하는 것을 의미하는데, 그 안에는 금권사회에 대해 지식인이 취할 수 있는 끊임없는 문제 제기의 태도가 포함된다. 이에 대한 보다 자세한 내용은 『고별혁명』(李澤厚·劉再復 지음, 김태성 옮김. 북로드, 2003년)의 107~130쪽을 참조.

오 사전』의 "달다[甛]"란 대목에서 마챠오 사람들은 맛있는 모든 것을 "달다"라고만 표현한다고 쓴 바 있다. 왜 그럴까? 그저 마챠오 사람들의 미각이 둔감해서일까? 아니면 마챠오 사람의 언어가 빈약하거나 들은 바가 너무 없어서일까? 하지만 세상일이란 그렇게 간단하지만은 않다. 이 단어에서 깊이 파고들어보면 우리는 사회적, 정치적, 경제적, 심리적, 문화적인 커다란 학습의 장(場)에 들어갈 수 있다.5)

1988년 나는 중국의 남쪽 중의 남쪽, 최남단인 하이난다오(海南島)로 이주하게 됐다. …… 하루는 친구랑 시장에 장보러 갔다가 이름 모르는 물고기가 있길래 그곳 주인한테 무슨 물고기냐고 물어보았다. 그는 물고기라고 대답해서 나는 다시 물고기인 건 알겠는데, 대체 무슨 물고기냐고 다시 물었다. 그랬더니 눈을 크게 뜨고는 "바닷고기란 말이오"하고 대답했다. …… 나는 하이난다오 사람들은 전국 최대의 해역을 가지고 있으며, 헤아릴 수 없이 많은 어촌과 유구한 어업의 역사를 가지고 있어서 물고기에 관한 어휘 면에서는 그들이 최고라는 사실을 뒤늦게야 알게 됐다. 진짜 어부라면 수백 종의 물고기와 물고기의 각 부위 및 물고기의 각종 상태에 대해 각각의 특정한 단어를 알고 있을 뿐만 아니라, 자세하고도 정확하게 표현하고 묘사할 수 있으니 두툼한 사전 한 권으로도 만들어 낼 수 있을 정도다. 그러나 이런 단어의 거의 대부분은 표준어로 표기할 수가 없다. 수록 어휘가 제일 많은 4만여 자의 『강희자전 康熙字典』 역시 이 섬과는 너무나 멀리 떨어져 있어서 이곳의 깊이 있고 풍부한 말들을 사야 밖으로, 학자들의 어제 문필 밖으로 배제해 버리고 만 것이다. 그러니 내가 이곳 사람들과 표준어로 이야기를 하게 되어 그들로 하여금 그들에게 익숙하지 못한 언어를 사용하게 했을 때 그들은 그저 물고기라느니 또는 바닷고기라느니 하는 말로 얼버무릴 수밖에 없었던 것이다.

5) 韓少功, 『大題小作』, 湖南文藝出版社, 2005년, 174쪽.

『마챠오 사전』은 제목 그대로 마챠오에 관한 사전이란 뜻으로, 한샤오궁이 설정한 마챠오란 마을은 표준어를 쓰는 중심지역과는 다른 의식체계와 표현방식을 갖고 있다. 때문에 마챠오의 의식체계와 표현방식을 표준어로 전달하려면 의미와 표현상에 모순이 생길 수밖에 없어 그는 마챠오의 의식체계를 반영한 사전을 펴내게 됐다. 하지만 몽골과 하이난다오의 지리 문화적 환경에 따른 풍부한 의식체계를 앞서 강조한 데서 보듯 저자는 한편으로 장기간 공중언어에 가려져 있던 의식체계와 표현방식이 소리를 내게 하는데 집필의 주목적이 있음을 알 수 있다. 다시 말해 저자는 '표준어'가 요구하는 '일체성'에 대해 모종의 반항을 하기 위해 방언을 기점으로 '마챠오 세계'를 썼지만, 『마챠오 사전』은 방언을 쓰기 위한 방언이 아닌 것이다. 소설에서 마챠오 사람들의 언어는 한샤오궁 언어 심근의 기점으로서, 그는 마챠오 마을의 스토리 전개를 통해 사람들이 모르는 마챠오 방언을 건져내고, 그 가운데서 모종의 깊이 숨겨진 인성(人性)의 내함(內含)과 문화심리를 건어내려 했다.6) 때문에 저자는 소설에서 표준어가 조성한 사유의 일체화와 심리적 추종에 대해 내내 우려하는 정서를 바탕에 깔고 있는데, 그것은 비단 언어뿐만 아니라 중심문화 속에 길들어져 그것만이 인정되고 수용될 수 있다는 보수적이고 고정적인 기존관념에 도전하는 것이었다.

　그럼 소설에서는 주로 어떠한 언어 심근의 정신으로 언어의 풍부한 감성생명을 환원시키고, 이를 통해 문화심리의 반성을 이끌어내었으며, 또 어떠한 주제 내용에서 두드러지게 나타났을까? 이는 크게 지식인으로서의 회의 정신과 언어 권력에 눌린 문화심리, 그리고 이에 반발하고 배척하는 개체의 심리 세 가지로 나눌 수 있다.

---

6) 何言宏·楊霞, 『堅持與抵抗: 韓少功』, 上海人民出版社, 2005년, 232~233쪽 참조.

1) 지식인으로서의 회의 정신

한샤오궁은 지식인으로서의 강렬한 사명감과 인문적 이상을 지닌 작가로, 80년대 '사상계몽'과 '인도주의'를 비롯한 여러 담론의 중심에 서왔었다. 그러나 90년대 이후 지식인 위주의 계몽 문화는 해체되고 대중문화가 확산되는 가운데 지식인들의 문화적 역할은 갈수록 위축되며 급격히 주변화 되어갔다. 이에 한샤오궁은 지식인의 역할 변화에 따른 현실을 인정하면서도 어떻게 상업화, 세속화되어가는 과정을 반성하고, 이를 현대적인 예술방법으로 표현할 것인지에 대해 고민하게 된다.『마챠오 사전』은 후현대주의 사조의 해체의식을 비판적으로 수용하여 문화의 심근 의식을 '사전적 체례'의 새로운 구성 형태로 표현한 작품으로서, 지식인의 주변화에 따른 자기반성과 역할 찾기의 일환이라 할 수 있다. 먼저 그는 작품에서 그간 계몽작가의 입장에 서서 민간세계를 내려다보는 시선으로 묘사해오던 관행에서 벗어나 드넓은 민간세계에서 언어를 배우고 언어가 담고 있는 삶의 다양한 의미를 사색하는 태도를 취하고 있다. 서술자는 사전편찬자와 지식청년의 신분에서 마챠오 마을의 단어에 해석을 가하며 하나하나씩 고사를 이끌어내고 있는데, 행간에는 날카로운 비판보다는 온정의 관심이 두텁고 민간의 고난에 대한 동정이 넘쳐 있어 마챠오 마을의 고난 역사의 기억은 더욱 호소력 있게 마챠오 마을 정신사의 징표가 됐다.[7] 한샤오궁은 이렇게 민간 입장에 선 지식인으로서 문화 심근을 실천함으로써 더욱 큰 인문 공간을 얻었다. 작품에서 그의 인문적 이상은 주로 회의 정신에서 비롯되는데, 회의 정신은 작품의 공간배경인 마챠오궁(馬橋弓)의 역사내력을 기록한『평수청지 平綏廳志』에 대한 의문을 제기하는 데서 시작된다. 한샤오궁은 옛날 마챠오에서 일어난 민중봉기에 대한 기록이 중앙통치자의 입장에서 기록되어 민중봉기의 역사적 의미가 한없이 조롱되고 폄하된 데 회의와 함께 민간의 입장에서 역사를 바라보았다.

---

7) 陳思和,『中國當代文學關鍵詞十講』, 復旦大學出版社, 2002년, 290~292쪽 참조.

이 책 『평수청지』는 나로서는 좀 실망이었다. 새로 펴낸 현지(縣志)에서는 '농민봉기의 지도자' 명단에 올랐던 마삼보(馬三寶), 마챠오 사람들의 전설 속에서 진룡천자(眞龍天子)였던 그 마삼보가 만청(滿淸) 당국이 펴낸 이 책 속에서는 그 모습이 참 졸렬했으니, 짧디 짧은 삼 개월의 반란 동안 대업을 이루고 적과 대적할 원대한 도모는 하지 않고 그저 다섯 명의 비(妃)를 책봉 하는 데만 바빴던 것이다. 사료로만 보자면 그는 봉기를 일으킬만한 재목이 아니었다. 관군이 왔다는 소식을 듣고는 겨우 한다는 짓이 무당을 불러 제단 을 세우고 신에게 빌면서 종이로 사람의 형상을 만들고 콩을 뿌리며 오로지 종이가 장수가 되고 콩이 병사가 되어 관군의 소총과 대포를 막아주기만 바 랬을 뿐이다. …… '연화국(蓮花國)' 흥망의 과정에서 관군의 통계로만도 마 챠오와 그 주위 칠백여 명의 농민이 목숨을 잃었고, 수십 년 전 먼 곳에 시집 갔던 부녀자들까지 각지에서 몰려들어 그들과 생사를 함께 했다. 그들은 물 불을 가리지 않고, 피투성이가 되도록 싸웠으나 단지 자신의 운명을 한 미치 광이의 수중에 넘긴 데 불과했다. 진술서에 거짓이 있는 건 아닌지? 나는 진 심으로 이 진술서들이 청나라 지배자들에 의해 조작된 역사의 한 부분에 불 과하길 바란다. 또한 나는 그가 『평수청지』에서 묘사된 것처럼 일찍이 그를 따랐던 칠백여의 망령들이 한낱 미치광이에 의해 농락당한 것이 아니라, 끝 내는 관군에 의해 온몸에 기름을 뒤집어 쓴 채 나무에 묶여 하늘을 밝혔던 마삼보였기를 진심으로 바란다.[8]

역사는 항상 승리자의 입장에서 기록되며 발전의 과정으로 보이지만, 민간의 입장에서 그것은 온갖 왜곡과 신산(辛酸), 혈루(血淚)의 역사였다. 한샤오궁은 이처럼 중앙정치 위주의 역사발전에 대한 시각으로 주변 지 역 역사를 기록하는 것이 과연 타당한지에 대한 의문을 제기하고 있다. 중심문화 속에 길들여진 역사 시각은 과거와 현재에 걸쳐 면면히 이어져 마치 혈관 속에 흐르는 유전자처럼 '생각의 폭'을 좁히고 민간세계의 자

---

8) 韓少功, 『馬橋詞典』, 作家出版社, 1996년, 10~11쪽.

유로운 생장 의지를 위축시켜왔다. 하지만 작자의 '깨어있는' 회의 정신은 작품 곳곳마다 스며들어 문화 심근에서 더 나아가 현재의 의미를 반성하는 데까지 작용하고 있다.

한샤오궁의 회의정신은 표준어와 민간 방언의 의미 차이를 설명할 때 더욱 빛을 발하는데, 그 안에는 의미 형성의 내력과 함께 역사와 문화에 대한 비판과 반성이 구체화되어 나타난다. 그 중 '醒'자에 대한 해석 내용을 본다.

수많은 중국어 사전에는 '성(醒)'자에 부정적인 뜻이 포함되어 있지 않다. 예를 들면 『사원 辭源』(商務印書館, 1989년)에서 '술이 깨다', '꿈에서 깨다' 등으로 설명하고 있는데, '醒'이란 혼란, 미혹의 상대적인 의미로서 '이지적이다', '총명하다', '지혜롭다'라는 의미까지만 확대될 수 있을 뿐이다. 굴원(屈原)의 『어부 漁父』시(詩)에 나오는 "온 세상이 더러운데 나 홀로 깨끗하고, 뭇사람들이 취했는데 나 홀로 깨어있다"는 유명한 구절은 '醒'자에 대해 밝은 광채를 불어넣었다. 그러나 마챠오 사람들은 그와는 정반대로 콧방귀를 뀌고 입을 삐죽거리며 같잖다는 표정으로 이 말을 사용하여 모든 어리석을 행동을 지칭하는데 익숙해 있다. '醒'은 멍청하다는 뜻이요, '醒'이라는 글자는 당연히 멍청이를 가리킨다. 이런 버릇은 그들의 선조들이 굴원의 일을 겪은 뒤부터가 아닐까? …… 굴원이 강으로 투신한 것은 '醒'자의 두 가지 의미와 통한다. 우매와 슬기, 지옥과 천당, 형이하의 순간과 형이상의 영원. …… 마챠오 사람들이 '醒'자를 이해하고 활용하는 이면에는 또 다른 시각이 감춰져 있다. 강대국의 정치와 이질적인 문화에 대한 선조들의 냉소, 그리고 다른 역사를 받아들이는 과정에서 생겨난 반대 의견이 숨겨져 있다. '醒'자를 '우(愚)'자와 '준(蠢)'자로 대용한 것은 마챠오 사람들의 독특한 역사와 사유의 한 화석(化石)인 것이다.[9]

---

9) 같은 책, 43~45쪽.

한샤오궁은 '몽롱한 상태에서 깨어나다', '각성하다'라는 의미의 '醒'자가 마챠오에서는 정반대로 쓰이는 예를 통해 잔혹한 언어 환경 아래 삐뚤게 형성된 국민성을 읽어내고 있다. "온 세상이 더러운데 나 홀로 깨끗하고, 뭇사람들이 취했는데 나 홀로 깨어있다"고 말한 굴원의 언사에서 '醒'자를 '愚'자와 '蠢'자로 대용한 선조들의 냉소적 반응 뒤에 굳어진 것은 '깨어있기(醒)'를 거부하는 문화심리이다. 이처럼 작자의 회의 정신은 마챠오의 언어세계 뒤에 숨겨진 역사문화의 내력과 사유방식, 풍속습관 등을 투시하며, 독자들에게 커다란 독서공간을 남겨주었다. 그런 의미에서 『마챠오 사전』은 "옛날부터 그랬으니, 그래서 옳단 말인가?"10)라 외쳤던 루쉰(魯迅)의 회의 정신처럼 일상 언어 가운데 의식하지 못한 심리 관성을 끊임없이 제기하고 반성하려 한 지식인으로서의 노력이라 하겠다.

2) 언어 권력에 눌린 문화심리

다음으로 작자는 마챠오의 언어 가운데 중앙권력과 민간이 함께 구성한 문화심리를 투시하고 있는데, 이는 마챠오 사람들의 고난사와 맞물려 전개된다. 마챠오 마을은 중심문화의 주변에 존재하며 중심문화와는 다른 고유한 특성을 갖고 있지만, 역사 과정에서 끊임없이 중심문화가 침투하고 융합됨으로써 중심문화의 특성이 혼재된 곳이다. 작품에서 묘사되는 마챠오 사람들의 인생은 순탄치 않다. 먼저 음력 3월 3일 날이면 마을 전체가 칼을 가는 섬뜩한 풍속은 이들의 험난했던 역정을 상징적으로 보여준다. 또 마챠오 사람의 선조였던 나인(羅人)들은 옛날 초(楚)나라에게 쫓겨 두 번이나 거주지를 옮겼으며, 겨우 목숨이나마 부지하기 위해 성씨를 고치고 내력을 숨기며 살았다. 그래서 나강(羅江) 양쪽 언덕에는 나씨 성을 가진 집이 드물다고 기술하고 있다. 나인의 후손인 마챠오 사람들 역시 평탄치 못한 인생을 살기는 선조들과 마찬가지다. 청나라 건륭 황제 때는

---

10) 루쉰의 「광인일기 狂人日記」에서 나오는 말이다.

마삼보(馬三寶)라는 인물이 난을 일으켜 그 난이 진압되는 과정에서 마챠오와 그 인근 여러 마을의 많은 사람들이 목숨을 잃었고, 명나라 말엽에는 후난(湖南)사람들을 대량 살육하는 사건이 생겨 쟝시(江西)지방으로 대규모 인구가 이동하기도 했다. 마챠오 사람들의 험난한 인생은 대약진(大躍進)운동 시기 계속되는데, 굶주림을 이기지 못하고 가족들 몫까지 옥수수죽을 다 먹어버린 가장은 쟝시로 도망가고 영영 가족들과 만나지 못하는 이야기로 이어져 마챠오 사람들의 고난이 현재까지 계속되고 있음을 보여준다.[11] 한샤오궁은 마챠오 언어가 담고 있는 어의(語義)를 하나하나씩 해석하면서 60~70년대 후난(湖南) 내지 마을의 생동적인 화폭을 보여주어 독자들에게 민간의 풍속과 인정 및 그들의 고난과 아픔, 그리고 이러한 고난의 원인과 어쩔 수 없이 고난을 받아들이는 그들의 심리를 보여주어 중앙권력과 민간이 장기간 동안 구성한 심리문화를 절감케 했다.

　권력의 억압 아래 눌린 심리로는 진정한 생명력이 자유롭게 생장하기 어렵다. 그 전형적인 예는 마챠오 마을의 등급 순서에서 드러나는데, 그 중 '화분(話份)'이란 단어는 곧 표준어로 감춰진 '언어 권력'을 상징한다. 인간의 정치적 지위 혹은 사회적 지위와 비슷한 '話份'은 일종의 권위 언어를 대표하며, '話份', 즉 발언권을 가진 사람은 권력과 사실상의 통치 지위를 지닌다. 작품에서 마을의 대대(大隊) 서기는 '話份'이 있어 임의로 지식청년과 농민을 질책할 수 있다. 또한 작자는 '話份'과 함께 '격(格)'이란 단어 해석을 통해 권력, 금전과 지위의 관계를 알려주고 있는데, 작품에서 '뤄보(羅伯)'란 인물은 원래 '話份'이 높지 않지만 수양아들이 바깥에서 돈을 부쳐온 덕분에 그의 '格'이 무척 커졌다. 여기서 돈을 부치는 것은 곧 '格'을 부치는 것과 마찬가지가 된다. 또 마챠오에는 종이만 보면 뺏어다 '동의(同意)' 글자를 사인하기 좋아하는 마중치(馬仲琪)란 인물이 있는데, 그의 반상(反常)적인 거동은 바로 권력 언어에 장기간 눌려 생긴 심리의

---

11) 김경희, 「韓少功의 『馬橋詞典』 研究」, 부산대학교 석사학위 논문, 2001년 8월, 27쪽에서 인용.

변질을 상징한다. 그는 죽을 때까지 그 언어 권력과 다투어 자신의 심리 공백을 메우려 하며, '馬同意'란 말로 자신의 존재 가치를 증명하려 한다. 언어 권력이 낳은 또 하나의 저열한 문화심리의 예로 '천안문' 단어 고사를 들 수 있다. 작품의 인물 옌우(鹽午)는 출신성분이 좋지 않아 중학 시절부터 천안문 그림을 걸 권리를 박탈 당해왔다. 개혁개방 후 그는 돈을 벌어 어린 시절 상처를 덮기 위해 재산을 털어 심지어 빚까지 끌어다 집 앞에다 '천안문' 모형을 세우는데, 이 '천안문'은 고르게 붙인 타일도 없이 막 지어서 엉성한 모습을 하고 있다. 여기서 '천안문'은 권력 언어에 억압 받아온 한 사람의 보상심리와 다름없는데, 한샤오궁은 이러한 장면들을 통해 사유방식과 가치 관념이 언어 권력에 갇혀 시대가 바뀌어도 근본적인 변화가 없는 실상들을 드러내고 있다.

마챠오 마을의 중심문화의 깊은 영향은 성별 관념에서 또한 나타난다. 마챠오 마을의 여성은 사회상에서 '格'을 잃었고 '話份'도 없으며, 심지어 호칭에 있어서도 성별권이 없어 남성의 호칭 앞에 '小'자 하나만 붙을 뿐이다. 예를 들면 누나를 '小哥', 손윗부인을 '小伯'이라 부른다. 마챠오 사람들은 또 예쁜 여자를 '불화기(不和氣)'라 부르는데, 이 때문에 '不和氣'한 여자는 배를 타고 내를 건널 때 얼굴에 진흙을 칠해야 물속의 여자 무당이 풍랑을 일으키는 것을 모면할 수 있다고 믿는다. 이는 표면적으로는 단지 낙후된 민간 습속으로 보일 뿐이지만, 여자는 '화수(禍水)'라는 중심문화의 유독(遺毒)이 민간의 심리와 결합된 결과로서 예전부터 전해지는 말들을 무비판적으로 받아들여 온 '문화심리'의 맹목성 때문이다.[12] 중앙권력은 '문화심리'의 이런 속성을 이용해서 예로부터 절대화된 이념을 주입해올 수 있었다. 이러한 과정이 길어질수록 사회 전체의 가치관도 한 쪽으로 치우친 채 굳어져 개성을 인정하지 않게 된다. 개혁개방 이전에는 이념의 공고함이, 개혁개방 이후에는 물질의 풍요가 절대적인 기준이 된 것 역시 그러한 맥락에서 사회 전체의 당위성이란 이름으로 개성을 억압하면 개성은 소외

---

12) 何言宏·楊霞, 같은 책, 224~225쪽 참조.

를 겪게 되고 일탈의 위험을 항상 지니게 된다는 작자의 주제의식과 맞닿아 있다. 『마챠오 사전』은 이처럼 민간이 권력에 눌려 만들어진 단어의 해설을 통해 마챠오 사람들의 우매무지하나 모질게도 살아가는 삶의 내질을 응집시켰다. 온순한 탄식, 어찌지 못하고 살아가는 모진 삶, 무언(無言)의 고통과 환희 등등은 끊임없이 단어 가운데 부활하며 언어의 풍부한 감성 생명을 환원시키고 있다. 한샤오궁은 작품에서 이렇게 '거의 아무 일도 없는 비극[幾乎無事的悲劇]'[13]의 삶을 살면서 자각하지 못하는 마챠오 사람들의 성격특징을 침착하게 한 막 한 막 씩 그려내었다.

3) 개체의 반발과 배척심리

한샤오궁은 소설 후기에서 표준어가 조성하는 일체화 경향과 심리적 추종에 대해 경계를 드러내며, 인간의 언어행위 가운데 다양하게 존재하는 언어의 생명성을 강조하고 있다.

엄격한 의미로 말해 이른바 '공동의 언어'란 인류의 요원한 목표일 것이다. 우리가 만약 교류란 것이 서로를 죽이거나 없애는 일이 되길 바라지 않는다면, 교류에 대해 경각심을 갖고 타협 가운데 자신의 완강한 표현을 지켜야 할 터인데, - 이는 바로 교류의 전제이다. 이는 곧 사람이 말을 할 때 가능한 한 저마다의 사전을 갖고 있어야 한다는 것을 의미한다. 단어는 생명이 있는 것이다. 그들은 빽빽이 번식하고 자주자주 탈바꿈하며, 수시로 뭉쳤다 흩어졌다 하면서 뜨고 가라앉길 반복하고, 옮겼다 합쳤다하면서 질병과 유전이 있으며, 성격과 정감이 있고, 흥망성쇠를 거듭한다. 그들은 특정한 사실과 분위기 속에서 길고 짧은 생명을 보낸다. 나는 한동안 내 노트에다 이러한 단어들을 붙잡아 가둬 놓고서 마치 정탐꾼처럼 몇 번이고 온갖 추리와 탐문, 조사를 거듭해 단어 뒤에 감춰진 이야기들을 찾아내 마침내 이 책을

---

13) 이 말은 루쉰의 『차개정잡문2집 且介亭雜文二集』 가운데 한 작품 제목에서 따왔다.

완성해내었다. 물론 이는 나 개인의 사전일 뿐 다른 사람에게 어떠한 규범적인 의미도 지니지 않는다.

개인사전의 필요성 제기와 함께 언어의 생명 과정에 주목해 진행한 해석 작업에서 보듯 작자는 소설에서 개체(個體)의 언어행위 배후에 감춰진 반발욕구와 생존의 필요 때문에 생겨난 배척심리를 상징하는 단어들을 주로 다루고 있다. 그 안에는 "억누르거나[壓] 받들어 올리는[捧]"14) 전통심리가 빚어낸 언어 환경에 대한 작자의 우려가 내내 깔려 있다.

개체의 심리욕망과 정신자유를 나타내는 단적인 예로 먼저 일상생활에서의 '성(性)'적 단어의 사용을 들 수 있다. 마챠오 사람들은 논을 '모전(母田)', 밭을 '공지(公地)', 논두렁 사이로 난 입구를 여성의 월경을 뜻하는 '월구(月口)'라 부른다. 마챠오의 남자들은 이러한 성(性)적 언어를 도처에서 '발가(發歌)'하며 농번기 모를 심을 때도 세속적인 농담을 노상 주고받는데, 그들은 이러한 언어행위가 작물의 생장에 이롭다고 여긴다. 전통문화는 도덕 훈시를 통해 언어의 권위성을 갖췄지만, 마챠오 사람들은 오히려 민간의 언사 중에서 이러한 권위성을 없애고 완곡하게 전통 도덕의 압력에 대한 불만을 표출하며 매 사물마다 생명성을 부여했는데, 이는 생명감수성(感受性)을 위축시킨 데 대한 반항과 다름 아니다. 개체의 반발 심리는 또한 시대 권력에 대한 해학에서도 잘 나타나는데, 우리는 그러한 언어 가운데 중국 향민(鄕民) 특유의 생존책략을 읽을 수 있다. "마오주석(毛主席)께서 말씀하시길 올해 유채(油菜)가 잘 컸다더군", "마오주석께서는

---

14) 이 용어는 루쉰『화개집 華蓋集』의 「이것과 저것 這個與那個」에서 빌어 온 말이다. 루쉰은 이 글에서 "중국사람들은 자기를 불안케 할 조짐을 가진 인물을 만나면, 여태껏 두 가지 방법, 즉 억누르거나 받들어 올리는 방법을 사용해왔다. 억누르는 것은 옛 관습과 옛 도덕을 사용하거나 관(官)의 힘을 빌리는데, 그래서 고독한 정신적 전사(戰士)는 비록 민중을 위해 투쟁하지만 종종 도리어 그 '소행' 때문에 멸망하게 된다. 이렇게 돼야 사람들은 비로소 안심하게 된다. 억누르지 못하게 될 때에는 곧 받들어 올리는데, 높이 들어 올려주고 아주 흡족하게 해주면 자기에게 잠시나마 해가 없을 수 있어 안심할 수 있다고 여긴다"고 쓰고 있다.

양식을 절약해야 하지만 매일같이 죽만 먹어선 또 안 된다더군", "마오주석께서는 지주들이 성실하지 않아 그들을 매달아야 한다더군", "마오주석께서 난장이는 인구계획을 안 한다더군", 등등 시대적 언어의 강세와 마챠오 언어의 완고한 반발 심리는 이렇게 끊임없는 충돌 아래 시대적 조소(嘲笑)를 갈라놓았다. 마챠오 사람은 그들만의 언어를 굳게 지킬 방법이 없고, 단어의 형성 뒤에는 무수한 사회변화가 누적되어 있지만, 이러한 변화는 우선 개체적 삶의 주재(主宰)욕망이 감춰진 형태로 나타난다. 복종을 강권하는 언어 권력은 마챠오 사람한테서 오히려 틀에 박힌 말 뒤에 나오는 '본심'으로 해소되고, 그 권위성이 사라진 가운데 민간의 생기가 드러난다. 하지만 사람들의 사유방식과 가치 관념은 시대가 지나도 근본적인 변화가 없고 외래 요소에 변이되는 단어의 형태로 나타날 뿐이다.

마챠오 사람들의 집단 무의식으로 완고하게 자리 잡은 배척심리는 '마밍(馬鳴)'이란 인물과 '과학(科學)'이란 단어 해석에서 매우 집약적으로 묘사되고 있다. 마밍은 사람들이 신선부(神仙府)라 부르는 폐가에 사는 건달로, 작중화자인 '나'는 문화대혁명 기간에 마오쩌둥(毛澤東) 어록을 달러 갔다가 그를 만나게 된다. 그는 고기도 먹지 않고 밥 짓기가 귀찮아 생식을 했으며 인생에서 가장 중요한 것은 꿈이라 생각해 깨어있는 채로 살아가는 것은 불행이라고 여긴다. 또한 공동작업에 참여하지 않으려 하고, 그 때문에 마을의 공동 우물에서 물조차 길어먹지 않으려 한다. 그래서 마밍은 겨울에 세수를 하지 않았는데 자주 씻으면 유분이 없어져 피부가 상한다는 말도 안 되는 이유를 대며 이것을 '과학(科學)'이라고 말한다. 마챠오 사람들은 마명한테서 '과학'이라는 말의 의미를 알게 됐으며 이 말에 반감을 가지게 된다. 그 때문에 읍내에 나갔던 청년들이 자동차를 부수는 사건이 발생한다. 마챠오 사람들은 결국 마밍 때문에 '과학'이란 말을 잘못 이해한 것이다.[15] 한샤오궁은 이 사건을 다음과 같이 말하고 있다.

---

15) 김경희, 같은 책, 29~30쪽 참조.

자동차에 도전했던 이 사건을 마밍의 탓으로 돌리는 것은 물론 억지스런 감이 있으며 그리 공정하지도 못하다. 그러나 한 단어의 이해 과정은 비단 이지적인 과정일 뿐만 아니라, 감각의 과정이기도 해서 그 단어를 사용하는 환경 속에서는 그것과 관련된 구체적인 이미지, 구체적인 분위기, 구체적인 사실과 분리될 수는 없는 것이다. 그리고 왕왕 이런 것들이 커다란 비중으로 그 단어에 대한 사람들의 이해 방향을 결정한다.[16)

시간과 수고를 아끼기 위해 만들어진 것이 한낱 게으름을 피우기 위한 것으로 오인되는 가운데 마명이란 인물이 있고, '과학'이란 단어는 현대 관념에 대한 오해와 곡해의 상징으로서 마챠오 사람들에게 반감과 배척 심리를 일으키게 한다. 이러한 반감과 배척심리는 곧 마챠오 사람 스스로 뽑을 수 없는 전통의 역량을 상징한다. 위의 언급에서 한샤오궁이 말하고자 하는 바는 '문화심리'의 감각적 성격인데, 마챠오 사람들의 '과학'에 대한 이해는 자신들이 체험하고 느낀 것에 한정된다. 이것이 문제되는 이유는 잘못된 인식이 다른 곳으로 옮겨지고 확대된다는 점이다. 작자는 문혁 기간에 '과학'에 대한 배척심리가 사회 전체로 확장되는 과정을 통해 '문화심리'의 감각적 성격을 보여주고 무비판적인 수용을 비판하면서, 그 때문에 '문화심리'는 배타적인 속성을 띠게 되는 것임을 보여주고 있다.

사실 더욱 많은 때 중심문화의 강권에 반발하고 배척하는 심리는 서로 어긋난다기보다는 융합된 것으로서, 그들은 서로를 보완하며 공동으로 초(超)안정적인 사회 기제를 구축한다. 마챠오 세계는 외래의 문화와 이질적인 사물에 대해 "억누르거나 받들어 올리는" 능력을 갖추고 있어 어떠한 외래의 문화나 사물도 마챠오의 개혁을 어렵게 만든다. 때문에 마챠오 사람들은 해마다 똑같은 일상을 반복하며 사람마다 차례대로 단조로운 생명과정을 되풀이한다. 비록 마챠오 사람들이 순박하고 선량하긴 해도 그들은 시대조류에 적응하길 원치 않으며, 여전히 타성에 젖은 삶을 바꾸

---

16) 韓少功, 같은 책, 42쪽.

려들지 않는다. 마챠오에서 과거의 삶과 오늘, 그리고 내일은 이렇게 역사 가운데 응고된 채 그들은 차를 타도 멀미[車暈]하고 배를 타도 멀미[船暈]하며, 도시의 거리에 가서도 멀미[街暈]한다.17) 한샤오궁은 중국 민간의 문화심리의 한계인 감각성, 배타성, 맹목성, 개성에 대한 배척 등을 현실의 언어행위 중에서 매우 정채롭고 생동감 있게 묘파한 바, 글 안에 가라앉은 것은 그러한 문화심리가 지속되는 현실에 대한 우려와 비분이었다. 그런 의미에서 『마챠오 사전』은 언어과정을 민감하게 포착해 인간의 사회와 문화적 사고에 대한 감지력(感知力)을 높여준 역작이라 하겠다.

3. 문화 심리 키워드로서의 『馬橋詞典』

한샤오궁은 『마챠오 사전』에서 심근문학의 대표 주자답게 자신의 문학 입지점을 줄곧 '문화심리'에 두고 있으며, 현실의 '문화심리'를 가장 잘 반영할 수 있는 수단으로 '언어'를 선택하고 있다. 보통 소설작가에게 언어는 서사수단으로 사용되지만 『마챠오 사전』은 언어 자체가 소설의 내용을 펼쳐 보이는 대상이 되고 있는데, 그는 단어의 해석을 소설의 가장 중점적이면서도 재미있는 서사를 구성하는 요소로 활용하고 있다. 물론 사전 체례의 소설이 그만의 독창은 아니지만 대담한 실험임에는 틀림없으며,18) 각각의 단어 해석으로 구성된 이 소설은 독자가 더욱 실제적이고도 집약적으로 '문화심리'를 이해할 수 있는 독서공간을 마련해주었다.

---

17) 於可訓, 『中國當代文學槪論』, 武漢大學出版社, 1998년, 326~327쪽 참조.
18) 『마챠오 사전』 발표 이전에 밀로라드 파비치는 카프카스 지방의 카자르인의 이야기를 다룬 『카자르 사전』이란 사전체 소설을 출판한 바 있었다. 이 소설 역시 단어 해석을 통한 이야기 전개나 문명과 동떨어진 곳의 이야기 등을 다루는 등 『마챠오 사전』과 유사한 점이 많아 베이징의 평론가 장이우(張頤武) 등은 『마챠오 사전』의 '모방설', '표절설'을 제기해 한때 민사소송을 비롯한 '마챠오 풍파(馬橋風波)'를 일으키기도 했다. 그러나 당시 기이할 만큼 독창적인 그의 작품 형식은 사람들에게 신선한 충격으로 다가왔고, 기존의 고정적이고 천편일률적인 소설 형식에 일침이 되었음은 부인할 수 없다.

하지만 『마챠오 사전』에서 각각의 단어들은 독립적으로 존재하기 보다는 주제와 관계가 있는 단어들이 여러 군락(群落)을 형성한 가운데 이야기가 전개된다. 때문에 소설에서는 단어에서 제시한 '문화심리'를 드러내기에 적합한 인물이 등장하는 데서부터 역사, 지리, 풍속, 전설 등이 한데 어우러져 주제를 향한 고사(故事)를 이루고 있다. 이렇게 모인 『마챠오 사전』의 단어군(單語群)은 각각 다른 '문화심리'를 상징하고 있으며, 그로 인해 연민, 분노, 슬픔, 희열, 수치심, 반발, 거부감 등 다양한 정서를 환기시킨다. 그리고 단어를 통한 정서의 환기는 주제에 가까이 다가갈수록 점점 강해지는 것을 느낄 수 있어 독자는 주제에 이르게 되면 이성적인 면뿐만 아니라 심리적으로 필연성을 인정하게 된다.19) 소설의 이 같은 서사 방식은 주제와 관련된 이야기 속에서 보편적으로 드러나는데, 그 중 마챠오 사람의 생존에 가장 근본적으로 중요한 주제인 '먹는 것[吃]'에 관한 단어군을 살펴본다. 앞서 설명했듯 마챠오 사람들은 험난한 삶의 역정을 살아온 만큼 먹는 일은 항상 그들의 대화거리로 오르내린다.

내가 처음 마챠오에 왔을 때 땅일을 했는데, 그곳 남자들은 여자에 대해 얘기하지 않으면 가장 즐겨 말하는 것은 먹는 얘기였다. '먹는다[吃]' 이 글자를 말하기만 하면 언제나 제일 센 소리로 중고(中古)시대의 치 qi, 근대 이래의 츠 chi 발음이 아닌, 상고(上古)시대의 챠 qia로 발음했다. 이 챠 qia를 거성(去聲)으로 내면 커다란 음절로 입을 열고 거기에 시원스럽고 간단명료한 거성이 보태져 말하는 사람의 격정이 너무도 잘 표출해낼 수 있었다. 닭고기, 오리고기, 소고기, 양고기, 개고기, 생선을, 또 고기 -이는 돼지고기의 약칭이다- 를 먹는다. 찐만두, 찐빵, 전병, 떡, 국수, 쌀국수 등을 먹고, 또 당연히 밥도 먹는데, 바로 쌀밥이다. 우리는 아주 흥미진진하고 전혀 귀찮아하지도 않으며, 자세히 이야기하고, 말했던 것도 또 말하곤 했다. 자주 이야기 할수록 새롭고 즐거웠고 언제나 아주 신나 줄곧 손과 발을 춤추듯 움직

---

19) 김경희, 같은 책, 40~43쪽 참조.

였고, 얼굴은 붉어졌으며 활기차게 이야기하곤 했다. 한 글자, 한 글자는 가득한 침으로 축축하게 젖어 있다가 혀가 모질게 입 밖으로 내뱉어졌을 때에서야 햇빛 아래 작렬하여 그 여음이 계속 귓전에 맴돌았다.20)

마챠오 사람들은 오랜 세월동안 쫓기고 굶주리며 살아왔기 때문에 먹는 것에 특별히 집착을 보이게 됐고, 나중에 굶주리지 않게 되었을 때도 음식에 대해 특별히 말하기를 좋아하는 문화가 유지됐다. 여기서 작자가 말하고자 한 것은 마챠오 사람들이 먹는 것에 집착한다는 사실보다는 역사적인 체험에 따라 문화의 양상도 달라진다는 점이다. 이러한 문화는 마챠오의 독특한 역사 과정 속에서 그들 심리 속에 각인된 것으로서, 먹는 것에 집착하고 말하길 좋아한다고 해서 그들의 문화수준이 낮다고 말할 수는 없는 것이다.21) 즉 평상적이고 보편적인 단어가 역사적인 체험 차이에 따라 문화심리도 달라지는 사실을 통해 역사문화의 질곡을 반성하고 보다 바람직한 문화의 방향을 모색하자는 작자의 주제의식과 맞닿아 있는 것이다. 이러한 주제의식은 '달다[甛]' 단어 해석을 비롯한 여러 단어에서 더욱 실제적으로 나타난다.

마챠오 사람은 맛에 대한 표현이 워낙 단순해 뭐든지 맛만 있으면 한마디로 '달다'라고 한다. 설탕을 먹어도 달고, 생선과 고기를 먹어도 달며, 쌀밥과 고추, 쓴 오이를 먹어도 모두 달다고 한다. 그래서 외지 사람들은 마챠오 사람들의 미각이 둔감해 미각을 표현하는 어휘가 결핍되었는지, 아니면 미각을 나타내는 어휘의 부족이 거꾸로 그들의 혀로 하여금 미각을 구분하고 판별하는 능력을 잃게 했는지 당최 이해하지 못한다. 음식문화가 상당히 발달한 중국에서 이러한 상황은 참 보기 드물다. …… 나는 굶주림이란 어떤 맛인지 알기 때문에 그들을 비웃을 수 없었다. 나는 일찍이 해질녘 어둠 속

---

20) 韓少功, 같은 책, 12쪽.
21) 김경희, 같은 책, 28쪽 참조.

을 더듬어 마을로 돌아와 손과 얼굴을 씻을 여유도 없이(온몸이 진흙투성이
였다) 또 모기를 내칠 겨를도 없이(모기들이 끊임없이 달려들었다) 그저 밥
다섯 그릇을 단숨에 삼킬 뿐이었고(한 그릇은 쌀 반근이라고 한다), 다 삼키
고 나서도 방금 무엇을 먹었는지 무슨 맛이었는지 몰랐다. 이때에 나는 아무
것도 보지 못했고 어떤 소리도 듣지 못했으며, 그저 유일한 느낌은 배 속 위
장이 심하게 꿈틀거릴 뿐이었는데, 모든 상류층 사람들의 미각에 관한 말이
아무리 정교하고 풍부하며 정확하다 해서, 그 쓸데없는 말이 내게 무슨 의미
가 있겠는가? …… '달다'는 말은 마챠오 사람들의 음식 맛에 대한 둔감한
느낌을 폭로했고, 이 분야에 있어 그들의 지식 한계를 그었다. 하지만 자세
히 살펴보면 사실 둔감함에도 저마다 각종각색의 구별점이 있다. 인간의 의
식 덮개는 결코 서로 꼭 맞지만은 않는다. 인간의 미약한 의식의 등불은 세
상의 전부를 비추기에도 너무 모자란다.[22]

계속 쫓겨 다니고 굶주려온 역사 속에서는 주린 배를 채우는 것이 목표
일 뿐 음식 맛을 가릴 겨를이 없어 그저 다 '달다'라고만 표현할 수밖에
없다. 작자는 '먹는 것'과 관련해 오랜 동안 축적되어온 문화심리의 한계
를 '달다'라는 단어를 통해 더욱 감각적으로 전달했다. 생존을 위해 '먹는
것'이 우선시되고 관심사가 되는 사회에서 본래 '먹는 것'과 연관된 말은
그것과 직접적인 관련이 없는 삶의 영역으로까지 확대되어 쓰인다. 마챠
오에서는 처녀가 시집가는 일을 '솥을 놓는다[放鍋]'고 말하는데, 이는 신
부가 가장 먼저 지참해야 할 혼수가 솥인 까닭이다. 이 같은 사회 심리
아래 형제는 '同鍋兄弟'로, 전처(前妻)는 '前鍋婆娘'으로, 후처(後妻)는 '後鍋
婆娘'으로, 이복형제는 '隔鍋兄弟'라 부르며, 혈연이나 혼인 같은 인륜 관
계의 중요성은 모두 '먹는 것'과 관계된 '솥' 단어로 대체되는데, 그것은 다
름 아닌 생존이 모든 것에 우선되는 사회 심리가 빚어낸 말들이다. 심지
어 '대약진(大躍進)' 같은 정치 사건까지도 '辦食堂'이라 부르며 모든 것을

---

22) 韓少功, 같은 책, 16~17쪽.

먹는 것과 관련된 말로 표현하는 습관은, 한편으로는 빈곤한 삶이 가져온 관념적 변질을 상징하며, 또 다른 한편으로는 무거운 삶의 부담이 '생각의 폭'을 넓힐 여지를 주지 못해 빈곤한 삶을 인식하고 극복하려는 의지를 못가지게 된다는 사실을 설명해주고 있다. 『마챠오 사전』은 이처럼 마챠오의 '문화심리'의 여러 한계 −감각성, 배타성, 맹목성, 개성에 대한 배척− 가 단어군으로 구성된 가운데 '키워드'적인 묘사로 진행되고 있다. 설령 고사성이 강한 단어에서도 그 주요 매력은 여전히 고사의 '키워드'에서 오는 것이다.

사실 마챠오 세계에서 언어는 더 이상 언어가 아니라 문화심리의 의상(意像)으로 존재한다. 한샤오궁은 마챠오 사람들의 언어 장애에서 그들의 문화심리 장애를 발견했고, 그들의 언어 가운데 숨겨진 완고한 전통심리 구조와 집체 무의식을 보다 집약적으로 캐내기 위해 사전적 구성에 기반한 키워드를 제시한 것이다. 이에 우리는 당대소설의 새로운 경계 개척의 의의와 함께 언어심근에서 문화심근까지 인간 자신의 인식과 문화반성에 대한 사고를 살필 수 있는 바, 『마챠오 사전』은 인문 이상(理想)의 또 다른 가능성을 열어준 소설이라 하겠다.

4. 인문적 이상과 반성으로서의 『마챠오 사전』

지금까지 『마챠오 사전』 소설 텍스트를 중심으로 언어 심근에서 문화 심근까지의 몇몇 문제들을 검토함으로써 한샤오궁의 인문적 이상과 반성의 내용을 살펴보았다. 『마챠오 사전』은 언어환경과 문화심리의 관계를 중심으로 '보통화(普通化)'된 언어의 인식패턴에 반발하고, 언어의 풍부한 감성생명을 환원하는 동시에 이러한 생명적 언어를 통해 인간의 정체성 인식과 문화심리의 반성을 추진한 매우 의미 있는 텍스트로 평가받고 있다.

소설에서 마챠오 사람들의 언어는 한샤오궁 언어 심근의 기점으로서, 그는 마챠오 마을의 스토리 전개를 통해 사람들이 모르는 마챠오 방언을 건져내고, 그 가운데서 모종의 깊이 숨겨진 인성(人性)의 내함(內含)과 문화심리를 길어내려 했다. 때문에 저자는 소설에서 표준어가 조성한 사유의 일체화와 심리적 추종에 대해 내내 우려하는 정서를 바탕에 깔고 있는데, 그것은 비단 언어뿐만 아니라 중심문화 속에 길들어져 그것만이 인정되고 수용될 수 있다는 보수적이고 고정적인 기존관념에 도전하는 것이었다.

먼저 한샤오궁은 작품 곳곳마다 '깨어있는' 회의 정신으로써 문화 심근에서 더 나아가 현재의 의미까지 반성하고 있는데, 그 안에는 단어 의미 형성의 내력과 함께 역사와 문화에 대한 비판과 반성이 구체화되어 나타난다. 이는 일상 언어 가운데 의식하지 못한 심리 관성을 끊임없이 제기하고 반성하려 한 지식인으로서의 노력으로서, 독자들에게도 커다란 독서 공간을 남겨주었다.

다음으로 작자는 마챠오의 언어 가운데 중앙권력과 민간이 함께 구성한 문화심리를 투시했는데, 이는 마챠오 사람들의 고난사와 맞물려 전개되면서 독자들에게 민간의 풍속과 인정 및 그들의 고난과 아픔, 그리고 이러한 고난의 원인과 어쩔 수 없이 고난을 받아들이는 심리를 보여주어 중앙권력과 민간이 장기간 동안 구성한 심리문화를 절감케 했다. 특히 작자는 민간이 권력에 눌려 만들어진 단어의 해설을 통해 마챠오 사람들의 우매무지하나 모질게도 살아가는 삶의 내질을 응집시켰는데, 온순한 탄식, 어쩌지 못하고 살아가는 모진 삶, 무언(無言)의 고통과 환희 등등은 끊임없이 단어 가운데 부활하며 언어의 풍부한 감성 생명을 환원시키고 있다.

그 다음으로 한샤오궁은 개체의 언어배후에 감춰진 반발욕구와 생존의 필요 때문에 생겨난 배척심리를 상징하는 단어들을 다루면서 "억누르거나 받들어 올리는" 전통 심리가 빚어낸 언어 환경에 대한 우려를 나타내었다. 시대적 언어의 강세와 마챠오 언어의 완고한 반발 심리는 끊임없는 충돌 아래 시대적 조소(嘲笑)를 갈라놓았으며, 마챠오 사람은 그들만의 언어를 굳게 지킬 방법이 없고, 단어의 형성 뒤에는 무수한 사회변화가 누적되어 있지만, 이러한 변화는 개체적 삶의 주재(主宰)욕망이 감춰진 형태로 나타났다. 하지만 사람들의 사유방식과 가치 관념은 시대가 지나도 근본적인 변화가 없고 외래 요소에 변이되는 단어의 형태로 나타날 뿐이다. 작자는 중국 민간의 문화심리의 한계인 감각성, 배타성, 맹목성, 개성에 대한 배척 등을 현실의 언어행위 중에서 매우 정채롭고 생동감 있게 묘파한 바, 글 안에 가라앉은 것은 그러한 문화심리가 지속되는 현실에 대한 우려와 비분이었다.

마지막으로 한샤오궁은 현실의 '문화심리'를 가장 잘 반영할 수 있는 수단으로 '언어'를 선택하여 단어의 해석을 소설의 가장 중심적이고도 재미있는 서사를 구성하는 요소로 활용했다. 각각의 단어 해석으로 구성된 이 소설은 독자가 더욱 실제적이고도 집약적으로 '문화심리'를 이해할 수 있는 독서공간을 마련해주었는데, 소설에서 각각의 단어들은 독립적으로 존재하기 보다는 주제와 관계가 있는 단어들이 여러 군락을 이룬 가운데 이야기가 전개된다. 때문에 소설에서는 단어에서 제시한 '문화심리'를 드러내기에 적합한 인물이 등장하는 데서부터 역사, 지리, 풍속, 전설 등이 한데 어우러져 주제를 향한 고사(故事)를 이루고 있다. 소설은 마챠오의 '문화심리'의 여러 한계 −감각성, 배타성, 맹목성, 개성에 대한 배척− 가 단어군으로 구성된 가운데 '키워드'적인 묘사로 진행되며, 설령 고사성이 강한 단어에서도 그 주요 매력은 여전히 고사의 '키워드'에서 오는 것이다.

한샤오궁은 지식인으로서의 강렬한 사명감과 인문적 이상을 지닌 작가로, 90년대 이후 지식인의 문화적 역할이 갈수록 위축되고 주변화 되어가는 상황 속에서 어떠한 심리적 태도와 존재방식으로써 역할을 할 것인지에 대해 고민해왔다. 그런 의미에서 『마챠오 사전』은 작자의 문학 입지점인 '문화심리'를 현대적인 예술방법으로 표현한 가운데 언어심근에서 문화심근까지 인문적 이상과 자기반성을 실천해낸, 또 하나의 적응과 반항의 성과라 할 것이다.

현대 중국 지식인의 위치와 역할 찾기

: 『고별혁명』을 통해 본 20세기 중국의 반성과 나아갈 길

1. 혁명이여, 이젠 안녕!

영국 BBC 방송국과 한국 KBS 방송국이 공동 제작한 다큐멘터리 "TV로 보는 20세기 −중국 편"에서 내레이터는 다음과 같은 인상적인 멘트로 방영을 끝맺고 있다.

마오쩌둥(毛澤東)이 그토록 꿈꿔왔던 사회주의는 이루어지지 못했다. 덩샤오핑(鄧小平)은 이념보다 경제에 치중했다. 이제 중국인들을 사로잡은 것은 평등의 꿈이 아니라 자본이었다. 80년대 중국의 정치권은 여전히 갈등의 연속이었지만 최고의 구호는 "부자가 되는 것은 곧 영광이다"였다. 하지만 대중의 힘에 기대는 마오쩌둥의 전략은 유산처럼 남아있다. 문화대혁명 중에도 마오는 학생들이 새로운 자유와 권위에 도전하는 것을 허락했다. 중국 정부는 인민은 언제든지 정부의 권위에 도전할 수 있다는 것을 체험으로 잘 알게 됐으며, 항상 이를 두려워했다. 그리고 그 두려움은 결국 89년 6월 4일 텐안먼(天安門)에서 현실로 나타났다.

인류사에 유래 없는 사회주의 실험에 얼마나 많은 사람들이 동원됐고, 또 얼마나 많은 인명들이 혁명의 구호 아래 희생되었던가! '평등의 꿈'에

속아 산 중국인들을 사로잡은 것은 이젠 더 이상 계급투쟁이나 혁명의 구호가 아니라 마오가 그리도 혐오했던 '자본의 꿈'이며, 온갖 비판대회가 난무했던 땅은 지금 '세계의 공장'이 되어 세계 자본가들을 불러 모으고 있다. "세상을 뒤엎는 데는 다 이유가 있다[造反有理]"던 마오의 선동 구호는 6·4 톈안먼 민주화 요구 시위로 되살아났지만, 이를 무력으로 진압한 정부나 시위를 벌이다 무수한 피를 흘린 학생, 지식인이나 모두에게 돌이킬 수 없는 비극을 낳았다. 개혁개방 이후 급속한 경제성장을 바탕으로 정치, 경제, 군사, 문화적 규모에 걸맞은 강대국으로서의 입지를 굳히려는 중국에게 이 사건은 내내 도의적인 걸림돌로 작용하고 있고, 학생과 지식인의 의론과 주장의 목소리는 정부의 강경 대응 앞에 '회수'된 채 그 입지는 아직도 유형무형의 제한을 받고 있다. 위의 짤막한 멘트는 이렇게 현대 중국의 달라진 민심과 함께 오늘날 중국이 안고 있는 부담을 말해주고 있다.

『고별혁명 告別革命』은 지난 20세기 중국의 운명에 영향을 미치고 그 전체적 모습을 결정지었던 '혁명'에 대해 진지한 반성을 진행하면서 향후 중국의 자기조정과 자기완성, 자기강화를 위한 정밀한 대안을 제시한 책으로서, 출판 이후 이미 여러 차례 국내외로 강렬한 반향을 일으켰던 '문제작'이다. 이 책은 중국사회과학원 교수, 전국인민대표대회 교과문형위원회 위원 등 중국 학계의 주요 자리에서 활동하다가 80년대 중반부터 학계의 공적(公敵)이 되어버린 철학자 리쩌허우(李澤厚)와 중국사회과학원 문학연구소 소장 출신으로 '문학의 주체성'을 주장하며 이데올로기의 노예가 된 중국 문학예술 현실을 비판했다가 역시 문단의 공적이 돼 조국을 떠나야 했던 류짜이푸(劉再復)가 나눈 대담을 책으로 엮은 것으로, 망명객 신분으로 중국 역사와 현실의 민감한 문제를 다루었다는 이유 때문에 이 책은 이미 여러 나라에 소개되어 많은 호응을 얻었음에도 정작 중국에서는 금서로 묶여 있다. 하지만 이 두 사람은 80년대 이래 중국의 학술계와 지식인 사회에서 이미 대표적인 지성으로 손꼽혀왔고, 특히 리쩌허우의 경우 중국 밖에서 더욱 인정받아 왔던 터 그가 프랑스 국제철학아카데미에서 유일하게 동양인 원사(院士)로 선포된 사실에서도 알 수 있듯 우리는 이 『고별혁명』을 통해 중국의 현실 진단과 미래 전망에 관한 그들의 거대한 이성적 사고를 볼 수 있다.

이 글에서는 바로 이 『고별혁명』을 중심으로 혁명의 "고별"내용과 향후 중국이 나아갈 길에 대한 고민과 비전을 살펴보도록 한다.

2. 21세기 중국, 혁명은 끝났는가?

신해혁명, 국민혁명, 항일전쟁, 사회주의 정권 수립, 그리고 문화대혁명……, 지난 20세기 중국은 확실히 혁명이 모든 것을 압도한 시대였다. 때문에 중국에는 차가운 이성보다는 격정이 휩쓸었고, 민주주의 발전이나 경제성장보다는 정치혁명이 늘 앞섰다. "혁명의 열정은 모든 고난을 이겨낼 수 있다"던 마오의 선동구호에 모든 희망과 역량을 혁명에 걸었던 지난 세기, 하지만 마오의 죽음 뒤에 남은 건 지칠 대로 지친 국민뿐이었고 눈앞에 놓인 과제는 여전히 '밥 먹는 문제'를 해결하는 것이었다. 그러나 1978년 겨울, 개혁개방의 바람이 분 이후 중국은 세계 경제의 판도를 바꾸어 놓을 만큼의 경제 기적을 이루었다. 당장 끼니걱정부터 해결해야 했던 국민생활의 수준 또한 중국정부도 자체 평가했듯 이제 여유와 문화생활을 향유할 수 있는 소강(小康) 수준에 도달했으며, 그간 개혁개방으로 성장한 신흥계층과 혁명세대에서 개혁세대로의 교체는 정치적 변화까지 예고하고 있다. 평등을 지향하던 과거 사회주의 이데올로기는 이제 정치 분야 외에 거의 찾아보기 힘들 정도로 퇴색한 요즘, 그렇다면 과거 사람들이 그리도 성스럽고 거역할 수 없는 운명처럼 여겨왔던 혁명은 끝난 것일까?

『고별혁명』에서는 위의 물음에 대해 지난 세기 중국을 내내 지배해온 '혁명 만능주의'로부터 확실히 벗어나 이성의 눈으로 중국을 바라봐야 진정 혁명의 고별이 이루어질 수 있다고 답하고 있다. 그것은 지난 세기 동안의 기본적 사고를 반성하는 것으로서, 즉 사회적으로 내내 유전되고 있고 이미 중국인의 정신 깊숙이 수용되어 있는 잘못된 사고부터 바로잡는 일일 것이다. 혁명이 모든 것을 해결해준다는 결정론적 사고로부터 파생된 가치관과 세계관은 다분히 급진적인 정서로써 이성을 마비시켰고, 대화나 협상, 타협의 여지를 애초부터 가로막았다. 이 때문에 오늘날 중국은 개혁개방의 눈부신 성과 속에서도 아직까지 각종 운영 시스템의 법제화 문제에 있어 많은 난항을 겪고 있으며, 여론의 형성 면에서나 또는 학술 토론문화 면에 있어서도 성숙되지 못한 여러 비(非)이성적 태도의 허점을 보이며 항상 사회적 불안을 잠재하고 있다.『고별혁명』은 지금 중국이 처해있는 이러한 여러 현실적인 어려움을 직시하고, 향후 중국이 나아가야 할 개량과 점진, 건설의 구체적이고도 정밀한 대안을 제시했다는 점에서 매우 의미 있는 책으로 평가받고 있다.

먼저 리쩌허우와 류짜이푸(이하 '저자'로 통일) 모두 근대 중국이 아편전쟁 이후 급속히 진행되었던 태평천국과 신해혁명, 그리고 공산주의 혁명 등 이른바 "혁명"의 역사적 불가피성을 인정한 바탕 위에서 논의를 시작한다. 19세기 말에 중국의 지식인들은 갖가지 실패와 고난에 직면하여 끊임없는 반성을 지속했지만, 이들의 반성은 자연형태의 반성이 아니라 전쟁의 실패에 자극받은 강제적 반성이었다. 그리고 이처럼 압력에 의한 반성은 지나치게 급진적이거나 격정적일 수밖에 없었다. 그 결과 위기감이 가중되고 정서도 격화됐으며 급기야는 혁명의 관념을 발생시켰고, 심지어는 6, 70년대의 문화대혁명 같은 대대적인 혁명을 일으켰다. 극단적이고 급진적인 '대혁명'의 관념은 경제체제의 붕괴를 초래했을 뿐만 아니라 문학과 예술, 철학 등에도 변형과 변태를 유발했다. 이에 저자들은 혁명과의 결별과 동시에 혁명의 각종 부산물과도 이별을 고하고 중국 근현대의 갖가지 고조(高調)된 이념들을 폭넓게 반성해야 한다고 시종 역설한 것이다. 동시에 저자들은 이로 인한 갖가지 문화 병태현상을 비판하고 실제에 부합하지 않는 각종 '주의'와 이념의 굴레에서 벗어나야 한다고 주장한다. 여기서 지난 세기 혁명이 사회 전반에 걸쳐 끼쳐온 폐해에 대해 저자들이 지적한 내용을 본다.

류짜이푸: 20세기야말로 양극대립의 세기였지요. 사회의 기본적인 존재방식이 너 죽고 나 살기 식이였으니까요. 이제 양극대립의 방식도 새로운 세기와 함께 종식될 수만 있다면 그것이야말로 중국에 커다란 행운이 아닐 수 없습니다.

리쩌허우: 이러한 방식의 가장 주요한 표현이 바로 정치적인 대립인 혁명이었습니다. 20세기를 반성하고자 한다면 먼저 이 점부터 반성하고 넘어가야 합니다. 중국의 20세기는 혁명과 정치가 모든 것을 압도하고 배척하면서 모든 것을 주재했던 세기이거든요. 게다가 그 정치라는 것도 "하나가 다른 하나를 먹어 치우고", "네가 죽어야 내가 사는", 조화의 여지라고는 털끝만치도 찾아볼 수 없는 정치였지요. 물론 이러한 혁명적 정치는 사회생활을 급진적 정서로 충만하게 만들었고, 이러한 정서 속에서 모두가 숨죽이며 살아 갈 수밖에 없었습니다.

……리쩌허우: 우리는 이제까지 아무런 생각 없이 프랑스혁명과 자코뱅당을 찬양해왔습니다. 혁명을 뭔가 성스러운 것으로 간주하면서 혁명과 관련된 것이라면 무엇이든지 적어도 절반은 성스럽고 거역할 수 없는 것으로 여겨왔지요. 하지만 이젠 혁명의 잔인함과 추악함, 그리고 더러움에 대해서도 주의를 기울여야 합니다.

류짜이푸: 사실 우리는 지난 수십 년 동안 혁명을 '성스러운 것'으로 여기면서 혁명숭배 사상에 젖어 있었습니다. 혁명의 모자를 써야만 안전하고 영광스러울 수 있다고 생각하다 보니 작가들은 하나같이 '혁명작가'라 불리기를 원했고 시인들은 '혁명시인', 지식인들은 '혁명적 지식인'으로 불려야 마음이 편했지요. 주위 사람들에게서 혁명적 지식인이 아니라는 지적을 받게 되면 그건 정말 골치 아픈 일이었습니다.

……리쩌허우: 그러다보니 현재 우리 사회의 크고 작은 간부들이나 이른바 '지도자'들이 계급투쟁에 있어선 아주 능숙한 전문가들이면서도 건설에 있어선 완전한 문외한이 되었습니다. 게다가 번거롭고 복잡한 일을 싫어하다보니 현대화에 필요한 각종 규칙이나 형식에 익숙하지 못하고, 도구이성의 필요성을 전혀 느끼지 못하고 있습니다. 결국 모든 것

을 가치이성과 윤리적 요구, 즉 이른바 '혁명화'로 귀결시키고 있는 것이지요. '혁명화'와 '현대화' 사이에는 아주 복잡한 관계가 있으며, 특히 그 가운데는 모순과 충돌도 내포되어 있다는 사실을 자세히 간파하고 있는 사람이 거의 없는 것 같습니다.

……리쩌허우: 톈안문 광장 사건이 터지던 1989년에 이르도록 개량을 주장하는 견해들은 제대로 관철되지 못한 채 "혁명으로 일관할 것"을 주장하는 학생들이 여전히 학생운동의 주류를 형성하고 있었습니다. 이른바 '광장의 논리' 또는 '혁명의 논리'로 일컬어지는 이러한 물결은 거의 불가피했습니다. 혁명의 구호가 우렁찰수록 좌파가 되고, 그럴수록 더 군중을 선동하기가 쉬웠지요. 하지만 사실은 군중을 기만한 것이 되고 말았습니다. 적어도 몇 년 동안은 이런 추세가 계속되지 않았습니까?

"당신이 옳고 내가 틀릴 수도 있다"는 지극히 평범한 이성정신 대신에 "나만 옳고 당신들은 모두 틀렸다"는 생각이 지배적인 사회에서 중국인은 폭력혁명적인 사고 외에도 결정론적 사고, 이항 대립적 사고, 이데올로기 숭배사고에 갇혀 있을 수밖에 없었고, 이는 애국민주주의 시위운동을 했던 이른바 '6·4 톈안먼 사건' 학생의 경우에도 예외가 아니었다. 체제 외적인 대중 역량으로 국민의 뜻을 표현하는 데까진 좋았어도, 의도적으로 상황을 격화시켜 정부 당국과 대항 국면을 조성한 학생 측도 앞의 이성정신 면에서는 분명 책임을 면키 어려운 것이다. 때문에 저자들은 '6·4 톈안먼 사건' 당시 중국 정부뿐 아니라 학생들로부터 혹독한 비판을 받았음에도 지식인에 대해 그들이 아직까지 '홍위병적 심리태도', 즉 자신만이 진리를 잡고 있다고 주장하는 비(非)이성적 태도를 버리지 못하고 있다면서 단호하게 비판적인 입장을 나타냈으며, 그들의 구호나 기치가 의미 있으려면 적당한 시점에 나와야 하고 아울러 책임감도 지녀야 한다고 지적한 것이다.

그런 의미에서 『고별혁명』은 "당신이 옳고 내가 틀릴 수도 있다"는 토론과 대화, 타협의 자세가 정착되는 데서부터 이른바 '민주'의 절차에 주의하게 되고 '생각의 폭'도 넓어지게 되며, 새로운 도약을 꿈꾸는 중국은 이 때 진정 '혁명'과 '고별'할 수 있다는 사실을 충분하게 확인시켜준 책이다.

3. 이성과 개량이 지배하는 중국

1978년 개혁개방을 실시할 당시 덩샤오핑은 다음과 같은 명언을 남겼다: "실천은 진리를 검증하는 유일한 기준이다." 이는 사회주의 초기 단계의 정책과 이론은 현실적으로 빈곤과 실패만 가져왔으므로 진리가 아니라는 말이다. 또 사회적으로 마오쩌둥 비판 운동이 일어났을 때 '삼칠개(三七開, 3대 7의 비율)'란 말로 마오쩌둥은 공헌이 7할이고 잘못이 3할이라고 정리했다. 또 하나 유명한 말은 '앞을 보라[向前看]'는 구호로, 곧 과거의 문제에 더 이상 매달리지 말고 미래를 향해 나가자는 의미이다. 중국인은 이 말을 곧잘 '돈을 바라보라[向錢看]'는 말로 바꿔 얘기하곤 했는데, 이는 개혁개방이 대중의 입장에서는 곧 "돈 많이 벌라"는 뜻으로 받아들여지기 때문이다.1) 이렇게 중국인에게 개혁개방 이후의 시간은 간단히 말해 돈을 향해 움직였던 시간으로서, 과거 소유에 대한 무의식적 욕망마저 죄악시되었던 시절과는 전혀 달리 부자만 될 수 있다면 말채찍이라도 잡겠다던 공자의 말이 오히려 가장 중국다운 시장경제임을 보여주었다. 그렇다면 저자들은 앞의 덩샤오핑 발언과 '돈타령'하는 오늘날 중국의 모습을 어떻게 바라보고 있는가? 이에 대해 저자들은 긍정을 넘어 "대단히 바람직한 현상"이라고 입을 모으고 있다. 이유는 다름 아닌 가장 '이성적'이기 때문인데, 여기서 저자들의 관련 대화내용을 보도록 한다.

리쩌허우: 우리는 우선 부강하고 먹을 것 걱정 없는 중국을 기대하지 않을 수 없습니다. 바로 이런 기대 때문에 저는 현재 중국이 추진하고 있는 경제 발전의 노선이 바람직하다고 봅니다. 우리 모두가 이를 지지해야

---

1) 서성, 『한 권으로 읽는 정통 중국문화』, 넥서스CHINESE, 2005년, 112쪽 참조.

할 것입니다.

류짜이푸: 일부 친구들은 상당한 우려를 나타내면서 지금의 중국은 지나치게 돈타령만 하고 도덕심이 결여되어 있으며, 정치에 관해서도 너무 무관심하다고 말합니다.

리쩌허우: 역사의 특정한 시기인 만큼 중국이 돈 생각을 좀 많이 한다고 해서 큰 문제가 되진 않습니다. 무엇 때문에 정치에 관심을 가져야 합니까? 과거 중국의 문제는 정치에 대해 지나치게 많은 관심을 가졌다는 데에 있습니다. 나라 전체가 정치로 기우는 바람에 나라를 구하려고 분투했음에도 불구하고 오히려 나라를 망친 꼴이 되고 말았지요.

류짜이푸: 사회의 이러한 변화는 실제로 관본(官本)사회에서 금본(金本)사회로의 전환으로서 정말 커다란 변화가 아닐 수 없습니다.

리쩌허우: 이른바 '금본'이란 것은 바로 경제를 근본으로 삼는다는 것이지요. 최근 몇 년 사이에 국내에서 진행된 경제개혁은 정치본위에서 경제본위로의 전환을 의미하는 동시에 정치를 우두머리로 하는 국유경제의 일원화 체제로부터 국영, 사영, 집체경영의 다원화 체제로의 변화를 의미하는 것입니다. 이러한 변혁에 대해 전 절대적으로 찬성하면서 즐거워하고 있습니다.

……류짜이푸: 덩샤오핑이 남방에서 행한 연설에는 어느 정도의 이성적 정신이 담겨 있습니다. 선생님께서 말씀하신 '실용이성'과 같다고 할까요!

리쩌허우: 공산당 고위 간부 중에서 가장 맑은 정신을 갖고 있는 사람이 바로 덩샤오핑입니다. 그가 인민들에게 부를 누리게 하고 생산력을 발전시킨다는 각도에서 과거의 교훈을 결론짓고 있는 것은 대단히 바람직한 일입니다.

……리쩌허우: 이데올로기에 미혹되지 않는 것이 바로 덩샤오핑의 장점이지요. 그는 상식의 가치를 끌어올리는 데 능한데, 이것 또한 '실용이성'이라고 할 수 있습니다. 덩샤오핑의 가장 큰 특징은 이론을 말하지 않는다는 것이고, 그런 점에서 마오쩌둥과는 정반대인 셈이지요.

……류짜이푸: 중국의 각종 사조와 유파는 '상식'에서 '공통된 인식'을 찾

을 수 있을 겁니다. 인민들은 배불리 먹기를 원하고 부유해지기를 원하며 경제가 번창하기를 기대하고 있는데, 중국의 경제는 백 년 동안의 파란을 겪으면서 방대한 진리체계의 험난한 장애를 뚫고 나와 마침내 하나의 '상식'에 도달한 것이지요. 이것이 바로 세기말 중국의 상식인 동시에 세기말 중국의 공통된 인식이라고 말할 수 있습니다.

리쩌허우: 공통된 인식을 얻기 위해서는 각종 주의에 대한 이성적 인식이 필요합니다. 자신의 경험과 교훈을 통해 이러한 '주의'들을 평가하고 자신의 길을 찾아야 하는 것이지요. 이러한 길은 특정한 주의의 길일 필요는 없겠지만 반드시 이성에 부합하고 중국 인민의 이익에 부합하는 길이어야 합니다.

……리쩌허우: 사회발전은 항상 표면적인 사회적 평등의 타파를 대가로 하기 마련입니다. 현재의 중국도 사회발전을 도모하고자 한다면 무엇보다도 경제발전을 최우선으로 설정해야 할 겁니다. 이것은 곧 역사주의적 안목을 최우선으로 하는 것이기도 하지요. 덩샤오핑의 실용이성은 바로 이러한 우선순위를 확정한 것입니다.

20세기 중국이 얻은 교훈, 그것은 단순한 상식이 복잡한 이론체계보다 훨씬 중요하다는 것이었다. 이른바 사회주의라는 것도 결국엔 생산력을 발전시키자는 주의인 만큼 사회주의냐 자본주의냐를 따질 게 아니라 먼저 생산력을 발전시키고 인민의 생활수준을 향상시키는 데 유리한지 여부를 따져야 한다는 덩샤오핑의 이른바 '흑묘백묘론(黑猫白猫論)'이 지독한 빈곤과 끊임없는 투쟁 상태에 빠져 있던 중국의 현실을 제대로 짚어낸 해결의 근본이자 상식이었던 것이다. 때문에 저자들은 오늘날 지나치게 돈타령하는 금본사회를 바라보는 일부 부정적인 시각에 대해서도 우려보다는 '근본과 상식'에 돌아갔다는 점에, 그리고 정치본위에서 경제본위로 전환했다는 점에 더 큰 의의를 두고서 현재 중국의 경제발전 노선을 매우 긍정적으로 평가하고 있다. 아울러 저자들은 중국이 경제발전 노선을 바탕으로 이성의 눈을 통해 현실을 바라보고 점진적인 개량의 방법으로써 문제를 하나하나씩 해결해나갈 것을 역설하고 있다.

그럼 이성의 눈으로 바라본 중국의 실정은 어떠한가? 저자들은 중국이 그간 고속성장을 지속해왔지만 아직까지 인구 부담이 많고 지역 차이도 심하며 문화적 소양이 낮고 봉건적 잔재가 뿌리 깊이 박혀 있으며, '쟁반 위의 모래알' 같은 습관도 여전하고 종파와 패권, 비밀결사의 오랜 관습이 남아 있는 실정임을 분명히 직시해야 한다며, 이러한 여건에서는 상황에 맞게 계획적으로 절차를 밟아 위에서 아래로의 개혁과 아래에서 위로의 개혁을 결합하여 점진적으로 문제를 해결해야 한다고 주장한다. 그래서 저자들은 개혁의 중요한 기능을 여전히 발휘하고 있고 국가의 버팀목으로서의 역량을 갖춘 중국 공산당을 지지하며, 서구의 민주와 관련된 무수한 논의에 대해서는 아직 시기상조라며 반대 입장을 분명하게 밝히고 있다.2) 저자들은 과거 중국이 질서에 의지하기보다는 운동과 계급투쟁에 의지하여 사회의 움직임을 유지해왔으며, 중국에서는 여전히 인간에 대한 평등한 대우와 개체의 자유, 주체의 해방 등이 해결해야 할 문제로 남아 있는 실정임을 지적하면서, 무엇보다 중요한 것은 점진적으로 갖가지 형식과 질서, 법규, 장정과 제도를 수립해나가는 것이라고 강조하고 있다. 중국의 이 같은 현실 여건에 근거해 저자들은 중국이 장차 사회 안정이라는 전제조건하에서 '경제발전→개인적 자유→사회정의→정치 민주화'의 수순을 밟아야 하며, '경제 발전'이라는 여건이 되어야 개인의 자유와 정치의 민주가 비로소 '근본'을 갖게 되고 성장의 토양을 확보할 수 있다고 밝혔는데, 여기서 가장 지배적인 실천 방식은 곧 '개량(改良)'이다. 저자들이 말하는 '개량'이란 단순히 나쁜 점을 고쳐 좋게 만든다는 사전적 의미의 차원을 넘어 기존 패러다임의 일대 전환으로서, 우리는 저자들이 제시한 '개량'을 통해 지난 20세기 중국 역사를 뼈아프게 성찰한 결론과 보다

---

2) 저자들은 상부구조에 대한 토대의 우위를 강조하며 공산당을 지지하면서도 동시에 계급투쟁을 부인하고 계급공존을 내세우며, 지금까지 민주와 관련된 인권운동가의 무수한 논의들이 대부분 현실과 동떨어진 추상적인 구호나 감정의 발로라고 폄하하여 중국에서 좌우 양쪽으로부터 모두 공격을 받았다.

합리적인 역사발전의 길을 볼 수 있다.

　"깨부수고 다시 시작하는 것"이 통쾌하긴 하겠지만, '깨부순다'는 것 자체가 너무나 커다란 대가를 요구하기 때문에 수많은 사람의 머리가 잘려 나가고 엄청난 양의 피를 흘려야 한다. "다시 시작하는 것" 또한 그리 쉬운 일이 아니다. 다시 시작하기를 여러 차례 반복했지만 매번 조금씩 좋아지기는커녕 오히려 그 반대인 경우가 많았음을 역사가 증명해주고 있다. …… 누군가 혁명은 쉽고 개량은 어렵다고 말한 적이 있지만, 혁명도 결코 쉬운 것이 아니며 개량은 더더욱 어렵다는 것은 너무나 분명한 사실이다. 개량은 혁명보다 훨씬 힘들고 복잡하며 번거롭고 완만하다. 또한 개량은 허리띠를 더 졸라매게 하고 사람들을 더 화나게 만든다. 왜냐하면 개량에는 혁명보다 더 많은 의지와 신념, 인내와 강인함이 필요하고 자잘하며 재미없고 번다한 조정과 협상, 화해와 타협, 그리고 협력의 시간과 노력이 필요하기 때문이다. …… 중국의 현실과 전통을 존중하고 이를 잘 결합하여 보다 치밀하고 실증적인 연구와 분석, 토론을 거쳐 점진적으로 중국의 구체적인 상황과 조건에 맞는 방법과 절차를 찾아내는 것이야말로 지극히 어렵긴 하지만 반드시 노력하여 해결해야 하는 중대한 문제이다. 이는 대단히 힘들고 엄격하며 천천히 과학적으로 이뤄나가야 하는 과제로서, 결코 급진적인 정서나 혁명 감정이 해결할 수 있는 일이 아니다. …… 과거나 지금이나 혁명이 주는 감동은 앞을 향해 나아가는 사람들을 분발케 함으로써 퇴폐적이고 소극적인 태도를 탈피하여 의미 있고 가치 있는 삶을 살 수 있도록 격려하고 인도해준다. (하지만) 혁명은 이미 과거의 기억으로 사라지고, 그 아름다운 이상도 일찌감치 물거품이 됐으며, 유혈의 희생이 거의 무가치한 것이 되어버린 지금이다. …… (한편) 그 목표를 위한 노력과 희생 자체는 여전히 후세 사람들이 배우고 사모하고 존경할만한 빛나는 도덕적 모범과 숭고한 이상으로 남아있다. 이것은 "윤리주의와 역사주의의 이율배반"이라는 비극의 형식이다. 인류의 역사는 항상 이렇게 잔인하면서도 찬란했던 것이다. 혁명이 아니라 개량과 진보가 이루어져야 한다는 주장은 바로 이러한 '이율배반'을 느끼고 인식한 결과로 제시된 보다 합리적인 역사발전의 길이다. 이 길은 매우 찬란하지만 그렇게 잔인할 필요는 없다.

지난 20세기 이래 줄곧 유지되어 온 '혁명' 역사언어 환경에 대항하기 위해 제시된 '개량'은 이렇게 체계적인 반성과 경험적 교훈을 바탕으로 제시되었기에 강력한 역사적 대응력을 갖춤과 동시에 향후 중국이 나아가야 할 패러다임으로서 선택된 것이다. 이로써 저자들은 21세기는 혁명이 아닌 개량이, 정치가 아닌 경제가, 계급투쟁이 아닌 계급공존이, 일체화 혹은 양극화가 아닌 다원화와 관용의 시대가 되어야 한다는 비전을 보여주었다. 『고별혁명』은 경제 고속성장을 기반으로 현재 자기조정과 자기완성, 자기강화를 준비하고 있는 중국에게 이제 과학적 이성과 개량이 지배하는 중국으로 정착하는데 꼭 필요한 제언이 될 것으로 기대된다.

4. 중국 지식인의 위치와 역할 찾기

'옌안(延安)'은 중국 혁명사에서 하나의 전범(典範)이다. 토지개혁, 공동생산과 공동분배, 공동학습과 토론, 식자(識字)운동, 대중문화운동, 지식인 개조운동 등 사회주의 건설에서 시험할 수 있는 모든 운동이 시험된 '해방구'였다. 1949년 신중국 수립 이후의 모든 노선과 주의, 주장, 정책은 '옌안'에 그 뿌리를 두고 있다 해도 과언이 아니다. 하지만 이때부터 지식인의 존재는 더 이상 계몽자가 아닌 오히려 노동자, 농민계급에게 배워야 하는 피(被)계몽의 대상으로 전락하게 된다. "고귀한 자가 가장 우매하고 비천한 자가 가장 총명하다"는 마오쩌둥의 발언은 지식인에게서 지식의 자본을 박탈하고 심리적으로 그들을 내내 억압했으며, 지식인은 프롤레타리아의 '가죽'에 붙어 있는 존재인 만큼 '가죽'의 이름으로 아무 때나 마음대로 잘라 버릴 수 있는 하찮은 존재였다. 이렇게 "끊임없이 자신을 비판하고 자신을 부정하고 자신을 노역시키고 자신을 밟아야" 하는 온갖 악몽에 시달렸던 지식인은, 80년대 이후 개혁개방의 가속화와 정치 해빙 무드로 제한적이긴 하지만 다시금 '사상계몽', '인도주의'를 비롯한 여러 담론의 중심에 서게 된다. 그러나 머지않아 이번엔 상품경제와 전파매체가 가한 충격과 소외 속에서 시대의 주변으로 밀려나 버린다. 즉 전 민족의 경제성장열과 상업열 속에서 지식인은 감시우국(感時憂國)의 '이상(理想)' 속에 갇혀 모든 부문으로부터 거의 소외되어 버린 것이다. 특히 높이 치솟은 화폐경제와 지식인에 대한 열악한 처우 속에서 그들은 경제적, 심리적 위축을 겪게 된다. 개혁개방 정책은 결과적으로 중국 사회 곳곳에 양지와 음지를 만들어냈으나 그 가운데서 지식인의 상대적 빈곤과 이에 따른 교육의 침체 및 고급한 학술문화의 침체는 심각한 상황에 이르렀다. 이에 지식인 양성과 관련한 정부차원에서의 여러 가지 우대정책이 실시되고 있지만, 다른 나라에 비해 중국 지식인은 아직까지 수입, 지위, 명성 면에서 현저한 불일치를 극복하지 못하고 있는 실정이다.3)

현대 중국 지식인의 곤혹스러우면서도 위축된 처지에 대해 저자들은 지식인에게 '적응'과 '반항'이라는 두 가지 방향을 동시에 갖추어 현재 중국이 처한 시간점에 알맞은 위치와 역할을 찾으라고 주문하고 있다. 여기서 '적응'이란 지식인으로서의 역할과 기능, 심리적 태도와 존재방식에 있어서의 변화를 의미하는데, 그 중에서도 먼저 중심적 역할에서 주변적 역할로의 자발적 전환이 이루어져야 한다는 것이다. 현대 사회의 특징은 영웅의 장거(壯擧)도 없고 낭만적인 격정도 없는, 그야말로 헤겔이 말한 '산문시대(散文時代)'로서 그저 평범하고 담담하게 일상생활에 나타나는 현실문제를 해결해 나가는 시대이다. 지식인의 '적응'은 바로 이전 영웅화로부터 전문 직업화로의 전환에서 시작되며, 전문 직업이란 반드시 나라를 경영하는 큰 일[經國之大業]이어야 하는 것이 아니라 사회적으로 유용한 과학기술과 경영, 행정, 학술 분야의 재능인 것이다. 이와 함께 저자들은 지식

---

3) 유세종, 「현대 중국에서의 계몽의 성격과 지식인의 역할」, 『중국어문논역총간』 제2호, 189~196쪽 참조.

인이 더 이상 사대부적인, 곧 '엘리트의 심리태도'만을 고집하지 말고, 이제 시장의 수요 또는 시민의 요구에 부응해 대중문화를 창조하며 이에 대해 항상 건강하고 적극적인 인도자로서의 역할을 하라고 조언한다. 다음으로 '반항'이란 경제 우선의 조류 속에서도 정신적 추구와 인문에 관심을 유지하는 것을 의미하는데, 그 안에는 금권사회에 대해 지식인이 취할 수 있는 끊임없는 문제 제기의 태도가 포함된다. 현대사회는 관권(官權)사회에서 금권(金權)사회로 전환하면서 정신적인 생산 역시 아도르노가 말하는 이른바 '문화산업' 속으로 흡수되고 말았다. 상품경제의 법칙이 지배하는 가운데 이전의 아름답던 가치관들이 완전히 전도되고 이익원칙이 도덕원칙을 절대적으로 압도하게 됨으로써 사람들을 정신은 없고 욕망만 남은 존재, 인도주의적 관심은 사라지고 물질적 추구만 남은 존재, 예의와 염치를 상실하고 열광적 착취만 남은 존재로 만들어 버렸다. 그 결과 사회적 심리태도는 극단적인 불균형을 낳았고, 심지어 양심체계의 상실까지 초래했는데, 여기서 지식인의 '반항'은 이러한 심리태도에 경각심을 촉구함과 동시에 금권사회에서 생길 수 있는 갖가지 형식의 인간소외 현상을 끊임없이 막아주는 역할을 하는 것이다.

중국의 개혁개방이 가져온 가장 큰 의의 중 하나는 개개인이 혁명기계 속에 '고정'된 '톱니바퀴와 나사못'의 위치로부터 이젠 '자유점'으로의 이동이 가능해졌다는 점일 것이다. 바꿔 말해 개인은 국가와 기관으로부터 그만큼 의존상태에서 벗어날 수 있으며, 또 그만큼 일원화되었던 사고의 폭도 넓어질 여지가 생겼다는 것인데, 바로 여기서 오늘의 지식인은 사회의 다원적 변화에 따른 각종 시스템과 운용규칙 등을 누구보다 깊이 있게 인식하고 이것이 적절히 발전해나가도록 항상 비판적 역할을 유지해가는 데 그 위치와 역할이 달려 있다. 저자들이 줄곧 강조한 개량은 다원과 관용, 이성과 법제가 정착되는데 필요한 가장 책임 있는 자세로서 오늘날의 중국은 이미 예전의 그릇된 사고의 틀과 행동 방식에서 벗어나고 있으나, 보다 자각적인 의식을 갖기 위해서는 지식인들의 보다 많은 노력이 절실히 필요하다는 것을 『고별혁명』은 다시금 일깨워주고 있다.

부 록

도시 공간의 시각으로 바라본 중국 지식인

쉬지린(許紀霖) 지음[1]

[논문해설]

　　이 글은 『20세기 중국 지식인 역사론 20世紀中國知識分子史論』(許紀霖 編, 新星出版社, 2005년 판)에 수록된 〈都市空間視野中的知識分子硏究〉 논문을 번역한 것이다. 필자인 쉬지린은 지식인 연구 담론과 인문정신 논쟁, 현대문화 연구 등에 있어 위잉스(余英時), 꾸신(顧昕), 왕샤오밍(王曉明), 천스허(陳思和) 등과 함께 대표적인 논자로 손꼽힌다. 그는 「5·4 정신의 계승과 초월 '五四'精神的繼承與超越」, 「지식인에 관한 체계적인 사고 關於知識分子的系列思考」, 『지식인

---

1) 상하이 화동이공대학(上海華東理工大學) 교수. 동교 부설 사회발전연구소 부소장. 중국의 현대문화, 현대화 변천 과정과 지식인 연구에 권위자로 정평이 난 중국의 대표적 자유주의자이다.

　　화동사범대 정치교육학과를 졸업하고 동 대학원에서 중국 근현대 정치사상사를 전공했다. 졸업 후 화동화공학원(현 화동이공대학), 상하이사범대 역사학과를 거쳐 2002년에 쯔장 그룹의 재정지원으로 설치된 '쯔장학자' 자격으로 화동사범대 역사학과 교수로 초빙되어 현재까지 재직 중이다. 같은 대학 중국현대사상문화연구소 부소장, 상하이역사학회 부회장, 중국사학회 이사, 《21세기》 편집위원 등도 맡고 있다. 2002년 이후 하버드대 옌칭연구소, 대만 중앙연구원 인문사회과학연구센터, 캐나다 브리티시컬럼비아대 아시아연구소, 도쿄대 총합문화연구과 등에서 연구했다. 2005년에 발간된 Encyclopedia of Contemporary Chinese Culture(Routledge)에 현대 중국의 주요 사상가로 소개됐으며, 영미권에서 쉬지린을 주제로 한 논문 "Xu Jilin and the ought Work of China's Public Intellectuals"(Timothy Cheek 저, 2006)도 발표되는 등 학자로서 국제적 명망이 높다. 주요 연구 분야는 20세기 중국사상사와 지식인 문제이며, 그와 연계하여 상하이 도시문화 등에도 깊은 관심을 두고 있다. 주요 저서로 『新世紀的思想地圖』(2002), 『中國知識分子十論』(2003), 『回歸公共空間』(2006), 「二十世紀中國知識分子史論」(편저, 2005), 『啓蒙的自我瓦解: 1990年代以來中國思想文化界重大論爭硏究』(편저, 2007), 『當代中國的啓蒙與反啓蒙』(2011) 등이 있다.

10론 知識分子十論』,『계몽의 운명 -20년 동안의 중국사상계 啓蒙的命運 -二十年來的中國思想界』등의 논저에서 이미 중국 지식인과 지식인 사회의 분화에 대해 예리한 통찰력과 치밀한 논증 분석력을 보여준 바 있는데, 특히 이 글에서는 지식인 연구에 있어 새로운 연구영역 개척의 필요성을 제기하면서 '도시 공간'이라는 시야를 통해 보다 진일보된 근대 중국 지식인 사회의 분화 내용과 그 특징을 고찰하고 있다.

필자는 먼저 지식인 연구의 내재적 이치로 근대 중국 지식인의 심리 과정과 자아 발전을 살펴볼 것과, 외재적 이치로 사상과 사회 상호 관계 중의 지식인을 고찰하는 것이 필요하다면서, 이들을 '도시 공간'에 초점을 맞춰 논의를 진행하고 있다. 다음으로 지식인과 도시 공간 관계에 대한 연구는 근대화의 영향을 받은 지방 신사(紳士)와 도시 관리형 공공 영역 간의 관계, 그리고 현대 전국적 성격의 지식인과 도시 비판형 공공 영역과의 관계, 이 두 가지의 다른 경로에 따라 진행될 수 있다고 보았는데, 필자는 공공 영역 속에 지식인이 매 도시 공간마다 크고 작은 문화 권력 관계망을 형성했고, 점차 등급 성격의 지식인 네트워크 공간을 이루었다면서 지식인 집단이든 개인의 연구이든 네트워크 공간에 위치해 있어야 연구대상의 적절한 위치를 찾을 수 있다고 강조했다. 그 다음으로 도시 지식인의 특징에 대한 설명에서 지식인 개인 활동의 각기 다른 공간망을 변별하고 그들 간의 상호관계를 분석하며, 서로 다른 관계망에서 연구대상의 복잡한 사회신분과 내재사상을 밝혀내는 일은 발굴할만한 충분한 가치가 있다고 지적했다. 마지막으로 필자는 피에르 부르디외의 장(場 field)개념의 핵심 개념인 영역, 자본, 관습을 빌어 중국 지식인 공동체의 내부관계와 그 외부의 도시 공간망을 살폈을 때 얻을 수 있는 새로운 시각과 여러 흥미로운 문제들을 거론하고 있다. 가령 공통된 관습을 지닌 지식인 공동체 내부만 해도 그들은 어떻게 도시 공간에서 교류하는지, 또 무슨 외부적 분위기가 있고 어떠한 공통된 가치관을 형성하는지, 그리고 리더와 권위는 어떻게 생겨났고 무슨 시스템을 통해 후진을 양성하는지, 그리고 더 나아가 각종 사회의 관계망 중에서 공동체는 무슨 유형의 자본 활동을 통해 상징자본을 얻어내며, 그 상징자본은 어떤 특징이 있는지 등등 흥미로우면서도 연구 가치가 충분한 문제들이 속출한다.

요컨대 이 논문은 '도시의 공간'에 초점을 두고 중국 지식인 연구의 새로운 시야를 엶으로써 더욱 진일보된 중국 지식인 연구의 발판을 마련했다는 데 가장 큰 의미를 둘 수 있다. 아울러 칼 만하임을 비롯해 윌리엄 로우, 메리 랜킨, 피에르 부르디외 등의 이론적 틀과 해석 패턴을 중국적 상황에 비추어 비판적으로 수용한 가운데 또 다른 연구 매력을 더해준 점에서 향후 중국 지식인 연구 효과의 기대수준을 높여준 논문이라 하겠다.

1. 이끄는 말

근 20여 년 동안 지식인 연구는 중국 학술계의 하나의 '붐'이 되어왔다. 이러한 '붐'은 1980년대 중후반 '문화열(文化熱)'로 시작됐는데, 곧 나중에 두 번째 '5·4'로 불리는 신(新)계몽운동이 그것이다. 신계몽운동 중에 계몽 지식인들은 중국이 현대화를 이룩하려면 민주와 과학의 기치로 현대화의 핵심 사항인 문화의 구조를 전환하고, 전통의 중국문화를 비판하여 서구의 선진 문화를 들여와야 한다고 보았다. 이 같은 주장은 린위성(林毓生)이 언급한 "사상문화를 빌어 문제를 해결"하는 사상 패턴의 주도 아래2) 지식인의 중요성이 각별히 부각된 것이다. 사상문화의 주체는 모두 지식인이고 그들은 대중계몽의 사명을 짊어졌기에 계몽자로서의 지식인 역시 마찬가지로 전통으로부터 현대로의 구조 전환에 직면하게 됐다. 때문에 '문화열'과 함께 '지식인열(知識人熱)'이 동시에 나타나게 됐다.

1980년대 중반부터 1990년대 말까지 지식인 연구는 주로 두 가지 방향으로 진행되어왔다. 하나는 전통과 현대의 이원적(二元的) 획분에 따른 것으로, 지식인이 전통에서 현대로 구조 전환하는 과정 중에 선택한 문화 내지는 충돌한 내재적인 사상문화를 분석한 것이다. 다른 하나는 학술과

---

2) 林毓生, 穆善培 옮김, 『中國意識的危機:"五四"時期激烈的反傳統主義』, 貴州人民出版社, 1986년, 43~49쪽 참조.

정치 사이의 사회적 역할로부터 출발해 지식인이 현대사회에서 나타내는 사회 신분을 연구하고, 지식인이 전환 시기에 처했던 정치적 운명과 그들이 어떻게 독립 인격을 상실하고 재건했는지에 대해 중점적으로 고찰한 것이다. 십여 년 동안 이 두 가지 연구 방향은 거시적인 분석이든 개별적인 누계든 모두 상당한 연구 성과를 낳았다. 비록 더 이상 발굴할만한 것이 없다고 말할 수는 없어도 어떤 의미에서 이 두 가지 연구는 기본적으로 이미 한계에 다다랐다고 할 수 있다. 더욱 중요한 것은 이 연구 방향을 지탱하고 있는 몇 가지 중요한 이론적 예측이, 예를 들면 전통과 현대의 이분적 패턴, "사상문화를 빌어 문제를 해결"하는 패턴 등이 1990년대 중반 이후 전반적인 질의를 받아왔다는 점이다. 이는 지식인 연구에 새로운 문제의식이 결핍된다면, 그리고 본래의 논리 영역에 계속 머물러 있게 된다면, 이 쟁점 과제는 독자의 '심미적(審美的) 피로'를 불러일으킬 것이고 새로운 진전을 얻기 힘들다는 사실을 나타낸다.

　새로운 세기에 지식인 연구는 다시금 문제화된 틀에서 새로운 연구 영역을 개척해야 할 것이다. 실제로 근래에 일부 학자들은 이 방면에 이미 새로운 영역을 개척했고, 비약적인 발전을 거뒀다. 예를 들면 학술사적 각도로부터 지식인이 어떻게 중국 전통의 학술전통을 계승하여 현대의 지식 체계를 세우고 지식의 생산과 재생산을 진행했는지 더욱 세밀하게 연구한다든지, 혹은 사회사의 시야로부터 명청대 이래 신사(紳士)계층 자체의 내부 변화를 연구한다든지 하는 것 등이다. 1990년대 중반 이후 지식인 연구는 일종의 학문 분야화, 다원화의 추세가 생겨나기 시작했다고 할 수 있다. 그렇다면 앞서 언급한 새로운 영역 외에 또 발굴할만한 새로운 지식인 연구 영역이 있을까?

　필자는 1980년대 중반 이래 지식인 연구의 맥락을 이어 두 개의 차원에서 더욱 진일보된 지식인 연구를 지속해 나갈 수 있을 것으로 본다. 하나는 지식인 연구의 내재적 이치로 계몽사상의 내재적 복잡성으로부터 근대 중국 지식인의 심리 과정과 자아 발전을 살펴보는 것이다. 간단히 말하면 상술했던 전통/현대, 중국/서구의 이원(二元) 대립의 사상 패턴을 극복한 기초 위에 중국 계몽사상 내부의 복잡성을 다시 연구하는 것이다. 그들은 중국과 서구의 어떠한 사상적 자원으로부터 서로 결합하여 형성된 것인가? 계몽사상 내부는 또 어떠한 것들로 한데 얽히고 또 충돌해서 현대 전통을 형성하였는가? 이러한 사상 전통은 현대 중국의 역사 내지는 당대(當代) 현실에 어떠한 영향을 주었는가? 현대 중국사상사 중에 중국과 서구의 사상 전통에는 대립과 충돌뿐 아니라, 또한 서로가 한데 뒤엉켜 있다. 서양학과 마찬가지로 중국의 문화전통 역시 계몽사상의 구성에 참여하였으나 중국의 현대성은 또한 왕왕 전통의 방식을 통해 나타났다. 중국의 계몽사상가는 어떻게 현대적 사상을 형성하였는지를 고찰하고, 그 내부는 또 어떻게 분화와 교차를 형성해서 근대 이래로 서로 다른 사상적 맥락을 정돈하였는지, 그들과 중국 고대와 서구 현대사상의 전승(傳承)관계를 분석하고, 계몽사상 내부는 또한 어떻게 분화되고 조합되었는지, 그리고 어떻게 또 다른 사상적 맥락을 띠는지, 피차간에 어떠한 상호 충돌과 침투의 관계 구성을 통해 중국 현대화 과정에서 각기 다른 가치 취향과 실천 방식을 형성하였는지를 연구하는 것이다. 이러한 연구는 새로운 영역과 시각에서 미국의 저명한 사상가 벤자민 L. 슈워츠(Benjamin L. Schwartz)교수가 생전에 완성하지 못한 연구목표를 계속 실현해나갈 것인 바, 즉 아직 총체적으로 해결하지 못한 현대성의 복잡성을 탐색하는 것이다.[3]

지식인 연구의 또 한 가지 새로운 경로는 외재적 이치로서, 즉 독일의 사회학자 칼 만하임(Karl Mannheim)으로부터 시작된 지식사회학의 각도로 사상과 사회 상호관계 중의 지식인을 중점적으로 고찰하는 것이다. 지식인이 특정한 사회 언어환경과 관계망에서 어떻게 지식인 공동체를 낳고, 또 어떻게 상호 교류하여 사회 공공 공간과 관계망에 영향을 끼치고 구성하였는지를 연구한다. 이 속에서 도시 공간과 지식인과의 관계는 각별히

---

3) 벤자민 L. 슈워츠, 程鋼 옮김, 『古代中國的思想世界』, 江蘇人民出版社, 2004년, 1~14쪽 참조.

중시할만한 하나의 과제로서, 현대 지식인이 전통 지식인과의 가장 큰 구별 가운데 하나가 그들이 향촌에서 도시로 나와 현대 도시 공간에 모여 도시의 공공 공간과 문화 권력망을 배경 삼아 자신의 문화생산, 사회 교류와 공공 영향을 전개해나가기 때문이다. 따라서 본문에서는 도시 공간이라는 새로운 시각에 역점을 두고 현대 지식인 연구 가운데 중시할 만한 주요 영역을 토론하도록 한다.

2. 도시의 공간망

전통사회는 시간을 맥락으로 한 사회로서 전통적인 혈연, 지연 관계의 뿌리가 없었던 적이 없으며, 개인의 공동체의식은 역사의 맥락감을 찾는 가운데 실현됐다. 그에 비해 현대사회는 공간을 보다 많이 핵심으로 한 사회이다. 그래서 현대사회의 공간 관계를 살펴보면 특히 도시의 공간망이 곧 현대 지식인 연구의 새로운 문제의식이 됐다.

필자가 여기서 언급한 공간개념은 철학의 시공관념과는 다른 공간범주로서, 그것은 물질적인 객관범주 뿐만 아니라, 문화사회의 관계이다. 어느 시대의 사람이든 구체적인 물질공간과 문화공간을 떠나서는 살 수 없다. 고대이든 현대의 지식인이든 모두가 어떤 구체적인 공간 관계 가운데서 생활하고 활동한다.

중국의 고대 지식인, 즉 유가(儒家)의 신사(紳士) 활동 공간은 자연적으로 익숙한 사람들의 사회로, 그들은 먼저 특정한 가족과 종족에 예속되어 이미 정해진 혈연과 지연 관계 속에서 생활했다. 혈연과 지연관계 외에 사숙(私塾), 과거(科擧), 서원(書院) 등 공간 형태로 형성된 학통(學統)관계 역시 중요한 관계 구조이다. 자연 종법 가족사회를 기초로 한 고대 신사들이 지닌 공간 개념에는 짙은 향토성과 초근성(草根性)이 갖춰져 있으며, 그 공동체 교류의 방식은 훼이샤오퉁(費孝通)선생이 제기한 '차서(差序)구조'의 원칙4)에 따라 자아를 중심으로 하고, 익숙한 사람의 사회를 반경(半徑)으로 하며, 혈연, 지연과 학통 관계를 경위(經緯)로 했다. 즉 그들이 활동하는 공간은 기본적으로 자연적, 유한적(有限的), 고정적, 비(非)유동적으로, 토지와 매우 밀접한 물질적, 정신적 관련이 있다. 예를 들면 청말(淸末) 중신(重臣)이었던 쩡궈판(曾國藩)은 군사를 이끌고 원정 나갈 때에도 여전히 자신 고향의 뿌리를 잊지 못하고 자녀들에게 '경독(耕讀)을 본분으로 하라'고 충고했다.

그러나 명청(明淸) 무렵 강남 지역이 상업도시로 발흥하기 시작하면서 과거에는 없었던 신상(紳商)계층(상업을 배경으로 한 신사)이 등장했다.5) 과거의 향신(鄕紳)은 주로 향촌에 모여 있었지만 명청시대 강남사회에 이르러 일부 지식인이 도시로 모여 살게 됐다. 도시에서는 서원(書院), 회관(會館)과 청루(靑樓) 등 일부 새로운 지식인 활동의 공간을 발전시켰는데, 이는 현대사회 공공 영역의 형성에 역사적 맥락과 전제(前提)를 가져다주었다. 여기서 특히 거론할만한 것으로 강남사회 중의 청루가 있다. 청루는 명청대 사대부가 공공 왕래하는 중요한 공간으로서 그 기능은 18세기 프랑스, 독일의 귀족 살롱과 매우 비슷하다. 살롱과 청루에는 분위기 있고 고아한 여주인이 꼭 있었는데, 그녀를 핵심으로 주위에는 일부 문인 묵객들이 모여 고담준론을 펼치고 뜻을 같이 하도록 했다. 천인커(陳寅恪)는 『柳如是別傳』에서 유여시(柳如是 河東君)를 중심으로 한 강남 사대부의 모임을 다음과 같이 묘사했다:

호화스런 술자리에서 하동군(河東君)은 항상 득의양양한 의론으로 좌중에 있는 사람들을 감탄케 했다. 때문에 우리는 여전히 그날 저녁 기원(杞園) 술자리에서의 이런 상황을 상상할 수 있다: 정(鄭), 당(唐), 이(李), 장(張) 등 뭇사람들은 꽃처럼 아름다운 여인을 보고, 그녀의 날카로운 언담(言談)을 들으며, 마음이 벌써 도취되어 죽고픈 심정이 된다.6)

4) 費孝通, 『鄕土中國』, 三聯書店, 1985년, 21~28쪽 참조.
5) 余英時, 『士與中國文化』, 上海人民出版社, 1987년, 519~579쪽 참조.
6) 陳寅恪, 『柳如是別傳』 上冊, 上海古籍出版社, 1980쪽, 175쪽 참조.

현대화의 변천은 동시에 도시화의 과정으로, 자본, 인구, 지식의 고도 (高度)가 대도시로 집중되고 현대의 도시는 전통의 향촌을 대신하여 사회 문화와 공공관계의 중심이 됐다. 현대 지식인은 현대 대도시의 산물이다. 전통 사대부에서 현대 지식인으로의 전변은 지식인이 자연적 혈연과 지연관계에서 계속 벗어나 도시 공공 공간으로 진입해가는 과정이다. 현대 도시 생활은 전통의 향촌과는 달리 완전히 낯선 사람들만의 사회이다. 도시인과 도시 지식인은 서로 다른 지역으로부터 와서 전혀 다른 사회배경과 문화배경이 있다. 문화의 자연성에 대해 말한다면, 그들은 완전히 낯선 사람들로 도시의 공간에서 자연적인 공공 기초를 얻을만한 것이 아무 것도 없다. 바로 이 때문에 도시인은 특히 공공의 교류가 필요하며, 각종 각색의 개인적인 것과 공공적인 것과의 교류를 통해 새로운 관계망을 구축한다. 도시의 공공 공간은 자연적, 역사적인 것이 아니라 인위적인 조성의 산물로서 건립하여 만들어낸 성질의 것이다. 마치 거미와도 같이 도시인은 언제라도 자신의 목적인 실천 활동을 통하지 않고 각종각색의 공간망을 구축하고, 이러한 공간망에서 자아적인 공동체 의식을 실현한다.

푸꼬는 현대 도시에서 생활하는 사람들은 동시성(simultaneity)과 병렬성 (juxtaposition)의 시대에 놓여 있으며, 사람들이 경험하고 느낀 세계는 하나의 점과 점 사이에 상호 연결, 단체와 단체 간에 서로 얽힌 인위적 공간망이지, 전통사회처럼 장기간 동안의 진화를 통해 자연적으로 형성된 물질 존재는 아니라고 보았다.[7] 비(非)인격화된 낯설은 도시 공간에서 사람들의 왕래는 이미 전통사회의 지연과 혈연의 유대를 잃었고, 새로운 규범에 따라 진행된다. 이러한 새 규범은 더 이상 공통된 역사 근원감을 찾지 않고 다원적이고 복잡한 공공 공간에서 결정되는데, 도시 지식인 또한 이러하다. 전국 각지로부터 온 그들은 베이징, 상하이 같은 대도시에서 구체적인 도시 공공 공간을 통해 서로간의 교제와 공동체의식을 실현한다. 이

---

7) 미셸 푸꼬, 陳志梧 옮김, 『不同空間的正文與上下文』, 上海敎育出版社, 2001년, 18~28쪽 참조.

러한 공간이 주로 가리키는 곳은 다관(茶館), 커피숍, 살롱, 서점, 사단(社團), 동인잡지, 공공 매체, 출판사, 대학, 광장 등등이다. 바로 이러한 현대 도시 공간의 '점(点)'은 현대 지식인 공공 교류의 공간망을 편성한 것이다.

3. 관리형 공공 영역과 비판성 공공 영역

상술했던 공공 공간들은 현대 중국의 역사 중에서 곧잘 정치비판의 기능을 도맡으며 공공 영역의 성격을 갖추고 있다. 공공 영역(public sphere)과 공공 공간(public space)은 약간 구별되는 개념이다. 후자는 전자에 비해 훨씬 광범한데, 주로 사회와 국가 간에 사람들이 사회적 교류와 문화의 상호 작용을 하는 장소를 가리킨다. 반면 전자의 경우는 하버마스가 제기한 이상적 유형(ideal type)성격을 띤 개념으로서 시민사회로부터 생겨났거나 국가와 사회 간에 만들어진 공공 공간을 가리키는데, 이 공공 공간은 뚜렷한 정치비판의 기능을 지니고 사회 공공여론을 만들어내며, 아울러 이로써 정치 시스템의 합법성 연원이 된다.[8] 확실히 현대 중국 지식인이 구축하고 생존해나가는 도시 공간은 곧 넓은 의미로서의 공공 공간이다.

그럼 중국에는 하버마스적 의미상의 공공 영역이 과연 있을까? 십여 년 동안 이 문제에 관해 국내외 중국 연구학계에서는 첨예한 의견 대립과 쟁론이 오고갔다. 미국에서 윌리엄 로우(William T. Rowe)와 메리 랜킨(Mary Rankin)을 대표로 한 일부 학자들은 우한(武漢)과 쩌쟝(浙江) 지역의 청말 사회와 도시에 관한 연구를 통해 근대 중국에는 일종의 비(非)하버마스적 의미의 공공 영역이 존재했는데, 즉 비판성을 갖추지 못하거나 고작 지방 공공 사무관리의 지방 신사들의 공공 영역 정도에나 해당된다고 보았다.[9] 반면 또 다른 미국학자 웨이훼이더(魏斐德), 황종쯔(黃宗智) 등은 이에

---

8) 위르겐 하버마스, 曹衛東 등 옮김, 『公共領域的結構轉型』, 學林出版社, 1999년 참조.
9) 윌리엄 로우, 메리 랜킨, 楊念群 등 옮김, 『晚淸帝國的"市民社會"問題』, 『中國公共領域觀察』, 中央編譯出版社, 2003년 참조.

대해 의문을 표명했는데, 황종즈는 '제3의 영역'이라는 개념을 제시하면서 이로써 하버마스가 지니는 강한 유럽 역사 색채의 공공 영역 개념과 구분 지었다.10) 중국 학계에서는 그와 유사한 열띤 토론이 있었고, 게다가 즉각적인 문제의식을 더욱 갖추었다.11)

공공 영역과 유관한 토론 및 하버마스적인 이론이 문화를 넘나드는 응용으로 될 수 있을지, 이러한 쟁론이 관련한 것은 뒤에 설정된 문제로서, 즉 중국과 유럽이 역사에 있어 국가와 사회의 관계와 공사(公私)관념에 대한 서로 다른 이해이다. 국가와 사회, 공과 사는 유럽 역사에 있어 자명한 성격의 개념으로 국가와 공적 문제와 서로 관련되고 사회와 사적 문제와 서로 관련된 바, 양자는 고대 로마시대부터 법률 관념에 있어 명확한 경계가 있어왔다. 중세기 중반에 들어 자치도시의 탄생에 따라 국가권력에 상대적으로 독립한 시민사회와 자산계급이 등장했고, 아울러 사유재산의 기초 위에서 C. B. 맥퍼슨(C. B. Macpherson)이 분석한 '점유 성격의 개인주의'가 생겨났다.12) 이른바 '점유 성격의 개인주의'란 바로 자산계급 시민사회의 의식 기초이다. 그래서 시민사회의 역사 전제 아래 국가권력과 시민사회 간의 공공영역이 생겨났다: 자산계급 개인은 살롱, 커피숍, 공공매체의 여론을 통해 공중(公衆)의 신분으로 국가 공공사무의 비판성 토론에 참여하여 정치권력의 합법성을 결정했다.

그러나 중국의 역사 중에 국가와 사회, 공과 사의 개념은 결코 분명하지 않아 그 경계 또한 매우 모호하다. 일반적으로 왕권을 핵심으로 한 제국의 정치체제는 국가의 범위에는 속하지만 지방 종법가족으로 구성된 민간 사회는 사회의 공간에 속한다. 다만 이 양자 간에는 유럽처럼 명확하게 이원적 공간을 구성하고 있지 않다. 그 중 가장 중요한 원인은 고대 중국의 지식인에 있는데 – 유가 사대부는 국가와 사회를 하나로 조정하

---

10) 魏斐德, 黃宗智,『市民社會和公共領域問題的論爭』,『中國的"公共領域"與"市民社會"』참조.
11) 楊念群,『中層理論: 東西方思想會通下的中國史硏究』第3章, 江西敎育出版社, 2001년 참조.
12) C. B. Macpherson, *The Political Theory of Possessive Individualism: Hobbes to Locke*, Oxford University Press, 1962.

는 중개 역할을 했다. 유가의 신사는 과거제도를 통해 중앙제국의 왕권/관료의 관리체계에 진입했고, 조정에서는 국가를 대표하며 재야에서는 민간을 대표했다. 신사의 신분은 이중적이나 그 집체(集體)의 신념은 유가 학설을 자신의 공동체 의식으로 하며, 사대부 집단의 중개를 통해 전통 중국의 국가와 사회는 유럽처럼 상호 대립하는 것이 아닌 일종의 적극적인 상호 작용이 있고, 특히 지방 사무에 있어서는 항상 상호 영향을 주고 교차했다.

이와 서로 대응하는 전통 중국의 공사(公私) 관념은 도덕평가 성격의 개념으로서 그 법률적 한계는 매우 모호했다. 마침 훼이샤오퉁이 언급했듯 중국 인륜 관계의 '차이(差異) 구조'에서 공과 사는 상대적으로 말해 개인이 대표하는 상대적 이익에서 결정됐다. 예를 들어 가족을 위해 이익을 다툰다면 국가한테 그는 개인이지만 가족한테는 공을 대표하는 것이다.13) 비록 사회관계 중에서 공사는 상당히 모호하지만, 유가의 도덕관념 중에서 공과 사는 이성과 욕망처럼 두 가지는 상반된 가치를 대표한다. 군자가 수신(修身)하는 가장 중요한 목적은 사욕을 이겨내고 대공(大公)을 실현하는 것이다.

즉 앞서 서술한 국가와 사회, 공과 사의 특별한 관계의 기초 위에서 청말 사회에 출현한 것은 유럽의 공공 영역과는 확연히 다른, 즉 윌리엄 로우와 메리 랜킨이 연구한 관리형 공공 영역이다. 이 관리 유형의 공공 영역, 또는 황종쯔가 제기한 '제3영역' 개념은 일종의 국가 권력과 종법사회 사이의 조직으로 지방 신사, 특히 도시의 신상(紳商)을 주체로 한 것이다. 그들은 조정(朝廷)국사(國事)를 의론하지 않고 관심을 두고 종사한 것은 지방 공공사무의 관리로서, 예를 들면 이재민 구조, 자선, 소방, 수리(水利) 등 사회경제 사무였다. 국가의 자원과 권력은 유한하기 때문에 지방 신사는 이러한 공공 사무의 자아 관리에 대해 또한 지방 관원의 격려와 지지를 얻었다. 그것은 결코 국가와 대립된 공공 공간이 아니라 정반대로 '국

---

13) 費孝通, 『鄕土中國』, 三聯書店, 1985년, 21~28쪽 참조.

가 권위의 사회성 장치'의 일종이었다. 그것은 지방성과 단체성의 기초 위에 세워졌지, 유럽의 시민사회와 공공 영역처럼 개인적 권리와 사유 재산에 대한 보호위에서 세워지지 않았다. 바꿔 말하면 19세기 중국에서는 비록 신사 공공 영역이 있었지만, 오히려 유럽과 같은 시민사회는 없었던 것이다. 그것이 더욱 강조한 것은 지방 신사의 공익 정신이지, 개인적 권익을 지키려한 것은 아니었다.14)

근대 중국의 공공 영역에 관한 연구와 토론의 하한은 기본적으로 19세기에 국한되는데, 연구의 영역 또한 쩌장(浙江)의 일부 지역과 우한(武漢), 청두(成都) 등 중소형 도시와 도읍에 대부분 집중되어 있다.15) 그럼 19세기 말과 20세기에 들어 상하이처럼 상당 부분 현대화된 대도시에서는 하버마스적 의미의 비판성 공공영역이 출현할 가능성이 있었을까? 필자는 청말 이래 상하이 공공 영역에 대한 연구에서 이러한 비판성의 공공 영역은 1896년 량치차오(梁啓超)가 상하이에서 주관한 『시무보 時務報』에서부터 각종 시론(時論)적 기능을 지닌 신문, 잡지 및 지식인 사단, 살롱 등이 대거 등장함에 따라 20세기 상반기 중국에도 유럽과 유사하게 공공 여론을 형성한 공공 영역이 있다고 밝힌 바 있다.16) 지방 신사를 주체로 한 관리형 공공 영역과 달리 그것은 중국의 역사에서 자체적으로 그 연원이 순환했는데, 즉 유가의 민본주의 사상, 고대 사대부의 반항적 성격의 청의(淸議)전통으로부터 나온 것으로, 이러한 전통 요소는 청말 공공 영역의 최초 형성과 합법성 측면에 중요한 역할을 도맡았다. 비판성 공공 영역의 주체는 지방적 성격의 신사가 아닌 현대적 의식과 구국의 열정을 지닌 전국의 사대부 또는 지식인들로, 그들은 공공 매체, 정치집회와 전국 공개 전보를 통해 커다란 공공 여론을 형성했고, 당시의 국내 정치에 상당한

---

14) 楊念群, 『中層理論: 東西方思想會通下的中國史硏究』 第3章, 江西教育出版社, 2001년, 131~134쪽 참조

15) 19세기 중국 관리형 공공 영역에 대한 또 다른 주요 연구로 왕띠(王笛)의 『晚淸長江上游地區公共領域的發展』(『歷史研究』 1996년 제1기)가 있다.

16) 許紀霖, 『近代中國的公共領域: 形態, 功能與自我理解-以上海爲例』 第3章(『史林』 2003년 제2기) 참조.

영향을 끼쳤다. 그렇지만 상하이를 중심으로 한 현대 중국의 공공 영역은 여전히 하버마스가 언급한 유럽경험을 역사적 바탕으로 한 공공 영역과는 사뭇 다르다. 그것은 발생 형태상에 있어 기본적으로 시민사회와 관련이 없고, 주로 민족국가의 구조, 사회적 변혁 같은 정치주제와 연관이 있다. 그러므로 중국의 공공 영역은 진작부터 자산계층 개인을 주체로 하지 않고, 사대부 혹은 지식인 집단 핵심으로 하여 유럽에서 일찍이 있어왔던 문학 공공 영역의 과도 단계를 건너뛰고 직접적으로 정치내용을 건립 구성의 출발점으로 삼았는데, 공공 공간의 장소는 커피숍, 서양식 술집, 살롱이 아니라 신문, 학회, 학교였고, 풍격상에 있어서도 문학식의 우아함이 결핍되고 정론식의 준엄한 성격을 띠었다.

이처럼 지식인과 도시 공간 관계에 대한 연구는 두 가지의 다른 경로에 따라 진행될 수 있는데, 하나는 근대 지방적 성격의 신사와 도시 관리형 공공 영역 간의 관계이고, 또 하나는 현대 전국적 성격의 지식인과 도시 비판형 공공 영역과의 관계이다. 이 두 가지 공공 영역이 나타내는 공간은 비록 중복되는 점도 있지만 저마다 뚜렷한 특색이 있다: 전자에는 다관(茶館), 회관과 신사 단체가 많고, 후자에는 커피숍, 살롱, 공공 매체, 동인 간행물과 현대 지식인 단체들이 많다. 매 도시 공간마다 크고 작은 문화 권력 관계망을 형성했고, 지식인은 이러한 공공 영역을 빌어 각종의 상호 교착되거나 중첩된 공공체를 형성했으며, 교직(交織)되어 하나의 거대한 도시를 중심으로 하든지 또는 중소 도시와 도읍의 경우에는 점차 등급 성격의 지식인 네트워크 공간을 이루었다. 지식인 집단이든 개인의 연구이든 이처럼 네트워크 공간에 위치해 있어야 연구대상의 적절한 위치를 찾을 수 있는 것이다.

4. 도시 지식인의 특징

향촌 지식인에서 도시 지식인에 이르기까지 중국 역사에 있어 하루아침에 직접적인 형태 전환이 일어나지 않았고, 그 사이에 커다란 과도 형태를 몇 차례 거쳤다. 향촌 지식인 중에서 가장 이르게 분화해 나온 자들은 명청시대의 유상(儒商)과 문인 묵객(墨客)들로서, 전겸익(錢謙益), 정판교(鄭板橋) 등이 있다. 그들의 생활은 기본적으로 향촌에서 벗어나 양저우(揚州), 쑤저우(蘇州), 항저우(杭州) 등의 상업도시로 진입하여 관료이든, 문인이든, 상인이든, 명청시대 강남 사대부 도시생활과 세속문화를 형성했다. 두 번째 단계는 청말에 이르러 상하이 등 연해(沿海) 통상 지역의 굴기(崛起)와 조계지(租界地)의 출현에 따라 대도시에 등장한 왕도(王韜), 정관응(鄭觀應)처럼 매판형 지식인들로, 그들은 조계지를 활동배경으로 양무(洋務)를 직업으로 했고 또한 전통 강남 문인의 문화습성과 기질을 지니고 있었다. 과거(科擧)를 거친 지식인과 비교한다면 이러한 양무 지식인들은 사회의 주변에 처해 있었어도 사회의 분화와 현대화의 발전에 따라, 번역, 출판, 신문 간행, 교육 사업 등 주변 사업에서 점차로 지식인의 정업(正業)과 주류가 되어 그 중에서 현대 지식 생산체계를 배경으로 한 현대 지식인을 배출시켰다. 세 번째 단계는 19세기와 20세기가 교차하던 무렵 유신운동이 캉여우웨이(康有爲), 량치차오 등을 대표로 한, 정도를 벗어나거나 민간에서 발전한 이단(異端)적 사대부들로, 그들은 민간에 있지만 전국을 정치 무대로 차지하고 있었다. 그들은 도시가 제공한 상대적으로 독립적인 공공 공간을 빌어 공공 여론을 뒤집었다. 이러한 사람들의 신분은 자유 작가, 학당교습도 있었고, 또한 직업 언론인이나 직업 정치가도 있었다. 이 단계에 이르러 지식인과 도시의 관계는 더 이상 양무 시기처럼 주변적이고 모호한 성격의 관계가 아니었고, 긴밀한 연관도 있었다. 그들의 활동과 여론 참여는 도시의 정신생활과 문화 공간을 구축하여 도시 풍경 가운데 없어선 안 될 중견인물이 됐다. 마지막으로 민국시기 이후 현대 지식 교육 체계와 출판매체 산업이 점차 정비되면서 도시를 중심으로 물질화된 분업(分業)과 정신화된 문화 네트워크가 규모를 갖추면서 진정한 현대 의의상의 지식인이 마침내 형태화된 것이다. 그들은 후스(胡適) 같은 대학 교수처럼 부르주아의 고귀함, 우아함과 긍지에 가득 차 있을 수 있었고,

루쉰(魯迅)처럼 자유 작가로서 불합리한 사회 현상을 규탄하고 독립적으로 얽매이지 않는 보헤미안 정신에 넘쳐 있을 수 있었다. 요컨대 이 단계에 이르러 중국 지식인은 마침내 향촌과 정신적인 탯줄을 끊고 완전한 도시인이 된 것이다.

전통의 향촌 지식인은 자연적인 본토인으로서 토지와 뗄 수 없는 관련이 있으며, 그들은 지방적, 보수적 혹은 반(半)보수적으로 혈연과 지연의 시간 맥락을 그 역사적인 근원으로 했다. 그러나 도시 지식인은 유동적(流動的)으로 항상 저마다 다른 도시, 다른 공간에서 자유롭게 행동하고 역사감도 엷었으며 공간적인 감각이 예민했다. 도시 지식인의 신분 등급과 공동체 의식은 향촌 지식인과는 사뭇 달라 후자의 경우처럼 역사적인 뿌리를 찾는데 세워지기 보다는 어떠한 공간 관계에 귀속될 것인지를 봐야 했다.

여기서 언급한 귀속 감각의 의의를 갖춘 공간 관계에는 세 가지 함의가 있다. 첫째는 졸업장을 중심으로 형성된 등급 성격의 신분관계이다. 피에르 부르디외(Pierre Bourdieu)는 현대의 학교체제는 지식 중립의 방식으로 명문학교 졸업생을 최상등의 지식인 등급체제로 부단히 양산해내며,17) 더욱 많은 문화 자본을 얻기 위해 청년학생과 지식인은 명문학교에 기필코 들어가려 하거나 혹은 해외유학을 떠나려 하며, 수준 높은 교육 출신이 되려 한다고 분석하여 밝힌 바 있다. 그러나 명문학교 혹은 해외유학 출신의 졸업생들은 또한 반(半)보수적인 교제의 공동체를 형성했다. 이 군체(群體)에 대해 피에르 부르디외는 신(新)통제 계급의 도시 상류층 귀족이라 명명했는데, 전통 봉건 귀족과 유일한 구별은, 후자의 경우는 선천적인 혈통을 기초로 한 것이지만, 고학력과 명문학교를 신분 표지(標識)로 한 신통제 계급은 후천적인 노력을 통해 얻을 수 있는 것이었다. 어쨌든 도시 공공 관계망에서의 학교출신은 지식인의 공통체 의식과 상호 긍정의 제1층 공간관계를 실현한 것이다.

---

17) 피에르 부르디외, 邢克超 옮김, 『再生産: 一種敎育系統理論的要點』, 商務印書館, 2002년 참조.

둘째는 추상적 부호로 구성된 의식형태의 공간망이다. 전통 중국사회에도 역시 의식형태가 있었는데, 그것은 중화제국에 의해 승인되고 과거제도에 의해 부단히 제도화된 유가학설이었다. 그러나 신해혁명 이후에 왕권이 와해되고 향촌 종법제도가 쇠락하면서 지식인으로서 모두가 신봉해왔던 유가적 의식형태는 철저히 붕괴됐다. 현대 자본주의의 직업 분화, 계급 이익의 분화와 현대의 다원화된 의식형태의 출현은 '유기화(有機化)'된 도시 지식인이 나오게끔 했는데, 즉 안토니오 그람시(Antonio Gramsci)가 언급한 유기적 지식인이다.18) 지식인은 더 이상 통일된 의식형태를 갖지 않았는데, 마치 고대 희랍에 각 나라마다 저마다의 신이 있었던 것과 마찬가지로 서로 다른 도시 지식인 사이에서도 각자가 신봉하는 의식형태가 있어 추상적인 부호로 구성된 복잡한 의식형태의 공간망이 형성되어 있었다. 그러나 이러한 의식형태에 대한 정치적 승인은 도시 지식인들마다 서로 다른 공동체를 구성했고, 그들 사이의 충돌이나 논전은 항상 언어폭력으로 가득 차 일단 의식형태 충돌과 군사/정치 역량의 결합만 있으면 곧 더욱 잔혹한 전쟁폭력으로 변모했다.

셋째는 각기 다른 도시문화 공간의 구조이다. 현대 지식인은 끊임없이 각 도시를 돌아다니며 자신의 생존방식과 문화기질에 알맞은 도시 공간을 찾아왔다. 현대 중국에서는 각 도시마다 문화 생태의 차이가 큰데, 베이징과 상하이를 예로 든다면 베이징에는 전국 일류의 국립대학과 미션스쿨이 집중되어 현대 중국의 지식 생산과 학술생산망의 중추로서 온화한 자유주의 지식인이 생장하기에 적합하고, 국가의 안정된 지식체계를 배경으로 한 문화공간을 갖추고 있었다. 반면 상하이의 경우에는 국내에서 가장 발달된 신문사, 출판사와 오락업종이 있어 이들을 빌어 세계화 과정의 문화 공업에 합류하여 급진적인 좌익 지식인들이 상하이에서 생존과 발전의 자유공간을 얻을 수 있었고, 게다가 분산된 형태의, 다원화된 공공여론을 형성할 수 있었다. 1927년부터 1930년의 짧은 3년 동안 상

---

18) 안토니오 그람시, 曹雷雨 등 옮김, 『獄中札記』, 中國社會科學出版社, 2000년, 1~18쪽 참조.

하이에서는 루쉰을 대표로 한 어사파(語絲派), 궈모뤄(郭沫若), 청팡우(成仿吾), 쟝광츠(蔣光慈)를 대표로 한 창조사(創造社)/태양사(太陽社), 후스(胡適)를 대표로 한 신월파(新月派)와 쨩쥔마이(張君勘), 쨩둥쑨(張東蓀), 리황(李璜)을 대표로 한 해방과 개조파/국가주의파 등, 당시 중국의 가장 대표적인 지식인 군체(群體)가 운집해 있었다. 마지막으로 한 차례의 복잡한 투쟁을 거쳐 루쉰과 창조사/태양사가 연합해 좌익 지식인 동맹을 결성하며 상하이에 머물러 있었고, 후스, 쨩쥔마이 등 자유주의 지식인은 상하이를 떠나 북상(北上)하여 베이징으로 돌아갔다. 현대 중국역사에서 베이징과 상하이가 각자 자유주의와 좌익 지식인의 진영이 된 것은 결코 우연이 아니었던 바, 이 두 도시의 문화공간과 도시 성격과 밀접한 관계가 있는 것이다. 게다가 이러한 관계는 일방적이거나 피동적인 것이 아니며 쌍방향적이고 상호적인 것이었다. 한 편으로 도시의 사회공간과 문화구조의 제약은 지식인에 영향을 주었고, 또 한편으로 지식인 또한 적극적이고 능동적으로 도시문화와 도시정신의 구성에 참여했다.

도시 지식인의 교류망과 공동체 의식은 앞서 서술한 세 도시가 건립 구성한 공간관계에 달려 있을 뿐만 아니라, 현대 도시의 공간망에서 전통의 혈연, 지연의 자연적 관계가 비록 주도적인 작용을 하진 못했지만, 정도상에 있어서는 여전히 그 잠재적인 영향을 크게 발휘하며 종친 관계, 동향(同鄉) 관계가 현대 도시의 사교에 깊숙이 개재(介在)되어 현대의 졸업장 신분 등급, 의식형태의 공동체 의식과 도시 지역문화와 얽혀 거대하면서도 복잡하고 상호 연관된 교류망을 형성한 것이다. 이 미궁과도 같은 피차 중첩된 관계망에서 지식인의 공동체 의식, 교류공간과 신분 귀속은 모두 단일한 것이 아닌, 복수적인 상태로서 각기 다른 차원의 가치와 신분 취향에 따라 여러 단체의 공동체 의식과 신분 귀속이 있었는데, 이는 지식인 개체 신분의 복잡성과 다원성을 형성했다. 샤오방치(蕭邦齊)는 1920년대 쩌쟝(浙江)의 우파 지식인 천띵이(沈定一)에 대한 개별 연구에서 대도시 상하이, 성회(省會)도시 항저우(杭州)와 향촌의 관공서 세 가지의 다른 공간에서의 활동에 대한 분석을 통해 "이 세 곳의 활동은 삼자간의 상대적 구조와 가치도를 보여주었을 뿐 아니라 삼자의 역사적 역할 담당자, 사회망과 시대정신 간의 상호도를 나타낸다"고 밝힌 바 있다.19) 지식인 개체 활동의 각기 다른 공간망을 어떻게 변별하고 그들 간의 상호관계를 분석하며, 서로 다른 관계망에서 연구대상의 복잡한 사회신분과 내재사상을 밝혀내는 것은 지식인 개체 연구에 있어 발굴할만한 깊이가 있다.

도시 지식인은 향촌 지식인과 다른 성질 때문에 그들의 사회적 역할, 지식구조와 내심(內心)세계의 사이에는 조화가 아닌 내재적인 긴장과 충돌에 가득 차 있다. 칼 만하임의 분석에 따르면 이러한 충돌은 적어도 아래 세 측면에서 나타난다.

첫째, 도시 지식인과 사회의 관계로부터 말한다면 프라이버시와 공공성의 충돌이다. 향촌사회의 익숙한 사람들의 세계에서 개인은 프라이버시라 할 만한 것이 없으며, 공공영역과 개인적 영역 사이의 경계 역시 상대적이고 모호했다. 그러나 도시의 거주방식은 도시의 낯선 사람들의 사회를 형성하여 "도시 가정과 공장, 사무실 간의 분리는 먼저 개인 영역과 공공 영역 간의 구분을 강화시켰다. 공공 관원의 근무 패턴은 이 구분이 강화된 또 다른 단계를 상징한다. 근무 중의 행위는 대중에게 완전히 폭로되며 근무시간 외에서야 비로소 프라이버시 안으로 들어갈 수 있다. 그래서 지식인은 그가 행한 거의 모든 일을 프라이버시의 범주 안으로 넣으려 했고, 때문에 그는 성공적으로 개체화된 도시 프라이버시를 극도로 발전시켰다."20) 현대 지식 생산의 개인성과 개인의 자주의식은 도시 지식인을 본질상 고독하고 개인주의적으로 만들긴 했지만, 도시처럼 낯선 사람들의 사회에서 그는 기존의 자연적인 역사관계를 빌릴 수 없었고, 모든 것은 반드시 자신의 노력으로 만들어내고 공공관계를 세워야 했다. 만약 그가 어떤, 혹은 약간의 관계망에 받아들여지지 못한다면 그 도시의 버려진 자가 되는 것이다. 따라서 개인주의적인 도시의 지식인은 향촌의 지식

19) 蕭邦齊, 『血路: 革命中國中的沈定─(玄廬)傳奇』, 江蘇人民出版社, 1999년, 7쪽 참조.
20) 칼 만하임, 徐彬 옮김, 『卡··曼海姆精粹』, 南京大學出版社, 2002년, 224~225쪽 참조.

인보다 더욱 사회적인 교류가 필요하며 도시로 온 첫날부터 그에게 적합하고 받아들여질 수 있는 사회공간과 공간망을 찾아야 했다. 그러나 공공관계망에서 도시 지식인의 프라이버시 본질은 또한 공공관계 밖에서 자신의 독립 공간을 유지해야 했는데, 이는 프라이버시와 공공성의 충돌을 낳았다.

둘째, 도시 지식인의 지식유형으로부터 말한다면 비결(秘訣) 지식과 일상 지식의 긴장이다. 칼 만하임은 지식사회학의 각도에서 두 가지의 서로 다른 지식을 구별했는데, 곧 일상경험의 지식과 비결 지식이다. 전자는 일상생활 중에 개체의 경험 획득에서 생활의 실천과 밀접한 관계가 있다. 예를 들면 민속 '소(小)전통'으로서의 유가문화는 바로 일상 지식의 일종으로, 그것은 전통 종법사회 중의 인륜을 마련하여 일상생활의 정신적 방향이 됐다. 그 밖에 비결 지식이 있는데, 그것은 비록 일상생활에서 유래하나 갈수록 일상생활과 분리되고 멀어져 일종의 전문적이거나 추상적인 지식계통이 됐다. 특히 현대 도시사회로 들어 지식은 갈수록 분야화, 전문화되어 만약 전문적인 학술 훈련을 거치지 않으면 지식인은 이 비결 지식을 얻을 수 없었다. 칼 만하임은 "간단한 문화 중에서 이 두 가지 유형의 지식은 늘 한 데 모인다. 부락(部落)이 독점한 기예(技藝)는 항상 하나의 비밀의 주제를 구성했는데, 이 기예 자체는 오히려 일상생활의 한 부분이며, 무술(巫術)의 유래와 기초는 비결로 전해지고 또한 항상 사적 활동의 일상 순환으로 들어간다. 그러나 갈수록 복잡해지는 사회는 오히려 일상 지식과 비결 지식을 분리시키는 경향이 있고, 동시에 이 두 가지 지식을 장악한 군체와의 거리를 더욱 벌려놓았다"[21]고 지적했다. 도시 지식인 가운데 지식유형의 차이에 따라 양대(兩大) 지식 군체를 형성했다: 매체(媒體)를 활동배경으로 하거나 공공 생활과 밀접한 관계가 있는 공공 지식인과 대학을 생존공간으로 하거나 일상생활과는 무관한 전문 지식인이다. 이 두 종류의 지식인 공동체 간에는 항상 모종의 긴장감이 생긴다. 게다가

---

21) 앞의 책, 183쪽 참조.

지식인 개체 가운데 비결 지식과 일상 지식에는 절대적인 격차가 없고, 서로 간에 전환된 관계이기 때문에 결국 전문지식에 더 많은 관심을 두거나 학술을 발전시킬 것인지 아니면 일상지식으로 전환시켜 대중을 계몽할 것인지 또한 그들 마음속의 충돌과 긴장을 조성했다.

셋째, 도시 지식인의 생존방식에 대해 말하자면 가치부호 세계와 현실 생활 세계의 격차이다. 지식인은 본성에 따르면 추상적 가치 부호를 창조하고 전파하는 것을 자아 특징으로 한다. 향촌 지식인의 추상적 지식(이른바 엘리트 계층의 '대(大)전통')과 그가 발붙이고 있는 세속 지식(이른바 민속 의미상의 '소(小)전통')에는 같은 구조의 상호 관계가 있으며, 엘리트의 부호는 일상적인 인륜과도 멀지 않다. 그러나 도시생활에는 부호성과 상징성이 가득 차 있어 도시 지식인은 항상 추상 세계의 의식형태에 빠져 있으면서 자각하지 못한다. 의식형태는 항상 허구적인 체험의식과 공간적 느낌을 만들어내 지식인이 창조하고 전파한 가치 문화 부호와 일상생활에는 고작 상징 혹은 은유적인 관계만 존재하는데, 마침 칼 만하임이 예리하게 지적한 바와 같다: "학자는 도서관에서 사상을 이해할 뿐이지 실제 환경에 있지 않다. 책은 연구자에게 그가 직접 접촉할 환경을 보여주지 못해 책은 일종의 잘못된 참여 느낌을 만들어냈는데, 이는 일종의 타인 생활을 함께 향유하나 오히려 그 감고(甘苦)의 환각을 느낄 필요가 없는 것이다."[22] 지식인의 부호 세계는 현실세계에서 유래하지만 전자는 후자와 같을 수 없다. 그러나 부호 세계의 조물주로서 지식인은 의식 중에서 항상 부호 세계의 환상을 현실세계화 시킨다. 두 세계 간의 커다란 격차는 그들 양자 간의 생존상태에 분열과 긴장이 생기도록 했다.

---

22) 앞의 책 223~224쪽 참조.

5. 지식인 공동체와 공공 교류

이제 도시의 지식인 공동체가 어떻게 형성되었는지, 그들은 또 어떻게 내부와 서로 간 공공 교류의 관계를 실현하였는지에 대해 되돌아 살펴보자. 여기서 필자는 피에르 부르디외의 장(場 field) 개념을 인용할까 하는데, 이 개념은 본 문제를 분석하는데 효과적인 해석 방법을 제공해줄 것이다.

피에르 부르디외의 장 개념은 사회학을 반성하는데 중요한 분석 모델이다. 피에르 부르디외는 "고도로 분화된 사회에서 사회세계는 상대적으로 자주성을 대폭 갖춘 사회의 소(小)세계로 구성됐으며, 이러한 사회 소세계는 자체적인 논리와 필연적인 객관관계를 갖춘 공간이다"[23]라고 보았다. 이렇게 하나하나가 상대적으로 자주화된 사회의 소세계는 바로 영역을 말한다. 장 개념에는 세 개의 핵심 개념이 있는데, 영역과 자본, 그리고 관습이다. 영역은 일종의 관계망으로서 각종 위치 사이 객관 관계의 조합이다. 이러한 관계망에서 매 영역마다 자기 행동의 지배적 성격의 논리가 있다. 각종 역량이 활동하는 장소로서 그것은 동시에 쟁탈의 공간이며, 각종 위치의 점유자들은 저마다 물질과 부호(符號)자본을 다투고 재(再)분배한다. 피에르 부르디외가 여기서 언급한 자본은 맑스의 자본이론이 발전한 것이지만 내함(內숨)과 외연(外延)은 더욱 광범하다. 자본 형태는 세 가지 유형으로 나눌 수 있는데, 경제자본(토지나 화폐, 노력처럼 각기 다른 생산요소를 지칭함), 문화자본(지식능력의 자격총체로서 학교와 가정에서 전승된 것을 지칭함), 사회자본("어떤 개인 혹은 군체로서 비교적 안정되거나 일정 정도상에 제도화된 상호 교류나 피차 익숙한 관계망을 지녀 축적시킨 자원의 총화"를 지칭함)[24]이다. 이 세 가지 자본은 행동자가 특정 영역에서 기반할 수 있는 자원을 형성했다. 그러나 이른바 관습(habititus)은 습관(habit)과 달리 어떤 공동체 성원이 장기적으로 공동의 사회실천 중에서 형성한 높이와 일치하고, 상

---

23) 피에르 부르디외, 李猛, 李康 등 옮김, 『實踐與反思: 反思社會學導引』, 中央編譯出版社, 1998년, 134쪽 참조.
24) 앞의 책, 162쪽 참조.

당히 안정적인 체험, 신앙과 습관의 총화로서 특정 공동체의 집단 공동체 의식과 신분 표지(標識)이며, 또한 그 내부의 정합(整合)과 기타 공동체의 가장 중요한 표지이다. 피에르 부르디외가 보기에 영역은 결코 순수한 공간의미상의 물리적 범주가 아니라 내재적 긴장이 가득한 사회범주이다. 이러한 긴장이 생겨나는 이유는 그 공간에서 활동하는 행동자들이 각자 지니고 있는 경제 자본, 문화자본과 사회자본을 활용해 사회의 희소자원-상징자본을 다투는데 치력하기 때문이다. 상징자본과 앞의 세 자본은 동일한 차원의 개념이 아니고, 그것은 특정한 사회 공간에서 공인된 지명도, 명예, 성취감, 리더의 지위를 지칭한다. 기타 세 가지 자본은 사회공간에서 부단히 산생될 수 있지만, 상징자본은 영원히 드물고 총량(總量)도 유한하다. 피에르 부르디외는 장을 한 바탕의 유희(遊戱)로 비유했는데, 자본의 소유자들은 공통된 유희(장)규칙을 지키면서 자신의 자본을 상호 관계 속에서 타인과 사회의 승인을 얻어내기를 도모해 통제적 성격의 상징자본으로 전환시킨다.[25]

　피에르 부르디외의 장 개념으로 도시 지식인 공동체를 연구하면서 우리는 약간의 새로운 시각을 얻을 수 있다. 먼저 지식인 공동체의 내부관계로부터 살피면, 각 지식 공동체는 또한 자주적 성격의 영역으로서 그들은 공통된 관습으로 이루어져 공통된 의식형태 또는 학력 출신, 지식유형, 도덕가치, 문자취미, 생활체질 등으로 유유상종(類類相從)한다. 지식인 공동체에 대한 선택은 곧 어떠한 공동체 관습이 자신의 취향에 맞는지를 보는 것이다. 선총원(沈從文)과 띵링(丁玲)처럼 후난(湖南) 내지(內地)에서 연해(沿海) 대도시로 함께 올라온 지기(知己)의 경우에도 나중에 각자의 길을 걷게 된 건 서로가 선망하고 추구하는 문화관습이 너무 달랐기 때문이다. 선총원이 희망한 것은 부르주아의 이성, 고상한 유미주의였지만, 띵링이 추구한 것은 보헤미안인의 자유, 열정과 반항정신이었다. 때문에 한 사람

---

25) 피에르 부르디외, 李猛, 李康 등 옮김, 『實踐與反思: 反思社會學導引』, 中央編譯出版社, 1998년, 131~186쪽 참조.

은 베이징의 자유주의 문예 살롱에 참여했고, 또 한 사람은 상하이의 좌익문화운동에 투신한 것이다.

공통된 관습을 지닌 지식인 공동체 내부의 경우에도 피에르 부르디외의 이론적 틀에 따르면 더욱 주의 깊게 살펴야 할 흥미로운 문제들이 많이 있다. 공동체 내부에서 공동체 성원들은 어떻게 도시 공간에서 교류하는가? 커피숍, 살롱, 회식 모임, 서점, 동인잡지, 아니면 공공 매체에서인가? 이러한 내부공간은 어떤 외부 분위기가 있고, 또 어떻게 공통된 가치관을 형성하는가? 공동체 내부의 리더와 권위는 어떻게 생겨났고, 또 무슨 시스템을 통해 후진을 양성하는가? 각종 사회의 관계망 중에서 공동체는 또한 무슨 유형의 자본활동을 통해 상징자본을 얻어내는가? 그리고 그 상징자본은 또 어떤 특징이 있는가?

그 다음으로 지식인 공동체 간의 관계로부터 살펴보면 우리가 꼭 추궁해야 할 것은, 서로 다른 의식형태의 신앙, 가치목표와 생활방식을 지닌 지식인 공동체 사이의 언사와 관습은 서로 통할 수 없는 관계일까 하는 것이다. 만약 전과 다름없이 모종의 왕래가 있는 공공 공간이 있다면 그것은 무슨 공공 공간일까? 공공매체? 대학? 아니면 광장?

공동체의 내부 영역과 공동체 간의 외부 영역이 교류하는 유희 규칙은 무엇이 다른가? 상호 논쟁하는 공동체 간에 다투는 것은 무슨 언어 패권 혹은 상징자본인가? 서로 충돌하는 언어의 깊은 곳에는 아직 밝혀내지 못한 사상적 선입견이 ·있지 않은가?

마지막으로 지식인의 전체 관계와 그 외부의 도시 공간망으로부터 살펴보면 그 군체의 공간 분포는 앞서 언급했던 베이징과 상하이 지식인의 서로 다른 의식 형태와 문화의 가치취향처럼 도시와 도시 사이뿐만 아니라, 특히 베이징이나 상하이 같은 대도시 같은 도시 속에서도 각기 다른 공간 분포가 있을 수 있다. 도시는 결코 전체적 성격의 동질(同質)적 개념이 아니며, 그 문화지리의 구도 속에서 엄연히 등급화(等級化)된 공간 질서를 보인다. 구(舊)상하이를 예로 들면 문화 권력의 등급 배열에 따라 서남부의 프랑스 조계지부터 중심구역인 영국과 미국 공공 조계지에 이르기까지, 또 서북 방향의 홍커우(虹口) 일본인 거주지역까지 하강식(下降式)의 문화적 공간 배열을 보인다. 각기 다른 지식인 군체마다 특정한 도시 활동 공간이 있다. 예를 들면 현대주의파 문인은 꼭 프랑스 조계지의 커피숍 모임에 참가했는데 이는 도시 부르주아 등급의 공간 상징이고, 반면 좌익의 보헤미안인은 늘 홍커우 지역의 복잡한 다락방이나 골방, 작은 서점 또는 지하 커피숍 등을 들락거리며 비밀스런 분위기가 가득했다. 공공 조계지의 경우 각기 다른 지식인이 서로 교류하는 공공 공간이 됐다. 이런 갖가지 경우 모두 대도시의 문화 지도가 보여주는 것은 도시 지식인의 복잡한 관계망이라는 사실을 증명해주었다.

우리는 도시의 공간 관계로부터 시작해 지식인 연구의 새로운 시야를 열 수 있었다. 이 연구 영역은 이미 여러 종류의 이론적 틀과 해석 패턴을 지니고 있고, 풍부한 사료(史料)가 있어 매력적인 전망을 보여준다. 그것은 새로운 세기 중국 지식인 연구에 빛나는 풍경선(風景線)을 더해줄 것이며, 더욱 다원적이고 광범하며 생기 있는 분야가 될 것으로 기대된다.

중국 근대 풍자소설에 나타난 시대정신

치위쿤(齊裕焜)·천후이친(陳惠琴) 지음[1]

1. 풍자소설의 정의와 범위

중국 풍자소설사를 연구함에 있어서 우선 해결해야 할 문제는 바로 그
것의 정의와 범위를 확정하는 일이다.

중국은 매우 일찍부터 풍자시(諷刺詩)에 관한 논의가 있었다. 그러나 고
대(古代)에 소설 분야에 있어서 풍자를 하나의 독립적이고도 체계를 가진
소설 유형으로 본 사람은 없었다. 중국 고대의 소설 분류에 관해 살펴보
면 다음과 같다. 송대(宋代) 나엽(羅燁)은 『취옹담록 醉翁談錄』 중의 「소설
개벽 小說開闢」에서 소설을 영괴(靈怪)·전기(傳奇)·공안(公案)·박도(朴刀)·한
봉(捍棒)·요술(妖術)·신선(神仙) 등 7가지 유형으로 분류했다. 명대(明代)의 호
응린(胡應麟)은 『소실산방필총 少室山房筆叢』에서 소설을 지괴(志怪)·전기
(傳奇)·잡록(雜錄)·총담(叢談)·변정(辯訂)·잠규(箴規) 등 6가지 유형으로 분류했
고, 청대(淸代)의 『사고전서총목제요 四庫全書總目提要』는 소설을 잡사(雜
事)·이문(異聞)·쇄어(瑣語)의 3가지 유형으로 구분했다. 첫 번째 것은 화본(話
本)을 분류 대상으로 삼은 것이고 뒤의 2가지 분류는 문언소설(文言小說)을
분류 대상으로 삼은 것이다. 이 3가지 분류는 비록 분류의 범위는 다르지

---

1) 본 번역문은 『중국풍자소설사中國諷刺小說史』(遼寧人民出版社, 1993년)의 제1장 중국
풍자소설의 정위와 범위, 제6장 중국 근대 풍자소설 부분을 번역한 것이다. 『중국풍자
소설사』는 『중국 고대소설 변천사 中國古代小說演變史』(敦煌文藝出版社, 1990)를 썼던
치위쿤(齊裕焜)이 중국 소설의 유형별 소설사를 집대성하기 위한 일환으로 그의 제자
인 천후이친(陳惠琴)과 함께 공동집필한 책이다.

만 모두 풍자를 소설의 한 유형으로 보고 있지 않다. 따라서 우리는 고대 문헌 중의 소설에 대한 분류로부터 풍자소설의 자취를 찾을 방법이 없다.

가장 먼저 풍자소설이라는 명칭을 제기한 사람은 루쉰(魯迅 1881년~1936년)이다. 그는 『중국소설사략 中國小說史略』에서 다음과 같이 말했다.

> 『유림외사 儒林外史』가 나와서야 공정한 마음을 가지고 시대의 폐단을 지적하게 됐다. 더욱이 풍자의 칼끝은 사림(士林)을 향하고 있는데, 슬프면서도 능히 해학적이고 완곡하면서도 풍자가 많다. 이에 소설 가운데 비로소 풍자지서(諷刺之書)라 칭할 만한 것이 있게 된 것이다.[迨『儒林外史』出, 乃秉持公心, 指摘時弊, 機鋒所向, 尤在士林, 戚而能諧, 婉而多諷. 於是說部中乃始有足稱諷刺之書.]

풍자소설에 대한 루쉰의 요구는 매우 엄하여 그는 청말(淸末) 소설을 다음과 같이 평가했다.

> 감추어진 것을 폭로하고 악폐를 들추어냈으며 시정(時政)에 대해서는 엄중히 규탄을 가했는데, 때로는 더 나아가 풍속(風俗)에까지 미쳤다. 그 의도가 세상을 바로잡으려는 데 있어서 풍자소설과 같은 부류인 것 같지만, 문장이 함축적이지 못하고 필봉(筆鋒)은 칼끝을 숨김이 없다. 심지어는 그 언사를 매우 과하게 씀으로써 사람들의 기호에 영합하였으므로 그 도량과 기술면에 있어서 풍자소설과는 거리가 멀다. 때문에 별도로 그것을 견책소설(譴責小說)이라고 부른다.[揭發伏藏, 顯其弊惡, 而於時政, 嚴加糾彈, 或更擴充, 幷及風俗. 雖命意在於匡世, 似與諷刺小說同倫, 而辭氣浮露, 筆無藏鋒, 甚且過甚其辭, 以合時人嗜好, 則其度量技術相去亦遠矣, 故別謂之譴責小說.]

여기에 나타난 루쉰의 풍자소설에 대한 이해는 매우 깊이 있기는 하지만 너무 엄격하다. 그는 『유림외사』를 풍자소설이라고 봤으나, 『유림외사』와 『관장현형기 官場現形記』 등의 작품을 적절한 명칭으로 구별하지 않고

'풍자(諷刺)'와 '견책(譴責)'이라는 이름으로 구별하여 풍자소설의 정의에 대한 이견을 불러일으켰다. 이로부터 중국 소설사를 연구하는 학자들의 풍자소설에 대한 관념에는 두 가지 서로 다른 견해가 나타나게 됐다. 협의의 풍자소설과 광의의 풍자소설이 그것이다. 협의의 견해로는 탄정비(譚正璧)의 『중국소설발달사中國小說發達史』, 궈전이(郭箴一)의 『중국소설사 中國小說史』 및 타이완(臺灣)의 멍야오(孟瑤)의 『중국소설사』 등이 그 예인데, 대부분 루쉰의 관점을 계승하여 고대소설 중에서 풍자소설이라 칭할 만한 것은 『유림외사』 하나밖에 없다고 여긴다. 그러나 후스(胡適)·쑨카이디(孫楷第) 등은 이처럼 생각하지 않았다. 후스는 「오십 년 동안의 중국문학 五十年來中國之文學」에서 루쉰이 말한 '견책소설'을 풍자소설이라 칭하고 있다.

남방(南方)의 풍자소설 …… 그들의 저자는 모두 문인(文人)이었고, 대개는 사상과 경험을 가진 문인이었다. …… 남방의 몇몇 중요한 소설들은 모두 풍자적 기능을 내포하고 있어 '사회문제소설(社會問題小說)'이라고 볼 수 있다. 그들은 인간(人間)을 위할 수 있었고, 또 작자 자신의 성정과 견해를 드러낼 수 있었다. 『관장현형기 官場現形記』·『노잔유기 老殘游記』·『이십 년 동안 목도한 괴이한 현상 二十年目睹之怪現狀』·『한해 恨海』·『광릉조 廣陵潮』 …… 모두 이러한 유형에 속한다. [南方的諷刺小說 …… 他們的著者都是文人, 往往是有思想、有經驗的文人. …… 南方的幾部重要小說, 都含有諷刺作用, 都可以算是"社會問題小說". 他們旣能爲人, 又能有我. 『官場現形記』、『老殘游記』、『二十年目睹之怪現狀』、『恨海』、『廣陵潮』 …… 都屬於這一類.]

이 외로도 쑨카이디(孫楷第)는 『중국통속소설서목 中國通俗小說書目』에서 28편의 소설을 풍자류(諷刺流)에 포함시켰다. 이로부터 알 수 있는 것은 후스, 쑨카이디 등이 의도적으로 풍자와 견책의 경계를 제거하여 양자를 모두 풍자소설에 귀속시켜 풍자소설의 범위를 확대시켰다는 것이다. 물론 필자는 그 기준을 너무 넓혀 폭로적 성격을 가진 모든 작품을 몽땅 풍자소설에 포함시키는 것에는 반대한다.

풍자소설의 정의와 범위에 대해서는 아직도 논의의 여지가 있는 것 같다. 풍자소설에 대한 명확한 정의를 내리기 위해서 먼저 풍자와 관련된 중국과 서구의 견해를 살펴보기로 하자.

첫째, 풍자의 성질과 창작 목적에 관련된 내용.

아서 폴라드(Arthur Pollard)는 『풍자 Satire』에서 풍자소설의 성격에 대해 다음과 같이 말했다.

예를 들어 사랑이나 죽음에 대한 경험은 모두 본질적으로 매우 광범위한 것이라 풍자 작품이 미칠 수 있는 범위를 넘어서는 것이다. 희극과 비극 속에서라면 이러한 경험은 아마도 축복 받고 찬양 받을 것이다. 그러나 풍자 작품은 결코 찬양하지 않는다. 그것은 단지 폄하(貶下)할 뿐이다.

여기에서 말하는 '폄하'가 바로 풍자 작품의 성격이며 풍자소설의 기본적인 성격인 것이다. 존슨(Johnson) 박사는 풍자를 '사악함과 어리석음을 문책하는 것'으로 정의했는데, 그가 말한 '문책'과 '폭로'라는 말은 풍자를 하는 방법을 지적한 것으로 폴라드가 말한 '폄하'의 구체적인 표현 방법인 것이다. 따라서 풍자소설의 기본적 성격은 '폄하'이며, 문책과 폭로 등의 표현 방법을 통해 구체적으로 드러나는 것이라고 말할 수 있을 것이다.

『풍자』에서 폴라드는 또 풍자에는 두 가지 창작 목적이 있다고 지적하고 있는데, 그 하나는 '풍자 작품의 진정한 목적은 악(惡)을 바로잡는 데 있다'는 드라이든(Dryden)의 주장이고, 또 하나는 '풍자 작품의 목적은 혁신에 있다'고 여기는 데포우(Defoe)의 주장이다. 이러한 견해는 중국의 문학이론 속에서도 보이는데, 「모시서 毛詩序」의 '풍자로 (윗사람을) 움직이고, 가르침으로 (아랫사람을) 감화시킨다[風以動之敎以化之]', '그것을 듣는 사람이 경계로 삼기에 족하다[聞之者足以戒]', 「시보서 詩譜序」 중의 '잘못을 풍자하여 그 악을 바로잡는다[刺過譏失, 所以匡救其惡]' 등이 그것이다. 또 유협(劉勰)이 『문심조룡 文心雕龍』에서 말한 '어리석고 난폭함을 억제한다[抑止昏暴]'나 '뜻이

의롭고 바른 것으로 귀결된다[意歸義正]', '가장 중요한 것은 몸을 다스리는 것이고, 그 다음은 그른 것을 바로잡고 미혹된 것을 알게 하는 것이다[大者 興治濟身, 其次弼違曉惑]' 등이 있다. 이러한 언급은 실제로 '악을 바로 잡는다' '사회를 혁신한다'는 말과 일치하는 것이다. 여기서 중국의 문학이론가들 도 풍자에 '치료와 복원'의 기능이 있으며, 풍자 작품을 통해 사악함을 꾸 짖고 어리석은 행동을 들추어냄으로써 악행을 바로잡거나 사회를 혁신하 는 목적을 달성한다는 것을 인식하였음을 알 수 있다.

둘째, 작품 취재(取材)의 대상에 관한 내용.

풍자소설의 제재 범위는 매우 광범위하다. 유베날리스(Juvenalis)는 이렇 게 말한다. "어떠한 제재라도 풍자 작가가 이용할 가능성이 있다. 풍자 작 가는 사물 자체에는 관심을 갖지 않고 사람들의 사물에 대한 태도에 관심 을 둔다." 그 대상은 바로 인간과 사물인데, 그는 더욱 구체적으로 풍자의 대상이 사람의 모든 행위임을 다음과 같이 지적한다. "인간이 하는 모든 것 -맹세, 두려움, 분노, 기쁨, 즐거운 일, 직업- 이 이 작은 책의 잡다한 제재들이다." 여기서 '인간의 행위'라는 것은 인간이 의도하는 모든 것을 말하는 것이다. 따라서 풍자소설은 대단히 사회성을 띤 것이며, 때문에 뤼쓰몐(呂思勉)은 풍자소설을 사회소설이라 일컬었고 후스(胡適)도 청말 풍 자소설을 '사회문제소설'로 볼 수 있다고 생각한 것이다. 그러나 '인간의 행위'란 말은 여전히 추상적이다. 좀 더 구체적으로 말한다면 풍자 작가 가 주로 인간이 사회에서 행하는 불합리, 부도덕함 혹은 가식, 위선, 이기 심, 탐욕과 난폭함과 같은 인성의 단점들에서 소재를 취한다는 것이다. 이로부터 알 수 있는 것은 풍자적 사건이 모두 인물과 관계가 있다는 것 이다. 따라서 풍자소설의 취재 대상은 인물 위주라고 할 수 있다. 비록 어 떤 작가는 풍자 대상에 기이한 외투를 걸쳐놓기도 하지만, 진정한 풍자 대상은 여전히 현실 사회 속에 존재하는 인물과 사건, 그 중에서도 비판 이나 질책을 받을 만한 인물과 사건인 것이다.

셋째, 작품에 나타나는 어조(語調)에 관한 내용.

폴라드는 『풍자』에서 풍자소설 속에서의 어조의 지위를 다음과 같이 특별히 강조하고 있다.

좀 더 넓게 본다면 소설(즉 풍자소설) 속에서 우리가 주로 탐색하는 것은 결코 형식이 가져오는 효과가 아니라 어조가 가져오는 효과이다.

어조는 비록 일반적인 소설 속에서는 부차적인 지위를 차지할 뿐이지만 풍자소설 속에서는 가장 중요한 구성 요소이다. 풍자 작가의 능력과 개성은 그가 풍자를 할 수 있느냐의 여부가 아니라 그가 풍자를 할 때 보여주는 기교에 있다. 그 기교는 작자의 창작목적도 아니고 창작의 제재도 아닌 작품에 나타나는 어조에서 드러나는 것이다. 왜냐하면 풍자 작가라면 모두 '사악함과 어리석음을 책망'하고 '사회를 혁신'한다는 동일한 창작 목적을 가질 가능성이 있고, 또 인간이 사회에서 행하는 불합리, 부도덕함 혹은 인성의 약점이라는 동일한 취재 대상을 가질 수 있기 때문이다. 그러나 어조가 빚어내는 효과라는 면에 있어서는 그 맛이 매우 다르게 나타난다. 서구에는 호라티우스 식(式)의 풍자[Horatian satire]라고 부르는 풍자 기법이 있는데, 온화함과 넓은 연민의 웃음으로 세상의 잘못과 결점을 바로잡는 것이다. 이것은 사실상 중국의 「모시서 毛詩序」의 '문사(文辭)를 위주로 하면서 넌지시 충고한다[主文而譎諫]', '직접적인 말을 쓰지 않고 완곡한 말로 뜻을 기탁한다[不用直言而微辭托意]'는, 즉 작자가 풍자의 뜻을 감추어진 교묘한 말을 통해 은근히 서술하여 드러내는 풍자 기법이다. 이밖에도 서구에는 유베날리스 식(式) 풍자[Juvenalian satire]라고 부르는 풍자 기법이 있는데, 신랄하고도 사람으로 하여금 참기 어려울 정도로 격분하게 만드는 어조에 도덕적 의분을 더하여 인류 및 사회제도의 부패와 죄악을 공격하는 것이다. 이 또한 사실상 한대(漢代) 반고(班固)가 말한 '시대의 폐단을 직접적으로 서술하여 엄하게 꾸짖는다[直陳時弊, 嚴厲指斥]'는 풍자 풍격(風格)이다. 이러한 중국과 서구의 풍자 이론상의 공통점을 통해 볼 때, 풍자 작품의 어조는 대체로 완곡함과 직접적인 질책 두 가지로 귀납된다. 완곡함은 일반적으로 비교적 온화한 기지(機智)[위트], 조롱[譏笑]2),

아이러니[反諷]3)를 포괄하는데, 이들은 대상을 공격할 때 독자로 하여금 작품 속의 인물과 적당한 풍자적 거리를 유지하도록 한다. 반면에 직접적인 질책은 일반적으로 비교적 엄한 비꼼[嘲諷]4), 냉소[譏誚]5), 욕설[諷罵]6)을 포괄하는데, 이것들은 독자와 작품 속의 인물과의 풍자적 거리를 유지시킬 수 없고 공격할 때에는 여지를 남기지 않는다.

물론 완전한 '질책'이 반드시 풍자는 아니다. 그것은 단지 폭로일 뿐이다. 질책 또한 구체적인 풍자 기법을 통하여 풍자적 어조와 희극적 효과를 갖추도록 해야 풍자라고 할 수 있다. 따라서 풍자 작품의 어조를 고찰할 때 반드시 풍자의 목적에 도달하기 위한 구체적인 풍자 기법, 즉 과장, 변형, 야유, 자기 폭로, 자기모순 등의 운용에 주의해야 한다.

우리는 이상과 같은 이론적 기초 위에서 논리 정연하게 '풍자소설'이라고 명명(命名)하는 구체적인 근거를 찾을 수가 있다.

먼저 '풍자소설'이라고 명명한 것은 이 유파가 '악을 바로잡고' '사회를 혁신한다'는 창작 목적이 일치하기 때문이다. 예를 들어 『유림외사』의 필봉은 사림(士林)을 향하고 있는데, 한 편으로는 그들의 죄행과 어리석음을 들춰내면서 다른 한 편으로는 정통 유가정신(儒家精神)으로 사회의 현실에 관심을 가지고 개선을 바란다. 이 때문에 「한재노인서 閑齋老人序」에서는

---

2) 조롱[譏笑]:『한어대사전 漢語大辭典』에는 '기풍조서(譏諷嘲笑)'라고 풀이하고 있다. 다시 기풍(譏諷)을 찾아보면 '에두르는 말이나 신랄한 말로 상대방의 잘못이나 결점을 지적 혹은 조소하다(用傍敲側擊或尖刻的話指摘或嘲笑對方的錯誤, 缺點)'라고 풀고 있다. 서구의 비평 용어 ridicule에 해당되는데, 신랄한 말 보다는 에두르는 말로 지적하거나 비웃는 것을 의미하는 듯 하며, 우리말로는 '조롱' 정도에 해당된다.

3) 아이러니[反諷]: 서구의 비평 용어 irony에 해당되는 말로서 일반적으로 '뜻하고자 하는 것의 반대의 말을 하는 것'을 의미한다.

4) 嘲諷:『한어대사전』에서는 '嘲笑諷刺'라고 풀이하고 있다. 서구 비평 용어 sarcasm에 해당하는 말인데 우리말로는 일반적으로 '비꼼'이나 '야유'로 번역된다.

5) 譏誚:『한어대사전』에서는 '冷言冷語地譏諷'이라고 풀이되어 있다. 서구의 비평 용어 cynism(冷笑)과 sardonic(嘲笑)을 통칭하는 것으로 볼 수 있는데, 차갑거나 씁쓸한 웃음과 같은 어조의 풍자를 의미한다.

6) 諷罵: 서구의 비평 용어 invective에 해당하는 말로 풍자 대상에 대해 직접적이고 끊임없는 공격을 퍼붓는 욕설에 가까운 풍자를 의미한다.

다음과 같이 말한다. "따라서 그런 책(*소설을 말함)들도 반드시 선한 것을 선하게 보답하고 악한 것은 경계하여 수준이 낮은 독자라고 하더라도 그것을 보고 감화를 받아 풍속과 인심이 파괴되지 않고 유지될 수 있는 것이다[故其爲書亦必善善惡惡, 俾讀者有所觀感戒懼, 而風俗人心庶以維持不壞也]." 또 『이십 년 동안 목도한 괴이한 현상 二十年目睹之怪現狀』의 「근로서 勤盧序」에서는 다음과 같은 말이 있다. "그(오견인 吳趼人)는 당시의 정치적 혼란과 가정의 수구(守舊), 관료의 극악함, 사회의 부패를 보고 울분에 가득 찼다. 그러나 그는 회재불우(懷才不遇)하여 구국의 마음을 가지고도 그 뜻을 펼칠 지위를 갖지 못했고, 세상 사람들을 진작시키고자 하여도 방법이 없었으며, 슬픔과 한이 맺혀도 떨쳐 버릴 수가 없어 이 작품을 쓴 것이다[他-吳趼人-見了當時政治的紊亂, 家庭的守舊, 官僚的萬惡, 社會的腐敗, 憂憤極了. 可是他懷才不遇, 心存救國, 欲無其位; 意慾振俗, 而無其術, 悲恨鬱結, 無所發泄, 遂作這部]." 오견인은 마음속에 슬픔과 한을 품고 그가 눈으로 보고 귀로 들은 각종 괴이한 현상들을 모두 들춰내었는데, 그의 창작 동기 또한 세상 사람들을 각성시켜 나라를 구하려는데 바탕을 두고 있었다. 또 『아Q정전 阿Q正傳』을 예로 들면, 작자는 아Q라고 하는 비극적이면서도 희극적인 형상을 통해 '정신승리법'을 핵심으로 하는 '국민의 저열한 근성[國民劣根性]'을 폭로하고 '침묵하는 국민의 영혼을 그려내어[畫出這樣沈黙國民的靈魂來]' '치료의 주의[療救的注意]'를 불러일으키는데, 그 목적은 '국민성'을 개조하려는데 있다.

이와 같이 사악함과 어리석음을 폭로하여 교화의 목적에 도달한다는 것은 우리가 풍자소설을 정의하는데 있어서 첫 번째 근거가 된다.

다음으로 '풍자소설'이라고 명명하는 것은 이 유파의 작품의 취재(取材) 대상이 일치하기 때문이다. 곧 인간이 사회에서 행하는 불합리, 부도덕함 혹은 인성의 결점들로부터 제재를 취한다는 것이다. 『유림외사』가 관심을 갖는 문제는 문인 계층의 부패와 우둔함, 그리고 사회제도가 조성한 불합리, 부도덕이다. 범진(范進)이 과거에 합격하는 이야기는 인성의 우둔함과 아집을 잘 보여준다. 광초인(匡超人)이 출세하기 이전의 극진한 효도, 각고의 노력, 겸허함과 공손함은 도덕적이지만, 출세한 후의 재물과 명예를 탐하는 것이나 위선적인 모습은 비도덕적이고 부패한 것이다. 마이선생(馬二先生)은 입만 열면 과거 공부를 찬양하는데, 이것은 바로 그의 가장 큰 결점을 폭로하는 것이다.

과거 공부라는 것은 예로부터 지금까지 사람마다 반드시 해야 하는 것이었습니다. …… 오늘날에는 문장을 통해서 선비를 뽑는데, 이것은 매우 좋은 법입니다. 공자께서 지금 살아 계신다 해도 문장을 읽고 과거 공부를 해야지 '말을 조심하고 행동에 주의하라'고는 절대 말씀하지 않을 것입니다. 왭니까? 매일같이 말을 조심하고 행동에 주의하는데 신경 쓴다고 누가 벼슬을 시켜 주나요? 공자의 도리도 통하지가 않게 된 것이지요.[舉業二字, 是從古及今人人必要做的. …… 到本朝, 用文章取士, 這是極好的法則. 就是夫子在而今, 也要念文章, 做舉業, 斷不講那"言寡尤, 行寡悔"的話. 何也? 就日日講究"言寡尤, 行寡悔", 那個給你官做? 孔子的道也就不行了!]

마이선생의 말은 아이러니[反諷]의 효과를 조성하고 있는데, 이를 통해 사회제도의 불합리를 말하고 있는 것이다.

『관장현형기』는 관장(官場)의 추악함을 묘사한 것이 위주가 되고 있는데, 작자의 취재 범위가 매우 광범위하다. 인물에 있어서는 아래로는 관아의 하인들로부터 위로는 조정의 상서(尙書)까지, 관리 후보자로부터 재직(在職) 관리까지, 문관으로부터 무관에 이르기까지 모두 작자의 취재 대상이 되고 있다. 그리고 이러한 인물들의 행동까지도 망라되어, 윗사람에게는 아첨하고 아랫사람은 속이며 외세에 빌붙는 관리들이나 패륜적 행동과 매관매직(賣官賣職)을 하는 아전들에 대해서도 각양각색으로 묘사되고 있다. 또 『이십 년 동안 목도한 괴이한 현상』은 기녀(妓女)와 남창(男娼)·짐꾼·수재(秀才)와 거인(擧人)에서 권신(權臣), 게다가 의원(醫員)·점쟁이·점성가·관상가 등 온갖 종류의 사람들을 다루고 있어 그 취재 범위가 역시 매우 광범위하다. 현대의 풍자소설의 취재 특징도 이와 마찬가지이다. 이처럼 풍자소설의 취재 대상은 매우 광범위해서 인간의 행동 중에서 불합리하고 부도덕한 것이라면 모두 그 안에 포괄될 수 있으나, 풍자 대상은 반드시 비판이나 공격을 받을 만한 것이어야 한다는 것을 알 수 있다.

그 다음으로 '풍자소설'이라고 명명(命名)하는 데는 이 유파의 작품들에서 나타나는 기본적인 어조를 고려해야 한다. 작가의 창작목적 및 작품의 취재 대상이라는 면에서 보았을 때, 루쉰이 말한 '풍자소설'과 '견책소설'은 별다른 차이점이 드러나지 않는다. 따라서 루쉰이 '풍자'와 '견책'을 구분한 주요 원인이 결코 작가의 창작목적이나 취재 대상이 다르기 때문이 아니라 작품에 드러난 어조가 다르기 때문이라고 할 수 있다. 『유림외사』가 루쉰으로부터 '풍자소설'이라 일컬어진 주요 원인을 보면, 그것이 '슬프면서도 해학적일 수 있고, 완곡하면서도 풍자가 많다'는 이유 때문인데, 사실상 이것은 일종의 온유돈후(溫柔敦厚)한 풍자의 풍격인 것이다. 반면에 루쉰이 말한 '견책소설'은 통렬한 매도라는 방식을 취하고 있는데, 이러한 매도는 일반적으로 작품의 등장인물의 입을 통해 나타나기도 하고, 때로는 작자의 개입이라는 방식으로도 표출된다. 때문에 '언사가 천박하고 필봉을 감추지 않게' 되는데, 이것은 자연히 온유돈후한 풍격과는 맞지 않게 되는 것이다. 루쉰은 완곡하면서도 풍자가 많고 온유돈후한 것을 풍자소설의 유일한 기준이라고 생각한 것이며, 그러한 기준으로는 당연히 단하나의 풍자소설을 선택할 수밖에 없었던 것이다. 우리는 중서(中西) 풍자이론에서 말하는 두 가지 기본 어조에 근거하여 '슬프면서도 해학적일 수 있고, 완곡하면서도 풍자가 많은' 어조도 풍자이고 '언사가 천박하고 필봉을 감추지 않는' 어조도 마찬가지로 풍자라고 생각한다. 다만 이러한 어조는 풍자적 기법을 통해 표현되어야 한다는 것이다. 따라서 우리는 풍자소설에 대한 후스(胡適)·쑨카이디(孫楷第) 등의 광의의 풍자 개념에 동의하고 협의의 풍자 개념에는 찬성하지 않는다.

앞에서 우리는 '풍자소설'이라는 명칭의 이론적 근거와 사실적 근거에 대해서 중점적으로 논의했다. 이제부터는 희극 미학의 각도에서 풍자소설 속의 풍자와 기지, 풍자와 골계, 풍자와 유머, 풍자와 황당무계가 구성하는 4가지 기본 형태에 대해 이야기하고, 풍자 대상의 처리라는 측면에서 풍자소설의 2가지 기본 유형에 대해 언급할 것이다.

풍자·골계·유머·황당무계·기지는 모두 희극의 기본 형태이며, 각각의 형태는 모두 독특한 방식으로 희극미의 본질을 전개시키고 드러낸다. 그러나 현실생활과 예술 속에서 이러한 상대적으로 독립적인 몇 가지의 기본 형태는 대개 여러 가지 방식을 통해 함께 융합된다. 풍자소설 속에 자주 나타나는 것은 풍자와 기지, 풍자와 골계, 풍자와 유머, 풍자와 황당무계가 상호 결합된 네 가지 기본 형태이다.

첫째, 풍자와 기지의 결합. 광의의 기지는 곧 지혜인데, 이것은 인간이 객관적인 사물을 인식하고 지식을 운용하여 실제의 문제를 해결하는 능력이다. 희극적 표현 형태의 하나인 기지는 일반적인 의미에서의 지혜와는 다르다. 그것은 주체가 의외의 기교와 수단을 통해 객체인 대상을 조롱하여 그 지혜의 미(美)로 승리의 웃음을 얻는 일종의 희극적 심미형태이다. 주체가 객체를 조롱하는 것이기 때문에 희극적 심미형태 중의 기지는 곧 풍자와 내재적으로 연계된다. 이것은 스위스의 문화사가인 야콥 부그하르트의 다음과 같은 말과 일치한다. '기지는 그것이 조소할 적당한 대상, 즉 개인적 포부를 가진 충분히 성장한 개인이 나타났을 때에야 생활 속의 하나의 독립된 요소가 될 수 있다.' 기지의 표현 형식으로는 재치 있는 말과 교묘한 변론, 비웃거나 비꼬는 말, 문자유희(文字游戱), 동음이의(同音異義) 등이 있다. 명대(明代) 풍몽룡(馮夢龍)의 『고금소사 古今笑史』에서는 '機警7)'이라는 희극의 부류를 개척하여, 기지 있고 해학적인 소화(笑話)를 통해 각종 풍자 대상을 조롱하며 비꼬고 있다. 예를 들어 고대 풍자소설 중에 『초각박안경기 初刻拍案驚奇』중의 '가수재(賈秀才)가 탐욕스런 중을 놀려 쫓아 버리는[賈秀才戱逐貪僧]' 이야기는 가수재의 기지와 해학을 통해 재물과 이익을 탐하고 교활하며 권세에 빌붙는 중을 희롱함으로써 종교의 허구성을 폭로하고 있다. 또 『경화연 鏡花緣』은 루쉰이 재학(才學)이 두드

---

7) 機警: 『漢語大辭典』에서는 '기지가 있고 민첩하여 상황의 변화에 대해 매우 빨리 감지하다[機智靈敏, 對情況的變化覺得很快]'의 의미로 풀이하고 있다.

러진 소설이라 칭했는데, 만약 '재학이 뛰어나다[以才學見長]'는 점이 순전히 전고(典故)나 어려운 말로 학문을 자랑한 것이라면 당연히 칭찬할 수가 없는 것이다. 그러나 작가가 풍부한 지식과 기지를 풍자와 결합시켰을 때, 다시 말해 주체가 대상을 조롱하는 가운데 사람들로 하여금 찬탄하게끔 만드는 임기응변의 능력과 지식의 수준을 드러내 보일 때, 일종의 특수하고 더욱 고차원적인 풍자 효과와 심미 효과에 도달할 수 있게 된다.『경화연』의 전반부 곳곳에는 이러한 기지가 드러나고 있으나 후반부에는 전고와 어려운 말로 가득 차 있다. 현대의 풍자소설에 와서 첸중수(錢鐘書)의『포위된 성 圍城』·『고양이 猫』등은 묘미가 속출하는 언어, 해박한 지식, 끝없는 상상력으로 고급 지식인이라는 사회계층의 병태를 해부하고 있다. 그렇게 함으로써, 기지의 지위를 제고시키고 기지 풍자로 하여금 풍자의 예봉과 지혜의 광채를 드러나게 하는 동시에 일종의 완미(完美)한, 전대미문의 예술적 경계에 이르고 있다.

둘째, 풍자와 골계의 결합. 골계는 희극 형태의 하나로서 그 심미 객체의 골계 대상은 특정한 사회적 의미와 다소간의 연관을 가지며, 대상의 내재적 성격과도 다소간의 관련을 맺는다. 그렇지 않다면 진정한 희극 형태라고 말할 수 없다. 하지만 그것은 결국 단지 저차원적인 희극 형태일 뿐이다. 그것은 주로 골계 대상의 어떤 외재적인 부조화라는 희극성을 드러내는데, 주로 인물의 동작, 표정, 자태, 언어의 특징, 옷 입는 습관 등의 외재적인 희극 요소를 포괄한다. 그러나 그것이 풍자와 융합될 때 골계의 심층에는 비교적 깊은 의미를 함축할 수가 있다. 이러한 결합의 효과는 바로 레닌의 다음과 같은 말에 잘 나타나고 있다. '이것은 모두가 인정하는 것에 대해서 풍자 혹은 회의적 태도를 취해서 그것들의 진상을 폭로하기 위해 조심스럽게 왜곡을 가하여 일상적인 습관의 불합리함을 지적해내는 것인데, 다소 심사숙고해야 하지만 매우 재미있다.' 중국의 풍자소설 중에서『참귀전 斬鬼傳』·『하전 何典』등의 작자는 모두 현실과 인생에 매우 관심을 가지고 있다. 관심을 가지고 있기 때문에 날로 타락하는 사회 풍조, 추악한 현실에 대해 더욱 근심과 고통과 격분의 감정을 가지게 되는 것이다. 그러나 그들은 자신의 작품 속에 일종의 경박한 형식을 채용함으로써 고통을 골계로 변환시켜 골계 속에서 격분의 감정을 씻어 내고, 그들의 인생에 대한, 사회에 대한 그리고 삶에 대한 선량하고 진실한 바램, 곧 '골계를 이야기할 때에는 새로운 뜻이 있다[說滑稽時有新意]'는 것을 표현하고 있다. 또 근대의 대다수의 풍자소설에서는 작가들이 고도의 과장 수법을 사용하거나 매우 골계적인 각종 인물형상을 통해 추하면서도 스스로 아름다운 것처럼 뽐내도록 하고 있다. 그렇게 함으로써 작품은 저속한 희극의 효과를 얻음과 동시에 세상을 풍자한다는 목적에 도달하는 것이다. 다소 심사숙고해야 하고 또 재미도 있어야 하지만, 이것이 바로 골계와 풍자의 결합이 이루어 내는 최고의 심미적 효과이다.

셋째, 황당무계와 풍자의 결합. 황당무계한 희극 형태는 황당무계한 예술적 표현 기교와는 다르다. 기교로서의 그것은 어떠한 예술 창작에도 적용될 수 있다. 그러나 반드시 사회적 의미를 가지는 것은 아니므로 희극 형태로서의 황당무계라고 말할 수 없다. 희극 형태로서의 황당무계는 반드시 창작 주체가 특수한 비정상적 감정과 사고를 기초로 비현실적 형태를 통해 현실 생활의 내재적인 황당함을 비꼬는 것이다. 여기서 황당함은 바로 조롱, 풍자와 융합된 것이다. 인류가 생겨난 이래로 거짓(假)·악(惡)·추(醜)와 진(眞)·선(善)·미(美), 고통과 즐거움은 공존해 왔다. 황당무계함은 일종의 사람이 상상할 수 없는 인간 세상의 假·惡·醜와 眞·善·美의 전도, 고통과 즐거움의 도치이다. 이와 같은 황당한 현실은 인생에 있어서 불행이지만 창작 주체의 영감을 촉발시켜 황당무계라고 하는 특수한 희극 형태를 창조해 낼 수 있다. 중국의 풍자소설 중에서 황당무계와 풍자는 매우 잘 융합되고 있다. 예를 들어 『하전 何典』·『참귀전 斬鬼傳』 등은 모두 귀신의 세계를 그리고 있어 그 내용이 매우 황당하다. 저승에서는 어디서나 '돈만 있으면 귀신도 부릴 수 있고[有錢使得鬼推磨]' '살인을 하고도 눈 하나 깜짝 하지 않는다[殺人弗怕血腥氣]'. 작품은 이 같은 내용을 통해 중국 봉건사회 붕괴 전야의 어두운 현실을 은유적으로 공격한 것이다. 또 『서유보 西游補』·『상언도 常言道』·『경화연 鏡花緣』 및 『요재지이 聊齋志

異』·『열미초당필기 閱微草堂筆記』 중의 풍자 작품들, 그리고 라오서(老舍)의 『묘성기 猫城記』·장톈이(張天翼)의 『귀토일기 鬼土日記』 등은 비록 모두 현실 속에서는 일어날 수 없는 일들과 존재할 수 없는 인물들을 묘사한 것이기는 하지만, 작자는 독자로 하여금 일종의 기괴하고 허황된 감정이 생기게 하기 위해, 그리고 더욱 진실하게 사회의 황당함과 병태적 현상들을 표현하기 위해 풍자와 황당무계의 심미적 의미를 결합시켜 일종의 초현실적이면서도 현실을 이탈하지 않는 예술적 분위기를 창조함으로써 '기이함[怪]'과 '진실함[眞]'의 통일에 도달했다.

넷째, 유머와 풍자의 결합. 여기에서 다룰 문제는 유머라고 하는 희극 형태의 심미적 본질에 관한 것이다. 먼저 객체가 완전히 무가치한 부정적 대상일 때, 유머 형태를 구성하는 자로서의 심미 주체는 일종의 특수한 심리 상태와 격정을 지니게 된다. 그것(역자: 유머)은 자신이 기탁하는 이상의 실현이라는 점에 대해 고도의 자신감이라는 낙관정신으로 가득 차 있다. 그것은 풍자처럼 부정적 대상의 무가치한 부분을 무정하게 채찍질하지 않고 부정적인 희극 대상의 베일을 조심스럽게 들추어 완곡한 조소나 야유를 보내거나, 심지어는 온화한 놀림[打趣] 정도로 그친다. 다음으로 유머 형태를 구성하는 객체 대상은 골계처럼 외재적 희극성을 표현하는 것도 아니고 풍자 객체와 같이 부정적 가치만을 지니고 있지도 않다. 그것은 종종 여러 가지 가치 요소를 지니고 있다. 심미 주체의 격정적인 심리상태는 어떤 한 정감의 독주(獨奏)나 합주(合奏)가 아니라 다중의 복합적인 감정의 협주(協奏)이자 중주(重奏)이며, 그 속에는 각양각색의 맛이 모두 갖춰져 있다. 따라서 중국의 풍자소설 중에서 유머와 풍자의 결합은 가장 보편적으로 함께 나타나는 두 가지 희극 형태이며, 웃음과 분노가 함께 형상화 되고 있다. 『유림외사』는 엄감생(嚴監生)의 인색함을 묘사함에 있어서 죽음에 임박했을 때 손가락 두 개를 펴 보이면서 차마 죽지 못하는 한 장면만을 그리고 있는데, 완곡하고 함축적이면서도 상당히 유머러스하다. 반면에 『경화연』은 작품 전체의 주된 풍격이 유머 속에 풍자를 함축하는 것이다. 예를 들어 독단적이고 조야(粗野)한 여황(女皇)에 대한 풍자는 재녀(才女)의 해학적인 소화(笑話)와 야유를 통해 표현되고 있다. 이것은 엄숙한 풍자나 강한 부정이 아니라 온화하고 자신 있는 지양(止揚)이다. 현대 풍자소설 중에서는 유머와 풍자를 가장 잘 결합시킨 사람이 루쉰(魯迅), 라오서(老舍) 그리고 첸중수(錢鍾書)이다. 루쉰은 풍자와 유머의 관계에 대해서 변증법적으로 사고했다. 그는 한 편으로 당시 사회적 조건 하에서 유머는 '사회에 대한 풍자로 기울어지는 것[傾向於對社會的諷刺]'을 피하기 어렵다, 즉 풍자와 긴밀한 연관되어 있다고 지적했다. 또 한 편으로는 유머는 풍자가 완전히 대신할 수 있는 것이 결코 아니라고 지적했다. 따라서 루쉰의 풍자소설 중에서 강도(强盜)로 간주되어 잡혀가면서도 잠을 깨지 못하는 아Q, 함형(咸亨)주점에 '즐거운 분위기[快活的空氣]'를 가져다주는 쿵이지(孔乙己), 마치 파리처럼 '작은 원을 한 바퀴 날아돌고 다시 제자리에 돌아오는[飛了一個小圈子, 便又回來停在原地點]' 뤼웨이푸(呂緯甫) 등의 인물형상은 신랄한 풍자를 함축하고 있으면서 유머의 다중적(多衆的) 의미를 보여주고 있다. 또 여기에는 작자의 복합적인 격정이 내포되어 있는데, 그 속에는 부정과 동정, 분개와 애탄이 모두 존재하고 있다. 유머와 풍자가 함께 융합되어 사람들로 하여금 생각하고 분노하게 만드는 것이다.

물론 어떤 풍자소설, 특히 몇몇 단편소설들 속에서는 어떤 한 가지의 결합 형태만 나타난다. 그러나 대다수의 풍자소설은 대개 여러 가지의 결합 형태가 나타난다. 특히 『유림외사』·『아Q정전』·『위성』과 같은 작품은 그들이 포함하고 있는 희극 형태가 삶과 마찬가지로 복잡하고 다양하여 사람들에게도 복잡하고 다양한 심미적 체험을 하게 한다.

마지막으로 풍자소설의 분류 문제에 관해 간단히 살펴보기로 하자. 타이완 학자 장홍융(張宏庸)은 「중국 풍자소설의 특질과 유형 中國諷刺小說的特質與類型」이라는 글에서 중국은 루쉰이 말한 '풍자소설'과 '견책소설'을 제외하고도 또 한 종류의 풍자소설이 있다고 말한다. 그는 아서 폴라드가 분류한 다섯 가지의 풍자 우언 중의 동물우언과 허구적 여행우언으로 중국 우언 풍자소설을 해석했다. 그는 이러한 풍자와 루쉰이 말한 '풍자소설', '견책소설'의 차이점을 다음과 같이 설명한다.

『참귀전 斬鬼傳』 등의 작자는 사실적(寫實的) 수법을 쓰지 않고 그리고자 하는 인성을 은유적 표현을 써서 드러낸다. 이러한 의탁과 위장적인 간접 묘사를 통해 작자는 매우 간접적으로 그가 풍자하려는 대상을 드러내는데, 본질적인 면에서 이것은 일종의 우언이다.

그것이 다른 이유는 작품의 제재를 선택한 후의 처리 방법 때문이다. 『유림외사』·『관장현형기』 등의 작자는 명대(明代)에 가탁(假託)하여 청대(清代)의 이야기를 쓰거나 혹은 아예 당대(當代)의 이야기를 서술하면서 단지 시공간적 배경과 인명만을 바꾸었을 뿐이다. 하지만 본질적인 면에서 작품의 주인공은 역시 인간이며 그들의 악행과 어리석음, 인성의 약점은 독자의 눈앞에 직접적으로 폭로되고 있다. 그러나 『참귀전』·『하전』·『서유보』 등의 작품은 비록 인성의 약점에서 제재를 취하고 있지만 직접적으로 묘사하지 않고 한 차례 위장을 거쳐 인성의 약점을 귀신의 세계나 한 번의 허구적 여행 속에 안배하고 있다. 그 주요한 차이점은 전자가 사실적 수법을 쓰는 반면 후자는 우언적 수법을 쓴다는 것이다. 후자는 비록 인간의 행위 중에서 소재를 취하지만 소재에 우언의 외투를 입히기 때문에 사실적 풍자소설과는 사뭇 다른 것이다. 『참귀전』·『하전』 및 『요재지이』 중의 풍자 작품 등은 작가가 인간세계 전체를 귀신의 세계로 옮겨 놓고 있는데, 비록 '단 한 문장도 황당한 귀신 이야기가 아닌 것이 없지만 또 단 한 문장도 통절하게 인정세태를 말하지 않은 것이 없다'. 또 『서유보 西游補』·『상언도 常言道』 및 『고사신편 故事新編』 중의 풍자 작품, 라오서(老舍)의 『묘성기 猫城記』, 선총원(沈從文)의 『엘리스의 중국여행기 阿麗思中國游記』·장톈이(張天翼)의 『귀토일기 鬼土日記』, 장헌수이(張恨水)의 『팔십일몽 八十一夢』 등은 작자가 옛 것에 오늘날을 기탁하고 있는데, 취재 대상은 여전히 당시 사회의 인간이며 창작 방법은 이러한 제재를 허구적 여행의 우언 속에 배치시키는 것이다. 이처럼 중국 우언 풍자소설은 현실을 묘사하는 것 외에 따로 일가(一家)를 이루고 있다. 따라서 우리는 이것을 풍자소설의 다른 한 유형으로 인정해야 한다.

지금까지 우리는 중국 풍자소설을 크게 두 유형, 즉 사실(寫實) 풍자소설과 우언 풍자소설로 나눌 수 있다는 것을 알 수 있었다. 사실 풍자소설은 사실적 수법으로 온화한 혹은 엄한 어조로 세상의 잘못과 결점을 바로잡거나 인간 및 사회제도의 부패와 죄악을 공격한다. 명청(明淸) 의화본(擬話本) 중의 풍자 작품, 『유림외사』, 청말(淸末) 풍자소설 및 루쉰, 첸중수 등의 대부분의 풍자 작품이 그 예이다. 우언 풍자소설은 앞에서 언급했던 작품들처럼 우언의 방식으로 사회의 추악한 면과 인성의 약점에 대한 불만과 혐오를 표현하는 것이다.

앞에서 말한 내용을 정리해 보면, 우리는 중국의 풍자소설이란 무엇인가라는 문제에 대해 세 가지 측면에서 논의해 보았다. 이제 상술한 논의를 바탕으로 중국 풍자소설에 대해 다음과 같은 범위 설정을 시도해 볼 수 있을 것이다. 먼저 풍자소설의 성격은 찬양이나 미화가 아니라 '폄하'에 있으며, 비유적 혹은 폭로적 표현방식을 통해 악행을 바로잡고 사회를 혁신한다는 창작 목적에 도달하기를 희망한다. 풍자의 대상은 지극히 광범위해서 인간의 모든 행동 중 불합리하고 부도덕한 것은 모두 그 안에 포함되나 반드시 비판이나 공격을 받을 만한 것이어야 한다. 풍자의 어조로는 크게 온화하고 완곡한 것과 엄하고 직접적인 것 두 가지가 있다. 희극 형태로는 크게 기지와 풍자, 골계와 풍자, 황당무계와 풍자, 유머와 풍자 등 네 가지의 조합이 있다. 그 유형은 제재의 처리방식을 기준으로 삼아 사실적 수법으로 현실의 삶을 직접 묘사하는 것과 우언의 방식을 택하여 의탁, 위장 등의 간접 묘사로 인간 행위 중의 특징을 묘사하는 것의 두 가지로 나눌 수 있다. 따라서 고대로부터 현대에 이르기까지 장편, 중편, 단편을 막론하고 대체로 이러한 범위 내에 있다면 그것이 바로 이 책이 논의하고자 하는 대상이 될 것이다.

구소련의 Я·에리스베르크는 동방문학(東方文學)의 각도에서 이렇게 말한 적이 있다: "우리에게는 아직까지 동방문학 중의 풍자 작품을 개괄한 저작이 없다. 언젠가 이러한 저작이 풍부한 역사적 기초로 우리가 완전한 풍자 문학이론을 세우는데 도움을 줄 수 있길 바랄 뿐이다." 그렇다. 중국도 지금까지 중국 소설 중의 풍자 작품을 개괄한 저작이 없다. 이것은 매우 유감스러운 일이다. 우리는 이 작은 책이 초보적으로나마 중국 풍자소설 발전사에 대한 한 가닥 실마리를 찾아 낼 수 있기를 바란다. 우리는 이 책이 서툴지만 성실한 자세로 사람들이 풍자 문학이론이라는 높은 봉우리를 오르는데 도움이 되길 바랄 뿐이다.

2. 고대부터 근대로의 풍자소설의 변천

"1840년 아편전쟁의 발발 이후부터 중국은 점차 반(半)식민지·반(半)봉건사회로 접어들게 됐다."[8] 근대 중국이 위기 가운데 흔들리자 개혁에 뜻을 둔 선각자들은 과거를 반성하고 현실을 직시하며 미래를 전망했는데, 그들은 나라를 구하고 강성케 할 방도를 절실히 찾고 있었다. 그들은 온갖 시행착오를 거쳐 가며 서구 열강한테서 진리를 찾았고, 서구 열강들과 일본을 참조체계로 중국을 개조하려 했다. 그들은 서구의 학습을 통해 자본주의 근대화의 과정을 지나왔는데, 이는 대체로 문물기술-사회제도-문화심리, 즉 경제-정치-문화 세 단계의 순서를 거친 것이다. 물론 이 세 단계는 결코 별개의 것이 아닌 상호 침투적(相互 滲透的)이자 상호 의존적(相互 依存的)인 것이었다.[9] 1840년 아편전쟁부터 1894년 갑오전쟁까지 이 50여 년 동안 개량파의 힘은 아직 미약했는데, 당시에는 주로 양무파(洋務派)가 '새로운 정치(新政)'를 추진하면서도 봉건제도는 그대로 두자는 전제 아래 서양의 총포를 구입하거나 외국의 기기를 수입해 공장 실업을 창업하는 방법으로 부국강병을 도모했다. 그러나 갑오전쟁의 치욕적인 패배는 양무파의 실패를 선고했고, 이후 개량파의 발전을 촉진했다. 강유위(康有爲)와 양계초(梁啓超)를 대표로 한 개량파는 단순히 외국문물의 기술만

---

8) 『毛澤東選集』(人民出版社, 1991년 6월 제2판) 626쪽.
9) 李興華, 『梁啓超與中國近代化』, 『歷史硏究』, 1991年 第3期.

배워서는 중국을 구할 수 없으며, 반드시 정치의 개량이 필요하다며 변법(變法)을 추진했다. 하지만 그들이 1898년에 단행했던 무술변법(戊戌變法)은 고작 103일 뒤에 참담한 실패로 끝나고 말았다. 양무운동의 실패와 무술변법의 좌절은 양계초 등으로 하여금 정치 경제를 개혁하기 위해선 무엇보다 '인간'의 근대화 문제에 대한 깊은 사고가 필요하다는 사실을 점차 깨닫게 해주었던 바, 이에 양계초는 "국민을 새롭게 하는 것이 오늘날 중국의 제일 급선무이며"[10] 반드시 "국민의 지혜를 열어주고 국민의 덕행을 새롭게 하며 국민의 힘을 북돋아", "국민의 지혜를 틔우고 사회를 개량"하여 문화심리적 차원에서의 개혁이 되어야 한다고 주장했다. 동시에 무술변법의 실패는 개량파의 파산을 선고했고, 이에 혁명파의 힘이 급속히 성장하여 혁명을 극력 선전하고 청조 통치를 종식시켜 민주공화국을 세우자고 요구하게 된 것이다.

시대의 갑작스런 변화는 봉건시대의 지식인들로 하여금 태평성세의 단꿈에서 깨어나도록 했다. 문학 영역에서는 먼저 공자진(龔自珍)과 위원(魏源) 등이 근대 사상가와 문학가로서의 기풍을 열었다. 그들의 詩文에는 시대정신이 격동했고, 환상시대에 '폭풍우' 같은 급진적인 기세로써 무거운 침묵의 국면을 깨뜨리고 새로운 세계의 도래를 부르짖었다. 근대의 첫 60여 년 동안 시문에는 이 같은 큰 변화가 있었지만 소설에는 오히려 별다른 변화가 없었다. 당시 성행했던 공안(公案), 협사소설(狹邪小說)들은 『삼협오의 三俠五義』처럼 청대(淸代) 관협객(官俠客)의 '제폭안민(除暴安民 횡포하고 사나운 사람을 제거하고 선량한 백성을 평안하게 하다)'을 칭송하거나, 혹은 『탕구지 蕩寇志』같이 환상의 영웅에 의지해 기울어진 대세를 만회하여 봉건왕조의 '영원한 태평성세'를 바라거나, 혹은 『청루몽 靑樓夢』, 『화월혼 花月痕』처럼 문인(文人)의 소극 퇴폐적인 심리를 표현하고 풍월에 정감을 부치거나 시(詩)와 술을 즐기는 것을 인생의 낙으로 삼았다. 이러한 부류의 소설들은 단지 고대소설의 잔재일 뿐 일말의 시대적 숨결도 없었다. 그러

---

10) 梁啓超, 『新民說』, 『飮氷室合集·專集』第3冊, 中華書局, 1936年版.

나 갑오전쟁에 이르러, 특히 무술변법 뒤에 근본적인 변화가 생겨났다.

1895년부터 1916년까지 소설 창작에 있어 공전(空前)의 번영 국면이 조성됐는데, 이 시기에 번역소설과 소설 창작은 무려 일천 오백여 종이 넘었다. 그 기세의 맹렬함과 규모의 방대함은 중국소설사에서 보기 드문 현상이지만 이 시기에 시문(詩文)은 오히려 그 발전이 더뎌 뚜렷한 대조를 보였다. 근대소설이 그와 같은 공전의 번영을 이루게 된 원인으로는 아래 몇 가지 측면이 있다:

(1) **개량주의 소설이론의 촉진.** 양계초(梁啓超), 엄복(嚴復) 등의 소설이론의 요지는 서양 문학을 본받아 중국문학을 개조 내지는 재건하자는 개량주의 정치를 위한 것이었다. 먼저 그들은 소설의 사회적 역할을 강조했다. 1897년 엄복과 하증우(夏曾佑)는 『본관부인설부연기 本館附印說部緣起』란 글에서 "듣건대 구미 세계는 그 개화기에 왕왕 소설의 도움을 받았다 한다"면서, 서양과 일본을 예로 들어 소설의 중대한 사회적 역할을 강조했다. 그들은 소설이 중대한 사회적 역할을 해낼 수 있었던 원인은 '경사(經史 경전이나 역사서)'와는 비교할 수 없는 파급효과의 우세함이 있었기 때문이라고 논증했고, "설부(說部)가 주는 흥취는 독자를 몰입시키는 깊이에서나 세상에 널리 퍼지는 거리에서나 모두 경사(經史)보다 위에 있다. 천하의 인심과 풍속은 결국 설부가 지닌 매력을 외면할 수 없게 될 것이다"면서, 그들은 소설의 "종지(宗旨)가 국민을 개화시키는 데 있다"는 점을 중시했다. 1898년 12월 양계초는 더 나아가 『역인정치소설서 譯印政治小說序』를 발표하면서 '서양의 소설 입국(立國)' 신화(神話)를 만들어냈다.

매번 책 한권이 나올 때마다 전국의 의론이 일변한다. 저기 미국, 영국, 독일, 프랑스, 오스트리아, 이탈리아, 일본 등 각국 정계(政界)가 날로 진보함은 정치소설의 공이 제일 크다. 영국의 한 명사(名士) 모군(某君)은 "소설은 국민의 혼이다"라 했거늘 어찌 그렇지 않겠는가!

이어서 그는 1899년 12월 28일에 '소설계 혁명'의 구호를 내걸었다. 1902년에 발표한 『소설과 군치(群治)의 관계를 논한다 論小說與群治之關係』는 무술변법 이후 자산계급 개량파의 소설이론에 관한 강령적(綱領的) 성격의 문장이다.

한 나라의 국민을 새롭게 하려면 먼저 한 나라의 소설을 새롭게 해야 한다. 그러므로 도덕을 새롭게 하려면 반드시 소설을 새롭게 해야 하고, 종교를 새롭게 하려면 반드시 소설을 새롭게 해야 한다. 또 정치를 새롭게 하려면 반드시 소설을 새롭게 해야 하고, 풍속을 새롭게 하려면 반드시 소설을 새롭게 해야 한다. 그리고 기예(技藝)를 새롭게 하려면 반드시 소설을 새롭게 해야 하고, 사람의 마음을 새롭게 하는 것과 인격을 새롭게 하는 데에도 반드시 소설을 새롭게 해야 하는 것이다. 그 까닭은 무엇일까? 소설에는 불가사의한 힘이 인간의 도를 지배하기 때문이다. …… 그러므로 오늘날 군치를 개량하고자 한다면 반드시 소설계 혁명부터 시작되어야 하고, 국민을 새롭게 하려면 반드시 소설을 새롭게 하는 데서 시작되어야 한다.

다음으로, 그들은 소설이 현재의 정치를 위해 봉사해야 한다고 강조했다. 천육생(天僇生)은 『소설과 사회개량의 관계를 논한다 論小說與改良社會之關係』라는 글에서 소설의 창작과 번역에 관해 다음과 같이 지적했다.

마땅히 종지(宗旨)를 확정하고 정도(程度)를 일치시키며, 마땅히 체제(體裁)를 개정하고 나라와 관련한 사실을 선택해 번역하고 저작해야 한다. 무릇 대의와 무관한 말들은 모두 폐기하여 쓰지 않아야 한다. 이 몇 가지를 알고 난 연후에야 소설을 쓸 수 있다.

이는 바로 소설이 국가대사와 직접 연관되지 않은 창작이어선 안된다고 주장한 것이다.

개량주의 소설이론은 비록 소설의 역할을 과대평가하고 소설이 정치를 위해 직접 봉사해야 한다는 편면적인 강조로 소설 창작에 그리 좋지 않은 영향을 끼쳤지만, 그간 소설을 경시해왔던 전통 관념을 일소시킨 일대(一大) 각성의 효과를 지닌 것이었다. 양계초 등이 선두에 서서 외치니 그에 호응해 많은 사람들이 모여들었고 소설의 창작과 번역 열기가 팽배해져 1902년에서 1917년 동안 29종의 소설을 중심으로 한 잡지들이 창간됐고 출판된 소설은 천여 종에 달했다.

(2) **역외소설(域外文學)의 계발.** 무술변법 이전 중국문학계에서는 역외소설에 대해 중시는커녕 전혀 개의치도 않았다. 1840년에서 1899년 사이에 발표된 역외소설 번역본으로 지금은 고작 7권만 찾을 수 있을 뿐이다. 그러나 무술변법 이후 개량파가 문화심리 차원에서의 개혁을 중시하면서 역외소설이 소개되기 시작했다. 1898년 양계초는 『역인정치소설서譯印政治小說序』에서 "지금 특별히 외국 명가(名家)의 저작을 골라다 오늘날 중국의 시국에 절실히 필요한 것들을 차례로 번역하여 권말(卷末) 부록으로 싣는다"고 명확히 선포했다. 그 이후로 번역 열기가 일어 1899년에서 1916년 열 여덟 해 동안 번역된 저작이 796부에 달했다.[11] 또 역외소설 번역물이 대량으로 들어오면서 중국소설의 창작에도 중대한 계발 작용이 있게 됐다. 첫째는 소설 관념의 변화이다. 역외소설 관념의 수입은 소설의 지위를 극도로 끌어올려 그들은 소설이 사회를 개량하는데 유력한 수단임을 인식하게 됐다. 둘째는 소설 주제의식의 변화이다. 그들은 역외소설 가운데 계발을 받아 군권(君權)을 중시하고 민권(民權)을 경시해왔던 전통사상을 비판하고 자유·평등 관념을 제창하며 현재의 시급한 과제는 "국가사상이 우선"이라 여긴 바, 이로써 개량주의적 군주 입헌과 민족 민주혁명을 선전하였던 것이다. 셋째는 소설 제재의 확대이다. 임서(林紓)는 디킨스의 작품을 소개하면서 일찍이 다음과 같이 말했다.

---

11) 이상의 통계는 천핑위안(陳平原)의 『二十世紀中國小說史』 第1卷(北京大學出版社, 1989年 12月)에 따른 것이다.

디킨스 같은 작가는 그간 명사(名士)와 미인 일색(美人 一色)으로 등장하던 국면을 타파하며 전적으로 하류사회(下流社會)를 묘사해내었다: 간악하고 잔혹함을 사람들이 미처 상상하지도 못한 지경으로까지 가공(架空)해내어 독자로 하여금 웃게도 하고 화가 치밀게도 하며 일시에 이렇게 뒤바꾸어 놓으니, 그 필력의 정밀(精密)함에 어찌 미칠 수 있으랴?[12]

그들은 서양소설을 참조하면서 될 수 있는 한 소설제재의 범위를 확대시키려 했다. 대체로 "국민의 지혜를 열고 사회를 개량하는"데 도움이 된다면 사회의 상류층이든 하류층이든, 고대든 현대든, 중국이든 외국이든 간에 모두 쓸 수 있지만 무엇보다 현실의 제재나 중대한 제재들이 위주가 됐다. 그래서 암흑을 폭로하고 현실생활을 반영한 견책소설이 근대소설의 주류가 됐다. 넷째는 소설유형의 증가이다. 전통의 소설유형 외에도 정치소설·탐정소설·과학환상소설 등 외국으로부터 유입된 새로운 품종들이 증가했다. 다섯째는 소설 서사방식의 변화로, 중국소설의 순차서술의 답답한 국면을 타파하고 전통 설서인(說書人)의 전지적(全知的) 서사로부터 탈피해 제1인칭·제3인칭의 제한된 서사나 도치 서사 등을 사용했다. 소설 묘사 가운데 경물(景物) 묘사와 심리묘사를 강화하고 체제(體裁)에 있어서도 일기체(日記體) 등을 증가시켰다. 마침『「로빈슨 크루소 표류기」역자 식어(識語)』에서도 언급했듯이 "책 전체가 로빈슨 크루소가 스스로 서술한 말로 대개 일기체라 할 수 있어 중국소설의 체례(體例)와는 전혀 다르다. 만약 중국소설의 체례로 고친다면 번거로울뿐더러 무미건조할 것이다. 중국은 사물마다 모두 혁신해야 하거늘 유독 소설만이 그렇지 않음에랴! 그리하여 본래 책의 일기 체례를 따라 번역했다."[13] 그들은 자각적으로 외국소설의 기교를 흡수해 중국의 전통소설을 혁신하려 했다.

물론 역외소설의 소개 중에는 오해된 부분도 있었고, 외국의 전범적(典

---

12) 林紓, 『孝女耐兒傳序』, 『二十世紀中國小說理論資料』(北京大學出版社, 1989年 3月) 272쪽.
13) 『二十世紀中國小說理論資料』 49쪽.

範的)인 작품을 소개하지 않고 언정소설(言情小說)과 탐정소설을 대량으로 번역해 청말 문학 창작에 소극적인 영향을 가져왔다.

(3) 상품화의 자극. 명청(明淸) 양대소설(兩代小說) 역시 상품 유통의 영역에 들어갔지만 상품의식이 작가에게 별다른 영향을 끼치진 못해 출판상(出版商)을 겸한 작가 소수를 제외하고는 대다수 작가들이 아직 직접적으로 상품 유통의 영역에 끼어들지 못했고, 어떤 작품은 작가가 죽은 뒤에야 겨우 출판할 수 있었다. 그러나 청말민초(淸末民初)에 들어 소설시장에는 커다란 확장이 있었는데 이때 신문 잡지는 우후죽순처럼 생겨나 1911년에는 700여 종에 달했다. 신문의 문예부간 란(文藝副刊 欄)에선 소설 연재가 많았고, 전문적인 소설 잡지 간행물도 많이 나왔다. 과거 중국에는 판권개념도 없었고 고료제도도 없어 설사 '윤필(潤筆)'을 지급했다 하더라도 그것은 단순히 개인적인 사례에 그쳤을 뿐 정해진 조례는 없었다. 그러나 청말민초에 서양의 판권 개념이 생겨나면서 많은 서적들은 "판권소유, 복제불허"라는 경구(警句)를 명시했고, 고료 지급도 그 제도가 형성되어 소설 창작에 어떤 작가는 고료가 일천 자 당 5원에 달했고 번역은 일천자에 3원까지도 받았다. 서적의 발행수가 급격히 증가하면서 판매량이 가장 많았던『옥리혼 玉梨魂』의 경우에는 발행부수가 이만 권이 넘었다. 소설의 이 같은 상품화 경향은 직업작가군(群)의 형성을 촉진했고, 또 작가가 돈을 벌기 위해 글을 쓰게끔 자극하여 책을 쓰거나 투고하는 작가들은 대개 배금주의에 젖어 있었고,[14] 책 한권을 완성하여 여러 책장수에게 넘기면 수십 금(金)을 벌 수 있었으니 비록 책의 결함이 백출(百出)해도 온갖 치장을 해대느라 정신이 없었다.[15] 그래서 작가는 주로 이익을 얻으려 창작하면서 창작 수량이 공전(空前)의 증가세를 보였지만, 작품은 조잡하게 만들어져 그 질은 저열했던 바, 이는 당연한 결과였다.

---

14) 天僇生,『中國歷代小說史論』,『二十世紀中國小說理論資料』, 266쪽.
15) 寅半生,『小說閑評敍』,『二十世紀中國小說理論資料』, 182쪽.

근대소설의 발전에는 대체로 다음과 같은 몇몇 단계와 유형이 있다: 1902년부터 나오기 시작한 양계초의『신중국미래기 新中國未來記』·채원배(蔡元培)의『신년몽 新年夢』, 진천화(陳天華)의『맹회두 猛回頭』·『경세종 警世鐘』·『사자후 獅子吼』등등과 같은 정치소설이다. 이러한 소설에는 이상적(理想的)인 격정(激情)이 넘치지만 착실한 현실주의 정신이 결여되어 있었고, 정치 선전과 의론이 충만하고 호방함은 보였지만 생동적이고 곡절 있는 스토리와 세심하고 진지한 묘사가 없어 고작 공허한 정치 선전이나 우언(寓言)에 그칠 뿐이었다. 따라서 이러한 소설들은 잠시 지나가는 구름연기처럼 금방 사라져 버렸다. 그에 이어 나타난 소설은『관장현형기 官場現形記』등 견책소설(譴責小說)로 바람과 구름이 거세게 일 듯 근대소설의 주류(主流)가 됐다. 1906년 이후에 나온 언정소설(言情小說)은 수량도 비교적 많았고 영향도 컸다. 민국 초년 신해혁명(辛亥革命)의 과실(果實)이 원세개(袁世凱) 등 군벌들한테 찬탈되면서 정치소설에서 묘사했던 중국 혁신의 이상적인 그림은 피로 얼룩진 화면으로 뒤바뀌어 버렸다. 견책소설이 고취했던 계몽사조들은 그 커다란 매력을 잃고 격정적인 감정 역시도 실망의 정서로 바뀌어 견책소설도 점차 사라지게 됐다. 작가가 정치 개량과 현실 변혁을 위해 써왔던 글들은 심심풀이의 유희적인 창작으로 바뀌어 견책소설은 흑막소설(黑幕小說)로 변질됐고 언정소설은 원앙호접파(鴛鴦胡蝶派) 소설로 변모했다.

청말 견책소설이 왜 근대소설의 주류가 되었을까? 이는 시대의 수요 때문이었다. 마침 루쉰(魯迅)은 이에 대해 다음과 같이 말했다.

무술정변(戊戌政變)이 성공하지 못하고 이미 2년이 지난, 즉 경자년(庚子年)에 의화단(義和團)의 난(亂)이 일어나매 이에 군중들은 정부가 다스림을 도모할만한 능력이 없음을 알아차리고 곧장 배격의 뜻을 갖게 됐다. 그것이 소설에 있어서는 곧 숨은 것을 폭로하고 폐악(弊惡)을 들추어내며 시정(時政)에 대해서는 엄중히 규탄을 가하고, 혹은 더욱 확충(擴充)하여 풍속에까지도 미치게 했다. 비록 의도한 바는 세상을 바로 잡으려는데 있었으므로 풍자소설과 동류(同類)인 듯하나 사기(辭氣)가 노골적이고 필치는 기탄없이 예리했고, 심지어는 그 언사가 과격해서 세인(世人)들의 기호에 들어맞았으므로 그 도량과 기술면에 있어서 풍자소설과는 거리가 멀다.16)

루쉰의 이 정벽한 논술에는 세 가지 차원의 의미를 내포하고 있는데, 곧 견책소설의 발생은 "군중들이 정부가 다스림을 도모할만한 능력이 없음을 알아차렸기" 때문에 소설을 이용해 공격함으로써 세상의 폐단을 바로잡으려 한 것이다. 견책소설의 내용은 주로 악습을 폭로하고 시정(時政)과 사회풍속을 규탄한 것이었다. 견책소설과 풍자소설은 비슷해 보이나 전형적인 풍자소설에 비하면 그 예술 수준은 역시 서로 거리가 멀다.

견책소설의 작가들은 역외소설에 대한 이해가 아직 얕았는데, 그들 대다수는 외국어를 몰랐고 그저 당시 번역서에 의지해 외국소설의 영향을 약간 받았을 뿐이었다. 반면 중국의 전통문화는 그들에게 여전히 깊은 영향을 주었고, 중국 민중의 심미적인 심리와 습관 또한 그들의 창작을 제약하는 중요한 요소였다. 청조 말년의 정치적인 암흑과 관료사회의 부패는 그들로 하여금 분노와 실망을 자아내었고, 그들은 정부가 다스릴 능력이 이미 없음을 알았기에 맹렬히 '공격'했는데, 그들의 작품은 대부분 신문 간행지에 연재되어 매일 혹은 며칠 동안 하나의 고사(故事)를 썼으며, 대표선집 식(式)의 구조로 장편소설을 쓰기에 비교적 편리했다. 상술(上述)했던 몇몇 원인 때문에 견책소설 작가들은 이『유림외사 儒林外史』의 "장편이지만 단편 같은" 결구(結構) 방식을 채택했다.

"미(美)에 대한 각종의 형태는 한편으로 그들의 각기 다른 성질에 따라 현실미(現實美)와 예술미(藝術美)로 나뉘고, 다른 한편으로는 그들의 각기 다른 상태, 면모와 특징에 따라 우아(優雅)한 미와 숭고·비극·희극(골계)미로 나뉜다."17) 풍자소설은 미의 형태로 말한다면 희극 범주에 속한다. 그

---

16) 魯迅,『中國小說史略』(人民文學出版社, 1957年 12月版), 239쪽.
17) 王朝聞 主編,『美學槪論』(人民出版社, 1981年 6月版), 38쪽.

것은 항상 웃음을 이끌어내지만 "웃음 가운데 분명한 비판 태도와 부정적인 평가를 내포하며, 웃음 가운데 일체(一切)의 몰가치적이고 거짓되고 추악한 것들을 태워버린다."18) 청말 견책소설의 대부분은 풍자소설에 속하고 또 어떤 견책소설은 대체로 풍자소설에 속하지만, 다른 일부 견책소설들은 풍자수법을 사용하지 않고 단지 분노의 견책과 정면적인 폭로로 희극의 미학특징을 갖추지 않았는데, 한 예로 이백원(李伯元)의 『활지옥 活地獄』 같은 경우, 청말 감옥의 부패와 형벌의 잔혹함을 폭로하였지만 그것은 정면 폭로였지 풍자가 아니었다. 청말 사대(四大) 견책소설의 하나로 꼽히는 『노잔유기 老殘遊記』 역시 풍자의 색채가 옅다. 학술계에선 습관적으로 견책소설을 근대 풍자소설과 동일시 하지만, 필자는 '근대 풍자소설'이라는 개념이 아무래도 보다 정확하고 타당하다고 본다.

근대 풍자소설의 추악한 현실에 대한 공격기세의 그 맹렬함은 미증유한 것이었지만 왕왕 핵심을 찌르지 못했고 치명적이지 못했다. 사회의 갖가지 '괴현상'을 폭로하고 온갖 해악들을 들춰냈지만 전형인물을 만들어내지 못했고, 그 추악한 본질과 영혼을 그려내고 만화화(漫畵化)와 해학화(諧謔化)의 수법을 많이 써서 추악한 현상들을 풍자했지만 지나치게 과장되고 진실성이 부족해보여 저열한 수준의 풍자소설에 속하고, 철리성(哲理性)과 유머감각도 부족해 독자에게 천편일률적인 느낌을 줄 뿐 감화력이 없었다. 이는 근대 풍자소설이 단지 과도적 성격의 작품일 뿐 아직은 진정한 의미에서의 현대 소설이 아니라는 사실을 설명해주고 있다. 중국 풍자소설사를 관찰해보면 중국과 외국, 고대와 현대의 기로에 처한 근대 풍자소설은 위로부터 계승하고 아래로 발전시킨 점에서 그 공로가 없다 할수는 없으나 천박하고 조잡하여 예술성취가 보편적으로 낮았다. 노신을 대표로 한 작가가 시대의 고도(高度)에 올라서고 나서야 비로소 현실을 깊이 있게 관찰하고 고대와 외국의 풍자소설의 우수한 성과들을 흡수해 중국 풍자소설을 하나의 새로운 단계로 나아가도록 하여 고대 풍자소설의

---

18) 王朝聞 主編, 『美學槪論』, 62쪽.

전범인『유림외사』에 필적하고 세계의 풍자 명작과 함께 어깨를 나란히 할 만한 위대한 작품을 창조할 수 있었다.

3. 『관장현형기 官場現形記』·『도올췌편 檮杌萃編』 등의 풍자소설

"제재(題材)의 측면으로부터 말한다면 청말 소설에서 가장 많은 제재는 관료들을 폭로한 부류였다."[19] 중국 고대소설 가운데 관료들에 대한 폭로와 비판은 많았지만 모두 역사고사(歷史故事)와 인정세태(人情世態)의 묘사 가운데 관료에 대한 비판을 다루었을 뿐이다. 청말에 이르러 관료들에 대한 풍자 비판은 전체 소설 창작의 중심이 됐는데, 소설에서는 집중적으로 각종각색의 관료들을 묘사하고 청말 관료사회의 온갖 추태를 그려내고 있다. 고대 소설 중에 충직한 신하와 간악한 신하, 청렴한 관리와 부패한 관리들의 모순 투쟁은 소설의 정절(情節)을 구성하는 주요 틀이었으나 청말 소설에 이르러서는 이러한 '충간(忠奸) 대립'이나 '청탐(淸貪) 모순'의 패턴을 철저히 와해시키고 청말 관료사회를 온갖 해악을 끼치는 사람들의 세계로 묘사했다. 고대 소설에서 썼던 역사적 제재는 많아 설령 현실의 삶을 묘사했어도 대부분은 역사를 빌었는데, 반면 청말 소설에서는 전적으로 현실만을 묘사하여 작은 관료든 큰 관료든 한족(漢族) 관료든 만주족(滿洲族) 관료든 간에 모조리 매도했고 적지 않은 작품에서 당시의 풍문들을 취해 현직의 관료들을 빗대어 얘기해 당시 관료사회의 요지경을 비추어준 것이었다. 이 세 가지가 바로 근대 관료사회 풍자소설의 전체적인 특징이다.『관장현형기 官場現形記』와『도올췌편 檮杌萃編』이 그 중 가장 뛰어난 관료사회의 풍자소설로 본 절에서는 이 두 편의 소설을 중점적으로 다루되 기타 작품들도 함께 살펴보도록 한다.

---

19) 阿英, 『晚淸小說史』(人民文學出版社, 1980年 第1版), 128쪽.

첫 번째로 청말 관료사회를 향해 공세를 가했던 작품 이보가(李寶嘉)의 『관장현형기』이다. 이보가(1867~1906)는 보개(寶凱)라고도 하며 자(字)는 백원(伯元)이고 호(號)는 남정정장(南亭亭長)이다. 쟝쑤성(江蘇省) 무진(武進)사람(지금의 창저우 常州)이고 산뚱(山東)에서 태어났다. 어려서 부친을 여위어 백부(伯父)인 이념자(李念仔) 슬하에서 자랐다. 이념자는 산뚱(山東) 비성(肥城)과 교주(膠州) 지현(知縣), 태주(兗州) 동지(同知), 동주(東州) 지부(知府), 후보도(候補道) 등을 역임했고, 1891년에 사직하여 그 이듬해 가족들을 데리고 고향에 돌아가 정착했다. 1896년 이백원은 생계에 쫓겨 온 가족이 상하이(上海)로 옮겼다. 그로부터 10년을 전후로 그는 『지남보 指南報』, 『유희보 遊戲報』와 『세계번화보 世界繁華報』 등을 창간하여 중국 근대 신문잡지의 선구가 됐다. 그는 아울러 상무인서관(商務印書館)의 초빙에 응해 청말 사대(四大) 소설잡지 중 하나인 『수상소설 繡像小說』의 편집을 주관했다. 그는 동시에 많은 작품을 발표했는데, 장편소설로는 『관장현형기』, 『문명소사 文明小史』, 『활지옥 活地獄』 등 다섯 권이 있고, 장편 탄사(彈詞)로는 『경자국변탄사 庚子國變彈詞』 등 두 권이 있으며, 극본(劇本) 하나와 각종 저서 수 편이 있다. 그는 다재다능하여 시(詩)·사(詞)·서(書)·화(畵)·전각(篆刻) 등에서 모두 성취가 있다. 그는 고작 마흔 살에 생을 마감했고 빈곤과 질병, 고생에 시달리다 죽은 뒤에 장례비용조차 광대였던 손국선(孫國仙)이 치루어 줄 정도였다.

이백원의 일생은 이렇듯 실로 짧은 것이었다. 30세 이전에 그는 산뚱(山東)의 백부 집에서 한거(閑居)하며 글을 읽었고, 벼슬아치를 따라 생활했던 경험도 그가 관료사회의 실상을 이해하는데 유리한 조건을 제공해 창작의 소재도 쌓이게 됐다. 이후 10년은 반(半)식민지 반(半)봉건의 대도시 상하이에서 생활했는데, 그는 또한 저널리스트(Journalist)로서 보다 많이 사회와 접촉했고 청말의 부패와 제국주의 침략의 죄상을 목도하여, 강렬한 애국주의 사상과 개량주의의 정치 주장을 지니게끔 했다. 그는 "눈물을 흘리며 목 놓아 우는 필치로 풍자와 욕설의 글을 써내려가는"[20] 수백만 자의 작품을 창작하여 풍성한 문학유산을 남겼다.

『관장현형기』는 전체 16회로 1903년부터 1905년까지 『세계번화보』에 연재됐고, 동시에 그곳에서 계속 단행본도 출간했다. 후스(胡適)는 「『관장현형기』 서문」에서 "이 책이 묘사한 것은 중국 구(舊)사회에서 가장 중요한 제도와 세력이었던, 즉 관료이다. 이 책이 서술한 시기는 이러한 제도에서 가장 부패하고 가장 타락한 시기였던, 즉 매관매직이 가장 성행했던 시기이다"라고 설명했다. 작품에서는 서로 연관된 단편의 형식으로 30여 개의 관료사회 고사(故史)를 서술했고, 범위는 대부분의 중국을 포괄하며 크고 작은 관리도 백 명 이상이며 위로는 황제와 태후부터 아래로는 각종 보좌역이나 작은 관리까지 없는 것이 없다. 이 책에서 묘사한 관리는 대체로 탐욕·잔폭·우둔·허위·아첨 등 다섯 종류의 유형이다.

탐욕은 모든 착취계층의 본질 가운데 하나이다. 금전을 최상의 것으로 보고 배금주의(拜金主義)의 지경까지 간 모습은 청말 관료 사회의 특징이다. 이는 당시의 통치계층이 불안한 미래에 대한 두려움에 위기를 구해낼 자신감을 잃었기 때문이다. 그들은 이미 정신적 지주(支柱)를 상실해 일말의 이상(理想)도 없는 짐승 무리 마냥 그저 먹고 마시고 놀기 위해 약탈을 일삼는다. 동시에 상품경제의 도입으로 관료사회는 더더욱 시정잡배화(化)되어버려 그들은 관료 노릇하는 것을 다음 말처럼 장사 중에서도 가장 좋은 것으로 여긴다.

얼마가 밑지든지 간에 벼슬만 하면 그 이자는 장사하는 것보다 훨씬 낫다. …… 벼슬하러 천리길을 마다않고 가는 것도 재물 때문이다.

뇌물을 받아먹고 법도 어기며 재물 등을 갈취하는 짓은 봉건 관료들의 보편적인 병폐였다. 『관장현형기』에서는 관리들이 금전 갈취하는 일들을 폭로하는 고전적인 수법 말고도 두 가지 점에서 시대적인 특징이 있다: 하나는 관료의 기부금 제도가 야기한 관직의 매매이고, 또 하나는 외국과

---

20) 吳沃堯, 『李伯元傳』, 『李伯元研究資料』(上海古籍出版社, 1980年 12月版), 10쪽.

교섭하면서 부자가 되는 것이다. 헌납하는 풍조는 그 유래가 오래되어 진한(秦漢) 시기에 이미 납속에 관한 규정이 있었다. 청조 초기에도 기부금 제도가 있기는 했지만 극히 제한적이었다. 그러다 함풍(咸豊)·동치(同治) 연간(年間) 이후에 기부금 제도가 크게 열리면서 사람들은 이를 벼슬하는 지름길로 여겼다. 우선은 매관매직으로 비어있는 관직을 사는 것이고, 그 다음은 보결(補缺)로 빈자리를 채우는 것이다. 관리가 되기 위해 돈을 아끼지 않고 관직을 산 뒤에는 그 돈을 메꾸기 위해 많은 뇌물을 받아먹는다. 작품에서는 매관매직을 둘러싼 형형색색의 탐관오리들을 묘사하고 있다.

하번태(何藩台)는 곧 부임을 앞두고 공개적으로 장사거리를 만들어 관직을 파는데 골몰하는데, 값은 최소 일천 원부터 제일 좋은 벼슬로 이만 냥 은자(兩銀子)까지 있다. 구강부(九江府)의 비어있는 벼슬을 팔기 위해 아우인 삼하포(三荷包)와 말다툼을 하다 결국 주먹다짐까지 하게 된다. 삼하포는 형과 결판을 내라면서 그의 손을 거쳐 판 관직만도 이삼십 여 차례고 수입도 칠팔십 여만 냥이라고 지껄인다.

지체 높은 대관료가 벌인 수법은 더더욱 기가 막힌다. 군기대신(軍機大臣) 화중당(華中堂)은 "사람들이 돈 갖다 바치는 걸 제일 싫어한다"고 하면서도, "골동품은 아주 좋아한다"고 얘기한다. 그는 뇌물로 받은 골동품으로 골동품점을 여는데 그에게 골동품을 바친 사람은 반드시 자신이 바쳤던 그 골동품을 되사야 한다. 가(賈)도령은 공석(空席)인 벼슬을 차지하려고 일만 냥을 들여 코담배병 골동품을 사다가 그에게 바친다. 화중당은 그가 보낸 뇌물을 보고는 무척 좋아하면서 그와 똑같은 담배병을 달라고 한다. 가도령은 다시 그 골동품점에 가 주인에게 똑같은 걸로 달라고 하지만 이내 기겁을 하고 만다. 이유인즉슨 "이상하오. …… 어떻게 전에 산거와 똑같은데 값이 이렇게 다를 수 있소?" 하지만 이번 담배병의 값은 무려 네 배나 오른 것이다. 작자는 이렇게 함축적이면서도 교묘하게 화중당의 우롱적인 수법을 폭로했는데, 골동품 한 점이 이렇게 값이 오르락내리락 하면서 얼마나 많은 돈을 챙긴단 말인가!

제7회부터 11회까지는 후보통판(候補通判) 도자요(陶子堯)가 上海로 기기

(器機)를 구매하러 가면서 주색(酒色)에 빠져 공금을 남용하다 결국 이만 냥은자를 다 날리고 줄행랑을 놓는 이야기를 쓰고 있다. 이는 양무(洋務)사업을 이용한 횡령을 묘사한 것이다. 물론 『관장현형기』에서 이에 대한 이야기는 많지 않지만 그 이후의 청말 소설부터 충분한 묘사가 있게 됐다.

작품에서는 여섯 회의 편폭을 할애해 쩌쟝(浙江)의 방군(防軍) 호화약(胡華若) 통령(統領)이 명을 받들어 엄주(嚴州)로 가 비적을 소탕한 이야기를 서술했는데, 여기서 관리들의 잔혹한 본성을 충분히 폭로해내고 있다. 엄주에는 본래 비적이 없는데 지방관리가 일부러 과장된 보고를 한다. 호 통령은 진상을 잘 알면서도 오히려 고의로 백성들을 비적으로 몰아 사병들이 노략질하고 백성들을 죽이는 것도 눈감아준다. 이에 백성들은 현(縣)에 가서 고발하는데 쟝(莊) 지현(知縣)은 먼저 반드시 약탈을 자행한 관병(官兵)들을 엄벌하겠노라고 공언하며 피해를 입은 백성들에게 위로금을 나눠주는데 마치 백성들의 억울함을 풀어주는 듯하다. 그러나 그는 백성들의 고발장을 보고나서 약탈한 관병의 이름을 써내라고 하는데 백성들은 당연 그들의 이름을 대지 못한다. 그러자 그는 백성들에게 무고죄를 씌워 처벌하겠노라 호통 치니 백성들은 위로금을 도로 내놓고 결국 약탈한 자들은 비적이지 관병이 아니라고 한다. 이렇게 한바탕 소란이 쟝 지현의 손에서 잠잠해졌다. 그러나 호 통령이 개선(凱旋)하면서 그 자신이 돈을 주고 고용한 사람이 만민산(萬民傘)을 선사할 때 "갑자기 상복(喪服)을 입은 무리들이 손에는 종이뭉치를 들고서 함께 모래톱으로 내달아 와 큰 배를 향해 통곡하는 걸 보게 된다." 그리고는 "관병은 강도이다"라는 아우성이 여러 차례 배 위로까지 전해 들려온다. 호 통령은 못들은 체 위세를 뽐내며 성성(省城)으로 돌아간다. 이번의 이른바 '비적소탕'은 수천 명의 백성을 죽인 것이었지만 호 통령은 오륙십만 냥의 양향(糧餉)을 거짓 보고하여 '비적소탕'에 공로가 있다는 보증 추천을 얻어낸다. 이 고사는 이른바 '비적소탕'에 대한 절묘한 풍자이자 관료의 잔혹한 본질에 대한 깊이 있는 폭로이다.

『관장현형기』에서는 각양각색의 관료들을 묘사하고 있다. 하번태나 호 통령 등의 잔혹함과 탐욕스러움이 적나라하다. 그들의 흉악한 몰골은 극악무도함까지도 모조리 드러나 있다. 반면 어떤 관료는 위선을 숨기고 정인군자의 얼굴을 하고 있다. 작자는 풍자의 필치로 그들의 진면목을 드러내고 그들의 감추어진 마각을 들추어내었다. 쩌쟝(浙江) 순무(巡撫) 부리당(傅理堂)이 바로 그러한 거짓 군자(君子)의 전형이다. 그는 쩌쟝에 부임하고 나서 가는 곳마다 자신은 이학가(理學家)라 떠벌리며 '신독(愼獨)'을 강구(講究)하고 '검소'를 제창한다. 그는 부하들에게 "우리같이 이학을 중히 여기는 사람이 가장 강구해야 할 것은 '신독' 공부로서 이불 속에서도 거짓 없고 집안 구석진 곳에서도 부끄럼이 없어야 한다"고 말한다. 그러나 그가 집에 돌아갔을 때 문지기 탕승(湯升)은 그에게 그가 베이징(北京)에 있을 때 정을 통했던 기생(妓生)이 사생아를 데리고 찾아왔었다고 보고한다. 그는 검소를 제창하기 위해 좋은 옷을 입은 관원(官員)을 엄하게 나무라고 헤진 옷을 입은 사람한테는 크게 칭찬하자 관원들 모두 낡은 옷을 입는데, "관청에 크고 작은 관원들은 매일 같이 이백여 명이 드나드는데 마치 한 무리의 거지 떼 같다." 관원들은 낡은 의복을 입으려 "항저우(杭州)의 모든 옷가게를 돌아다녀 낡은 의복 모두가 팔려나가고, 노상 골동상의 낡은 신발과 모자 역시 모조리 팔렸다." 그러나 그는 이 '절약애민(節約愛民)'의 허울 아래 공갈이나 사기를 쳐서 재물을 빼앗고 부정부패로 모은 거금 "몇 십 만 냥 은자를 전장(錢莊)에 넣어놓고 이자를 불린다."

매관매직 제도는 일자무식의 부잣집 자식들이 고위층으로 올라갈 수 있게끔 해주었는데, 그들은 싸움구경이나 주색잡기 정도나 즐길 줄 알지 어디에 경세제민(經世濟民)의 재능이 있겠는가? 이렇게 우둔한 자가 관료가 되면 우둔한 관료일 뿐이다. 마치 번태(藩台) 시보단(施步丹)이 "量入爲出", "游弋", "梟匪", "荼毒生靈", "馬革裹尸" 등을 "量人爲出", "游戈", "鳥匪", "荼毒生靈", "馬革裹尸"로 읽은 것처럼 말이다. 설사 교양이 좀 있다고 하는 소위 '능원(能員)'도 실제로는 아둔하기 짝이 없는 녀석일 뿐이다. "양무사업 가운데 뛰어난 능원"이라 일컬어지던 모유신(毛維新)의 경우에도, 그는 나으리의 총애를 듬뿍 받고서 양무국(洋務局)에 출장 보내지지만 그의 능력은 고작 지나간 ≪강녕조약 江寧條約≫ 정도나 암송하며 가는 곳마다 으스대기나 할 뿐인데, 사실 그 '강녕조약'의 내용도 제대로 알지 못한다. 그래서 그는 "우리는 강녕에 벼슬하면서 응당 강녕의 조약을 알아야 합니다. 무슨 '톈진조약(天津條約)'이니 '옌타이조약(煙臺條約)'이니 하는 따위는 나중에 우리가 그리로 가게 된다면 그때 자문을 구해 주의해도 늦지 않아요"라고 말한다. '봉강대사(封疆大吏)' 가세문(賈世文)은 겉치레로 고상한 척하고 박식한 마냥 두 가지의 절기(絶技)가 있다고 허풍을 떠는데, 하나는 매화(梅花)를 그리는 것이고, 또 하나는 서예이다. 그러나 그는 "나에게 왕희지(王羲之)가 쓴 『전적벽부 前赤壁賦』가 있소 …… 듣자하니 한대(漢代)에 유명한 석장(石匠)이 새긴 거라 하더군요"라 말하는데, 실로 보는 사람들을 박장대소케 한다.

어떤 관료는 학식과 재능이 전혀 없는데도 관직과 목숨을 부지하려 일부러 모호한 태도를 취하고 적당히 일을 얼버무리며 무위도식하며 나날을 보낸다. 예로 서(徐) 대군기(大軍機)처럼 조정(朝廷)의 중임을 맡은 사람도 관료생활의 비결이 "동요되지 않고, 신경 쓰지 않는" 것이다. 그래서 그의 별명도 '유리알'이다. 가(賈) 도령은 십만 냥 은자를 갖다 바치고 곧 황제를 알현한 뒤 보결(補缺)로 부임할 준비를 한다. 그는 황제를 뵐 때 어떻게 머리를 조아리는지를 먼저 화중당(華中堂)에게 묻는다. 이에 화중당은 "바닥에 머리를 많이 부딪치고 말을 적게 하는 것이 관료생활의 비결이다"라고 대답한다. 그는 또 황(黃) 대군기(大軍機)한테도 묻는데 이에 황 대군기는 "화중당께서 벼슬 경험이 깊으셔서 그대한테 머리를 많이 부딪칠 것과 말도 적게 할 것을 당부하셨는데, 내 식견으로도 하나 틀린 게 없네"라 말한다. 다시 서 대군기한테 묻자 그의 대답은 더더욱 기가 막힌다.

본래 머리를 부딪치는 건 좋은 일이네. 머리를 안 부딪쳐도 되기는 하지.
그래도 부딪쳐야 할 땐 부딪치고 그러지 말아야 할 땐 부딪치지 말게.

이런 작은 일까지도 세 명의 군기대신한테 묻지만 "여전히 아무런 도리도 말해내지 못한다."

아편전쟁 뒤에 제국주의 세력이 침입해오면서 외세에 빌붙는 짓이 청말 관료들의 큰 특징이 됐다. 그들은 처음엔 무지몽매하여 맹목적으로 배척한다. 흠차대신(欽差大臣) 동자량(童子良)은 서양 담배를 피우려 하지 않고 국산 담배만 피우면서 "평소보다 두 냥(兩)을 더 피운다." 서양 돈은 필요 없다 하면서 죽어라고 은표(銀票)를 수탈해 다가 두 번에 걸쳐 은표를 점검하면서 한 장 한 장씩 조심스레 문갑 속에 모아둔다. 서양 증기선은 타지 않고서 텐진(天津)에서 상하이(上海)까지 목선(木船)을 타고 몇 날 며칠을 돌아가고서도 득의양양하게 "내 일평생 가장 싫어하는 것은 서양 물건으로 이 몇 십 년 동안 지켜왔던 터 지금 내가 그에 어긋나는 것도 절대 금물이요"라 말한다. 서양물건 쓰지 않는 것을 부녀자가 정절(情節)을 지키는 것과 동일시해 사뭇 황당하고 가소로우면서도 완고 불변한 관료의 모습을 그려내었다. 그러나 제국주의 총포의 교훈 아래 외세 배척은 곧장 외세 친화(親和)로 변했다. 그들이 외교를 해나가는 비결은 "외국인들과 인사할 때도 한 번에 그치지 않고 일을 함에도 그들과 의견 대립도 말며, 절대 거역하지 말고 그들이 하자는 대로 따르는" 것이다. 그들은 심지어 "장차 외국인들이 우리 땅을 차지한다면 백성이 필요할 텐데 설마 관료가 필요하지 않겠는가? 관료가 없으면 누가 백성을 다스리랴. 그런고로 난 걱정 않는다. 그들이 분배한다면 분배하는 대로 하지 나와는 아무런 상관이 없다"라고까지 말한다. 그들은 미친 듯이 조국의 강산을 제국주의에 공손히 갖다 바치고, 그들이 유린하는 대로 놓아두니 완전히 서양노예의 장단에 놀아나는 격이다.

『관장현형기 官場現形記』는 형형색색 관료들의 탐욕·잔혹·우매·허위·외세 아첨 등등 갖가지 추태들을 묘사해내었을 뿐 아니라, 그러한 관료들의 막후 실권자는 자희태후(慈禧太后)라는 사실을 지적해내었다. 궁정 환관의 일장연설과 그 속의 오묘함을 캐내는 데서 한 영감은 코웃음을 치며 말한다.

지금 아직도 안 되는 일이 있는가? 불야(佛爺 자희태후의 별칭)께선 일찍이 "18성(省)을 두루 싸돌아다니는데 어디에 청렴한 관료가 있겠느뇨"하고 말씀하셨네. 하지만 어사(御使)가 말을 안 해 나도 모른 체 한 걸세. 어사가 참견하고 대신을 보내 조사하여 몇 명이서 처리하면 되잖은가. 전자(前者)가 가면 후자(後者)는 오니 진정 일벌백계할 수 있겠는가?" 하셨네. 이야말로 선견지명이 있는 걸세.

물론 이백원의 사상에는 한계가 있다. 그는 단지 관료들의 각종 추행을 풍자하고 그들을 타일러 정치를 개량하길 희망하였을 뿐 봉건 전제(專制)를 철저히 전복시키려는 혁명사상은 없었다. 그는『관장현형기』의 마지막 1회에서 "전반부는 전적으로 관료들의 나쁜 점을 지적하였으니 그들이 이를 읽고서 개과천선할 수 있기를 바란다"고 언급했다. 그러나 정치를 어떻게 개량하든 간에 그 역시 뾰족한 수가 없을 것이다. 그래서 그들이 올바르게 관료생활을 해나갈 수 있는 방법을 가르친 후반부를 태워버린 것이다.

작자는 청말 관료사회의 부패에 대해 극도로 증오하고 감정이 격분해 있어 심사숙고하거나 풍부한 함의가 결핍되어 있고, 풍자는 날카로우나 때로는 과장되 사실성을 잃어 함축성이 부족하며, 폭로는 충분하나 표층(表層)에 머물 뿐 정련된 맛이 부족하다. 따라서 관료사회의 추태는 다 그려내었지만 사실성이 풍족한 관료의 전형 형상은 만들어내지 못했다.

만약『관장현형기』가 탐관오리들의 비열함을 그려낸 소설이라면, 『노잔유기 老殘遊記』는 '청렴한 관리'의 가증스러움을 묘사한 작품이다. 『노잔유기』의 작자 유악(劉鶚)은 자(字)가 철운(鐵雲)이고 별서(別署)로 '홍도백련생(洪都百煉生)'이며 쟝쑤성(江蘇省) 단도(丹徒 지금의 鎭江)사람이다. 그는 봉건관료 가정에서 성장했지만 팔고문(八股文)을 싫어했고 과거의 급제를 통한 입신양명에도 뜻이 없었다. 그는 경세지학(經世之學)을 숭상하여 산술학(算術學)·의약·치하(治河) 등 실용 학문에 치력했다. 그는 하도(河道) 총독 오대징(吳大澂)과 산동(山東) 순무(巡撫) 장요처(張曜處) 아래 막빈(幕賓)을 지내 황하(黃河) 치수(治水) 사업을 도우면서 일정한 공로를 세웠다. 또한 청나라 조정에 외자유치를 통한 철로(鐵路) 건설과 산동(山東) 광산 개발을 건의했다 좌절된 바 있다. 팔국연합군(八國聯合軍)이 베이징(北京)을 점령했을 때 상하이(上海)에서 자금을 모아 베이징으로 온 뒤 구제(救濟)사업을 하며 연합군한테서 양곡을 구매해 다가 기아구제 사업을 했다. 1902년에는 대량의 은허(殷墟) 갑골(甲骨)을 수집해서 중국 최초로 갑골문서 『철운귀 鐵雲龜』를 펴냈다. 1908년에 청나라 조정으로부터 양곡 매점매석죄로 체포되어 신장(新疆)으로 귀양 보내졌다. 이듬해 적화(迪化 지금의 烏魯木齊)에서 병사(病死)했다.

『노잔유기』의 1집은 30회이고 2집은 9회이며 1903년에 처음 발표되어 이후 간헐적으로 발표되다 1907년에 중단됐다.[21]

유악은 애국사상과 함께 서구 과학기술을 비교적 많이 접해 본 작가이다. 그는 외국 과학기술을 가져다 중국의 봉건제도를 강화시키고 싶어 했다. 그는 정치의 개량과 관료의 정비를 요구했지만 혁명에는 반대했고, '북권남혁(北拳南革 북쪽에서는 의화단 권비 拳匪, 남쪽에서는 무술정변을 지칭)'을 공격했다.

루쉰(魯迅)은 『중국소설사략』에서 『노잔유기』에 대한 평론 가운데 "이른바 청렴하다는 관리의 가증스러움은 간혹 뇌물을 받아먹는 관리보다 더욱 심하다는 것을 적발하여 사람들이 일찍이 말하지 못했던 바를 말했다"고 지적하고 있다. 물론 『노잔유기』 속의 '청렴한 관리'는 백성들을 위해 구제해줄 것을 요청하는 관리가 아니라 '청렴결백한 관리'라는 명의를 빌어다 백성들을 잔혹하게 핍박하고 학살하는 관리이다. 옥필(玉弼)과 강필(剛弼)이 바로 이러한 부류의 '청렴한 관리'의 전형이다.

옥현(玉賢)에 대한 묘사에서 작자는 박리(剝離) 수법으로 그가 가장한 것들을 한 겹 한 겹씩 벗겨내었다. 노잔은 도시를 돌아보고 방문하는 도중에 사람들의 이야기 속에서 옥현의 '정치공적'과 명성을 듣게 된다. 그러

---

21) 『老殘遊記』의 판본은 복잡한데, 그중에 李厚澤의 『劉鶚與老殘遊記』(『劉鶚及老殘遊記資料』, 四川人民出版社, 1985年版) 25~27쪽이 참고할 만하다.

나 점차 깊이 조사해 들어가는 과정에서 백성들이 노여워도 감히 말도 못하고 본심을 숨기며, 옥현은 훌륭한 관료라고 칭찬하면서도 그 말을 하는 사람 눈에는 눈물이 글썽이는 모습을 보게 된다. 마지막에는 옥현이 사람 목숨을 초개같이 여겨 온갖 가혹한 형벌로 수백 명의 무고한 생명을 함부로 죽인다는 사실을 폭로했다. 옥현이 살육을 버릇삼아 하는 목적은 "관료노릇을 표가 나게 해서 큰 관료가 되기 위함이니 이렇게까지 못할 짓을 하는 것이다." 마침 노잔이 시(詩)에 썼던 바처럼 "원망은 성궐을 덮어 어둡게 하고, 피는 모자 위에 달린 구슬에 물들어 붉도다! …… 백성 죽이기를 도적 죽이듯 하니 태수가 바로 그 원흉이다[冤埋城闕暗, 血染頂珠紅…… 殺民如殺賊, 太守是元戎]."

반면 강필에 대해서는 직접 폭로의 방법을 사용했다. 강필은 위가(魏家) 부녀(父女) 사건을 심리하는데 한 충직한 집사는 주인이 억울한 일로 인해 감옥에 갇힌 걸 보고 일천 은표(銀票)와 오천오백 냥 은자를 마련해 다가 그 뇌물을 주고 주인을 빼내려 한다. 하지만 강필은 자신이 청렴결백한 관리임을 과시하려고 그 뇌물을 거절함은 물론 그 원안(冤案)의 자초지종이 뭔지 묻지도 않고서 엄벌을 내려 억울한 옥살이가 가혹하고 음험함을 만들어낸 본질임을 폭로했다. 『노잔유기』에서는 노잔이라는 나그네가 책 전체에 등장하여 소설의 배경을 확대시켰고 나그네의 눈으로 사물을 관찰하여 새로운 느낌이 있으며, 나그네 한 사람이 책 전체를 관통하여 작품의 완성도를 강화시키고 소설 가운데 전지적 작가시점의 서사방식에서 벗어나 3인칭 제한서사로 변환시켜 중국 전통소설의 구조와 서사방식을 돌파했다. 경물(景物) 묘사의 세심함과 진지함, 그리고 심리 묘사의 깊이 있음과 세밀함 역시 독자를 탄복시킨다. 이 모두는 중국소설의 표현방법을 풍부하게 만드는데 창조적인 공헌을 한 바, 청말의 가장 중요한 작품 중 하나인 것이다. 그러나 풍자소설의 각도로부터 본다면 이 소설은 풍자성이 강하지 못하고 대부분이 직접적인 폭로에 속해 결코 전형적인 풍자소설이라 할 수 없다. 이 글이 약간의 언급만으로 그치는 이유도 바로 여기에 있다.

『관장현형기』에서는 탐관오리를,『노잔유기』에서는 청렴한 관리라 불리우는 혹독한 관리를 그려냈지만,『환해 宦海』에서는 훌륭한 관리임에도 청말 관료사회에서는 좋은 관료가 되기 힘든 현실을 써내 당시 관료사회의 부패를 더욱 부각시켰다.

『환해』20회는 宣統 원년(元年)인 1909년에 환구사(環球社)에서 출판됐다. 작자는 장춘범(張春帆)으로, 필명은 수륙산방(漱六山房)이며 상숙(常熟) 사람이다. 그는 상하이(上海)에서 장기 거주하며 각 신문잡지사에 소설을 썼다. 이후 그는 광둥(廣東)에서 학당감독(學堂監督)을 역임했다. 민국 이후에 그는 강북(江北) 도독부(都督府) 요직을 거쳤고, 저작으로『구미귀 九尾龜』·『흑옥 黑獄』등의 작품이 있다.

『환해』역시『관장현형기』와 마찬가지로 한명의 관원(官員)을 서술하고 나면 이어서 또 다른 관원을 서술하는데, 어떤 경우엔 여러 회에 걸쳐 쓰기도 하지만 또 어떤 경우엔 한 두 회로 끝나기도 한다. 이 책에서는 광둥(廣東)의 관료사회에 대한 전적인 묘사와 함께 호신세력(豪紳勢力)으로까지 그 묘사의 범위를 확대시켰다. 가장 주요한 특색은 관료의 독직(瀆職)을 중심으로 하여 도박장 건립을 빌어 광동에 왜 도적이 많은지를 설명한 점이다. 소설에서 제일 가중치를 둔 부분은 얼태(臬台) 금익(金翼)의 도박금지 정책 실행의 실패이다. 금익은 청말 관료사회 에서 보기 드문 훌륭한 관료로서 그는 관직에 부임한 뒤에 도박을 금지시킬 것을 결심한다. 그는 비록 도박장 주인에게는 막강한 배후가 있는 것도 잘 알고, 도박장에서는 매 달마다 일백만 냥 은자를 상납한다는 사실 또한 알지만, 의연히 실행에 옮기려 몸소 도박장에 가서 두목인 왕모유(王慕維)를 체포한다. 그러나 그는 관아로 압송해오는 길에서 죄인인 왕모유는 풀려나고 그 대신 거인(擧人) 노종근(盧從謹)으로 바뀐 사실을 전혀 알아채지 못한다. 그가 사안을 심리하려 할 때 상관(上官)이 온갖 방해공작을 해대지만 그는 동요되지 않고 철저하게 조사하려 한다. 이튿날 승상(丞相)이 사람을 보내 간청하지만 여전히 그는 들으려 하지 않는다.

그것을 안 승상은 여전히 웃음을 띠며 화난 기색도 없이 담담하게 김(金) 방백(方伯)에게 말했다: '정 그러시다면 공정하게 처리하도록 하게.' …… (그러면서) 옷소매 속에서 무언가를 꺼내며 김 방백에게 건네주며 또 말했다: '이번 일은 어떻게 해야겠나?' …….

알고 보니 그것은 금익의 아들이 노종근으로부터 일만 냥 은자를 뇌물로 받아 친필로 남긴 쪽지로 거기에는 금익의 인감을 훔쳐 날인까지 해놓은 것이었다. 금익은 끓어오르는 분노에 피를 토하고 기절해버린다. 깨어난 뒤에 그는 가차 없이 법에 따라 처벌할 것을 명령한다. 돌아가서 그 아들을 사형시키려 하지만 그는 이미 도망간 뒤였다. 결국 금익의 도박금지 정책 시행의 염원은 실패로 끝나 그는 화병으로 죽고 도박장 주인은 법망에서 벗어나 활개 치며 도박장은 더욱 번창하게 된다. 작품에서는 금익의 실패를 통해 청말 관료사회의 부패를 절묘하게 풍자했는데, 이는 어떠한 개혁도 성공할 수 없으며 청조의 멸망은 이미 불가피하다는 점을 설명하고 있다.

『관장현형기』·『노잔유기』·『환해』 등은 탐욕스런 관리·청렴을 가장한 관리·청렴한 관리의 실패, 이 세 가지 측면으로부터 청조 관료사회의 부패와 구제불능을 폭로했다.

『관장유신기 官場維新記』는 『신당승관발재기 新黨升官發財記』·『신당발재기 新黨發財記』라고도 하며, 모두 16회가 있고 작자는 미상이다. 작품에서는 원백진(袁伯珍)이란 인물을 그리고 있는데, 그는 본래 빈한한 일개 유생(儒生) 출신으로 벼슬길에 오르려 죽어라고 팔고문을 익혀 나이 서른도 채 되기도 전에 세도가가 된다. 그는 신법(新法)·신정(新政)과 외국의 신학술(新學術)을 가장 증오하면서도 아편이나 외국돈은 유독 좋아한다. 그런데 의화단운동(義和團運動)이 발발한 뒤 북경에서 관료 생활을 하던 사촌형 원희현(袁希賢)이 고향에 돌아와 원백진에게 일러주길 서양의 진짜 유신은 사람의 머리와 바꾼 것으로 아편과 첩은 모두 요구할 수 없지만 유신을 명목삼아 유익함은 도모할 수 있다고 한다. 이에 원백진은 그간 증오해왔던 마음을 바꾸어 이때부터 '유신'하기 시작한다. 그는 학당을 설립하고 문명을 표방하지만 실제로는 그저 간판만 바꿨을 뿐 학교에선 여전히 경전을 배우고 과학은 모조리 폐강시킨다. 그는 또 실업(實業)을 장려하자며 광산 개발과 기기(器機) 사업 등을 명목삼아 크게 횡재하여 상하이에서 아편에 계집질에 부정부패가 극에 달한다. 강렬한 금전 욕망을 채우려 그는 살인 방조자 역할까지 도맡아 유신파 친구인 향천루(向天累)까지 모함하여 죽음에 이르게 만든다. 16회에서는 그가 술에 한껏 취해 우쭐거리며 벼락 출세하게 된 비결을 지껄이는 말들을 쓰고 있다.

지금 이구동성으로 모두가 유신을 들먹이지만 유신이란 두 글자를 너무 진지하게 보아선 안 되네. 단지 형식상의 유신이어야지 정신상의 유신을 요구해선 안 된다구. 정신상의 유신을 알려한다면 그때부터 화를 자초할걸세. 그저 형식상의 유신을 하는 게 곧 부귀영달하는 첩경이란 말이네. …… 그러기에 내가 제일 좋아하고 가장 바라는 것은 조정에서 변법유신을 하는 걸세. (그렇게 되면) 조정에서도 신정(新政)이 많아질 테고 우리 같은 후보 인원들도 이득이 생기고 추천할 데도 있게 되지.

여기서 청나라 조정의 거짓 유신에 대한 폭로가 여지없이 드러난다. 그러나 권말(卷末)에서 "거짓 유신을 제창하는 한두 명의 사람 앞에 진짜 유신을 하는 천백 명의 사람이 반드시 뒤따라야 한다"고 언급했듯이 작자는 결코 유신에 반대하지 않았다.

팔보(八寶) 왕랑(王郎)의 『냉안관 冷眼觀』 또한 관료사회의 암흑을 폭로한 역작(力作)이다. 팔보 왕랑은 쟝쑤(江蘇) 보응(寶應)사람 왕정장(王靜莊 字는 예경 睿卿이다)으로 『여계오란사 女界汚爛史』와 『미룡진 迷龍陣』 등의 저작이 있다. 『냉안관』은 30회로 1907년 소설림사(小說林社)에서 간행됐다. 이 책은 『이십 년 동안 목도한 괴이한 현상 二十年目睹之怪現狀』이나 『노잔유기』처럼 주인공인 왕소아(王小雅)를 일관된 줄거리에 등장시켜 주인공이 양자강(揚子江)·주강(珠江)과 베이징(北京)과 텐진(天津) 일대를 다니며 관료들의 독직(瀆職)이나 지방 유력자들의 전횡 또는 기녀(妓女) 비밀조직 등의 상황을 광범위하게 폭로하고 있다. 그중에는 경자사변(庚子事變)·연합군 베이징 입성·태후(太后)·황제의 몽매함·청나라 조정의 유신당원 체포·당재상(唐才常)의 죽음 등의 역사적 사실까지 언급하고 있다. 소설에서는 다음과 같이 청나라 조정 유신의 본질을 파헤치고 있다.

유신을 발의하니 정부 내의 사람들이 따르려 하든 않든 그건 단지 함께 하는 것이 아니라 사안이 급하고 권위에 복종해야 하기에, 장계취계(將計就計)하여 입헌(立憲)이란 두 글자로 사면초가 용도로 써서 혁명타령을 하려 한다는 사실을 잘 알고 있다.

『냉안관』의 창작특징은 소화(笑話)의 강술(講述)로서 이 책은 관료사회의 소화(笑話) 대표선집이라 할 수 있다. 필자는 이 책의 특징을 두 가지 예를 들어 설명하도록 한다.

13회에서는 무창(武昌) 동지(同知) 황(黃) 나으리가 원래는 기루(妓樓) 주인으로 기루에 두 기생 중 하나는 호북(湖北) 번사(藩司) 왕립춘(王立春)한테 시집가고, 또 하나는 과주(瓜洲) 진군(鎭軍) 오가방(吳家榜)에게 시집가는 이야기를 쓰고 있다. 이 기루의 주인은 그들의 권세에 기대서 동지(同知) 벼슬을 샀다. 그가 부임하러 양호(兩湖) 총독을 찾아갈 때 작품에서는 다음과 같이 묘사하고 있다.

대감이 먼저 친숙한 태도로 그에게 형식적인 몇 마디를 건네다가 곧장 이전에 어떠한 일을 했느냐고 물으니 이에 그가 한마디도 대답하지 못할 줄 누가 알았으랴…… 나중에 그가 대뜸 대감한테 "대인(大人)께선 어느 성(省) 출신이신지요"하고 물으니 대감은 이 질문을 듣고서 마음속으론 뭔가 아니구나 하는 느낌이 들었지만, 점잖게 "나는 직대(直隷) 남피현(南皮縣) 사람이오"하고 대답했다. 그는 곧 이어 "대인의 존함은 어떻게 되십니까?"하고 묻자 대감은 당장에 안색이 변하면서 큰소리로 "어떻게 나의 성씨조차 모른단 말인가!"하며 손에 공문서를 들고선 그 관리의 직함을 가리키며 "이 양호(兩湖) 총독 도당장(都堂張)이 바로 날세!"라고 호통을 쳤다. 대감은 말이 끝나자 곧 찻잔을 받쳐 들고 송별을 고했다. 이때 그는 바로 눈치를 채고 얼른 일어나 인사 드렸다. 고개를 숙이다 뜻밖에 대감은 그의 뒤 어깨에 무언가 머리와 꼬리를 흔들며 움직이는 것을 보았다. 더 주의 깊게 바라보니 주발만한 거북이 전지(剪紙)가 누가 그의 뒤 보자(補子 청대 '보복 補服'의 등 부분과 가슴 부분에 수놓아 붙였던 장식품)에 붙여놓았는지 살아있는 양 한들한들 거리는 것이었다.

21회를 보도록 한다.

　두 문하생이 같은 성도(省都)에서 시험을 주관하고 또 함께 천자(天子)를 보좌하러 나가게 되니, 이에 서로 동행하기로 약속하면서 두 사람이 같이 스승께 이를 아뢰러 가서 무슨 분부하실 말씀 있으십니까 하고 여쭈었다. 그러나 그때 스승은 연세가 워낙 지긋하셔서 음식물을 잘 소화해내지 못해 쉴 새 없이 방귀를 뀌어대고 있을 줄 누가 알았겠는가? 두 문하생이 그를 알현할 시에 마침 또 그 노인 양반 뒤에서는 계속 가스가 뿜어져 나오고 있었는데 평소 두 귀가 멀어 소리가 따로 들리던 스승은 그 두 사람의 입이 쉴 새 없이 나불거리는 모습이 혹 자신의 이 일을 묻는가 싶어서 이에 잘못 알고 웃으며 "이 늙은이는 다름이 아니고 아래 기운을 통하고 있을 따름일세(원어로는 샤치통 下氣通)"하고 말했다. 그때 이 두 사람은 스승의 이 말을 "다름이 아니고 샤치통 (夏其通앞의 下氣通과 같은 발음)이란 사람일세"로 잘못 알아듣고서 황급히 두 손을 받들고 연신 "예, 예"하고서 나갔다. 그들은 일정에 따라 과거 시험장에 들어가서는 열여덟 시험관에게 이 분부를 거듭 내리면서 샤치통(夏其通)이라는 사람의 답안지를 찾아오게 했다. 하지만 추천한 답안지를 보니 이렇게 형편없는 답안일 줄 또 누가 알았겠는가! 허나 스승의 명이 워낙 중대하니 감히 어기지 못하고 하는 수 없이 억지로 그를 5등으로 급제시켰다.

『냉안관』에서 이 같은 소화(笑話)들의 날카롭고도 신랄함은 만화화·해학화 되었지만 과장이 지나쳐 유활(油滑)·경박함으로 흘러 풍자소설의 궤범이라 할 수 없다.

자산계급 혁명파 작가 황소배(黃小配) 또한 관료들을 폭로·풍자한 여러 장편소설들을 썼다. 황세종(黃世鍾 1872~1912)의 자(字)는 소배(小配) 또는 배공(配工)이라 하고 별호(別號)로는 우산세차랑(禹山世次郎)이라 하며, 광동(廣東) 번우(番禺)사람이다. 그는 '월중망족(粤中望族 광동 지방에서 명망이 높은 집안)' 출신이지만 갑오전쟁 뒤에 가문이 몰락하게 되자 형인 백요(伯耀)와 함께 남양(南洋)으로 가 생계를 도모한다. 그는 먼저 쿠알라룸푸르의 한 도박장에서 서기(書記)를 맡는다. 당시 화교들이 싱가포르에서 간행하였던 『천남신보 天南新報』는 유신운동을 고취시키는 영향력 있는 잡지였다. 황세종은 여기에 항상 글을 투고했고 그의 글 대부분이 채택되다가 나중에는 이곳 기자가 된다. 이때 자산계급 혁명파들이 남양에서 선전 활동과 조직 공작을 강화하면서 유신파 세력은 점차 쇠퇴하게 된다. 황세종은 당시 혁명사조의 영향을 받아 홍중회(興中會)의 바깥 조직인 삼화당(三和堂)에 가입하면서 자산계급 혁명의 확고한 지지자가 됐다. 1902년 겨울, 우열(尤列)의 소개로 그는 홍콩으로 돌아가 『중국일보 中國日報』 기자를 맡는다. 이후에 그는 『세계공익보 世界公益報』·『광동일보 廣東日報』·『유소위보 有所謂報』·『소년보 少年報』 등의 편집 발행 업무에도 참여했고, 이 신문잡지의 주요 집필인이기도 했다. 1903년 강유위(康有爲)는 일본에서 반(反) 만주족(滿洲族) 세력을 배척하는 정견서(政見書)를 발표하며 혁명파를 공격했다. 이에 황세종은 『변강유위정견서 辨康有爲政見書』를 지어 통렬한 비난을 했다. 이후에 그는 손중산(孫中山)의 직접 주재 아래 동맹회 가입에 선서하고 광동성 내회당(內會黨)의 연락을 책임지는 직무를 맡는다. 신해혁명의 성공 뒤 그는 광동 민단(民團) 국장(局長)에 선출되지만 그 이듬해 군비(軍費)를 착복했다는 죄명으로 진형명(陳炯明)한테 처형된다.

황세종은 문단에 이름을 날린 작가로서 작품도 매우 많다. 『홍수전연의 洪秀全演義』 외에 『입재번화몽 卅載繁華夢』·『환해조 宦海潮』·『대마편 大

馬扁』·『환해승침록 宦海昇沈錄』 등 모두가 관료들을 폭로한 작품이다.

『입재번화몽』 40회는 1905년 홍콩 ≪시사화보 時事畵報≫에 연재되다가 1907년에 단행본이 출판됐다. 부잣집 자제인 주용호(周庸祜)는 가산을 탕진하여 외삼촌인 부성(傅成)이 그를 부양한다. 후에 그는 해관(海關)에서 서고(書庫)를 맡다 거액의 공금을 횡령한다. 또한 그는 권력자에 아첨하여 광동 해관 직책을 얻어서 보다 많은 독직(瀆職)을 하려다 결국엔 실패하여 가산은 압류되고 처첩들은 모두 흩어져 홀로 해외에서 떠돌게 된다. 입재번화는 마치 봄날의 꿈과 같다.

『환해승침록』 24회는 1908년 홍콩 실보관(實報館)에서 출판됐다. 이 책에서는 원세개(袁世凱)를 책 전체의 중심에 놓고 갑오전쟁 전후부터 광서(光緒)·자희(慈禧) 사후(死後) 십여 년 동안의 중국 정국(政局)을 묘사하고 있다. 책에서는 원세개의 출세부터 광서(光緒)·자희(慈禧) 사후 청나라 조정에 배척되어 직무를 그만두고 고향에 은거하기까지의 이야기를 서술하고 있다.

나중에 원세개가 황제에 즉위했을 때 작자는 이미 세상을 뜬 뒤라서 더 쓸 수가 없었다.

『환해조』 32회는 1908년에 활자본이 나왔다. 이 책에서는 광동 남해현(南海縣) 장임반(張任磐)의 파란 많은 인생을 서술하고 있다. 장임반은 청말 외교가 장음환(張蔭桓)을 빗댄 인물이다. 그는 미국·스페인·페루 등에 외교사절로 간 바 있으며 변법을 지지했다. 무술정변 후 신장(新疆)에서 군인으로 복무하다가 1900년에 피살됐다. 이 책에서는 장임반의 관직사회에서의 부침(浮沈)을 그려 장음환의 생애와 대체로 부합된다.

『대마편』 16회는 1908년 일본 삼광당(三光堂)에서 조판 인쇄됐다. 이 소설에서는 강유위의 입헌당 공격을 서술하고 있다. 작자는 여기서 강유위를 가는 곳마다 사기 치는 무뢰한으로 묘사했다. 작품에서는 강유위의 출신에서부터 무술변법의 실패로 일본으로 갔다가 추방되기까지를 서술하고 있다. 이는 상권(上卷)이고 하권(下卷)은 나오지 않았다.

황소배의 이 몇몇 작품들은 『관장현형기』 등 작품이 보여주는 필법을 애써 바꾸어 하나의 중심인물이 있고 그 중심인물의 일생을 묘사하고 있다. 이는 의미 있는 시도였지만 성공적이지 못했고 여전히 관료의 전형적인 형상을 소조해내지 못했다. 이 몇몇 작품들은 대부분 폭로 유형에 속하며 풍자의미가 강하지 않다. 『환해승침록』에는 원세개에 대한 환상이 있고, 『환해조』나 『입재번화몽』은 전체적으로 보면 그들 일생의 번화를 한바탕 꿈으로 비유해 풍자성이 있고 『남가태수전 南柯太守傳』 등과도 유사하다 할 수 있지만, 구체적인 묘사로부터 본다면 풍자수법의 사용이 비교적 적어 전형적인 풍자작품이라 할 수 없다. 『대마편』에서는 강유위의 기만과 허위에 대해 날카로운 풍자를 가했지만, 때로는 과장이 지나치고 노골적이어서 인신공격의 혐의가 있다. 청말부터 민국 초기까지 관료사회를 폭로하는데 가장 뛰어난 풍자소설로 『관장현형기』 외에 바로 『도올췌편 檮杌萃編』을 들어야 할 것이다.

　『도올췌편』은 『환해종 宦海鐘』이라고도 하여 탄수(誕叟)의 작품이다. 탄수는 본명이 전석보(錢錫寶)로 자(字)는 숙초(叔楚)이고 쩌장(浙江) 항저우(杭州)사람이며 생평(生平)은 불명확하다. 책 앞에 천기사인(忏綺詞人)이 1916년에 서문을 쓴 곳이 있는데, 그 서문에서는 "듣자하니 책이 광서(光緒) 을이(乙巳)에 완성됐다 한다"고 언급해 1905년이었음을 알 수 있다. 그러나 이 책의 정식 출판은 오히려 십여 년 뒤인 민국 5년(1916년)에 한커우(漢口) 중아인서관(中亞印書館)에서 출판됐다. 책에서 나오는 일련의 역사적 사실들은 1915년 전후에 생겼는데, 예를 들면 책에서 언급한 남구철로(南九鐵路 南昌에서 九江 구간)의 개통은 1915년의 일이다. 이에 근거해 일각에서는 이 책이 1915년에 쓰인 것이라고도 보지만, 필자는 천기사인이 서문에서 언급했던 1905년이 신빙성이 있다고 보는데 1905년이 창작의 시작 혹은 초고가 완성된 시간이지만 수정보완을 거치면서 1905년 이후의 역사적 사실을 삽입시킨 것이다. 1916년에 정식 출판될 때 천기사인의 서문도 정식 출판 때에 맞추어 쓴 것이다.

　『도올췌편』은 우(禹)·주(鑄)·정(鼎)·온(溫)·연(燃)·서(犀)·결(抉)·은(隱)·복(伏)·경(警)·탐(貪)·치(痴) 등 12편으로 나뉘어 매번 2회(回)로 엮어져 있으며 모두 24회가 있다. 이 12편은 곧 앞의 우주정·온연서·결은복·경탐치이다.

대우(大禹)는 세발 솥(鼎)을 주조(鑄造)하여 신간(神奸)을 비추고, 온교(溫嶠)는 무소뿔(犀)을 태워 간사(奸邪)를 꿰뚫어 보는데, 작자의 의도는 관료사회의 암흑상을 드러내고 온갖 해악의 원형을 비추어 '환해종(宦海鐘)'을 울리고 권계(勸誡)하고 탐욕을 삼가 혼탁한 관료사회 중의 사람들이 한시라도 빨리 발을 빼고자 하는 데 있었다.

작자는 책의 결말에 "자세히 보면 이 책에서는 은연중에 비평을 깃들였는데, 주지(主旨)는 진짜 소인(小人)에겐 관대하고 거짓 군자한테는 엄격하라는 데 있다. 책에서는 두 명의 거짓군자를 중점적으로 묘사했는데, 하나는 가짜 도학자 고단보(賈端甫)이고 또 하나는 가짜 청렴관료인 범성포(范星圃)이다.

고단보는 부모를 일찍 여의고 가세가 쇠락하여 전곡(錢谷)의 집에서 가정교사로 지낸다. 그는 지주(知州)의 둘째 도령인 증낭지(增朗之)를 따라 기방(妓房)에 갔다가 온갖 푸대접을 받는다. 그는 거인(擧人)에 급제한 줄 알고 기방을 다니며 우쭐대다 고관대작의 노여움을 사 한직으로 밀려나고 만다. 고단보의 가슴 속엔 항상 "많은 감회를 억누르고 있는"데 그는 독서인으로서 벼슬길에 오르는 것 외에도 이 사악한 기분을 발산해낼 수 없는 걸 알고는 자신의 탐욕과 욕정을 억제시키려고 도학선생(道學先生)의 행세를 하며 지조를 중시하고 때를 기다려 벼락출세 할 길을 찾는다. 이것이 바로 간악한 성격이다. 그러므로 그는 곳곳마다 '절제의 공력'을 나타내는데 용사야(龍師爺)의 첩이 그를 유혹할 때 그는 마음속으로 혼들리고 욕정에 불타지만 자신의 앞날을 생각해 거절함으로써 "야거분녀(夜拒奔女)"와 "좌회불란(坐懷不亂)"의 명성을 널리 얻는다. 또 그는 증낭지가 과거에 자신에게 주었던 치욕을 갚으려 증낭지의 뇌물을 의연히 거절하여 또한 "모야각금(暮夜却金)"과 "성실청렴(誠實淸廉)"의 찬사를 널리 얻는다.

작자는 은연중에 비평을 깃들이는 필법을 구사하여 거짓군자의 진면목을 드러내었다. 그는 "절제의 공력"을 나타내지만 문을 닫고서는 짐승 같은 욕정을 발산하며 부인에게는 "기녀도 하지 못하는" 짓을 하라고 강요한다. 집사 장전(張全)의 딸 소쌍자(小雙子)를 유인해 신분도 애매한 첩이 되게 한다. 그는 비록 "모야각금"의 명성이 자자하지만 누구라도 몰래 뇌물을 준다면 그 인정(人情)을 뿌리치지 않고 웃으며 받는다. 그래서 이삼년 뒤에는 청렴결백한 경관(京官)임에도 오히려 부를 구하지 않고서 저절로 부가 찾아온다. 그는 또 상하이를 지나면서 거금을 은행에 감쪽같이 예치시킨다. 작자는 그의 거짓 도학을 폭로했을 뿐 아니라, 그의 가정 내에서 실행하는 전제적(專制的) 금욕주의로 그의 처와 아이들이 정상인의 생활을 영위해나가지 못하는 실상까지 드러내었다. 결과적으로 그의 부인은 과거의 애인과 옛정을 속삭이다 정신착란으로 치닫게 되고, 그의 딸은 친동생과 근친상간을 하고 아들은 음란함 때문에 목숨을 잃게 된다. "한 마리의 수파리도 날아 들어오지 못하게" 했던 규방(閨房)에서는 가장 추악한 음란함이 발생했다. 이는 인성(人性)에 대한 압살이자 참혹한 재앙을 빚어낸 거짓 도학에 대한 신랄한 풍자이다. 책에서 고단보와 그 처자의 변태 심리에 대한 묘사는 청말 소설 가운데 비길 데 없이 뛰어난 것이었다.

책에서 중점적으로 그려진 또 하나의 인물은 작자로부터『혹리전 酷吏傳』에 들어 갈만 하다고 일컬어졌던 범성포이다. 그는 극히 권력지향적이면서도 교활한 관리이다. 그는 승진하기 위해 윗사람에게 온갖 접대를 하는데, "보수적인 인물은 그의 성실함을 좋아하고 유신(維新)성향의 인물은 그의 고화(高華)함을 좋아하며 요직을 맡은 인물은 어느 것 하나 틀림없이 훌륭하게 일을 처리하는 그를 좋아한다." 그는 여릉(廬陵) 지현(知縣)에 부임한 뒤 한편으로는 유신의 편에 서서 학당을 건립하고 경찰을 신설하며 공예창(工藝廠)을 만들고 농학창(農學廠)을 세우는 등 마치 크게 효과를 거둔 듯하지만 사실은 모두 겉모양만 번지르르할 뿐 유명무실하다. 또 한편으로 그는 사건들을 대강대강 처리해 무고한 사람들에게 억울한 옥살이를 시킨다. 이 지방 백성들은 명석한 관료를 만나는 것이 우둔한 관료를 만나는 것보다 더 고생스러움을 알게 된다. 범성포는 그의 교활함으로 명관(名官)이라는 찬사를 널리 얻어 삼년도 안 되서 지현(知縣)에서 안찰사(按察使) 벼슬에 오르게 된다. 부임한 뒤에 가혹한 형벌을 동원하고 주납(周納)을 단련시키며 혁명당원들을 학살하고 수많은 무고한 백성들까지 죽음에 이르게 한다. 마침 한 혁명당원이 가혹한 형벌을 받고 관청에서 그에게 "이 재물과 여색 때문에 양심을 저버리고 스스로를 속여 본분을 망각하면서도 만세에 지탄받을 일도 서슴지 않는도다"라고 따끔하게 질책 받는 것과 같다.

범성포는 또한 거짓 군자로 겉으로는 청렴결백하나 처제인 화자방(華紫芳)과 간통하고 여색을 밝힐 뿐 아니라, 화씨 가문의 유산을 빼앗기 위해 "이 가산도 기필코 이교(二喬)가 겸득(兼得)해야 삼분지이(三分之二)를 바라볼 수 있다"한다. 나중에 이 일 때문에 범성포는 탄핵되는데 질태수(郅太守)는 마찬가지로 범성포와 그의 처첩들에게 혹형을 내린다. 범성포가 봉고파직되자 그의 장모는 화병으로 죽고 처제는 관리에 팔려가고 외아들은 충격사하고 부인 화소방(華素芳)은 이러한 충격에 한 달도 못가 세상을 떠난다. 하지만 범성포는 여전히 재기를 노리고 고단보와 베이징으로 올라가지만 도중에 강도를 만나 살해되고 만다.

『도올췌편』은 예술면에서 비교적 성공한 작품이다. 먼저 인물 묘사에 분별성이 있고 심도가 있으며 개성이 있어, 과장되거나 사실성이 떨어진 천편일률적인 작품이 아니다. 예를 들면 고단보에 대해 그의 간교한 일면을 묘사하면서도 한편으로는 그의 양심이 아직 살아있는 모습도 함께 묘사한 대목이 있다. 후에 그는 집사인 장전(張全)과 소쌍자(小雙子)한테 전 재산을 빼앗기면서 형편없이 몰락한다. 한 차례 고생을 겪고 나서 양심(良心)은 탄핵된 범성보에 인정이 끌려 열심히 도와야겠다고 생각한다. 범성보는 일만 냥 은자(銀子)를 유용해냈지만 착복하지 않고 범성보의 계집종과 유복자에게 돌려주는 걸 허락한다. 범성보라는 이 포악했던 관리는 임종을 맞아 그의 일생을 회고하면서 도가 지나쳤던 걸 깨닫고 고단보에게 "일이 순조로울 때라도 항상 한 발짝 물러서서 해야지 지나쳐선 안 되네. 남한테 여지(餘地)를 줘가며 대해야지 나한테도 여지가 있는 건데 나는 이것이 정말 후회막심하다네"라고 일러준다. 작품에 비교적 정면의 인물로 등장하는 임천연(任天然)·왕몽생(王夢笙)·조대착(曹大錯) 등의 경우, 그들은 정의감도 있고 비교적 뚜렷하게 벼슬아치의 사악함을 인식하지만 그들 역시도 훌륭한 관료는 못되는지라 관료사회의 악습에 물들어 주색잡기를 즐기고 아첨하고 권세에 영합하는 버릇을 버리지 못한다. 다음은 은연중에 비평을 깃들이는 필법으로 곡절 있고 함축적이며 추악한 부류들을 풍자하여 그 폐부를 드러내고 뼈와 살을 그려내어 노골적인 필치나 지나친 과장이 비교적 적었다. 예를 들면 여상서(厲尙書)는 명성 있는 대신(大臣)으로 "평생 단정하고 청렴하며 함부로 말하거나 웃지 않는다. 마흔에 현악기를 끊고 첩도 들이지 않았지만", 한 며느리가 그의 시중을 세심히 잘든다. "변기까지도 그녀가 직접 건네줘야 하고, 더럽고 불결함에도 싫은 기색 하나 없으니, 천하에 얻기 힘든 효부(孝婦)이다." 완곡한 은유 가운데 여상서와 며느리의 간교한 통음 행실을 지적해내고 있다. "이 작은 마나님에겐 금강석·조모록(祖母綠)·외국의 백금(白金)·진주 미옥(美玉) 등 없는 장신구가 없다. 다만 산호벽하홍(珊瑚辟霞紅)의 색깔은 순금과 같아서 끝까지 효도해야 하기 때문에 갖지 않았지만 이러한 소복 차림은 더더욱 눈부셨다." 이 담담한 묘사 가운데 상서의 청렴을 가장하면서 실제 주머니는 꽉 차 있는 모습과 이 며느리의 이른바 '평생 효도'의 진면모를 들추어낸 바, 실로 완곡하고도 풍자가 많다. 또한 위태사(魏太史)라는 인물은 고등학당(高等學堂)의 총장이자 명망 높은 유학자이다. 그는 고단보와 한통속으로 도학을 중시하며 다음과 같이 고담준론을 편다.

치가(治家)를 하려면 전제적(專制的)이지 않고서는 안 되오. 전제적이지 않는다면 아들은 어르신의 단속에 복종하지 않을 것이며 처자 역시 지아비의 구속을 받지 않으려 할 텐데 그러면 집안이 어떻게 되겠소?

그러나 이 말이 끝나기 무섭게 그의 집사가 편지를 들고서 황급히 들어온다. 알고 보니 그의 부인이 외간 남자와 바람이 나서 도망갔는데, 이 편지는 그의 가짜 도학자의 추행(醜行)을 쓰고 있다. 게다가 이 하부인(何夫人)은 "만면에 도학자 모습을 한 사람은 남들이 그의 비밀을 엿보는 걸 제일 두려워하고 그가 알릴 수 없는 사정을 대중 앞에 나타내는 걸 더욱 두려워하니 그로 하여금 이 허세가 성공 못하게 해 주겠다"고 한다. 과연 위태사는 편지를 받고 한동안 주저하다가 그것을 품에 넣고는 더 이상 캐묻지 못한다. 처음엔 거만한 태도로 나오다가 나중에는 공손하게 되고 겉으로는 강해보여도 속은 나약하며 큰소리 치고는 그 자리에서 추태를 보여주니 거짓 군자에 대한 풍자가 실로 예리하다. 그 다음은 소설의 구조가 매우 독창적인데, 마침 천기사인이 서문에서도 언급했듯 "(사건의) 기복이 정밀하고 구조가 빈틈없으며, 이야기의 실마리가 훌륭하여 산만하여 흩어짐이 없다." 소설에서는 몇몇 주요 인물의 경험과 처지를 단서로 관료사회의 이야기를 한 데 묶어 비교적 풍부하게 청말 관료사회의 여러 실상을 묘사해내었다. 예를 들면 고단보를 중심으로 증랑지(增朗之)·용사야(龍師爺)일가(一家)·여군기(厲軍機)·위태사·범성포·전사장(全似庄)·장전·모승(毛升)·백의(栢義)·엽면호(葉勉湖) 등 여러 인물들의 이야기를 서로 관련시켜 서술한 바, 전체 소설의 인물 모두가 연관되어 있다 할 수 있다. 그러나 『이십 년 동안 목도한 괴이한 현상』처럼 단선적인 연관의 직접 관련이 아니라 『얼해화』 같이 한데 꿰인 구슬처럼 전방위적(全方位的)으로 이야기를 함께 모은 형태이다. 어떤 인물은 처음에 몇 회 등장했다가 나중엔 안 나오지만 몇 회가 지나 간헐적으로 떠올라 연속적인 역할을 한다. 이것이 바로 『도올췌편』의 구조가 면밀하고도 단조롭지 않은 장점인 것이다. 예를 들면 고단보가 용사야 집에 있을 적에 글을 가르쳤던 용사야의 아들 옥전(玉田)은 이때 갓 일곱 여덟 살로 작자는 잠깐 언급했을 뿐 별다른 주의를 끌지 않았다. 4회로 들어 용사야가 죽은 뒤 아들 용백청(龍柏靑)은 여색을 재물로 바꾸려 부친의 첩과 부인, 여동생을 둘째 도령에게 바치지만 옥전은 말하지 않는다. 7회에 와서 엽면호는 광대 염향(艶香)의 열성팬이다. 그는 나중에 그녀를 여덟 번째 첩으로 들이는데, 작자는 겉으로 남녀를 구분할 수 없게 묘사하여 자세히 읽지 않으면 엽면호가 여자 광대를 취했지 결코 그가 취한 사람이 남자 광대라는 사실을 예견치 못할 것이다. 그가 바로 고단보가 가르쳤던 용사야 연향(硏香)이다.22) 옥전의 여동생인 옥연(玉燕)은 1회에서 그저 이름만 언급했을 뿐인데, 4회에서는 그녀와 증랑지는 간통을 하지만 18회에 들어서야 다시 나타나 유명한 기생이 되어 조대착의 새로운 정부(情婦)가 되기도 하고 증랑지와도 옛정을 속삭인다. 이러한 부분 부분에서 작자의 솜씨를 충분히 볼 수 있는 바, 『관장현형기』에 비하면 구조에 있어 장족의 발전을 보여준다.

작자는 관료들의 음탕한 생활 묘사에 필묵을 과다하게 들였다. 예를 들면 여대군기(屬大軍機)와 과부 배회(扒灰), 전사장(全似庄)과 친딸과의 통음, 증랑지의 처자와 친조카와의 통음, 고단보의 여식과 친형제와의 근친상간 등등이다. 작자는 비록 여러 차례에 걸쳐 『금병매』처럼 외설적인 묘사가 많지 않다고 밝혔지만, 흥미진진한 묘사를 넘어서버려 작자의 취미가 그리 고상하지 않음을 나타내어, 관료사회에 대한 보다 전면적이고 깊이 있는 폭로에 불리한 영향을 주었다. 의론의 과다함은 청말 소설의 보편적인 병폐로 『도올췌편』 역시 이를 피할 수 없었는데, 이 또한 작품의 결점이라 하겠다. 물론 결점이 장점을 가릴 수는 없는 법, 『도올췌편』은 청말민초(淸末民初) 소설 가운데 여전히 최고의 작품으로 자리 잡고 있다.

4. 『이십 년 동안 목도한 괴이한 현상 二十年目睹之怪現狀』 『얼해화 孽海花』 등의 풍자소설

앞 절에서는 주로 관리 사회의 암흑상을 반영한 작품들을 중점적으로 소개했는데, 이번 절에서는 시야를 좀 더 넓혀 관리 사회의 암흑상을 폭로하거나 폐해를 드러내는 것 외에 풍속까지 그 범위를 확대시켜 관계(官界)·상계(商界)·학계(學界)·유신당(維新黨)의 부정부패와 사회 기풍, 풍속의 추악함과 비열함을 포함해 청말 사회의 전 면모를 묘사한 작품들을 소개하도록 한다. 그 중에서도 『이십 년 동안 목도한 괴이한 현상 二十年目睹

---

22) 『中國通俗小說總目提要』(中國文聯出版公司, 1990年 2月版)에서는 염향(艶香)을 여자로 여기고 있다.

之怪現狀』과『얼해화 孽海花』가 제일 뛰어난 작품이다.

이백원(李伯元)과 오견인(吳趼人)은 청말 소설계의 양대(兩大) 거장으로서 『관장현형기 官場現形記』나『이십 년 동안 목도한 괴이한 현상』은 근대에 영향력이 가장 큰 풍자소설이다.

오옥요(吳沃堯 1866~1910)의 원명(原名)은 보진(寶震)이고 자(字)는 소윤(小允)이며, 처음에 호(號)를 충인(蟲人)이라 했다가 후에 견인(趼人)으로 바꾸었다. 또 다른 호(號)로 아불산인(我佛山人)이라고도 하며, 광둥(廣東) 남해불산진(南海佛山鎭) 사람이다. 그의 조상인 오영광(吳榮光)은 일찍이 순무(巡撫) 벼슬까지 올라 오씨 가문의 전성기를 열었지만, 그의 조부와 부친 때에 이르러 몰락했다. 오견인의 부친인 오승(吳昇)은 쩌쟝(浙江)에서 후보순검(候補巡檢)이란 작은 벼슬만 지냈을 뿐인데, 오견인이 열일곱이던 해에 닝뽀(寧波) 임소(任所)에서 별세했다. 오견인이 집에서 닝뽀까지 가서 운구(運柩)를 짊어지고 돌아왔을 때 가세는 더욱 기울어 있었다. 1883년 가을 그가 열여덟이 되던 해에 상하이(上海)로 가서 생계를 도모하다 강남제조국(江南製造局)에 취직해 초록(抄錄)하는 일에 종사했다. 그는 1897년부터 5년 동안 잡지를 창간하는 일에 전념했는데, 이 시기에『자림호보 字林滬報』,『채풍보 采風報』,『기신보 奇新報』,『우언보 寓言報』등의 편집을 주관했다. 오견인은 1902년 우한(武漢)에서 ≪한커우일보 漢口日報≫를 편집했고, 1903년부터 소설『이십 년 동안 목도한 괴이한 현상』등을 발표했다. 그는 1905년 봄에 한커우의 미국상(美國商)이 창간한 ≪초보 楚報≫의 중문판 편집인으로 초빙됐지만, 반미화공금약(反美華工禁約)운동이 일어나자 이내 사직하고 상하이로 돌아갔다. 그가 1906년에『월월소설 月月小說』의 총집필인을 맡게 되면서 이 간행지는 청말 사대(四大) 소설잡지의 반열에 오르게 되는데, 이때부터 그는 문예창작에 전념했다. 오견인은 청말 작가 중에 창작량이 가장 많은 작가로서, 장편소설로『이십 년 동안 목도한 괴이한 현상』,『구명기원 九命奇寃』,『한해 恨海』,『상하이유참록 上海游驂錄』,『할편기문 瞎騙奇聞』,『부자되는 비결 發財秘訣』,『신석두기 新石頭記』,『근 십 년 동안의 괴이한 현상 近十年之怪現狀』등 19종이 있고, 단편소설로는 12종이 있으며 그밖에 시집, 문집, 필기, 극본 등 10여 종이 있다.

오견인의 사상은 비교적 개량주의의 범주에 속하며 이백원에 비해 반(反)제국주의나 애국정신은 강했지만, 아직 오랜 도덕윤리에 미련을 많이 갖고 있었다. 그는 상하이 각계 인사들의 러시아 조약 반대집회에 참가한 바 있고, 또 반미화공금약 운동을 지지해 ≪초보≫의 편집일도 그만둔 적이 있다. 그는 또 『인경학사귀곡전 人鏡學社鬼哭傳』을 발표하여 상하이 신상(紳商)들이 화공금약의 치욕을 망각한데 대해 통렬한 비판을 가했고, 상하이를 방문한 미국 국방부장 테프트의 후안무치한 추행을 고발하기도 했다. 오견인은 세상을 떠나기 두 해 전까지 시사(時事) 신극(新劇)인 『오열사순국 鄔烈士殉國』을 창작해 권리회복을 위해 순국한 오강 열사를 칭송하면서 매국노를 통렬히 비난했다. 이렇듯 그의 일생은 반제국주의 애국사상을 지켜온 생애로서, 이 또한 작품에서 내내 관철되어온 노선이다. 그러나 그는 청말 정부의 암흑 부패와 사회도덕의 실추를 분명하게 폭로하면서도 출로(出路)를 보지 못했고, 여전히 낡은 도덕으로써 세속을 구제할 것을 주장했다. 그는 저명 번역가 주계생(周桂笙)과의 논쟁을 얘기하면서 분명하게 "번역자(주계생을 지칭-역자)는 새로운 문명을 받아들이자고 주장하지만 나는 옛 도덕을 회복시킬 것을 주장한다"고 언급했고, 『상하이유참록』의 발문(跋文)에서도 "오늘날 사회는 실로 위태로워 우리가 시급히 고유 도덕을 회복하지 못한다면 유지해나가기 힘들다. 공연히 문명을 수입한다 해서 개량 혁신을 이룰 수 있는 것만은 아니다. 내 견해는 이 소설에 모두 씌어있다"고 밝혔다. 이러한 사상은 그림자처럼 은연중에 그의 작품 속에 나타난다.

『이십 년 동안 목도한 괴이한 현상』은 구사일생(九死一生)이 보고 들은 바를 고대소설에서는 거의 구사되지 않았던 일인칭 서사로써 관리 사회의 암흑상을 위주로 한 사회 각계의 구석구석을 폭넓게 서술해 청말 사회의 기울어가는 석조도(夕照圖)를 그려내었다. 이 소설은 『관장현형기』와 비교했을 때 다음과 같은 몇 가지 특징이 있다:

1. 『관장현형기』와 『이십 년 동안 목도한 괴이한 현상』 모두 청말 관료

들의 비열함과 후안무치함을 폭로하고 풍자했지만, 『이십 년 동안 목도한 괴이한 현상』은 관리 사회와 가정(家庭)을 결합시키는데 각별히 주의했다. 작자는 그들이 관리 사회에서 저지르는 후안무치함과 가정 내에서의 비열함을 잘 배합하여, 이를 전면적으로 폭로했다. 『관장현형기』에서는 모득관(冒得官)이 관직을 얻으려고 자신의 친딸을 양통령(羊統領)에게 바치고, 『이십 년 동안 목도한 괴이한 현상』에서는 구재(苟才)가 과부를 협박해 총통의 첩으로 가게 하면서 좋은 벼슬자리를 구하는데, 이들 모두가 후안무치함의 극치이다. 하지만 이 구재 형상은 모득관보다 더욱 풍부한 느낌을 주는데, 이는 모득관이 단지 관리 사회의 전형 환경 속에만 놓여 폭로된 데 반해, 구재는 관리 사회와 가정이라는 두 전형 환경에 놓여 묘사됐기 때문이다. 구재는 두 번에 걸쳐 파면되는데, 한 번은 과부를 바쳐 영전하고, 또 한 번은 육십만 냥 은자를 중신(重臣)에게 바쳐 은원국(銀元局) 총판(總辦)이라는 관직을 얻으려 한다. 구재의 가정은 또한 사회의 축소판으로서 기녀(妓女) 출신인 그의 첩은 봉호(封號)를 받은 부인 행세를 하고, 다른 첩들은 구재 친구의 잔칫집에서 서로 맞잡고 싸운다. 그는 과부를 협박해 첩으로 가라 종용하지만 그의 첩은 오히려 아들인 용광(龍光)과 정을 통한다. 가산(家産)을 차지하려 용광은 의원(醫員)과 결탁해 구재의 목숨을 빼앗는다. 관료 사회의 비열함과 가정의 추악함이 서로 잘 어우러져 봉건 관리 사회의 부패와 가정 도덕의 실추를 전형적으로 표현했고, 매우 설득력 있게 낡은 사회의 구제불능을 선고했다.[23]

2. 『이십 년 동안 목도한 괴이한 현상』에서는 만청(滿淸) 군대의 부정부패와 응전(應戰)기피, 주권 상실 등의 치욕스런 행각을 더욱 깊이 있게 드러냈다. 만청 정부는 아편전쟁에 패배한 뒤부터 교훈을 받아들여 서양의 총포를 구입하고 군비(軍備)를 다시 정돈하려 하지만, 군대의 부패 문제는 해결하지 못했다. 그럼 여기서 작자가 묘사한 서양의 총포로 재(再)정비된 만청의 정예부대 -팔기(八旗) 귀족자제로 구성된 신기영(神機營)- 를 보도록 한다.

---

23) 時萌, 『中國近代文學論稿』, 上海古籍出版社, 1986年, 175쪽 참조.

신기영 군인들은 죄다 노란 띠, 붉은 띠의 종실 자제로서 부잣집 도련님 인걸! 저마다 하인을 데리고 왔다 갔다 하니 오백 명이 있다면 일천 명이 되지 않겠는가? …… 각자가 나으리를 위해 아편 담뱃대 한 자루씩 갖고 왔으니 그 총 오백 자루랑 합치면 또 일천 자루나 되지 않는가? 게다가 총도 하인이 들어 주잖는가! 그들 손에는 메추라기 자루를 들고 있거나 또는 매를 앉혀 놓는다. 그들은 부대에 나오면 그저 운동장에서 체조나 할 뿐이다. 운동장에 왔을 땐 각자 손에 든 매를 잘 앉혀 놓는데, 철사 한 가닥을 나무나 벽에 꽂다가 매를 그 위에 앉혀 두고 나서야 귀대(歸隊)한다. 체조가 시작되도 그들의 눈은 여전히 자신의 매를 바라보는 데 있고, 간혹 그 철사가 제대로 안 꽂혀서 떨어지기라도 하면 아무리 중요한 순간이라도 총을 팽개치고선 먼저 그 매부터 잘 앉혀놓고 게다가 깃털까지 잘 빗어준 다음에야 귀대한다. 이런 체조법 참 진기하지 않은가?

작자는 이렇게 야유와 조롱의 필법으로 한 폭의 절묘한 청병출조도(淸兵出操圖)를 그려내었다! 이런 군대는 전쟁터에서 그저 욕만 보일 뿐이다. 다음으로 제14회를 본다.

멀리 모처(某處)로부터 군함을 몰고 상하이로 가는 길에 옛길인 출석포 (出石浦)에서 멀리 수평선을 바라보니 한 줄기 짙은 연기에 프랑스 군함이 오는 듯 했다. 이에 관대(管帶 청나라 때의 대대장-역자)는 크게 놀라 전속력으로 기계를 돌려 줄행랑치려 했다. 하지만 프랑스 군함이 더 빨리 오는 듯해 관대는 더 무서워 결국 수문(水門)을 열고 배를 가라앉히자 배 위의 사람들은 삼판선을 타고 뭍에 올라가서는 갑자기 적을 만나 배가 격침됐다고 거짓 보고했다.

해군이 이 지경인데 육군은 어떻겠는가? 엽군문(葉軍門 청대 제독提督에 대한 존칭-역자)은 군을 이끌고 평양(平壤)에서 일본군과 교전하다 일본군에 포위당하자 "포위되었지만 아직 군량미가 충분하니 외부 지원이 올 때까지만 버티면 된다"고 하면서, 자신은 죽는 게 두려워 일본군에 도망갈 수 있게 해달라고 간청하며 평양을 넘겨준다.

작자는 이처럼 신랄한 필치로 만청(滿淸) 군관들의 비겁함과 응전 회피의 추태(醜態)를 묘사하면서, 망국(亡國)에 대한 우려와 비분의 정감을 표현했다.

3. 『이십 년 동안 목도한 괴이한 현상』은 『관장현형기』에 비해 사회생활의 화면을 더욱 광범위하게 펼쳐보였는데, 특히 십리양장(十里洋場) 상하이의 중생상(衆生相)을 매우 생동감 있게 묘사했다. 기괴한 모습의 십리양장은 반(半)봉건 반(半)식민지 사회의 축소판으로서, 서로가 속고 속이는 '모험가 낙원'은 온갖 잔학무도함이 횡행하는 세상이다. 여기에는 무뢰한, 도박꾼, 사기꾼, 소송거간꾼, 매판자본가 등등이 있다. 작가가 양장(洋場) 재자(才子)들의 겉치레, 고상한 척 행세하는 모습을 묘사한 대목이 가장 정채롭다. 여기서 35회의 이른바 '죽탕병회(竹湯餠會)'의 기묘한 정경을 보도록 한다.

옥생(玉生)은 "오늘 초청한 분들 모두 시인이신데, 이 모임은 '죽탕병회'라 부르는 게 어때요?"하고 말했다. 이에 나는 "거 이상합니다. '죽탕병회'가 뭐요?"하고 물었다. 옥생은 "5월 13일은 대나무의 생일인데 6월 13일이면 대나무가 만 한 달이 되잖아요. 사람들은 아이가 만 한 달이 되면 사람들을 초대하며 '탕병연(湯餠宴)'이라 하는데, 우리는 그 날이 되면 대나무한테 탕병연을 열어주는데, 그 '연(宴)'자가 아무래도 속된 말 같으니 '회(會)'자로 바꾸면 이 모임이 고상해지지 않겠습니까!"하고 답했다.

이에 양장 재자와 풍류(風流)를 즐기는 명사(名士)들은 그 고상한 모임에 참석한다.

저마다 별호(別號)를 갖고 있었는데 들어보니 온갖 희한한 별호로 참 가관이었다. 한 매(梅)씨 성인 사람은 별호가 '기생수득도객(幾生修得到客)'이었고, 또 남악(南岳)을 유람해본 사람의 별호는 '십이타청부용최고처유객(十二朵靑芙蓉最高處遊客)'이며, 그리고 한 가(賈)씨 성인 사람은 누각(樓閣)의 이름을 '전생단합주홍루(前生端合住紅樓)'라 지었고, 자신의 별호는 '전신단합주홍루의 옛 주인(구주인 舊主人)'과 '나 역시 다정다감한 공자(公子)이다(我也是多情公子)'라고 지었다.

그 매씨 성인 사람이 "시인이 어찌 별호가 없을 수 있겠소. 만약 별호를 짓지 못한다면 그 시(詩)도 빛날 수 없지요. 그래서 옛 시인들 보면 이백(李白)이 '청련거사(靑蓮居士)'라 지은 거나 두보(杜甫)가 '옥계생(玉溪生)'이라 지은 것처럼 말이오"라고 말했다. 나는 그만 터져 나오는 웃음을 참을 수 없었다. 그런데 갑자기 누군가 큰 소리로 "당신은 잘 모르면 함부로 말하지 마시오. 웃음거리나 되지 말고"하면서, "옥계생은 두목(杜牧)의 별호이오. 성이 같은 두씨라 헷갈리셨구려"했다. 이에 매씨 성의 사람이 "그럼 두보의 별호는 뭐요"하고 물었다. 그 사람은 "번천거사(樊川居士)잖소!"하고 답했다. …… 갑자기 또 누군가는 "나는 오늘 안노공(顔魯公)의 묵적(墨迹)을 봤는데 그 골동품 가격이 일천 원이나 되더군요. 그건 소동파(蘇東坡)의 『전적벽부前赤壁賦』입디다"하고 말했다.

이는 정말 한 폭의 절묘한 양장(洋場) 재자(才子), 풍류를 즐기는 명사(名士)들의 행락도(行樂圖)로서, 작자는 이렇게 그들의 '고상함' 속에 가려진 '엉터리'를 날카롭게 드러내었다.

4. 『이십 년 동안 목도한 괴이한 현상』은 『관장현형기』에 비해서 가정관계, 윤리도덕, 사회풍속에 대해 보다 많은 비판을 가했다. 구사일생(九死一生)의 백부는 동생이 죽자 제수씨와 조카를 속여 일만 냥 은자를 갈취한다. 여경익(黎景翼)은 동생이 죽은 뒤에 제수씨를 기원(妓院)에 팔아넘긴다. 부미헌(符彌軒)은 사람들 앞에선 효도를 설파하지만 뒤에선 조부를 학대해 굶겨죽이기까지 한다. 이러한 사례는 소설 도처에 보이는데, 작자는 봉건 가정의 베일을 벗기며 그 골육상잔의 추악한 본질을 남김없이 폭로했다. 작자는 이것이 바로 도덕 상실의 표현이라 여기고 도덕 회복을 주창해 날

로 쇠락해가는 기풍을 바로잡고자 했다. 작자는 또한 봉건도덕의 허위성을 폭로했는데, 책에서는 한 음부(淫婦)가 간통으로 살해됐는데도 오히려 현관(縣官)은 열녀비를 세워주며 정절(貞節)의 모범이라 치켜세운다. 진치농(陳稚農)은 여색을 밝히다 죽었는데도 오히려 효자가 모친을 따라 죽었다고 한다. 이 같은 괴이한 현상들은 작자가 보기에 결코 봉건도덕 자체의 불합리가 아닌, 사회 풍기의 문란이 야기한 것이었다. 이에 작자는 봉건예교의 허위성을 폭로한 것이다.

작품에서는 또 점쟁이 얘기로 돌팔이 의사의 사기행각 등 사회의 악습을 다루면서, 당시 사회에 대해 다층면적인 해부와 비판을 가했다.

5. 『관장현형기』에서는 모두 반면(反面)인물만을 다루었던데 반해 『이십년 동안 목도한 괴이한 현상』에서는 몇몇 호인(好人)들을 출현시켰는데, 그 중에서 특히 중요한 인물은 두 정면(正面)인물이다. 하나는 벼슬을 포기하고 상인이 된 오계지(吳繼之)이고, 또 하나는 백성을 자식처럼 사랑한 청렴 관료 채려생(蔡呂笙)이다. 고대 사회에서 "배워서 우수하면 관직으로 나아간다[學而優則仕]"는 것이 정석이지만, 오계지는 이에 따르지 않고 상인이 되어 당시 벼슬아치 모두를 의아스럽게 한다. 이 인물 형상은 바로 관리 사회에 대한 반면 인물로서, 작자는 민족 공상업 사상을 발전시키길 주장한 것이다. 채려생은 관료이지만 관리 사회의 갖가지 악습에 물들지 않았을 뿐 아니라 청렴 강직하고 백성을 자식처럼 사랑하는데, 이 인물 형상의 출현 역시 관리 사회의 반발로서 관치(官治)를 개량하고자 하는 작자의 염원을 나타낸 것이다. 그러나 작자는 소설 말미에 오계지의 사업이 파산하고, 채려생은 재해를 구제함에도 불구하고 오히려 파면되는 장면을 뚜렷이 보여준다. 작자는 잔혹한 현실에 맞서 "이 망망대지 어느 곳에 몸을 두어야 하는가"하고 개탄하면서, 이 사회가 곧 붕괴할 운명에 처했음을 반영해내었다.

『근 십 년 동안의 괴현상』은 『이십 년 동안 목도한 괴이한 현상』의 후속편이라 할 수 있다. 이 소설은 『최근 사회의 악착사 最近社會齷齪史』라고도 하며, 선통(宣統) 원년(元年)인 1909년 ≪중외일보 中外日報≫에 연재되다가 이듬해 상하이 광지서국(廣智書局)에서 단행본으로 출판됐다. 책은 모두 20회로 미완성된 원고이다. 소설에서는 주로 상업계의 서로 속고 속이는 광경과 사람을 곤경에 빠뜨리는 수법들을 묘사하고 있다. 상하이탄(上海灘)의 이자류(伊紫旒) 등 사람들은 주식을 모아 금광을 차리고는 돈을 편취(騙取)하는데, 이에 산둥(山東) 순무(巡撫)가 노미원(魯薇園)을 파견해 수사하지만 관부(官府) 내에서 기밀을 누설해 이자류 등 사람들이 법망 밖으로 노닐 수 있게 하고, 노미원은 수사하러 와서 도리어 이한사(李閑事)의 이만 오천 냥 은자를 편취하여 장좌군(張佐君)으로 개명(改名)한 뒤 줄행랑 쳐버린다. 장좌군은 톈진(天津)에서 관부 군복(軍服)을 구입하는데 유매사(俞梅史) 등 매판 장사꾼한테 20만 냥의 거금을 갈취당해 결국 복장을 바꾸고는 산둥으로 도망가서 다시 자기 이름으로 바꾼다. 그는 나중에 용중승(龍中丞)의 눈에 들기 위해 가짜 골동품을 바쳐 영무처(營務處) 총판(總辦) 벼슬을 얻으려 한다. 소설은 여기서 마무리되어 노미원의 다음 이야기는 알 수 없다. 이 소설은 이자류에 대한 묘사가 매우 독특하며 십리(十里) 양장(洋場)의 사기 행각 수단을 보여주고 있다. 소설이 전체적으로는 풍자성이 강하지 않지만 부분 부분마다 희극성이 매우 두드러진다. 예를 들어 백양지(柏養芝)의 경우, 고작 열 냥 남짓한 돈을 들여 양면 동거울을 만드는데 이를 3천 냥의 고액으로 팔았을 뿐 아니라 동원국(銅元局)으로부터 장방(帳房)이란 벼슬까지 얻게 된다. 노미원은 이 양면 동거울을 갖고 또 산둥 순무 용중승을 속여 좋은 벼슬까지 얻는다. 작품은 이렇게 관료의 우매함과 고상한 척해대는 추태를 남김없이 묘사해내고 있다.

　오견인은 그밖에 몇몇 소설에서도 뛰어난 풍자성을 보이는데,『활편기문 瞎騙奇聞』8회가 그러하다. 이 소설은『수상소설 繡像小說』제41~46호에 연재되어 1905년 1월부터 이듬해인 2월까지 간행됐는데, 표제는 '미신소설(迷信小說)'이다. 한 시골 부자는 미신 때문에 소경 점쟁이의 말을 듣다 결국 재산을 날려버린다. 한 부자가 되려는 가난뱅이는 이래저래 무위도식하며 돈을 까먹다 거지가 된다. 이 소설은 전형적인 풍자소설은 아니지만 전체적으로 봤을 때 미신을 믿는 우매한 인간을 풍자해 일정 정도의 풍자적 의의를 지닌다.

『부자되는 비결 發財秘訣』소설은『황노소사 黃奴小史』라고도 하며, 모두 10회이다. 이 소설은『월월소설 月月小說』제11~14호에 연재되어 1907년 11월부터 이듬해인 2월까지 간행되다가 1908년 상하이 군학사(群學社)에서 단행본으로 출판됐다. 이 소설에서는 일군(一群)의 매판 자본가들이 영국군의 스파이 노릇을 자처하면서까지 재물을 모으는 일을 묘사해 한편 '황노소사'라고도 불린다. 그들은 재물에 눈이 어두워 "외국 사람의 개가 되었으면 되었지 중국 사람은 되고 싶지 않아!"라든지 "외국 사람이 없으면 어떻게 돈을 벌겠나, 물을 마실 때 우물 판 사람을 잊지 않듯이 말이야. 그런데도 외국인이 싫다 할 수 있어?"하고 지껄인다. 그래서 작품의 끝부분에서는 한 점쟁이의 입을 빌어 "당신이 부자가 되고 싶다면 얼른 염라대왕을 찾아가 너의 그 마음을 파서 짐승의 마음으로 바꾸시오"하고 말하는데, 이것이 바로 부자가 되는 비결인 것이다.

『상하이유참록 上海游驂錄』10회는『월월소설』제6호~8호에 연재되어 1907년부터 5월까지 간행되다 1908년에 상하이 군학사에서 단행본으로 출판됐다.

『상하이유참록』의 스토리는 다음과 같다: 한 외딴 마을의 젊은 서생 고망연(辜望延 중국어 발음으로 '姑妄言'과 같다-역자)은 관병(官兵)한테 백성을 괴롭히지 말라고 성토하다 '혁명당'이라는 누명을 쓴다. 다행히 하인의 도움으로 그는 상하이로 도피하는데 억울한 마음에 혁명당에 투항해서 그들에게 복수하려고 마음을 먹는다. 상하이에서 그는 신서(新書)를 탐독하다 혁명당원들과 만나게 되지만, 그들이 말하는 혁명은 실상 부패 타락해 있었다. 이에 고망연은 크게 낙담하나 이약우(李若愚)라는 친구로부터 계도(啓導)를 받고 "혁명당에 가입하려는 생각이 점차 사라진다." 하지만 그는 고향으로부터 관부(官府)가 자신을 혁명당원으로 지목하고 수배 중이라는 편지를 받고 결국 일본 유학길에 오른다.

이 소설에서는 두 가지 풍자 의의가 있다. 첫째는 관부에서 혁명당을 쫓는다는 구실로 백성들을 억압하는데 오히려 본래부터 혁명당이 뭔지도 모르는 고망연을 마구 부려먹으며 혁명당을 찾는다. "이러한 동기와 효과의 배반과 가짜를 진짜로 만드는 희극성 변화는 통치자의 연목구어(緣木求魚)식 처사와 관핍민반(官逼民反)의 어두운 현실을 강도 높게 폭로한 것이다."[24] 더욱 가소로운 것은 고망연이 고찰을 마치고 혁명당에 가입하지 않기로 결심했을 때 관부가 그를 혁명당으로 지목하고 체포하려 해 결국 그가 일본으로 도망가는 대목으로, 여기서 통치자의 우매함이 더욱 선명하게 드러난다. 이 점은 적극적 의미에서의 반어(反語)로서 작품에서 가장 긍정할만한 부분이다. 둘째는 고망연이 백방으로 혁명당을 찾아다니다 상하이에서 혁명당원을 만나지만 오히려 그를 더욱 실망케 해서 결국 혁명당에 참가하지 않기로 한 대목인데, 이 또한 동기와 효과의 배반이다. 이는 작자가 혁명당에 반대한다는 보수적인 입장을 나타낸다. 작품은 1907년에 씌어졌는데 이때는 마침 쑨중산(孫中山)을 대표로 한 혁명세력이 급속히 성장하던 때로, 오견인 작품의 한계성이 뚜렷이 보인다. 작품에서 묘사한 혁명당원은 가짜 혁명 무리로, 그들은 심지어 "무슨 주지(主旨)든 간에 입헌(立憲)이 뭔지는 알아…… 전제(專制)도 괜찮고, 아무튼 돈만 충분히 주면 쓸거야"라고까지 지껄인다. 이 같은 상황은 당시 상황 중에 없잖아 있기도 했지만, 작자가 묘사한 혁명당원은 모조리 부패가 극에 달한 자들로 심지어 주인공조차 혁명을 단념하고 그만둔다. 이는 일부의 잘못을 전부의 것으로 치부해버리는 우를 범했다. 작자는 책 끝에서 혁명을 포기하고 옛 도덕을 회복하는 방법으로 위기를 극복하라고 주장하는데, 이 역시 그의 유심(唯心)적 역사관의 한계를 보여준다.

  소설은 시종 고망연의 눈에 비친 그대로를 서술하고 있는데, "신소설 중에 유일하게 제3인칭 제한 서사의 수법을 쓴 장편소설이다."[25]

  소설은 날카로운 언어로 만청(滿淸)정부 군대의 백성 탄압 장면을 들면서 "그 용맹한 품새를 보아하니 만약 갑신(甲申), 갑오년(甲午年)에 그랬다

---

24) 劉上生,『「上海遊驂錄」文體解讀』,『明淸小說硏究』, 1991年 第3期.
25)『二十世紀中國小說史』제1권, 北京大學出版社, 1989년, 232쪽.

면 중국은 일찌감치 문명국이 되었을게다"라며 풍자하고 있다. 그리고 혁명당원들이 마작하는 구실을 찾기 위해 새로운 명사까지 동원해 변명하면서 마작한 일은 "내가 그로부터 각별한 접대를 받았기에 많은 이익으로 보답하지 않을 수 없었기 때문이다"라고 둘러댄다. 책에서는 이에 대해 "이렇게 좋은 신(新) 명사는 이런 때 쓰는 것으로 한 번 웃고, 또 한 번 탄식한다"라고 주석을 달고 있다. 소설은 이렇게 재치 있는 말이 꿴 구슬처럼 이어져 소설 전체에 풍자 색채를 더해주고 있다.

이백원(李伯元)의 『문명소사 文明小史』는 청말에 가장 뛰어난 작품 중 하나로, 이 소설에서는 무술변법 전후 변혁과 동란의 시대상을 전면적으로 반영해내고 있다. 이 변혁과 동란의 시대는 한편으로 제국주의의 침략이 중국의 '태평성세'와 '큰 나라'의 미몽(迷夢)을 깨뜨리고, 사람들을 놀래어 중국이 그토록 나약한 지경에 이르러 나라가 이래저래 분할되는 위기에 처했다는 사실을 일깨워주었다. 또 한편으로 중국의 출로는 유신(維新)에 있으며, 서양의 것을 배워야지 출로가 있다고 여기는 전반서화(全般西化)의 미몽(迷夢)에 빠져 있었다. 작자는 시대적 특징을 포착해 풍자와 유머의 필치로 이 시대의 중생상(衆生相)을 묘사하고 있다. 서양인의 오만불손함과 관부(官府)의 노예근성, 아첨은 유신의 면종복배(面從腹背)와 다름 아니며, 유신당원의 가짜 유신이다. 작자는 중국이 마침 해가 뜨고 큰비가 내리는 때로서 정치를 개량하려면 너무 조급해선 안 된다고 보았기에 이러한 추태를 폭로하고 중국이 진정한 유신을 해내길 희망한 것이다.

소설이 묘사한 첫 번째 측면은 서양인의 오만불손함과 관부의 아첨이다. 외국인은 중국에서 그들 세력을 믿고 온갖 패권을 휘두른다. 민중의 동란 가운데서 한 서양인은 짐가방을 잃고 관부에 이만 냥 은자를 배상해내라고 한다. 한 선교사가 실종되자 대사관에서는 십만 냥을 배상하고 기념동상을 세우라고 한다. 중국인이 죄를 저질렀는데 만약 선교회에 가입하면 서양인은 관부에 교인을 보호해야 한다고 강요한다. 하지만 서양인의 오만무례함에도 청나라 관료들은 온갖 아첨을 떨며 그들을 극진히 모시기를 능사로 여긴다. 점소이(店小二)의 부친은 그만 실수로 서양인의 사기그릇을 깨뜨렸는데 지보(地保 청나라 때 실시된 지방 자치 제도로 마을의 치안 담당인-역자)는 마치 큰 잘못을 저지른 것 마냥 이를 곧바로 지부(地府) 유계현(柳繼賢)한테로 보고한다. 지부는 대경실색(大驚失色)하며 "이것은 서양 그릇인데 그릇가게에도 없을뿐더러 특별히 쟝시(江西)까지 건너온 것인데 이럴 수 있나"하면서 지보와 점소이 일가(一家)를 하옥시키고는 과거시험 행사도 중지시키고 곧장 서양인한테로 달려가 사과하며 배상하려 한다. 이처럼 비겁하고 수치를 모르는 처사는 오히려 외국에 대한 '유화'정책으로 포장된다.

후베이(湖北) 총독은 유신의 한 진보인사로 이름이 나있다. 그는 부하들에게 "만사는 겸양을 위주로 해야 하며, 상대방한테 잘하는데 그것 때문에 분쟁이 나는 일은 결코 없다"고 말한다. 그래서 그는 외국인을 대할 때면 누구든지 간에 모두 양무국(洋務局)에서 먼저 대접한다. "상대방이 관료인지 상인인지 물어보고 그가 관료라면 녹색 가마와 홍색 우산을 준비하고 친위병 넷을 대동해 모셔라. 그리고 상인이라면 청색 가마로 친위병 넷이 그것을 지고 가도록 해라." 나중에 선교사(원문에 敎士-역자)가 오자 양무국의 몇몇 나으리들은 다음과 같이 기막힌 토론을 한다.

한 나으리가 "『맹자 孟子』에 '士一位'라 했는데, 여기서 사(士)는 관료를 뜻하니 녹색 가마를 써야하오"하고 말했다. 이에 또 한 나으리가 "선교사는 우리 중국의 글 가르치는 선생과 같을 뿐인데 그럼 글 가르치는 선생이 관료란 말이오? 게다가 선교사는 중국에서 병원을 열거나 책을 만들어 팔거나 할 따름인데 그저 상인 정도로나 봐야 하니 청색 가마에 앉게 하면 될 거요"하고 말했다.

이 변론(辯論)이 결론을 못 짓자 그들은 외국영사관에 가서 상의하자며 찾아가지만 외국영사가 자리에 없어 총독한테로 찾아간다. 이에 대한 총독의 대답은 더 기가 막힌다.

선교사는 관직도 없는데 어떻게 관료라 치겠는가! 또 주식을 모아 회사를 차리지도 않았으니 상인이라 칠 수도 없다. 기왕 관료도 상인도 아닌 바에 당신들이 알아서 적당히 모시게. 관료보다는 좀 아래로 상인보다는 좀 높게 하면 되잖소.

양무국의 나으리들은 도무지 어떡해야 할지 알 수가 없지만 감히 다시 묻기도 어려워 결국 돌아가 다시 의론하는데, 또 한바탕 쟁론이 오가다 마지막에 "청색 가마에 앉히고 가마 앞에 우산 하나를 더하는데 상인에게는 없는 걸로 하는" 방법을 강구해낸다. 이에 모두가 손뼉 치며 좋다하면서 이 익살스런 소동은 끝을 맺는다. 작자는 예리한 필치로 이 관료들의 외세에 아부하는 웃음거리를 그려냈는데, 풍자가 날카롭고 강렬한 느낌을 준다.

작자가 묘사한 두 번째 측면은 관부의 가짜 유신이다. 당시는 조정에서부터 관부까지 모두가 유신 제창에 눌리는 형세였지만, 실제상으로는 아래에서도 보듯이 여전히 옛 것을 좋아하고 지키려는 마음이 강했다.

허구한 날 입헌(立憲)을 외치지만 사실 군기주의(軍機奏議 군사전략을 상주上奏하여 의론하는 곳-역자)에서는 단지 "입헌, 입헌!"만 알 뿐이고, 군기처(軍機處) 대신(大臣)들 역시 서양 한림진사(翰林進士)를 거쳤어도 "입헌, 입헌!"만 알 뿐이오. 국정을 돌보는 사대부들도 역시 "입헌, 입헌!"만 아니, 입헌 아래로는 문장도 못 쓰오.

당시 유신은 주로 세 가지 일에 치력했는데, 첫 번째가 학당(學堂)을 세우는 일이었다. 우스운 것은 그들이 한편으로는 학당을 건립하면서 다른 한편으로는 신서(新書)와 신문(新聞) 만드는 일을 금지시킨 것이다. 난징(南京)의 한 고관의 아들은 운동장에서 발에 잘못 걸려 넘어졌는데 그만 머리를 다쳐 죽게 된다. 이에 그 고관은 체육 교사를 파면시키고 아들이 죽기 전에 전교 교사와 학생들이 교대로 휴업하고 문병케 했고, 죽은 뒤에는 체육 교사한테 상복을 입고 상을 치르게 하며, 전교 휴업하고 애도케 하며 장례식을 치른다. 이것이 바로 그들의 이른바 신(新)학당 건립의 내막이다. 두 번째는 과거제도의 개혁으로 그들은 팔고문(八股文)을 책론(策論)으로 고친다. 선비들은 신지식이라곤 전혀 없고 시험을 감독하는 관리도 전혀 무지하다. 한 출제 문제가 『폴란드 쇠망사 波蘭衰亡史』였는데, 한 수험생이 폴란드(폴란드의 중국번역은 '波蘭'이다-역자)를 '波'와 '蘭'으로 나누어 작성했는데도, 오히려 좋은 성적으로 합격한다. 세 번째는 양무(洋務) 사업이다. 양무를 주관하는 관료 역시 부패하기 짝이 없는 부류이다. 한 양무국의 총판(總辦)은 마작을 하다 어떤 관료가 찾아오자 다른 사람한테 그 대신 하도록 한다. 하지만 그의 마음은 여전히 마작판에 있어 그곳에서 "288에 나는 장(莊)이니까 각자 98원씩이오"하는 소리를 듣고선 그 자신도 모르게 큰 소리로 "이런, 큰일 났구먼"한다. 이에 그의 지시를 기다리던 관료는 무슨 영문인지 어리둥절해 한다. 이런 인물한테 양무 사업을 맡겼으니 공금을 탐내거나 착복하는 일 밖에 무엇을 하겠는가?

작품이 묘사한 세 번째 측면은 유신당(維新黨)이다. 그들은 서양 매판 사업을 하거나 유학을 다녀왔거나 또는 외국책을 좀 읽은 지식인들이다. 그들은 약간의 지식으로 안하무인인 사람들이다. 그들의 이른바 유신은 새로운 명사(名詞)로서 "아편 피우는 것을 자유권(自由權)이라 하고 비프스테이크 먹는 것을 유신"이라고 한다. 그들은 "내가 아편 피우는 것은 내 자유인 바, 부모님이라도 간섭할 수 없다. …… 당신 조상이 비프스테이크를 안 먹었다고 어떻게 당신까지 안 먹게 할 수 있는가? 만약 안 먹는다면 당신 스스로가 자유권을 포기한 것으로 신식 학문하는 자들이 가장 금물로 치는 것이다"라고 지껄인다. 둘째는 단발(斷髮)과 양복 입는 일이다. 외국 유학을 다녀온 노항개(勞航芥)는 "우리 중국은 이런 변발 따위부터가 잘못되었어. 이 변발만 없으면 일찌감치 부강해졌을 텐데 말이야"하며 변발을 자르면 마치 유신이 된 것처럼 떠벌인다. 그러면서 그는 기방(妓房)에 갔을 때 맘에 든 기생이 양복 입은 사람을 무서워하자, 그녀의 환심을 사려고 이튿날 중국옷에 가짜 변발을 걸치고 찾아간다. 셋째는 연설(演說)인데 횡설수설하면서 돈을 갈취하기도 한다. 위표현(魏標賢)은 강단에 연설하러 올라갔다가 그만 원고 베낀 것을 찾지 못해 말문이 막혀 진땀 흘리다 도망치듯이 내려온다. 하지만 그는 이 강연회를 빌어 입장권을 받고선 돈 몇 푼 챙긴다. 넷째는 전족(纏足)의 반대로 그들은 전족에 반대하는 것은 "종족을 보전하고 나라를 부강케 하는데 커다란 관련이 있다"고 한다. 그러나 한 매춘부가 지나가자 그들은 이유는 생각지 않고 손뼉을 치며 "끝내주는구만! 얼굴 예쁜 건 둘째 치고 발 생김새가 이리도 아담하니 어떻게 사람 정신이 안 팔리겠어?"하고 감탄한다.

앞의 몇몇 측면에서 볼 수 있듯 이백원의 가짜 유신당에 대한 폭로는 이처럼 날카롭다. 다만 몇 군데에서 편면성이 드러나는데 진정한 개량파에 대한 평가가 그리 공정하지 못하고 작자의 보수적인 입장도 나타난다.

『문명소사』의 풍자와 조롱은 실로 독자로 하여금 웃음을 참지 못하게 한다. 예를 들면 만청 관료가 일본을 지나다 '쉬지회(淬志會)' 회원들을 만나게 되는데, 그들이 기부금을 내놓지 않으면 변발을 자르겠다고 으름장을 놓자 이내 겁먹고선 돈을 내놓으면서 이를 '변발 보험비'란 명목을 붙이는데, 실로 절묘한 명사(名詞)가 웃음을 자아낸다.

그러나『문명소사』에서도 근대소설이 보편적으로 지니는 병폐를 벗어나지 못하는데, 때때로 묘사에 과장이 지나치고 전반 부분은 강하나 후반 부분이 약해 앞의 40회는 비교적 치밀한 구성이 돋보이지만, 후반 20회는 구조가 느슨해 결말을 제대로 짓지 못했다.

『부폭한담 負曝閑談』30회는 거원(蘧園)의 작품이다. 거원은 구양거원(歐陽巨源 1882?~1907)으로 쑤저우(蘇州)사람이다. 원명(原名)은 구양감(歐陽淦)이며, 자(字)는 거원(鋸元) 또는 거원(巨源), 거원(鉅源)이라고도 한다. 필명으로 거원(蘧園) 외에도 석추(惜秋), 석추생(惜秋生), 무원추생(茂苑秋生) 등이 있다. 일찍이 그는 장기간에 걸쳐 이백원의 조수 노릇을 한 바 있으며,『유희보 遊戱報』,『번화보 繁華報』,『수상소설 繡像小說』등을 편집하기도 했다. 『부폭한담』은『수상소설』의 6~10호, 12~23호, 25호, 27~36호, 41호에 연재됐고, 1903년부터 1904년에 출판됐다. 이후 1933년에 서일사(徐一士)는 원문에 평론을 붙여 문단별로 나눈 뒤 상하이 ≪시사신보 時事新報≫ 부간 『춘광 春光』에 간행했고, 1934년 상하이 사사출판부(四社出版部)에서 단행본으로 출판했다.

『부폭한담』이 묘사하고 있는 사회면 또한 매우 광범하다. 이 소설에서는 소지주(小地主), 소무관(小武官), 소관료(小官僚), 곤궁에 빠진 만주인(滿洲人), 부잣집 도령, 유신(維新) 인물 등을 다루고 있다. 작자는 먼저 쟝쑤(江蘇)와 쩌쟝(浙江) 지역을 중심으로 서술하다가 점차 베이징과 광둥(廣東) 지역으로 옮겨가면서 소관료와 유신 인물의 추태(醜態)를 백일하에 드러내고 있다. 작품이 중점적으로 풍자한 것은 사기와 공갈 협박, 군자연하는 모습과 허풍떠는 장면 등으로, 풍자와 풍속 묘사의 결합이 소설의 특징을 이루고 있다. 예를 들면 제1회에서 한 농촌의 소지주 아들 육붕(陸鵬)은 과거는 보지만 수재(秀才)조차 되지 못하는데도 오히려 군자연하며 허풍떠는 장면이 있다.

육붕은 먹으면서 한편 지껄이길 "지난 번 고관 댁에 갔을 때 전과 마찬가지로 술자리가 있었는데 주방에서 요리를 준비했더군. 제비집 요리에 상어 지느러미에 해삼에 이런 것들은 그리 진기할 것도 없었지. 그런데 한 거위가 있는데 말야, 그 안에 닭이 들어있고, 그 닭 안에는 또 비둘기가 있었고 비둘기 안에는 참새가 있었는데, 맛도 정말 기가 막히더군"했다. 이에 같은 식탁에 앉아있던 장사꾼이 젓가락을 내려놓으며 "나무아미타불! 한 가지 요리에 네 개의 생명을 앗아갔으니, 죄가 되지 않겠소?"하고 말하자 육붕은 무뚝뚝한 얼굴로 "당신들이 먹을 복이 없는 게요, 먹는 게 자연 죄라 해도 난 상관 안 하오"하고 말했다. 이를 본 또 한 사람이 말참견하며 "육 상공(相公), 당신 말에 따른다면 당신은 복이 있단 말이지요?"하고 물었다. 육붕은 얼굴이 대번 붉어지며 "그럼 아니란 말이오? 딴 건 몰라도 고관 나으리께서 우리한테 술을 돌리셨는데, 만약 먹을 복이 없었다면 취해서 바로 쓰러졌을 게요"하고 소리쳤다. 그 앞에 앉아 있던 사람들은 그의 말을 듣고 아무 말 못하고 묵묵히 있다가 얼른 음식을 먹고는 각자 흩어졌다.

이 단락에서는 백묘(白描) 수법만을 써서 사실을 그대로 전달하는 듯 육봉의 유치하고도 허풍떠는 성격이 종이 위에 생동감 있게 펼쳐진다. 또 군기(軍機) 벼슬집의 큰 자제 손육(孫六)이 메추라기를 키우는 단락에서는 베이징 만주인의 메추라기끼리 싸우게 하여 승부를 결정하는 놀이의 풍속을 서술하고 있는데 묘사가 생동적이고 풍자가 날카롭다.

어떤 만주인들은 하나같이 허리에 꽃 모양으로 수놓은 주머니를 달고서 메추라기를 주머니에 넣었다. …… 손육은 이 놀이를 제일 좋아했는데, 그가 키우는 메추라기는 정말 많았다. 어느 날 손육은 허리 앞뒤로 수많은 주머니를 달고 있었다. 한 손에는 메추라기 한 마리를 들고 또 한 손에는 사탕꼬치(冰糖葫蘆)를 들고 있었다. 막 대문을 나서다가 외삼촌을 만났는데 손육은 두 손을 등 뒤로 감추고는 공손하게 한 쪽으로 섰다. …… (외삼촌이 가고난 뒤) 손육은 이 사탕꼬치(冰糖葫蘆)를 입에 집어넣는다는 것이 누가 알았으랴, 그만 메추라기를 든 손의 것을 넣고 만 것이다. 힘껏 그것을 물었는데 메추라기 머리가 단번에 떨어져 나가버렸다. 손육은 맛이 이상해 보니 메추라기 머리와 몸이 벌써 떨어져 나간 것이었다. 그는 "이런, 세상에"하고 소리치며 그만 화가 나서 손을 엉덩이 있는 데를 쳤다. 그런데 또 귀에서 "쩍!" 하는 소리가 들렸으니, 또 한 마리를 쳐서 죽인 것이다. 이 메추라기는 그 중에서도 최고의 싸움꾼으로 진 적이 없는 놈인데……

이 단락에서는 풍자와 풍속 묘사를 결합시켜 베이징 만주인의 메추라기 싸움놀이의 풍속을 재현하여 그들의 고루한 습성을 조소하고 손육 집안의 사치와 경박함을 풍자했는데, 다만 과장이 지나치고 언어가 실제와 거리가 멀어 믿기 어렵다.

유신 시대의 인물 황자문(黃子文)은 일본에서 유학하고 온 열혈 청년으로서 정치를 개량하고 죽음으로써 나라에 보답하려는 듯하지만, 실제로는 재물을 갈취하고 주색잡기에 빠져 있으며 모친을 학대하면서 자신은 '가정혁명(家庭革命)'을 한다고 우쭐댄다. 호(胡)의사는 돌팔이 의사인데 장사가 잘 안되자 밖으로 나와 화려한 복장에 그럴듯한 관을 쓰고 아들과 조카한테 가마를 지게 가고선 매일같이 수십 명씩 진료하러 다닌다며 허풍 떨고 명의(名醫) 행세를 한다. 만주인 동중(桐重)은 출세하기 전부터 다관(茶館)을 돌아다니며 찻잎 몇 조각 내놓고선 무이(武夷)의 명차(名茶)라 속이며 한 조각에 한두 냥씩이라고 한다. 그런데 차를 마시고선 동전 한 닢 하는 뜨거운 물값도 내놓지 않고선 사라져 버린다. 가난해서 베개, 이불조차 없는데 매일같이 일어나 베개를 수거하고 이불을 옮겨준다고 소리치는데 알고 보니 베개는 벽돌이고 이불은 문짝이었다. 작자는 이렇게 몰락한 만주인이나 돌팔이 의사, 가짜 유신파의 추태를 웃음거리로 묘사했다. 작자는 또 인성(人性)의 약점을 비중 있게 비판하며 그들의 비열한 혼령을 그려내었다. 그러나 청말소설이 대부분 지니고 있는 언사가 지나치고 필봉의 칼끝에 숨김이 없어 표면적이고 뜻에 깊이가 모자란다.

『얼해화 孼海花』는 근대소설 가운데 가장 걸출한 작품이다. 이 소설은 창작에 복잡한 과정이 있는데, 제일 먼저 인쇄 출판했을 때에는 "자유를 사랑하는 자(愛自由者)가 시작해서, 동아병부(東亞病夫 동아시아의 병들고 약한 나라라는 뜻으로 당시 청일전쟁에서 승리한 일본인이 중국을 경멸하여 붙인 이름이다-역자)가 편집 서술했다"라고 씌어 있다. '자유를 사랑하는 자'는 김송잠(金松岑)의 필명이고 '동아병부'는 바로 증박(曾樸)의 필명이다. 처음에는 김송잠이 6회까지 쓰고, 증박이 이어 쓰도록 했다. 증박은 이 소설을 이어받고선 먼저 이전 6회를 대폭 수정한 뒤 써내려갔으므로 실제로는 35회까지 완성한 것이다. 이 35회는 청조(淸朝)와 민국(民國) 두 시대에 걸쳐 장장 27년(1903~1930) 후에야 완성됐다.

증박(1872~1935)은 자(字)가 맹박(孟樸)이고, 필명으로 태박(太樸), 소목(小木), 동아병부(東亞病夫) 등이 있으며, 쟝쑤성(江蘇省) 창슈(常熟)사람이다. 그는 1892년 진사(進士)에 낙방하고서 내각중서(內閣中書) 관직을 사서는 베이징에서 재직했다. 1895년 동문관(同文館)에서 불어를 배우고 외국어와 서구문화 학습을 통해 출로를 모색하려 했다. 1896년 증박은 군기(軍機) 장경(章京) 관직에 응시하려 했으나 내각에서 추천해주지 않아 좌절됐다. 이 타격은 그로 하여금 울분을 품고 상하이로 가서 또 다른 출로를 찾는 결심을 하게 했다. 그는 상하이에서 곧 유신파 인물인 담사동(譚嗣同) 등과 교유하며 유신변법에 참여했다. 무술변법이 실패한 뒤 그는 정란손(丁蘭孫), 서념자(徐念慈) 등과 함께 고향에서 소학교(小學校)를 열고 신식 교육을 제창했다. 증박은 1903년에 다시 상하이로 가서 견직물 사업을 했지만 이내 실패하고 돌아간다. 1904년에 그는 정란손과 서념자와 다시 상하이로 가서 '소설림사(小說林社)'를 설립한다. 1907년에는 또 『소설림 小說林』 잡지를 창간하여 청말 사대(四大)소설 잡지 가운데 하나가 된다. 1908년 소설림사는 『소설림』 잡지와 함께 정간(停刊)되고, 증박은 다시 정치활동으로 전향하는데 양강(兩江)총독 단방(端方)의 초빙을 받고 정치에 참여한다. 단방이 북방(北方)으로 간 뒤 증박은 그의 추천을 받고 지부(知府)의 후보로 쩌쟝성(浙江省)으로 가지만, 신해혁명 때 증박은 다시 일자리를 잃고 만다. 그러나 민국 정부가 들어서고 그는 또 군벌들과 교제하며 쟝쑤성(江蘇省) 의원, 관산처(官産處) 처장, 재정청(財政廳) 청장 등의 관직을 역임했다. 1927년 북벌전쟁이 승리하면서 군벌세력이 와해되자, 증박 역시 그의 정치인생을 접고 문학 창작에 전념하는데, 그의 장남인 증허백(曾虛白)과 상하이에서 '진선미(眞善美)서점'과 『진선미』 잡지를 창간하며, 동시에 대량의 프랑스 문학작품을 번역했는데, 그중에서도 특히 빅토르 위고의 작품이 많다. 그는 자전소설(自傳小說) 『노남자 魯男子』의 제1부 「연 戀」을 창작했고, 바로 이때에 20여 년 동안 방치해두었던 『얼해화』 창작을 재개했다. 1931년 가을, 서점과 잡지 사업이 어려워지자 온 가족 다 창슈(常熟)로 귀향해 만년(晚年)을 보낸다.

증박의 『얼해화』에는 뚜렷한 창작 의도가 있다. 그는 "이 책의 주된 줄기는 내가 보아 온 30년 세월로서, 우리 중국은 낡은 곳에서 새로운 곳으로 넘어가는 대(大)전환기였다.26) 한편으로는 문화가 변화했고, 또 한편으

---

26) 여기서 30년은 청말 동치(同治) 초년(初年)부터 갑오(甲午)전쟁 때까지로, 곧 1862년부터 1894년까지를 지칭한다.

로는 정치가 변모하여 놀라운 현상들이 모두 이 시기에 일어났다. 난 이러한 현상들을 실루엣(silhouette)으로, 롱 쇼트(long short)로, 혹은 일부 상관된 일들로, 한 데 모아서 그것들을 나의 촬영 붓에 자연스럽게 한 막(幕) 한 막 씩 드러나도록 했는데, 인상(印象)에 있어서는 대사(大事)의 전경(全景)을 목도(目睹)한 것 이상일 것이다"27)라고 밝혔다.

『얼해화』는 김문청(金雯靑)과 부채운(傅彩雲)의 고사(故事)를 줄거리로 청말 30년 동안 조야(朝野)에서 일어났던 일화(逸話)들을 관통시켜 "책 속의 인물 가운데 빗대어 묘사되지 않은 인물이 없어", 전환기에 처한 중국의 '정치 격동'과 '문화 추이'를 상당히 진실 되게 반영해내었다. 이른바 '정치 격동'에는 중프전쟁, 중국과 러시아의 이리(伊犁)와 파미르 회담, 청일전쟁, 대만 항일전쟁 등을 포함한 강학회(强學會)와 홍중회(興中會)의 건립 등이 반영되어 있다. 또 이른바 '문화 추이'에는 양무파(洋務派) 사상의 탄생, 공양학(公羊學)의 성행, 유신운동의 발전, 민주혁명 사상의 전파, 서구문화의 영향 등등이 있다. 작품에서는 이 30년 동안의 역사를 상당히 전면적으로 반영하고 있어 대단히 뛰어난 역사소설일 뿐만 아니라, 풍자소설로서 매우 농후한 풍자 의미를 지니고 있다. 풍자소설의 각도로 보았을 때 이 소설은 주로 봉건파와 양무파를 비판했고, 지식인, 그 중에서도 상류층 지식인의 진부함과 가소로움을 풍자했다. "『유림외사 儒林外史』가 장기간 동안 갇혀 있던 봉건사회의 지식인들을 예술적으로 개괄했다면, 『얼해화』는 중국의 문호가 개방되고 봉건제도가 와해되어가는 때의 지식인들을 예술적으로 개괄해낸 것이다. 이러한 의미에서 『얼해화』는 『유림외사』의 후속편이라 할 수 있다."28)

작품의 주인공 김균(金沟 당시 洪鈞을 빗댄 인물)은 문호가 개방되고 봉건제도가 와해되어가는 시대에 처한 지식인의 전형이다. 그는 보수와 유신, 전통과 서구 문화의 교착점에 놓여 있다. 한편으로 그는 구식 학문에 뛰

---

27) 曾樸, 「修改後要說的幾句話」, 『孽海花資料』 131쪽, 上海古籍出版社 1982年 7月版.
28) 裴效維, 「三十年旧事, 寫來都是血痕」, 『文史知識』, 1986年 第9期.

어난 인물로서 문장과 서법(書法)에 명인(名人)이며, 각고의 노력 끝에 장원으로 급제하여 천자(天子)의 문생(門生)이 되어 뭇사람들을 호령한다. 그러나 또 한편으로 그는 문호가 개방된 시대에 살며, 서구 문화가 대거 유입된 시대를 살고 있다. 그는 상하이에서 일부 신식(新式) 인물들과 모임을한 차례 갖게 된다.

좌중에서 뭇사람들의 의론이 한창 무성했는데 대개 서양의 정치와 예술을 이야기하고 있어 문청(雯靑)이 옆에서 가만히 들어봐도 아는 게 도무지 없어 속으로 부끄러웠다. 그는 "내가 장원 급제한 인물로서 스스로 명성이 천하에 널리 알려졌다고 여겼는데 여기서 이렇게 많은 서양의 학문을 듣게 될 줄이야 정말 꿈에도 생각 못했도다! 오늘날에 과거 합격은 이젠 믿을 게 못되니 서양의 것을 배우고 양무(洋務)도 알아야 하니, 총리아문(總理衙門)에 들어가 일해야지 장래성이 있겠구나"하고 생각했다.

그는 이때부터 외국의 정치, 지리에 유념하고 양무(洋務)를 배우는데, 역사적인 기회를 얻게 되어 서양 국가의 주재(駐在) 공사(公使) 직무를 담당하는 양무파 가운데 명성 있는 인물이 된다.

김문청은 양면성을 지닌 인물이다. 그는 양무를 배우고 외교 사절로 서양에 가지만 봉건 관료의 티를 벗지 못하고, 뿌리 깊은 봉건사상과 사대부의 열근성(劣根性) 때문에 외교 사절로 가서도 새로운 환경에 대응하지 못해 우스꽝스럽고 가는 곳곳마다 추태를 부리는 인물로 비춰진다. 중국의 걸출한 관료도 세계의 진보된 조류 앞에서는 낙오자일 뿐이다. 그의 머릿속에는 봉건 윤리 관념에 가득 차 있어 그가 외국 증기선을 타고 가는 길에 러시아의 톨스토이와 니힐리즘(nihilism 허무주의)파의 이야기를 듣고서는 이내 "그야말로 대역불도(大逆不道)이자 반역을 꾸미는 파벌이오! 이런 자는 우리나라 같으면 일찌감치 법에 따라 극형에 처하는데, 어디서 그런 대담무쌍한 자들을 용서한단 말인가! …… 남자는 그럴 수 있어도 여자가 어찌 집 안을 나와 골목을 누비고 다닐 수 있단 말이오!"하고 따진다. 그는 봉건 사대부의 열근성을 지닌 인물로서, 기방(妓房)을 들락날락하고 상을 치르는 중에 첩을 얻고, 부채운을 데리고 출국한다. 한 번은 대사관 건물 테라스에서 부채운이 '십팔모(十八摸)'같이 저속한 가락의 노래를 부르는데 "거리를 지나던 사람들이 순식간에 대사관 입구로 모여 들어 중국 공사(公使) 부인(夫人)의 가락을 듣는다." 김문청은 증기선에서 하아려(夏雅麗)를 희롱하다 그녀가 총을 뽑아들자 이내 벌벌 떨고는 일만 마르크를 주고 나서야 겨우 달랬다. 가장 풍자적 의미가 있는 장면은 그가 자신이 일생동안 원나라 역사와 서북 변경의 지리를 연구했다고 우쭐대는 대목이다.

첫째는 국경을 정리해서 외부인들로 하여금 우리나라를 한 뼘도 못 갖고 가게 했으니 황제께서 나를 서양에 보낸 보람이 있는 거지요. 둘째는 내가 수십 년 동안의 심혈을 기울여 완성한 『원사보증 元史補證』으로, 이때부터 확실한 증거가 있어 천추(千秋)의 반박할 수 없는 위업을 세운 것이오.

그래서 그는 중러 교계도(交界圖)를 고가(高價)에 구입한다. 하지만 이 지도는 외국인의 속임수에 걸려들게 한 것으로 이 때문에 중국과 러시아의 국경 담판에서 수백 리를 잃게 되어 김균은 이내 큰 충격을 받아 분에 못 이겨 죽고 만다. 작품은 봉건 양무파의 실패를 풍자했는데, 이는 또한 청조 관료 중의 뛰어난 사람조차 이 지경인데 전체적으로는 얼마나 더 부패한 지경까지 갔을까를 설명하고 있어 정치 개량의 중요성을 분명하게 말해주고 있다.

작품에서는 보수 지식인에 대해서도 날카로운 풍자를 가하고 있다. 그들은 나라가 존망의 위기에 처했는데도 오로지 팔고문(八股文)을 잘 지어 과거에 급제해 출세할 궁리나 하며, 일단 장원급제하면 부귀공명을 누릴 수 있고 만사가 태평할 것이라 여긴다. 그들은 중국이 난공불락의 땅이라 생각하고 전혀 위기의식도 없이 조정에서 권력과 이득 갖고 다투고 서로 반목하며 뇌물을 받아 챙기는데, 라마교 사원은 모두 매관매직의 장소가 되는 지경에까지 이른다. 그들은 평소에 국가 대사엔 관심 없고 눈을 크게 뜨고 세계를 바라볼 생각도 안하며, 서양의 문화와 과학을 배우는 때에 그저 '상이주정(商彝周鼎 옛날 술을 담던 祭器로서 여기에 공신들의 사적을 새겼다-역자)'이나 쓰다듬던지 판본(版本)이나 고화(古畵)를 고증하든지 하며 고상하고 한적한 일상을 보낸다. 책에서 묘사한 예부상서(禮部尙書) 반팔영(潘八瀛 潘祖蔭을 빗댄 인물)이 바로 그 대표적인 인물이다. 작품에서는 청일전쟁이 일어난 긴박한 시점에 공상서(龔尙書 翁同龢를 빗댄 인물)가 학 한 마리를 잃어버리고는 거리에 예서(隷書)로「실학영정 失鶴零丁」이란 글을 써서 대대적으로 학을 찾는 대목이 나오는데, 이때 마침 문운고(聞韻高 文廷式을 빗댄 인물)는 "나라가 내우외환에 처했는데도 사람들은 줄지어 그를 찾아오니 천하의 모든 사람이 그 노인장을 우러러볼지 몰라도 나는 도리어 그리도 한가한 심정과 안일한 정취가 있는 것이 안타깝구나!"하고 개탄한다.

물론 시대가 변하고 구식 지식인도 변하듯 작품에서도 문화의 추이와 변천을 서술하고 있다. 예를 들면, 공양학의 제창은 정치를 개량하기 위해 이론적 무기를 모색한 것이다. 그러나 구식 관료는 그저 경서에서 문장을 짓고 그에 담긴 뜻이나 찾지, 세계로 눈을 돌려 민주와 과학의 새로운 문화를 받아들이지 못한다. 심지어는 공양학을 과거급제나 출세의 수단으로, 혹은 학문을 팔고 고담준론을 펼치는 밑천으로 삼는다. "여러 해동안 공양학을 해봤는데 거 무슨 큰 사업이랄 게 있나? 그저 거인(擧人)이나 속이는 게지. …… 무슨 '공양사양(公羊私羊)'이람? 예전에 묵권(墨卷 과거에 응시자가 제출한 답안지-역자)하고 뭐 그리 다르다구!" 상서(尙書) 반팔영은 게다가 공제(公祭) 하휴(何休)[29]의 익살극을 펼치는데, 실로 혁신을 원하지 않는 시대 낙오자의 모습이다.

양무파 관료에 대해 작자는 또한 날카로운 풍자와 비판을 가했다. 위의 백(威毅伯 李鴻章을 빗댄 인물)은 매국적(賣國的)인 외교에 전념하느라 풍자재(馮子材)가 진남관(鎭南關)에서 프랑스군을 대파했는데도 "그저 화평(和平)만

---

29) 하휴는 동한(東漢)의 경학가(經學家)로 ≪春秋公羊解詁≫ 등의 저서가 있다.

말할 뿐 승전의 기회를 이용할 줄도 모르고, 패전했을 때의 불평등 조약을 대충 갖고선 조정에다 체결하도록 종용하고 쥐도 새도 모르게 월남 땅을 넘겨주었다. 어찌 되었든 배상금도 국토 분할도 없으며 그가 평화적으로 외교 절충한 공이 크니 백성들은 마땅히 그를 잊지 말고 기념해야 할 것이다!"라고 한다. 작품에서는 장륜초(莊侖樵 張佩倫를 빗댄 인물), 하옥재(何鈺齋 吳大澂를 빗댄 인물) 등의 탁상공론과 오만무례함에 대해서도 신랄한 풍자를 가했다. 장륜초는 푸젠(福建)에 온 뒤 "오만무례하게 경관(京官) 대명사(大名士)의 자태를 뽐내"지만, 전란(戰亂) 가운데 프랑스 군에 습격을 받자 "이리저리 생각해도 붓이 아무리 뾰족해도 총포의 사나움을 당해낼 수 없고, 탁월한 의론도 군함 대포의 무서움을 막아낼 수 없으니 비를 맞고 맨발이 되는 걸 무릅쓰고 군함이 얼마나 가라앉았든 병사가 얼마나 죽었든 돌볼 겨를도 없이" 줄행랑을 친다. 마웨이(馬尾)의 대패(大敗)로 푸젠 선박공장은 처참하게 파손되는 결과를 초래한다. 하옥재는 '증좌(曾左)' 과업을 달성하려는 야심을 갖고 북상(北上)하는데, 그 전선(前線)에 와서도 여전히 산수화나 그리고 금석(金石)을 탁본하면서 이른바 300여 명의 명사수(名射手)를 갖고 승리하려는 꿈을 꾸며, 기상천외하게도 '항복비석'을 세우고 일본군과 교전할 때 총을 버리고 비석 앞에 무릎 꿇게 하려 하지만, 그들의 위풍당당한 풍류 앞에 결국 패주(敗走)하고 만다.

증박은 『얼해화』에서 자희태후(慈禧太后)의 권력독점과 구파(舊派) 관료의 변화를 원하지 않는 보수성과 취생몽사(醉生夢死), 양무파 관료의 탁상공론과 주권상실의 치욕 등을 폭로하면서, 한편 개량파와 혁명파를 동정했다. 작자의 붓 아래 묘사된 당유휘(唐犹輝 康有爲를 빗댄 인물), 대승불(戴勝佛 譚嗣同을 빗댄 인물), 손몰(孫沒 孫中山을 빗댄 인물), 진천추(陳千秋 陳淸을 빗댄 인물), 육호동(陸皓冬 陸皓東을 빗댄 인물) 등은 모두가 한결같이 나라를 위해 정직히 일하는 인물들이다. 작자와 김송잠은 신해혁명 수년 전인 1904년에 함께 60회 회목(回目)을 초안(草案)했는데, 그 회목은 "전제(專制)정치를 하는 나라는 결국 전제 정치의 후환을 맞게 될 것이요, 자유신(自由神)은 자유의 꽃을 틔울 것이다"라는 제목으로, 작자는 자산계층 민주혁명의 성공을 열망했다는 것을 알 수 있다. 그러므로『얼해화』는 자산계급의 혁명소설로서, 다른 견책소설과는 달리 마침 아잉(阿英)이『만청소설사 晚淸小說』에서도 밝혔듯 "표출된 사상이 그 진보(進步)가 당시 모든 일류작가 이상(以上)으로서 이백원과 오견인 역시도 그 아래일 수밖에 없다."

풍자예술의 각도에서 말한다면,『얼해화』는『관장현형기』와『이십 년 동안 목도한 괴이한 현상』보다도 커다란 진전이 있다. 이 소설은 명사(名士)의 작태를 묘사한 것이 특히 뛰어나다. 19회 중에 이순객(李純客 李慈銘을 빗댄 인물)을 묘사한 아래의 단락이 그 전형적인 예다.

소연(小燕)은 살며시 웃음 지었다. 문에 들어서니 가림벽(원문 影壁: 뜨락이 훤히 들여다보이지 않도록 막아 세운 담벽—역자)이 있는데 그 가림벽을 돌아 동쪽으로 가니 북쪽에 객실 세 칸이 있었다. 객실을 따라 복도로 곧장 안으로 들어가 보니 앞에 가을잎 모양으로 뚫린 문이 있고, 그 문 안에는 사방형(四方形)의 정원이 있었다. 정원 앞에 자등(紫藤)이 있어 녹색잎이 한창 무성하고, 정원에는 부용(芙蓉)나무가 심어져 마침 한창 꽃을 피우는 때라 요염함이 넘쳐 있었다. 방 세 칸 모두 커튼이 쳐져 아무 소리 없이 고요했다. 그 때 마침 미풍이 불어오면서 소연은 커튼 사이로 약 냄새가 코끝에 풍겨오는 걸 느꼈다. 소연이 커튼을 걷고 들어가니 한 상투 머리 모양을 튼 아이가 낡은 파초 잎 부채를 들고 중당(中堂 明淸시대 內閣大學士의 다른 이름—역자)의 동쪽 벽 앞에서 약을 달이고 있었다. 아이는 소연이 들어오는 걸 보고 막 일어나려 하는데 마침 방에서 어떤 사람이 큰 소리로 "비단 손수건에 옅은 필묵을 들여 쓴 편지를 등가에 비춰보니, 잔잔한 바람에 방울 장신구가 울리며 꿈속의 그대 보이는 듯하네" 하는 말이 들렸다. 이에 소연이 들어가 웃으며 "꿈속의 사람은 누구요?"하며 물었다. 소연은 말하면서 한편 보니 이순객(李純客)이 명주실로 짠 낡은 덧옷을 입고 짚신을 신은 채 짧은 수염을 쓰다듬으며 대나무 침대에 앉아 책을 읽고 있는 것이었다. 이순객은 소연이 들어온 걸 보고는 얼른 엎드려서 책을 감추고는 숨을 헐떡거리며 떨리는 목소리로 "아이구, 소연 선생이 오셨구려! 내가 병이 좀 들어 일어날 수 없으니 어쩌지요?"하고 말했다. 이에 소연은 "순객 선생께선 무슨 병이 나셨소? 어째 내가 몰랐단 말이오?"하고 물었다. 순객은 "바로 그날 여러분이 내 장수(長壽)를 빌어준 날 말이오. 내가 복이 없나 봅니다. 여러 선생님들의 후의(厚意)에도 불구하고 이렇게 됐소. 오늘 운와원(雲臥園)의 모임에 못갈 듯싶습니다"하고 엄살떨었다. 이에 소연은 "감기가 좀 드신 것 같은데 약을 좀 드시면 나을 겁니다. 그래도 귀하가 가셔서 여러분의 바람을 져버리지 마셔야죠"했다. 소연은 말하면서 한편 몰래 살펴보니 대나무 침대 위 베개 맡에 편지지가 삐져나와 있었다. 그 종이에 수취인이 씌어져 있었는데 그 수취인은 참 이상하게도 귀하(貴下)도 어르신도 아닌, 연이어 세 개 모두가 "망인(妄人 터무니없는 말이나 행동을 하는 사람-역자)" 두 글자가 씌어 있는 것이었다.

이 단락에서는 이순객이 억지로 꾸며서 몹시 부자연스러운 모습과 꾀병 부리는 자태를 생생하게 그리고 있는데, 달리 평론을 붙이지 않아도 진실과 거짓이 모조리 드러난다.

『얼해화』는 예술구조에 있어서도 『관장현형기』 등의 '연철화병(連綴話柄 이야기를 죽 이어서 전개하는 것-역자)'필법을 바꾸어 김균 일생의 영욕(榮辱) 부침(浮沈)의 운명을 줄거리로 30년 동안의 정치 변동과 문화 추이를 구성시켜, 하나의 구조가 완정(完整)한 장편소설로 만들었다.

『관장현형기』 등의 작품은 언어상에 있어서도 비교적 평이하고 경솔한 느낌이 있지만, 『얼해화』는 글이 화려하면서도 단아하며 수려한 느낌이다.

요컨대 소설사의 발전에서 보았을 때 증박의 『얼해화』는 근대소설의 전변(轉變)이자 현대소설의 지표(指標)이며, 또한 근대의 해학화(諧謔化)된 풍자소설이 현대 풍자소설로 전변해가는 지표인 것이다. 예전에 위다푸(郁達夫)는 증박을 회상하면서 다음과 같이 언급한 바 있다.

중국의 신구(新舊) 문학이 교체되던 시대에 이 큰 교량(橋梁)은, 중국이 20세기에 낳은 신(新)문학가 가운데 가장 위대한 선구자로서, 내가 생각하기에

그의 형상은 생전에 그를 보고 내가 받았던 인상처럼 후세 문학애호가들의
머릿속에도 영원히 남을 것이다.

근대 풍자소설은 사회 각 계층을 두루 반영하고 있으며, 관료 사회 이
외에도 상업계와 학계까지 근대 중국의 전경(全景)을 보여주고 있다.

아잉은 『만청소설사』에서 "지금껏 상인(商人)을 묘사한 소설은 매우 적
었다. 청말에 희문(姬文)의 『시성 市聲』 한 편뿐이다. 그리고 『호설암 외전
胡雪岩外傳』도 있긴 하나 그저 사생활을 기록한 데 불과하다. 그밖에 『상
계현형기 商界現形記』 부류의 저작은 실제상 그렇게 부르기엔 부족하다.
상인을 묘사했다는 소설들은 사실상 기방(妓房)의 생활만을 묘사하고 있
어 더더욱 상인소설로 볼 가능성이 적다"고 지적하고 있다. 『시성』의 작
자는 희문이고, 생평은 불분명하다. 이 소설은 광서(光緒) 31년(1905년)에
『수상소설 繡像小說』 제43호부터 72호까지 연속으로 25회가 간행됐고, 미
완성본이다. 광서 34년(1908년) 2월 상무인서관(商務印書館) 활자본에서 작
자는 보완 개정본으로 상하(上下) 두 권으로 나누어 모두 36회로 출판했다.
이 소설에서는 악덕상이 공상업을 진흥시킨다는 미명 아래 아귀다툼하
고, 교묘한 수단으로 남의 이익을 빼앗으며, 순식간에 폭리를 취하거나
파산하는, 갖가지 추태를 중점적으로 폭로하고 있는데, 책에서는 몇몇 정
면(正面)인물의 입을 빌어 '실업구국(實業救國)'의 주장을 제창하고 있다.

책에서는 관료 사회의 부패와 악덕 상인의 훼방을 묘사하고 있다. 호문
생(胡文生)은 기침을 멎게 한다는 가짜 약을 팔아 폭리를 취하고, 왕보청(汪
步靑)은 땅을 암거래하는 수법으로 제조업자를 갈취한다. 왕소흥(王小興)은
견습공으로 이모부 전백렴(錢伯廉)의 장부를 관리해주다가 4만 금(金)을 몽
땅 챙기고 줄행랑친다. '상류 건달' 영국인 모리스는 술책을 꾸며놓고 군
장복(軍裝服) 구매 담당위원인 노중어(魯仲魚)와 가짜 계약을 체결하고서 거
액을 챙긴다. '고단수 사기꾼' 상소당(尙小棠) 등은 대(大)관료와 결탁하고
가짜 관료증을 팔고, 외국 양행(洋行)과 관부(官府)와 결탁하여 병기(兵器)를
암거래한다.

책에서는 줄거리의 연관성이 없이 여러 횡포상들의 활동이 끊어지는 듯 혹은 이어지는 듯해 줄거리가 각자 독립적이고, 일부러 서로 대비되게끔 했다. 예를 들면 유호삼(劉浩三)은 실업(實業)을 제창하며 기기(機器)를 연구 제작하지만 좌절되고 가족조차 부양하지 못하는데 반해, 아대리(阿大利)와 왕향대(王香大)는 서양인에 빌붙어 부자가 되고 관직을 사서 '나으리' 소리를 듣는다. 이러한 대비(對比) 가운데 민족 공업 발전의 어려움을 알 수 있으며, 서양인에 의지해 부를 얻는 이야기는 제국주의 침략이 중국의 민족 공상업을 발전시키기 어렵게 만든다는 사실을 폭로하고 있다.

소설에서는 의론이 너무 많고 과장이 지나쳐 진실성을 잃었다. 예를 들면 왕향대와 아대리는 부자가 된 뒤 관직을 사서 '향대인(大人)', '분(糞)대인'이라 불린다. 또 향대인이 분대인을 접대한 뒤에 분대인이 답례로 그를 초대하면서 갖가지 우스꽝스런 일들이 속출하는데, 분대인이 향대인 화단(花壇)의 난초를 잡초로 잘못 알고 뽑는다든지, 향대인의 어항에다 똥을 누는 장면 등등이 있다. 그리고 분대인이 답례로 초청하면서 요리 주문하는 것을 깜박 잊어 손님을 오래 기다리게 하자 분대인은 이내 마누라한테 혼날까봐 독약을 먹고 자살하기에 이른다. 이렇게 우스운 일이 백출(百出)하고 여흥거리를 주지만 예술적인 감동력은 결여되어 있다.

학계를 풍자하고 폭로한 소설로 회학자(悔學子)의 『미래교육사 未來教育史』, 오견인(吳趼人)의 『학계경 學界鏡』, 노림(老林)의 『학당소화 學堂小話』 등이 있다. 『학계경』은 전편에 걸쳐 의론이 있어 줄거리가 거의 없다. 『미래교육사』는 미완성본으로 연애고사가 뒤섞여 있어 비록 교육의 혁신을 주장하지만 책의 풍격은 언정소설(言情小說)에 더 가깝고 풍자의 의미가 결여되어 있다. 『학당소화』 같은 부류는 천박하고 무료해 족히 말할 바가 없다. 그 중에서 거론할만한 소설로 『학구신담 學究新談』이 있다.

『학구신담』은 36회로 작자는 오몽(吳蒙)이고 생평은 미상이다. 광서31년(1905년)에 『수상소설』 제47호부터 72호까지 연재되어 모두 25회이다. 광서34년(1908년) 상무인서관에서 간행되어 36회가 있다.

책에서 묘사한 하앙서(夏仰西)는 시대에 뒤떨어진 학자로 거인(擧人)에도 급제 못하고 고향에서 훈장을 하고 있다. 조정에서 팔고문(八股文)을 폐지하자 그는 서당마저 잃게 된다. 또 자신이 작성한 글도 팔리지 않자 자살까지 결심하지만, 사촌동생 서성(西聖)의 설득으로 재기를 꿈꾸다 마침 생각이 트여 신(新)학당을 세운다. 작품에서는 일부 기회주의자들이 학당 설립이란 명목을 빌어 재물을 갈취하는 내용을 서술하고 있다. 설립한 학당은 온통 뒤죽박죽 엉망으로 점술이나 원광(圓光 옛날 주문을 외워 거울이나 흰 종이를 보이고 거기에 나타난 형상을 들여 보게 하여 잃어버린 물건을 찾거나 길흉화복을 점치던 일-역자) 등 미신 활동이나 한다. 『사기 史記』를 강의하다 통하지 않자 온갖 추태를 보이며 사서오경(四書五經)으로 바꿔 가르친다. 또 학생들이 『신민총보 新民叢報』 보는 것을 금지시키다 반발을 사게 된다. 작품에서는 하앙서의 꿈을 종결지으면서 학당의 갖가지 부패현상을 함께 서술했는데, 작자는 학당이 제대로 운영되지 않는 이유가 바로 교육하는 사람이 학당을 세우면서 교육 개혁의 기치 아래 자신의 목적을 달성하려 하기 때문이라는 사실을 지적해내었다. 학생이 나쁜 게 아니라 교원의 보수성과 부패 때문으로, 작품에서는 유신 기간 동안 일부 교육계의 기회주의자들을 조소하고 있다. 작품의 저작 수준은 비교적 높고, 비교적 강렬한 풍자성을 지니고 있다.

5. 근대 풍자소설의 예술 특징

근대 풍자소설이 산생된 시대는 중국 역사에 있어 가장 어둡고 타락했던 때로 중국의 존망이 걸린 고비였다. 이 시대에 관료 사회의 부패는 극에 달했다. "흉악하고 탐욕스런 솜씨가 다른 사람은 차마 못해내지만, 관료는 해낸다. 명예와 이득을 위해서 개처럼 파렴치하고 파리처럼 진득거리는 언행을 다른 사람은 가치 없다 하지만, 관료는 해낸다. 아래로는 가무와 여색, 재물과 이득까지 좋아하기를 생명처럼 한다. 즐기며 노닐며 술 마시는 데 연연해하기를 평상적인 일로 본다. 밖을 보면 규칙을 위배하고, 안을 보면 예법을 무시한다. 이런 갖가지 황당무계함과 도리가 비뚤어진 것들은 필묵을 다 들여도 모자란다."[30] 이는 한 통치계급이 일찌감치 위풍당당한 가면을 찢어발긴 시대로서 황당하고도 가소로움이 가득한 희극 시대였다. 이러한 시대를 살다간 진보 작가들은 우국애민(憂國愛民)의 심정으로 "강압을 두려워 않고, 중형(重刑)을 피하지 않으며, 말과 글로써 비난하고 큰소리로 외친"[31] 바, 보편적으로 풍자와 독설의 필법을 구사해 "가치 없는 것들을 찢어 발겨서 보여주었"고, 비열하고 가소로운 추악한 사물들을 폭로하여 희극적 색채를 지닌 희화화된 풍자소설을 창작한 것이다.

근대 풍자소설이 산생된 시대는 동요가 극심했던 시대였다. 중프전쟁, 청일전쟁, 무술변법, 경자사변(庚子事變) 등등 위기가 도처에 숨어있었고, 위험한 현상이 꼬리에 꼬리를 물고 일어나 나라가 존망에 걸린 기로에 있었으며, 사회도 극심한 동요 한 가운데 있었다. 급변하는 시대는 작가로 하여금 깊은 사색을 허용치 않아 지체 없이 붓을 들어 분노를 쏟아내고, 민족의 위기를 구해내기 위해 큰소리로 외치게 했다. 이는 작가로 하여금 세심한 묘사로 만화화된 기법을 구사하게 하기 보다는 희극적 색채를 지닌 희화화된 풍자소설을 쓰게 했다.

근대 풍자소설이 산생된 시대는 변혁을 요구한 시대였다. 개량파의 문학이론은 소설을 "사회를 새롭게 하려면 반드시 소설을 새롭게 해야"하는 지위로까지 끌어올려 소설이 현실의 정치투쟁을 위해 봉사할 것을 요구했고, 개량운동의 선구로서 현실 투쟁의 여론을 조성하는 역할을 맡게 했다. 이러한 측면은 작품이 선명한 정치 경향성을 지니게 하여 직접적인 폭로와 현실 풍자로 이어졌다. 또 다른 측면에서 개량파 이론의 편면성은 또 작가가 문학과 정치의 관계를 편협하게 이해하게 만들어 요긴하게 만청 정부의 갖가지 부패 현상들을 폭로하여 사람들이 경각심을 갖게 하였

---

30) 歐陽鉅源,「官場現形記序」,『李伯元研究資料』83쪽, 上海古籍出版社, 1980年 12月版.
31) 無名氏,「官場現形記序」, 위의 책 86쪽.

지만, 냉정한 관찰과 깊이 있는 개괄이나 치밀한 형상 소조(塑造)가 이루어지지 않아 오견인이 언급한대로 사람들한테 들은 바를 필기하고 신문에서 오려낸 것들로 모조리 소설로 편집하여 언사가 들떠있게 삶을 도해(圖解)하고, '괴이한 현상'들을 나열했고, 또 언사가 과장되게 현실을 풍자하여 각종 추악한 부류들을 드러내어 결국 우스개 소리하는 것과 비슷한 방법으로 창작한 희극색채를 지닌 희화화된 풍자소설이 나오게 된 것이다.

근대 풍자소설의 예술 풍격은 비교적 일치하는데, 그것은 희극색채를 지닌 희화화된 풍자 풍격이다. 이는 중국 풍자소설 사상 독특한 색채를 지닌 한 장이며, 예술상의 성공과 결함 모두 이러한 전체 특징과 서로 연관된다. "저속한 희극의 목적은 관중들을 포복절도케 하는 데 있어, 그것은 지나친 과장 또는 극도의 골계적인 갖가지 인물 형상들을 의외적이고 황당한 줄거리 속에 고의로 배치시키고, 게다가 익살맞은 수법을 대량 동원해 저속한 희극의 효과를 내려한다."32)

근대 풍자소설에서는 아래 열거한 수법들을 많이 사용하여 작품이 저속한 희극 색채를 지니도록 했다.

(1) 만화화(漫畵化) 수법. 근대 풍자소설에서는 치밀한 묘사보다 주로 문화와 비슷한 수법을 구사했는데, 작자는 전형적 의미를 지닌 부분을 골라 인물의 음성과 용모를 대략적으로 묘사하여 인물 내면의 저열함과 추악함을 그려내었다. 『관장현형기』에서 몇 십 년 동안 보좌역을 맡아온 신수요(申守堯)는 상관이 평생 서있는 것만 봐왔는데, 어느 날 대인(大人)나으리가 돌연히 평등을 운운하며 모든 관원에게 앉을 자리를 마련해주자 이를 보고 기뻐서 춤을 덩실덩실 추며 마님께 "제가 얼마나 기쁜지 아십니까!" 하고 소리친다. 그러나 너무 기뻐한 탓에 나으리를 뵐 때 그만 찻잔을 깨뜨리는데, "찻물이 바닥에 쏟아져 그만 나으리의 옷자락을 적시고 만다." 이에 "황급히 나으리 밑에 꿇어 엎드려 손으로 깨진 찻잔 조각을 옷소매 안으로 주워 담다 옷소매까지 몽땅 젖는다. 입으로는 연신 '소인이 죽을

32) 『歐美文學術語辭典』, 北京大學出版社, 1990年 11月版, 47쪽.

죄를 졌나이다. 깨진 찻잔은 소인이 책임지고 물어내겠습니다'하고 중얼
거린다." 작자는 신수요가 나으리 앞에서 찻잔을 깨뜨리는 전형적인 대목
을 포착해 그가 바닥에 엎드리는 낭패스런 모습을 묘사하여, 그 비천하면
서도 신분 상승을 갈망하는 속마음을 그려내었다.

(2) **대비(對比) 수법.** 영국의 비평가 허쉬릿은 "가소로움의 본질은 바로
불일치로서 하나의 생각과 또 하나의 생각이 어긋나거나, 하나의 감정과
또 다른 감정이 서로 배척하는 것이다"[33]라고 언급한 바 있다. 근대 풍자
소설가들은 대비의 수법을 써서 인물의 앞뒤가 어긋나고 언행도 불일치하
는 모습을 폭로했다. 인물 행위의 전후(前後) 대비는『관장현형기』에서 한
나으리가 서양인을 만나는 대목에서 그 전형적인 일례를 보여준다. 한 나
으리는 식사할 때 보통 손님을 만나지 않는데, 한 번은 밖에서 서양인이
나으리 만나기를 순포(巡捕 청대 지방 장관의 경호를 맡았던 관원-역자)한테 부탁
하자 그는 이를 나으리한테 아뢰다가 말도 끝나기 전에 따귀를 맞는다. 나
으리는 "이런 고얀 놈 같으니! …… 내가 식사할 땐 누가 왔던 간에 올리지
말란 말야! 넌 도대체 내 말이 말 같지 않으냐!"하고 호통 친다. 이에 순포
는 중요한 손님이라고 아뢰자 그는 노발대발하며 "그럼 그는 중요하고 난
중요하지 않단 말이냐!"며 고함친다. 그러다 나중에 서양인임을 알게 되자
그는 또 다시 순포의 따귀를 때리며 "빌어먹을 놈 같으니! 서양인이잖아!
그분이 오셨으면 진작 보고할 일이지, 그분을 이렇게 밖에서 기다리게 했
느냐!"며 호되게 나무란다. 앞에서와 뒤에서의 따귀 두 대와 앞과 뒤의 질
책이 선명한 대비를 이루면서, 나으리의 중국인에 대한 안하무인적인 태
도와 서양인에 대한 굴종의 태도를 그려내었다. 인물 언행의 대비로『도올
췌편 檮杌萃編』에서의 가단보(賈端甫)의 경우, 그는 도학자(道學者)의 모습으
로 나타나는데 사람들이 화주(花酒 妓樓에서 마시는 술을 지칭-역자)마실 것을
권하자 도덕 군자인양 점잔을 빼며, "나는 이런 걸 평생 모르고 산 사람이
오"한다. 그러나 그의 말이 끝나자마자 달이헌(達怡軒)이 "저는 그 해부터

---

33) 윌리엄 허쉬릿, 『論英國喜劇作家』.

난징(南京) 육팔자가(六八子家) 쌍령방(雙鈴房)에서 단옹(端翁) 나으리한테 붙잡혀 지금껏 돌아가지 못했답니다. 이번에 그 마음을 알고 싶은데, 전 단옹 나으리가 도학자라곤 생각 안 해요"하고 쏘아 붙인다. 이 말에 단옹의 검은 얼굴은 붉어지고 아무 말도 못한다. 가단보 언행의 이 같은 모순을 통해 그의 가짜 도학자 면모가 폭로된 바, 겉으로는 도학자의 모습을 한 그의 실제가 드러난 데서 독자는 웃음을 참지 못한다.

(3) 골계 수법의 구사. 체니셰프스키는 추함을 스스로 아름다움으로 뽐낼 때 골계가 된다고 언급한 바 있다. 근대 풍자소설가들은 항상 과장을 통해 희화화시키는 수법을 사용했는데, 기이한 정절(情節)과 예상 밖의 결말 가운데 추함을 스스로 아름다움으로 뽐내는 모순을 폭로해 독자를 포복절도하게 만드는 효과를 거두어 작품이 저속한 희극의 색채를 지니도록 했다. 『문명소사 文明小史』에서는 한 고집불통 관료 호도태(胡道台)가 신식 학당을 시찰하면서, 학생들에게 훈시한답시고 "첫째, 팔고문을 열심히 공부해야 합니다"하고 말하는 장면이 나온다. 그 말 뒤에 학생들은 웃음을 터뜨리는데, 왜냐하면 그 때는 팔고문을 없애서 신식 학당을 만들었는데 호도태의 연설은 도리어 엉뚱하게 팔고문을 스스로 자랑으로 여겼으니, 이는 한 시의에 맞지 않은 골계 역할을 한 것이다. 『관장현형기』에서 신수요도 스스로 자신의 신분이 남보다 높다 여겨 그는 사람들에게 승진하고 재물을 모으는 방법을 이야기하고 있다. 그런데 "막 즐겁게 얘기할 때 너덜너덜해진 옷을 걸친 늙은 하녀가 와서는 신수요에게 '주인님, 일은 다 끝났나요? 옷 벗어다 주시면 제가 전당포에 맡겨 놓을게요. 오늘 집에 쌀이 떨어져 마님이 저더러 그 옷 저당 잡아놓으라 하더군요'"한다. 신수요는 창피하면서도 또 화가 치밀어 늙은 하녀의 따귀를 때리고 한바탕 소동을 일으킨다. 신수요의 시종은 뜻밖에 여자 하인으로 예상했던 바와 다르고, 집 안에 쌀이 없어 옷을 저당 잡히는 것 또한 예상 밖이니, 독자들은 그가 방금 우쭐대며 부자 행세하는 모습을 떠올렸을 텐데 어찌 황당하고 가소롭지 않겠는가? 여기서 신수요는 골계적인 인물로 소설은 저속한 희극 색채를 지닌 것이다.

⑷ 해학적인 필치와 기발한 비유로 작품의 언어가 저속한 희극의 색채를 지니게끔 했다. 작자가 해학적인 필치로 인물의 독백을 통해 자아 폭로한 것은 항상 사용한 수법 중 하나이다. 예로『부폭한담 負曝閑談』에서 가짜 유신당 황자문(黃子文)은 유학하고 돌아와 상하이탄(上海灘)에서 주색(酒色)에 빠져 있으면서도 모친에게는 일 원 한 장 부치지 않는다. 모친이 고향에서 올라오자 그는 "사람이 자립을 해야 하거늘 이렇게 절 찾아와서 어쩌란 말입니까?"하니, 이에 화가 치민 노모는 "널 찾아서 먹고 입으려고 왔다"고 한다. 황자문은 또 "먹고 입으려면 더더욱 자립하지 않으면 안 됩니다"하니, 그의 모친은 "너는 입을 열어도 자립, 닫아도 자립 타령이니 대체 자립이 무엇이냐?"하고 따진다. 이에 자문은 "자립이란 곧 자신에게 의지해야지 남에게 기대서는 안 된다는 뜻입니다"라 대꾸한다. 황자문의 입에는 온통 새로운 명사(名詞) 일색이고 말끝마다 '자립'을 들먹이며, 살 날도 얼마 안 남은 노모한테까지 자립할 것을 강요한다. 이러한 황당한 언사들 모두가 황자문 같은 부류의 가짜 유신파들의 추악한 얼굴을 드러내 보인다. 또『돈 버는 비결 發財秘訣』을 보면 조계지(租界地) 매판자본가 위우원(魏又園)은 "숙부께선 늘상 저에게 굶어죽더라도 중국사람의 일은 하지 말라 하십니다. 이는 지당하신 말씀입니다. 제가 보기에도 외구사람의 개가 되는 게 낫지, 중국사람이 되고 싶지는 않아요!"라고 지껄인다. 이같이 냉소(冷笑)와 열정 어린 풍자는 이 서양 노예의 추악한 속마음을 폭로했다. 풍자의 효과를 얻기 위해 작품에서는 차가운 조소와 열정어린 풍자의 언사를 구사하고, 기발한 비유까지 동원했다.『관장현형기』에서 '강산선(江山船)'의 기생 용주(龍珠)는 몸소 겪은 경험으로 기생이 이른바 청렴한 관료와 마찬가지라는 사실을 아래처럼 설명하고 있다.

제가 생각하기엔 저희 같은 영계들도 나으리와 똑같은 거 같아요. ……
벼슬하는 분들은 돈을 갖고서도 자신을 청렴한 관료라고 하는데, 우리들은
이 바닥에 있어도 반드시 영계라고 해야 하니 어찌 마찬가지 아니겠어요?

관료와 기생은 본래 귀천이 있지만, 탐관오리가 스스로 청렴하다고 뽐내는 것과 기생이 음탕하면서도 스스로 깨끗하다고 하는 것은 본질적으로 같다. 작자는 이같이 기발한 비유를 통해 이른바 청렴한 관료들의 본질을 폭로했다.

(5) **상징수법의 구사.** 근대소설에서는 상징수법의 상용(常用)으로 풍자의 힘을 더해주고 있다. 『노잔유기 老殘遊記』의 첫 부분 같은 경우, 비바람 속에 막 침몰하려는 낡은 배 한 척으로 중국을 상징했고, 배 안에 있는 승객들의 돈을 갈취하려는 선원을 가렴주구하는 관리로 비유했다. 『얼해화』의 첫 대목 역시 상징수법을 사용해 노락도(奴樂島)를 중국으로 비유하여 '얼해(孽海)' 속으로 가라앉으려 한다면서, "숨이 곧 끊어질 듯 구차하게 살아가는" 당시 중국인을 풍자한 바, 작품은 피비린내로 가득한 30여 년 동안의 일들을 통해 4억 동포들을 각성시켜 "일찍 뭍에 오를 것"을 예시했다. 이러한 상징수법의 구사로 전편(全篇)이 유기적인 정체(整體)가 되도록 했고, 전체 인물과 사건에 대해 총체적인 상징성 풍유(諷諭)가 되도록 했다.

(6) **심리 묘사의 강화.** 중국 고대소설은 심리 묘사가 비교적 취약한데, 근대소설은 서양소설의 영향을 받아 심리 묘사가 점차 강화됐다. 심리 묘사 또한 풍자소설의 수요에 따른다. 예를 들면 노잔(老殘)은 대설(大雪) 가운데 먹이를 찾지 못하는 까치를 보고서 차오쩌우(曹州) 백성의 참상이 참새보다도 심각하다는 사실을 아래처럼 연상해낸다.

저 새들은 비록 춥고 배고프지만, 아무도 총으로 쏘아 죽이거나 그물로 잡지는 않는다. 잠시 춥고 배고프겠지만 내년 봄이 되면 곧 쾌활해지리라. 차오쩌우의 백성들은 모두가 몇 년 내내 고생만 하고 있으니, 저렇듯 혹독한 관리가 있어 움쩍만 하여도 강도로 몰려 형틀에 묶여 죽음을 당하지만 한마디 말조차 못하여, 춥고 배고픔 외에 또 더한 고초가 있으니 저 새들보다 더 고생스럽지 않겠는가? 이런 생각에 그는 하염없이 눈물을 흘렸다. 이 때 까마귀가 까악까악 한바탕 운다. 그것은 춥고 배고픔을 호소하는 것이 아니라,

오히려 언론의 자유를 즐기며 차오쩌우 백성에게 뽐내는 것 같았다. 이런 생각이 들자 자기도 모르게 화가 머리끝까지 치밀어 올라 당장 옥현(玉賢)을 죽여 버리지 못하는 것이 한스러웠으며 그렇게 해야 한이 풀릴 것 같았다.

이 단락의 묘사에서는 경물(景物) 묘사와 심리 묘사를 긴밀하게 결합하여 새들의 굶주림과 추위로부터 차오쩌우 백성들의 운명을 연상했고, 새들의 울음소리로부터 차오쩌우 백성들이 굶주림과 추위 외에도 한결 더 두려워하는 것을 연상했는데, 이 단락의 심리 묘사와 옥현이라는 가혹한 관리에 대한 비판을 한 데 결합시켜 예술 감화력을 더해주었다.

근대 풍자소설은 20세기 초년에 탄생하여 전후로 흥성한 시기가 겨우 십여 년에 불과하지만, 이 짧디 짧은 시간 동안에 수량도 매우 많았을 뿐 아니라 진보도 빨랐다. 이는 주로 아래와 같은 측면에서 나타난다.

(1) 서사(敍事)를 중시하고, 단지 관료사회와 사회의 '이야깃거리', '우스갯소리'들만 수집하는데 관심을 두는 것에서부터 인간의 운명에 관심을 갖는 데까지 인간의 묘사를 중심으로 했다.『관장현형기』,『이십 년 동안 목도한 괴이한 현상』부터『도올췌편』,『노잔유기』,『얼해화』에 이르기까지 진보의 흔적을 뚜렷이 볼 수 있는데, 만약『관장현형기』,『이십 년 동안 목도한 괴이한 현상』속의 인물들이 단지 모종(某種)의 인품을 도해(圖解)하는 것으로써 열거하는 식으로 추악한 일들을 어떤 인물에다 안배해 놓았다면,『도올췌편』속의 가단보(賈端甫), 범성포(范星圃)나『얼해화』속의 김문청(金雯靑), 새금화(賽金花)나『노잔유기』의 옥현, 강필(剛弼) 등은 비교적 복잡한 성격을 갖춘 생동적인 인물 형상이다.

(2) 예술 구조의 측면. 초기 풍자소설은 아직 단편 고사들을 이어놓거나 우스갯소리들을 이어놓은 정도에 그쳤지만,『이십 년 동안 목도한 괴이한 현상』과『노잔유기』에서는 성격 특징이 있는 서술자 구사일생(九死一生)과 노잔을 전체 고사에 등장시켰다. 그리고『도올췌편』에서도 가단보라는 중심인물이 있어 스토리가 그를 중심으로 진행되며, 또『이십 년 번화몽 二十年繁華夢』,『환해승침록 宦海昇沈錄』등은 시작부터 집중적으로

한 사람의 일생을 묘사하고 있고, 『얼해화』는 허구의 '두 세대에 걸친 인연'이 전편에 걸쳐 있으며 칠지(七支)의 『채운령 彩雲令』으로써 김문청 일생의 운명을 예시하고 있다. 김문청 일생의 영욕과 성쇠를 줄거리로 전편이 하나의 완정한 유기적인 구조가 되게끔 하여 작자의 성숙된 예술 재능을 보여주었을 뿐 아니라 근대 풍자소설의 예술구조에 있어서 뚜렷한 진보를 보여주고 있다.

(3) '필봉의 날카로움을 숨김이 없는' 결점을 점차 개선하여 풍자가 갈수록 함축적이고 완곡해졌다. 『관장현형기』에서부터 『얼해화』에 이르기까지 이 같은 예술풍격의 변화가 뚜렷해졌다. 『관장현형기』와 『이십 년 동안 목도한 괴이한 현상』에서는 아직 고대소설의 특징이 비교적 많이 남아있는데, 즉 설서인(說書人)의 신분으로 스토리를 이야기하거나 스토리의 곡절과 진기함에 주의하면서도 인물의 심리 묘사나 경물 묘사에 대한 중시가 아직 부족하고, 일부 스토리를 반복적으로 설명하면서도 독자가 알지 못할 것을 우려해 회삽적이거나 함축적이지 못했다. 그러나 『노잔유기』와 『얼해화』 등에서는 인물의 심리 묘사와 경물 묘사를 강화했다. 『노잔유기』 중에서 대명호(大明湖) 풍광(風光)에 대한 묘사는 사람들 입에서도 자주 오르는 편장(篇章)이다. 『도올췌편』에서 가단보의 아내 주사령(周似玲)은 가단보한테 시집간 뒤로는 사실상 방 안에 갇힌 것 마냥 파리조차도 방 밖으로 날아가지 못한다. 그러다 소녀 시절의 애인 백병의(白駢儀)를 만났을 때 마음속에 파란이 일어 심각한 고민 끝에 백병의의 품에 안긴다. 작자는 주사령의 심경 변화에 대해 통쾌하기 그지없이 묘사했다. 『얼해화』 중의 김문청과 부채운의 심리 모순과 충돌 또한 비교적 뛰어난 묘사이다. 『얼해화』 등의 작품은 점차로 설서(說書)의 영향에서 벗어나 풍자가 비교적 완곡하고 함축적이어서 초보적이나마 '필봉의 날카로움을 숨김이 없는' 결점을 개선했다.

근대 풍자소설의 결점은 또한 저속한 희극, 해학화의 특징과도 서로 연관된다. 첫째는 저속한 희극의 효과를 거두려다 때로는 사실에 벗어난 과장이 됐고, 둘째는 저속한 희극이기 때문에 작자는 실컷 조롱하다 필봉의 날카로움을 숨김이 없게 되고 깊이 있는 함축이 없었으며, 셋째로 작자는 단지 사회의 추문(醜聞)을 나열하였을 뿐 제재의 취사선택이나 정련(精練)이 되지 않아 고사(故事)가 적지 않게 중복되어 독자들에게 천편일률적인 느낌을 준다.

벨린스키는 "희극이 낳는 효과는 웃음으로 때로는 즐거운 웃음이기도 하지만, 때로는 차가운 웃음이기도 하다"[34]라고 말한 바 있다. 우리는 즐거운 웃음이나 유머러스한 웃음만이 최고이고, 차가운 웃음과 저속한 희극의 웃음은 저급하다고 할 수 없다. 마땅히 우리는 근대의 저속한 희극 색채를 띤 해학화된 풍자소설도 그 나름대로의 존재 가치가 있으며, 그 시대가 낳은 산물로서 중국 소설사에 있어 독특한 지위를 차지한다는 사실을 인정해야 할 것이다.

---

34) 벨린스키, 「詩的分類」, 『古典文學理論譯叢』 第三冊, 人民文學出版社, 1962년.